安妮·普鲁
文集

Annie Proulx

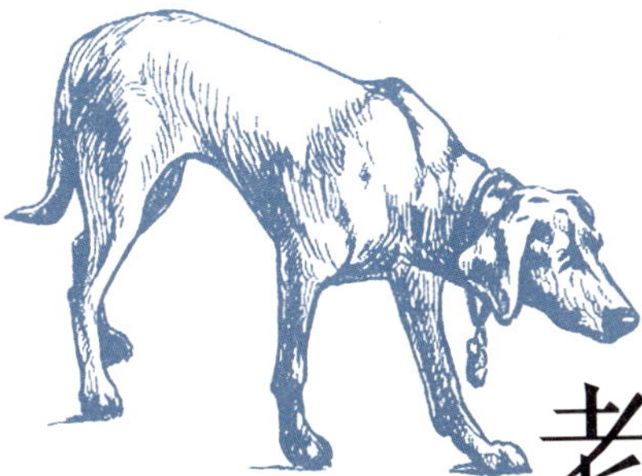

老谋深算

〔美〕安妮·普鲁 著
方柏林 译

人民文学出版社

著作权合同登记号　图字 01-2017-3072

图书在版编目(CIP)数据

老谋深算/(美)安妮·普鲁著;方柏林译.—北京:人民文学出版社,2017
(安妮·普鲁文集)
ISBN 978-7-02-012345-2

Ⅰ.①老…　Ⅱ.①安…②方…　Ⅲ.①长篇小说—美国—现代　Ⅳ.①I712.45

中国版本图书馆 CIP 数据核字(2017)第 025410 号

责任编辑　翟　灿
装帧设计　李思安
责任印制　王重艺

出版发行　人民文学出版社
社　　址　北京市朝内大街 166 号
邮政编码　100705
网　　址　http://www.rw-cn.com

印　　刷　三河市鑫金马印装有限公司
经　　销　全国新华书店等

字　　数　310 千字
开　　本　850 毫米×1168 毫米　1/32
印　　张　13　插页 1
印　　数　1—5000
版　　次　2017 年 8 月北京第 1 版
印　　次　2017 年 8 月第 1 次印刷

书　　号　978-7-02-012345-2
定　　价　54.00 元

如有印装质量问题,请与本社图书销售中心调换。电话:010-65233595

安妮·普鲁的造化之手

万　方

那天去五道口的书店“光合作用”，没有具体目标，只是怀着寻找好书的期望。不管安妮·普鲁多么有名，在那天之前我并不知道她。当然我看过电影《断背山》，可也没有和这位作家对上号。

书店一层是花花绿绿的世界，各类畅销书的舞台。本想直接上二楼，但心灵雷达已开始转动，助我飞快搜寻，在书架间走了一遭，立即捕捉到蓝色封面的《船讯》。我拿起它，封面上两行小字映入眼帘：美国国家图书奖，美国普利策小说奖。心中一喜！这是我选书的一个标准，这标准很可靠，几乎从未让我失望。

翻开书页，小说这样开始：

> 以下是奎尔一生中几年的经历，奎尔出生于布鲁克林，在一堆阴郁的州北城镇中长大。一身荨麻疹，三天两头闹肚子，他挣扎过了童年；在州立大学，他一只手捂着下巴，用微笑和沉默掩饰痛苦。他跌跌绊绊地活到三十多岁，学会了把感情同自己的生活分开，不指望任何事情。他食量大得惊人，喜欢熏猪蹄和黄油马铃薯。

鲜活的文字从纸页上放出电波，和我体内的电波接通，激起一股微微急切的心情，想很快地读它。

预感是那样的准确。读《船讯》的过程是一个惊喜连连的过程，不是以往那种被吸引，而是被迷住。我要说我热爱这本书，热爱书中肥胖笨拙的奎尔，刚强的姑妈阿格妮丝，高个子红头发的女人韦苇，热爱那一个个在纽芬兰荒凉阴郁的海岸上生活着的人们。多么奇怪！即使把我的生活范围扩展十倍百倍，也绝不可能出现这些人的身影，我不可能见过他们，甚至连梦见也没有可能，然而我的全部知觉、感知却被他们抓得紧紧的，身心被他们的生命之光所照亮。

《船讯》的情节简单而散漫，在这部小说中它们充当着随波逐流的角色。事实上，在安妮·普鲁的带领下，我和书中的人物一个个迎面相遇，他们是那么随随便便地出现在我眼前，甚至有那么一点突兀，毫无矫饰。他们生硬而不易接近，愚鲁又机警，好笑又可悲，质朴得像粗糙的礁石，复杂得像海底的暗流，和他们置身其中的海洋、风暴、冰山融合为一，既平凡又伟大。我用安妮·普鲁所给予的冷峻目光注视他们，心却越来越热，对他们和他们简朴而又奇异的生活产生了浓得难以化开的眷恋。

人活在世上要经历多少磨难啊！一次次失败，一次次情感的打击，心被苦水浸泡，肉体感受着周遭的冰冷。《船讯》的主人公奎尔的境遇其实是大家的境遇。因为缺少爱而痛苦，迷惘地活着。但安妮·普鲁告诉我们，就在这个时候，有一棵幸福之树在地球的某个角落生长着。奎尔后来找到了，找到了幸福冒出的鲜嫩的绿芽，看到它如何一日日成长为摇曳的浓荫，听到了风吹过枝杈间的沙沙天籁。也许他并没有找，是幸福找到了他，因为他的心里有那样一颗种子。每个人心里都有一颗和奎尔一样的种子，希望我们能来到条件适合的地点，适合的土质，适合的温度和湿度，剩下的就是等待和坚持。

《船讯》一书所描绘的这个充满痛苦和欢欣的世界既是真实的存在，又是安妮·普鲁一手创造出来的，你难以分清两者之间的区别。我认为这是一个作家所能达到的最高境界。

我是多么喜欢《船讯》的文风。一种生僻的粗犷的具有隐隐破坏力的文字感是那样新鲜诱人。叙述如莽汉般肆无忌惮，如孩童般天真，如诗人般虚幻、隐晦，如妇人般平实，甚至零乱，然而每句话每个段落都具有活生生的力量，字字如重锤。安妮·普鲁创造出一种内心时时爆发出激情，又被生活的现实所管束的逼真感觉。我们的人生感受又何尝不是这样。千条江河归大海，乘着《船讯》我们漂浮在安妮·普鲁之河上，漂了漫长的距离，最终来到海上，在起伏的潮汐中感受到了爱的温暖波涛。

这里要感激翻译者，如果说作品如人，那么译者不光描绘出此人的外貌，同时极其真切地表达出此人的全部内心世界。作为我这类读不了原文的阅读者，能遇到《船讯》这样的翻译者是多么幸运。

从此我知道了安妮·普鲁，被深深吸引，我要找她的其他作品来读。我四处打听，一个年轻朋友告诉我有一本《近距离：怀俄明故事》①。很快我就去了三联书店，已卖光，又去涵芬楼，买到了。

这是一本短篇小说集。在此之前我对短篇小说有自己的钟爱，如契诃夫的《草原》，海明威的《乞力马扎罗的雪》，但读了安妮·普鲁的《脚下泥巴》，我觉得自己看到了这辈子读过的最棒的短篇小说。这个短篇我看了好几遍，每次掩卷时都不由感叹：太棒了，实在太棒了！而且不是在心中暗暗叨念，是忍不住说出声来。

以下是篇中对两位牛仔开着破旧卡车所进行的漫漫长途的

---

① 即《断背山》，二〇〇六年我社曾以《近距离：怀俄明故事》为书名收入“安妮·普鲁作品”系列。

描述：

> 两人开进向晚的夜色，开进结冻路面的第一场冰风暴，开进刺眼的橙色日出，欣赏了冒烟的地球，看到尘卷风在泥地上蛇行，滚烫的热量从太阳表面冒出，卡车引擎盖烤漆卷起，干雨形成不规则的网状，从无机会落地。

我看到了以上的每一幅景象，如同置身其间。这就是安妮·普鲁，她的文字不光能看，还能嗅，能听，或谛听或倾听或振聋发聩。任何普普通通的生活场景一经她的笔触就变得充满魅力，带着速度，一刻不停地流动，冲刷着人的感官和知觉。实在了不起！

《近距离》里的每篇小说都很棒，但我更喜欢《脚下泥巴》《荒草天涯尽头》《身居地狱但求杯水》，小说速度强大，文风暴烈，乖戾、娴熟，刀刀见血，让我对人生的了解直钻入最底的一层。这感觉有些可怕，心被震撼，久久难以释怀。

看了以上两部作品，我忍不住逢人就说安妮·普鲁。直到人民文学出版社要出《安妮·普鲁文集》，约我写序。出于感情我想都没想就答应下来，但回头再想又有些畏难，因为我不是评论家，从未写过书评。人文社编辑为我减压，说：只要写出你读后的感受就好。随后他们寄来《手风琴罪案》和《老谋深算》。

这两部书是带着任务而读的，有种感觉在阅读中与时俱增，我感到：世上千奇百怪的人及命运如浪潮般在安妮·普鲁的眼底汹涌滚过，她眼睛雪亮，看准一个利索地伸出手，轻盈或用力一拎，把他们从大千世界、芸芸众生里拎出，让他们活灵活现地站立在地面上，生活下去，去创造历史。

安妮·普鲁的手是一双非凡的造化之手。

在《老谋深算》中，她对那片长条地的厚爱用独特方式体现得淋漓尽致，对一座房屋、一条道路、一件工具或器皿进行平实而又细致入微的描写，竟然那样引人入胜，功夫实在了得。而阅读《手风琴罪案》仿佛一头钻进一团风暴，人化作了小小雪片上下旋转、飞舞，迷失其中，放下书才得以喘上一口气来。

作为一个写作的人，我或许算是个比较特殊的读者，更在意文字所传达的魅力；但我同样也是一个过日子的普通人，在意作品中人物的生活经历和感受，我相信两个我都在安妮·普鲁的作品中得到阅读的满足和内心的感动。

让我用《船讯》的结尾结束我的文章。

> 既然杰克能从泡菜坛子脱身，既然断了脖子的小鸟能够飞走，还有什么是不可能的呢？也许，水比光更古老，钻石在滚热的羊血里碎裂，山顶喷出冷火，大海中央出现了森林，也许抓到的螃蟹背上有一只手的阴影，也许，一根打了结的绳子可以把风囚禁。也许，有时候，爱情也可以不再有痛苦和悲伤。

此书献给杨恩和盖尔

马非和杰奥夫

莫根

吉列斯

以及

道格与凯西

希望他们的鸡

都能变成草原鸡

目　录

有了风车就有风

第一章　环球猪肉皮公司

鲍勃·道乐挺年轻，才二十五岁，一头鬈发，长着猫一样的阔方脸，一双浅灰色的纯净的眼睛，睫毛乌黑乌黑的。其时正值三月末，鲍勃驱车由西而东，沿着得克萨斯州15号高速公路，行进在得克萨斯末端的长条地上。他前一天从丹佛出发，越过雷顿关，穿过新墨西哥州死火山区，又经过俄克拉荷马州西北那片枪管状的地带，接下来转弯向北，结果走错了路，白白耽误了几个钟头，才回到正路上。这是个生机勃发的春天的上午，天空中荡漾着绿意，空气里带着山艾树和漆树的香味。全国公共电台还没有念完那一连串公司赞助商的名字，声音就渐渐隐去。取而代之的是个基督教电台，一会儿播放单调的布道，一会儿播放铿锵有力的音乐。他伸手把收音机调到一个乡村音乐频道，听着诸如守家啊，归家啊，在家啊，不应远游啊之类的歌曲。

公路和一条铁道平行。他觉得铁轨的拐弯处有种不可名状的悲伤感。眼看着这些闪着冷光的轨道拐过弯，延伸到远方，他就想起那个悲伤的早晨：他孤零零地在泰姆舅舅门外台阶上，听着屋子里面咖啡壶和杯子磕磕碰碰的声音，虽然那地方既没有火车也没有铁轨。他也弄不清楚，究竟为什么这些铁轨会在他脑子里成为悲伤的象征。

迎着地平线，进入广袤的黄色远方——这里面有种古老的刺激，渐渐地，他热血沸腾起来。虽有公路的围拦和阻隔，草地毕竟还在顽强地延伸着，即便和当初的大草原已经不可同日而语了。辽阔的天空,辽阔的土地。两只寻找胎盘的山狗在草地上向东奔跑,穿过似乎在流动的青草。太阳照在山狗的皮毛上,反射出白光,好像给山狗镶了银边。草地上长着冬麦,四周是环状灌溉渠道,中间还会露出几头还没有长大的菜牛;冬麦长在地上,也长在渠道里。其他田地里间或会有拖拉机出现,后面扬起一片尘土。他还注意到,公路上手慢的司机会把车开到故障车道——此地称为“礼让车道”——挥手示意他先走。

前方隐约有城市出现,他似乎能看到摩天大楼、清真寺和建筑的尖顶,但再近一点,才发现是谷仓、水塔和储藏柜。谷仓是平原上最高的建筑,结构平行,形状尖锐,仿佛能把四周的动能吸纳进来。没过一会儿,鲍勃就从这些竖立物中看出了节奏,因为沿着铁路的镇上,这些谷仓每五里或十里就会出现,很有规律。谷仓大多数是圆筒状的水泥建筑,还有一些砖瓦结构,但在铁轨两边,也能看到那种古老的木式结构的谷仓,虽然看起来表皮脱落,破旧不堪,但依然矗立着,有的顶上盖有石棉瓦,也有个别盖着铁皮顶的——铁皮生了锈,被风吹得松松垮垮。笔直的街道垂直交错。途经的每个镇子都有个标语:“本镇没有苦瓜脸”;“福地良民”;“一万个友好的市民和一两个臭脾气的老家伙”。他路过了喀屋汽车餐馆,路过了市中心那些身挂标语板的传教士,还路过了路边的死牛。那些死牛的腿直挺挺的,在等化脂厂的卡车运走。左右两边还能看到点头一样一起一伏的油泵臂、轴式灌溉机(有个灌溉机上还有圣诞节的装饰灯)、压缩罐,以及错综复杂的管道和仪表,不过因地形无比开阔,这些器具的分布又没有多少章法,故而看起来就像是些不起眼的金属点缀物,由一只巨大的手漫不经心地散布在这里。橙黄色的记号标志着地下的管道。在田地和草场下面,有一个管道、电缆、钻孔、水泵和萃取器所组成的看不见的世界,与地面上的篱笆和公路一起,构成了一个庞大的三维网络。这网络通过飞机的尾流和看不见的卫星信号，一直延伸到天上。他注意到田边上有漆得颜色鲜艳的V-8型柴油机（大多改装成天然气发动机了），正在从地下的奥格拉拉蓄水层抽水上来。他还路过了几十个没有名称、低矮、灰暗的建筑，两端装着巨大的电扇，和马路隔开，四周围着铁丝网。这些围起来的养猪场从空中看，如同奇怪的大钢琴，上面有六个或十个白色的琴键，琴身上的梯形物是养猪场后面的化粪池。

但所有这些建筑物，无论是机器、铁丝网还是金属做的，都给人一种转瞬即逝的感觉。鲍勃知道他在大草场，这草场原本是北美大草原的一部分。这广阔的北美大草原从加拿大一直延伸到墨西哥，曾经向一批又一批的过客展现过自己的千姿百态。在这些过客的笔下，大草原的形象是各不相同的：春天的大草原上风裹挟着沙子，把草吹向一边，草地上矢车菊、银莲花、蝶须花、紫罗兰争奇斗艳，鸟儿飞翔，羚羊奔走，草原上生机无限；到了仲夏，若是在还没有被牛羊啃的地方，游客们就可徜徉在半人高的草丛之中，让波浪一般翻滚不休的无边草地尽入眼帘。而夏末在牧区的游客看到的，却是干枯无用的沙漠，上面点缀着能让马匹致残的仙人掌。冬天的草原上，北风刺骨，大雪纷飞，除了干活的牛仔，很少有人胆敢跑到草原上来。过去草原上能听到狼嚎，如今嚎叫的是汽车的轮胎声。

鲍勃·道乐万万没有想到，他竟然会跑到自然生态如此复杂的地区来。照有些人的说法，这地区已经被破坏到万劫不复的地步了。他所看到的也不外乎别人所看到的一切——一切都那么庞大，油泵的泵臂像翼龙的头一样一上一下，路边扔着些轮胎，看上去像一只只鳄鱼。每隔几英里，就能看见空中有红尾巴的老鹰盘旋，仿佛是在划狩猎地盘。路两边长满了野芥菜，看起来朦朦胧胧的，这野芥菜开着紫色的花儿，气味很臭，使得空气很难闻。他对着后视镜说："没见过这么混账的地方。"其实他好像也没怎么在这种环境恶劣的地方待过。

他前方的一条岔路上突然冒出一辆白色的厢式货车，他眯了眯眼睛。他知道有犯罪倾向的疯子或者在逃犯就喜欢这种车子，而各地的恶劣司机也对这种车子格外垂青。那货车疾驰而去，超过限速，一会儿就踪影全无。对面马路的远方，出现了一个摇摇晃晃的黑点，后来发现是个骑车的。不知炎热的空气搞了什么鬼，使得自行车看起来简直有三十英尺高，而且颤巍巍的，好像是肉冻做成的一样。他又看到了一只鹰，正歇息在电话柱上。

矮草平原上的草原土拨鼠群落不复存在了，过去这些群落动辄覆盖方圆几百里的地盘。不过，一些老派的红尾鹭还是沿袭了祖先的习惯，在这里以猎食为生。它们展开翅翼滑翔，有条不紊地在草场上方的空中盘旋，黄黄的眼睛打量着下面的风吹草动。但更多的红尾鹭则采用了现代化的手段，端坐在柱子、杆子的顶上，以逸待劳，专等过往车辆轧死兔子或者土拨鼠。它们大大方方地取走这些动物的死尸，就好像家庭主妇漫不经心地把一包排骨扔进购物车一样。天上现在就有这么一只鹭，喙边上还粘着些许皮毛，俯视着下面卖力踩着自行车向西走的人。鹭用那琥珀一般的眼睛密切注视了一会，看着自行车缓缓移动，渐渐地失去了兴趣。在鹭的世界里，自行车是没什么前途的；更有盼头的是高速公路上的大卡车、上面还带着血迹的散热器护罩，或是迂回前进的小货车——这些东西专挑野兔撞，专挑蛇轧，仿佛都听从电话柱顶上老鹭的旨意。

骑车人现在恢复到常人大小，鲍勃·道乐坐在轿车里，和骑车人靠齐了。骑车人看到了一张红红的脸，鲍勃则瞟见了骑车人健壮的腿，还看到了一条金链。接下来，自行车沿着路上的一条斜坡下去了。公路上再次剩下鲍勃一个人。鲍勃瞄了一眼天上涌现出来的厚若棉被的乌云。他那辆土星车两侧，平坦的土地向着远方伸展。每寸土地都派上了用场:庄稼地、炼油厂、加油站、畜牧场、服务区等等。牧场和公路隔得很远。他不时路过一些废弃的房子,这些房子都在风吹雨打中破落不堪,周围摆放着长短不齐的棉花秆。在他眼中,那些缺胳膊少腿的风车,或是倒塌的仓库,象征着这个地区的过去——支离破碎,散乱摆放,如同制图员去吃午饭时办公桌上摆着的铅笔。这一带人的祖先阴魂不散,仍徘徊在他们生前留下的这些零碎物件上方。路边野草里突然蹿出一只土拨鼠,他一时没注意,轧着了,轮子微微颠了一下。一只母鹫飞了起来。它总算是等到一顿美餐了。

鲍勃·道乐是头一次来这个位于加拿大河北部、形同双柄锅的郡。毕业后的五年间,鲍勃换过一份工作。鲍勃毕业的学校是霍勒斯·格里利初等大学,这是所混合型的学校,设在一栋空心煤渣砖做的楼房里,挨着一片洋葱地,边上就是丹佛东部的70号州际公路。他原指望能在霍勒斯·格里利受到启迪,找出自己的兴趣所在,然后找个对口的职业,但事与愿违,他到现在还是弄不清楚以后该做什么事。他后来想,如果教育面宽一点,没准会有好处,因此他申请了一所州立大学,还得到了一份微薄的奖学金(他的词汇量大,有着良好的阅读习惯,分数也颇为可观),不过钱不够,他还是没法去读。

鲍勃发现,揣着一份霍勒斯·格里利初等大学用电脑打印的文凭,很难找到他所想的“好差事”。他本可以去泰姆舅舅的店里做事,但后来还是选择了普拉特河灯泡供应公司,在那里做库存管理员,挣一份最低标准的工资。

他在那里干了三十个月,成天和包装盒、碎玻璃这些东西打交道,完全是份苦活,年终加的薪水也少得可怜,后来和公司老板,亦即公司创办人米尔瑞斯·吉丁斯的遗孀尤多拉·吉丁斯太太，闹翻了脸。他被解雇了。他感到庆幸，他并不希望一辈子在这些灯泡中间焦躁不安地等待，如同等待成绩单一样。他想把眼光放远点，目标定高点。横竖都是一辈子，总该过得有点意义。他想过一种有目标、有回报的生活。

接下来的五个月，他一直在找工作。最后被环球猪肉皮公司聘为选址员。猪肉皮公司总部设在东京和芝加哥，在丹佛设有区域分公司。公司给他分派了得克萨斯-俄克拉荷马州长条地带，这次是他第一次为公司出差。

出发前的那天，克鲁克先生的秘书露西尔红扑扑的脸冲他一笑，招呼他到办公室里去。区域运营经理吕贝页·克鲁克先生从办公桌后站了起来。那办公桌上面压着玻璃台板，光洁闪亮，像个小湖似的。“鲍勃，长条地那边我们没有几个朋友，只有几个有点脑子的政客，所以，我们必须不动声色地把事情做起来。我希望你要尽量地谨言慎行——‘谨言慎行’这个词什么意思你知道吗？”他那水淋淋的眼睛淹没了鲍勃。他的大手抬了起来，把嘴上乱糟糟的胡子理了一理——鲍勃觉得那一绺儿胡子活像是豪猪刺。他的背部弓得厉害，要是从后面去看，脑袋就像是岌岌可危地架在弓背上一样。

“是的，先生。这词的意思是做事要低调。”

克鲁克先生从文件柜上层抽屉里掏出一瓶剃须膏，摇晃了起来。他又从办公桌抽屉里拿出一个由支架、带子、各式小零件组成的装置，顶在头上，这装置有一部分垂下来，正好挨在肩膀上，还有一部分是个大圆盘子一样的东西，垂下来抵在胸口。他使劲把圆盘子拉开，拉出一个折叠支架，折叠架上现出一面镜子。他把剃须膏抹在肥大的腮帮子上，从铅笔罐里拿出一把折叠剃须刀，打开刀片，开始剃胡子，嘴唇上方的胡须只是在边上稍稍修理。

“好，不错不错，鲍勃。我们前面找的人觉得这活让他联想到自己婴儿时在医院的经历。这人不中用。而你挺精明,鲍勃,精得像一块钱[1]似的,哈哈!"

"哈哈。"鲍勃也跟着笑。鲍勃九岁那年,他舅舅泰姆给了他一本《儿童插图字典》,从此词汇量大增。不过他笑得并不尽兴,因为他对猪的了解,仅限于知道咸肉是用猪肉做的。至于怎么做的,对他来说还是个谜。

"换句话说,鲍勃,不要跟那边的人说你是来给养猪场选址的,否则这些人会跟你打马虎,会把你带到洗衣店这些风马牛不相及的地方,还会给各地报刊编辑写信,总之这伙人怎么缺德怎么来。他们都是被谢拉俱乐部[2]洗了脑啦,都觉得养猪场这东西不好,连那些喜欢嫩里脊的,或者是工作都没有的人都被洗了脑啦。长条地那边是猪肉加工业的宝地——地方大,人口少,干季长,供水足。得克萨斯长条地没有理由不能供应全世界百分之七十五的猪肉。这就是我们的目标。鲍勃,我注意到你穿着棕色牛津鞋。"

"是的,先生。"他把脚稍稍挪动了一下,对这光泽鲜亮的鞋子很是得意。这鞋在科尔·哈恩店要卖三百多,不过脚上这双,是唐布兰·巴普舅舅在靠近科尔法克斯大道外沿的旧货店捡的,鞋子当时就放在装卸处的一个送捐盒里。

是泰姆舅舅把他养大的。泰姆舅舅身材瘦小,眼睛水蓝色,炯炯有神,鲍勃、他妈妈,以及巴普家族其他人都这种眼睛。他的头发浓密,渐渐在发白,从阔阔的脑门上梳往脑后。他走起路来快步流星,手势快速夸张,这都让一些人感到不安。和他相处的头一两个星期,鲍勃见了他就发憷,因为他的左耳比右耳高半

---

① 鲍勃·道乐(Bob Dollar)的姓"Dollar"意思是"一美元",本书后面也有人将他误称为"美分""五分钱"的。

② 谢拉俱乐部,美国著名的环保组织。

英寸，那相貌看起来古怪，歪斜。不过渐渐地，鲍勃发现泰姆舅舅是个好人，对自己也是诚心诚意，这样一来，他就对舅舅不再生疏了。舅舅的耳朵是小时受伤的。那时候他拿姐姐哈普最喜欢的芭比娃娃玩，被哈普发现了。哈普拿剪刀对着泰姆舅舅肉嘟嘟的耳尖下了手，以示惩罚。

“他哪里是在和芭比玩！他是要把她吊死！”哈普抽泣着。

鲍勃八岁那年的一天清早，父母把他带到旧货店门口台阶上，要他坐在一盒卷了边的小说旁边。

“等泰姆舅舅起了床，开始在里面乒乒乓乓整理东西的时候，你就敲门。你就跟他过段日子。我们现在得赶路了，不然赶不上飞机。快，我们抱抱，就此告别吧。”他妈妈说道。他爸爸还坐在车子里，很快地抬手做了个敬礼的动作。多年后，鲍勃想老头子可能早就盼着这样的机会了。

一开始，他舅舅觉得这并不是遗弃。他们俩坐在厨房的桌子边，此时是泰姆舅舅周六喝咖啡休息的时间。

“是我叮嘱维奥拉和亚当把你带来的。我们的安排是，让你先跟我过段日子，直到他们从阿拉斯加回来。等他们把房子建好了，就回来接你，然后你们一起在阿拉斯加过。你在我这里是临时的。后来不知到底出了什么事。维奥拉打过一次电话，说他们找到了一块土地，但她没有明说在什么地方，也没啥记录可查。送他们的飞行员自己离开了阿拉斯加，到了密西西比州，从事空中撒种。等我们查到他，为时已经晚了。他一头栽倒在棉花地里，脑子摔坏了，连自己叫什么都记不得了。搞不清你爸妈到底是怎么一回事，是被灰熊吃了，还是得了健忘症？老天才知道。阿拉斯加是大地方。我压根儿不觉得他们抛弃你了。”他的手指敲着桌子。他的话听起来又愚蠢又没有分量，他自己都不耐烦。两个像维奥拉和亚当这样的大人说不见就不见了，怎么可能呢？

“嗯,那他们靠什么谋生呢?”鲍勃问了一句,他是想找点启发,好知道自己的发展方向。他只晓得自己不够重要,所以他们不会一道带走。至于自己为什么这么没意思,父母随随便便就给丢在门外台阶上,信也不来一封,电话也不打一个?这问题他已经学会不去想了。“我是说,我爸爸是干哪行的,是工程师?搞电脑的?还是什么别的?”

“这个嘛,你妈是给领带上画画的。你知道我那条上面画着‘泰坦尼克号’沉没的领带吧?就是出自你妈之手。我想那是我最珍贵的财产。有朝一日我会传给你的,鲍勃。至于你爸爸吗,不太好说。他总是参加各种各样的测试,能力测试,希望能搞清楚自己一辈子该干什么。别误会我的意思。他是好人,很好的人,只是太不专心。他从来不肯踏踏实实做一件事。去阿拉斯加之前,他大概换了上百个工作。到那边可能出了什么事,而他们肯定解决不了。我也不知道具体是什么事。我光是打电话就花了好大一笔钱。你舅舅赛罗还专门跑了一趟,找了两个月,结果只查到那飞行员的名字。我们在报上也登启事了。谁都不知道,警察也好,我们的家人也好,阿拉斯加的人也好,统统没有听说过他们的消息。所以,我只能说你运气不好,亲人失踪了,白白丢了去阿拉斯加长大的机会——结果和我这个又疯又穷的舅舅过,守着这个破烂店。”他弯下了腰,头扭向一边,手不安地搓捏着毛线衣袖口松出来的一根线头。“要说我有什么值得你佩服的,那就是责任心。维奥拉从来没有责任心,亚当就更不用提了。要是你去搞什么鬼项目,那就得有始有终。说话要算话。看着你每天到邮箱找阿拉斯加来的信件,我就心如刀绞哇。要我说,维奥拉和亚当算不上有责任心的人。”

“有失必有得吧。”鲍勃说道。得这方面是指泰姆舅舅。他每天晚上都念故事给鲍勃听,征求他对天气的看法,和他讨论煮玉米要几成熟,在旧货店的杂物堆中给他找好玩的东西。鲍勃·道乐不敢想象如果换在赛罗舅舅家，日子会怎么熬。赛罗舅舅的老婆西奥班是个热力四射的木屐舞①舞女，家住内布拉斯加州比肯斯市，在家里的客厅里还经营着相命的生意。她在大门口上方安了个霓虹灯招牌，招牌上有招手的图案，图案下面是"算命请入内"的字样。

"我想把别人的孩子养大挺不容易的。"他喃喃低语。每天睡觉前他总是听舅舅讲故事，这拉近了他和舅舅的关系，也拉近了他和故事的关系。自从头一天晚上，泰姆舅舅在这个小公寓里翻开第一页书，念出"第一部分：老海盗"，鲍勃就成了铁杆故事迷。他陷入了幻想世界，他温顺地听着，张着嘴，入迷地消化着舅舅讲的所有故事。

"呵，你这小子好对付。就是被图书馆罚款有点不好。你一直是个好孩子，做事实在，而且能帮我忙。我从来不用为警察打电话来犯愁，不用操心你会吸毒，偷车，或者在小商场打劫。惟一让我感到头疼的，是你和那个大块头的怪人奥兰多搅在一起那阵子。他后来去坐牢我毫不奇怪。谢天谢地，你没有和他一起被关进去。"

"他犯的并不是武装抢劫这种事，他是黑客，只不过黑黑人家的电脑而已。"

"是吗？把科罗拉多州森林局的经费弄出来，花到内华达州的妓院！如果这种事只是'黑人家的电脑而已'这么简单，我倒要和你理论理论。"他伸了个懒腰，继续搓捏着袖子口，然后看了看表："都快十一点了。我得回店里去了。"

鲍勃早年常觉得自己支离破碎，碎成无数小片，彼此不能连缀，宛如一袋碎木片。木片之一是过去和父母在一起的日子，然

---

① 一种穿木屐表演的舞蹈。

后是他和泰姆舅舅、韦恩·开胃·莱德堡一起过的日子,再接着是只和泰姆舅舅一起的日子。还有奥兰多、“发烧”、稀奇古怪的电影,还有灯泡厂那些时候——记得灯泡厂的吉丁斯太太要他给自己做脚按摩,那脚上又潮又粘的尼龙袜臭得他透不过气来。他不肯按摩,吉丁斯太太勃然大怒。没错,在泰姆舅舅家,鲍勃做事确实卖力,肯帮忙,但这不过是泰姆舅舅太过穷酸,穷酸得连鲍勃都不好意思。把周围打理得干净清爽一些,似乎还能冲一冲这穷酸气。他喜欢把书架上的书按照大小和颜色分类摆放,舅舅的合伙人开胃·莱德堡看了就说:“别这么婆婆妈妈的啦。”

泰姆舅舅对鲍勃·道乐钟爱有加,不过他也没什么能表达他的喜爱,顶多只能热切地关注他,再就是把旧货店所能找到的最最好的东西送给他,最近找来的这双棕色皮鞋就是个例子。

“鲍勃,这好像是你的尺码,十号,双 E①。你试试看。是在一袋旧货里找的,不知是哪个红脸胖子的东西。或许是佣人送来丢在这里的。”

“很棒很棒。现在我只缺件运动装了。”的确,这鞋配上鲍勃的牛仔裤和 T 恤,模样很是古怪。

“我们这儿没什么运动装你能刚好穿上,不过有件便装的短大衣挺不错,小山羊皮面子,羊毛衬里。和新的一样,差不多是你的尺码。这种短大衣现在不时兴了,不过会有用的。说不准什么时候就大派用场了。好就好在,它也是——也是皮革的呀。哪天到店里来,瞧瞧,看看!”

短大衣穿上去肩膀的地方有些紧,袖子也有点短,但是除了有块地方上色上得不好,成了柠檬色,整件大衣的做工还是没二话说的。怕就怕哪天穿这衣服走在街上,会被原来的主人撞上,

---

① 美国鞋的尺码用字母表示,双 E 是特加宽的。

被他奚落一顿。这种事读书的时候发生过两回,有一回是穿着花格子套头衫,还有一回是戴着编织的帽子,帽檐上还原封不动地绣着“查尔斯”三个字。他想用记号笔把字涂掉,不过怎么涂还是看得出来。最后,他干脆用烟头把帽子烧了个洞,把这烫了洞的黑色大贝雷帽一戴就是几年,自我安慰说这是到丹佛来的法国人丢掉的。

“好,鲍勃,”克鲁克先生把充满男子汉气息的石楠花味剃须水拍在脸上,接着说道,“你到得克萨斯那边可不能穿这种鞋。你听我的没错。我在那边待过几年,我知道,你一穿这双棕色牛津鞋,那些人就要和你为难。你别看那些做石油的穿得西装笔挺,也别看种麦子发财的农场主戴着钻戒,但在得克萨斯这地方,最受人尊敬的还是牧民,而牧民都想把自己装扮得像牛仔。你不妨备条休闲裤,还有几件长袖衬衫。另外一定要去弄双正经八百的牛仔靴穿上。你不一定非得戴牛仔帽,穿西部的衬衫,但靴子是免不了的。”

“是的,先生。”鲍勃领悟了其中的道理。

“还有,鲍勃,我得给你交代你在那里,在那个郡,要去留意的一些特征——这都是咱们私下说的。找那种小型的养牛场或者农场,别找那种大的,也别去问津上面有四百个油井的那种大牧场。要找那种到处都是白头的地方。我是说老人。这种年纪的人只想安安静静地过日子,不会来和你瞎掺和,或者去市政厅这种地方和你斗。我们要的就是这种人。你得找到地方上管事的人,银行家啦,教会的人啦,弄到他们的名字,和他们搞好关系。留意哪些农场主家有孩子去上学了。这些孩子除非你用枪抵着他们脑袋,否则是不肯回家的。你要注意看讣告,看当地哪些有地产的人刚死,而他们的子孙只想着‘给我现钱’,以便他们能回堪萨斯、基韦斯,或者其他花天酒地的城市。”

"还有一点。你得有个冠冕堂皇的说法,你总不能跑去说自己是给环球猪肉皮公司选址的。会有人跳出来跟你过不去。你每次过去,或者离开,都是几个月时间,得有个说法,说明你为什么去那里。原来做这事的那家伙说自己是一家全国性杂志的记者,是来采写一篇关于长条地的专访——因为这个原因,他得走访各种地方,提出贴切的问题。你知道'贴切'是什么意思吧?"

"知道,先生,它的意思是与某物紧密相关,或者有某种联系。"

"很好,我想你的书读得不错。前面那家伙以为这词和头发移植有关。总之,他以为他的说法能唬住人,以为做事会一帆风顺。"

"那人说他给哪家杂志做事,先生?他给哪家杂志做专访?"

"我想想,他没有挑《得克萨斯月刊》,他想当地人都应该听说过这杂志。当然,挑《斗鸡周刊》或者《牧场新闻》也会很傻。我记得他说的是《时尚》。他以为挑这种杂志来说,在长条地总不会穿帮的。"

"结果不管用?"

"对,不管用。"吕贝页·克鲁克用小拇指把耳垂上的一点剃须膏弹开,"你得换个说法。要是我的话,不会再去打杂志的主意。但不管怎样,你得想个说法才是。还有,鲍勃,你头几天住住汽车旅馆,摸清四周情况,这丝毫没有问题,但最有把握的方法是向本地人租个房子。找个老太太,或者一对老夫妇,总之要有很多亲戚的那种。这样你就可以直截了当地了解情况。能搞到内幕。你就把这个,"他查了查墙上的地图,"这个加拿大河以北这一带的地扫一遍。好好扫一遍!如果找到一块好地,业主又肯出手,你就通知我一声,我会派收购的人过来。我们开了一家子公司，收买这些土地，然后转让给环球。当地人并不知道要建养猪场，直到推土机开始建化粪池，他们才明白过来。再往后，等你长了经验，向环球猪肉皮公司证明了你的价值，你就可以自己做收购员。不过一般情况下，我们会派个女的过来，当场向那些老人开价。这么做有它的好处。还有，你不要老守在一个地方，过个把月就换个镇子。如此类推。我刚说的那家伙是怎么做的？他选择了莫贝蒂。我要是你，就不会去那地方。他引起了那里人的怀疑，惹上了麻烦。”

“露西尔这里给你准备了一套地图、手册和该郡的介绍材料，还有你的公司信用卡——当然了，是有限额的，鲍勃。你在卡上签个名字。这都给你，我不多说，祝你好运。每周给我寄份报告。我不是说用那该死的电子邮件寄。我不会看的。你去租个信箱。来信写我家里的地址，我回信也用我家的地址，这样邮递员就不会看到环球猪肉皮公司的信封，然后开始来盘算你。我一定会让公司用普通的牛皮包装袋给你寄公司简报。小心能驶万年船啊！如果有什么急事，你就用收费电话和我联系。”

“好的，先生。”

“你还要记住，最最重要的是——做好该做的事。”

鲍勃走了，临走时总觉得吕贝页·克鲁克在欺骗他。

当天晚上，为了庆祝，他请舅舅泰姆去著名的因纽特-日本-爱尔兰牛扒屋吃晚饭。这牛扒屋用大口壶倒融化的泽西牛油；烤马铃薯大得像足球，上面还装饰着小花伞；牛扒老厚老厚的，估计要用武士刀才能剁开。泰姆舅舅看着菜单上的昂贵价格就不敢点了，后来却对饭菜大加褒奖，这个迹象说明他应该在想棕榈小吃了。棕榈小吃和他的店只隔一个街区，那里他可以叫上一盘炒鸡胗，或者要个鲶鱼火锅。不过这次他的想法好像和往常相反，因为他走到外面人行道上，打了个饱嗝，说道：“我在考虑要不要光吃蔬菜。吃素算了！肉真他妈贵。啊呀，等等，看我差点忘了。韦恩给你捎了个东西。这个，是我的一点小意思。”他舅舅把两个扁平的包装盒塞到鲍勃手上。“等你到了那边再拆。”他说道。

“你是说‘开胃’啊！我都不知道你和他还有联系。”

“是的，还有联系。算了，不提这个了。”

第二章　塑料艺术品

鲍勃的父母把他丢在台阶上那会儿,泰姆舅舅有个室友,叫韦恩·莱德堡,眼睛贼亮,脸颇有弹力。五官以鼻子为中心向四周分布开。大鹰钩鼻过于突兀,让人见后都想不起他眼睛的模样。他的一头褐发鬈曲着,很威猛很有活力的样子。旧货店十点钟开门之前,他总是光着膀子四处晃悠,边走边做填字游戏,用铅笔敲着发黄的牙齿。他的胸脯很奇怪,奶头几乎长到胳肢窝下去了。他并不擅长填字游戏,没什么耐心,没做几分钟就会由着自己的性子,随便填上个什么熟悉的词,也不管是对是错。鲍勃不怎么喜欢他。就是为了在填字游戏上打败他,他才开始学习《儿童插图字典》的。那字典是泰姆舅舅从一个盒子里找到的,递给他说:"多好的星期三早晨,向你恭个喜了。"等他到了十二岁,就能做《纽约时报》上的填字游戏,星期二他直接用钢笔做,不到二十分钟就能完成。星期四、星期五的游戏提示比较刁,需要对过去的文化事件有一定的了解,所以他用铅笔做,要做好几个钟头。他脑子里会闪出各种各样的单词,比如 ocelot(虎猫), strabismus(斜视),plat du jour(今日大菜),archipelago(群岛), bemusement(困惑), vapor(蒸汽), mesa(岩石台地), sitar(锡塔尔琴), boutique(流行服装店)。韦恩技不如人,则找出些关于填字的小道消息来对付鲍勃,似乎这些小道消息才是填字游戏的意义所在,比如:填字游戏是一九一三年一个利物浦记者发明的,一九二四年风靡全国。他一般会对《纽约时报》上的填字游戏嗤之以鼻,说那是孩子玩的东西——然后意味深长地看一眼鲍勃——和那些鬼精鬼精的英国填字游戏没法比,特别是托奎玛达、希梅内斯、阿斯达这些老一辈大师设计的游戏,那提示可都是暗藏玄机的!不过他的挖苦于己无益。他就是技逊一筹。鲍勃就是比他行。

韦恩·莱德堡得了“开胃”这个绰号,还是鲍勃·道乐被丢到台阶之后的事。有天晚上,他喝了个酩酊大醉,难受得哼哼唧唧,喝了杯黑咖啡才能走稳步子,然后说:“妈的,得去散个步子,醒醒脑子。”然后沿着街道晃到棕榈小吃,要了瓶开胃苏打水,打发油乎乎的肚子。他把气儿十足的苏打水一口灌下,几秒钟后就在柜台上吐了。

他有个习惯,说话时话总是藏在牙齿后面,从牙缝最窄的地方挤出来,所以他讲话总带着种受压抑的齿擦音。有很多东西他瞧不顺眼。他很讨厌“改喝牛奶”的宣传活动,那些名人拿着空杯子,上唇白白的——喝东西仿佛像只貘。除了劫机之外,凡是和坐飞机有关的东西他都讨厌,他特别不喜欢那些空姐柔里带刚地要人把小窗拉下,让其他乘客看Z级的电影。他拒绝拉下小窗,说坐飞机惟一的乐趣是从三万五千英尺的高空往下看风景。有次在堪萨斯城,他因为大胆为此争辩而被赶下了飞机。泰姆只好开车跑到几百里外接他,一路上听他臭骂他在等候时走过的那些混账街道。他最不喜欢安慰丧亲者的那些话,比如什么“时间会医治一切伤口”之类。他最听不得“有朝一日,你也会功德圆满”这话。他有时会静静地坐着,余哀未尽的样子。

“功德圆满?亲爱的人都死了,还圆什么‘满’?”

他不喜欢看龙卷风观察者尖叫着“好大的风!好大的风”这种电视节目。他瞧不起骗子横行的互联网,觉得网上全是错误的信息和欺骗行为。他也不喜欢外国老电影,电影里的人分手时,还站在路中间挥手。他还认为,有手机的人都该杀,和把意大利面做糊的人一样！挂历，特别是上面没有电话线、生锈的车子和汉堡摊，只有鲜亮风景的挂历最让他火冒三丈，不过他也鄙弃以小猫咪、摩托车、名女人和爵士音乐家为题的专题挂历。

“干吗不拍些野猫？干吗不拍疾病？”他怒不可遏。高速公路上遇到沃尔玛的卡车他就咒骂。电梯里遇到洒香水的女人，他也会挖苦，说闻到了野兽的麝香味。他多年来一直在写一篇文章，题目叫《这个国家不是你的国家》。

尽管两人合不来，开胃还是给鲍勃在本地书店开了个赊购账户，让他每两周可以买一本书。鲍勃本不想和开胃扯上任何关系，无奈他喜欢看书，这种喜欢占了上风。

每次有人把捐物盒放在门口台阶上，他总是要对里面的东西讽刺一番。有一次，有人送来了一件奇怪的服装，盒子上面打着“豪华户外女装”的字样。一看，原来是件背心，不知是用什么动物的皮毛做的，做工粗劣。这衣服长长的，灰褐色，上面有陈旧的烟草和樟脑味。

“好个野兽！”开胃叫了起来，装作害怕的样子，往后退了退。“老天！这东西是六十年代的，不知是哪个山地公社①的。鲍勃，你在口袋里摸摸，看里面有没有毒品。”

口袋是空的。开胃不喜欢这件背心，它让他联想到涡纹花呢衬衫、和平徽标，还有用款冬草和蓍草医疗自己女儿的姑娘。尤其让他恼火的是，他搞不清楚背心是什么动物的皮毛做的。到最后，他忍无可忍，把背心一把包起来，送到丹佛自然历史博物馆。

“把通心面递给我，鲍勃，”泰姆舅舅那天晚上说，然后转向开胃，“你要不要讲讲他们博物馆的人是怎么说的？”

“你真想知道？”

---

① 二十世纪六十年代嬉皮士组成的社区，社区中吸毒是常见现象。

“我当然想知道了。这皮毛很不寻常。”

开胃呼哧呼哧地说:“这叫你说对了。这皮毛可是犯法弄来的。是灰熊的皮子。”

“哇,不会吧?”泰姆舅舅是狂热的环保人士,一直订阅着《爱鸟》《高地郡新闻》《自然母亲》《落基山野生生物》和《科罗拉多野生生物》。

接着,两人长时间讨论——争论——着如何处理这“野兽”。开胃就一直这么“野兽”长、“野兽”短地叫着。到最后,这背心倒独享了一张桌子,前面摆了个牌子,写着“熊皮背心,独一无二”,还有个二百美元的标价牌。

这两人在家是同伴,在生意上是同伙。后来几年间,鲍勃一直在想这两人有没有别的什么关系,他们亲密得不寻常,好像不只是室友和合伙人这么简单。不过他也没见过两个人眉来眼去,或者抚摸接触。两人各有一间自己的卧室,在楼上大厅两头。但另一方面,他们俩也从来没有带过女人进家门。这是个穷光棍凑合在一起的家庭,因为这两人都挣不了多少钱。后来鲍勃断定,这两人(或许还有他自己)在性这方面是挂了空挡。不过也有一次例外:记得那是在圣达菲的时候,开胃·莱德堡一天里第三次坐到宾馆的擦鞋高凳上,一个墨西哥男孩用抹布劈劈啪啪地给闪亮的鞋尖打光,开胃的脸上露出了一种奇特的表情,九岁的鲍勃将其形容为“成人”表情。鲍勃长大后,他悟到了这种暧昧表情所包含的性满足,他有一个词来形容它:“欲火中烧。”他能在自己的脸上看到这种表情,不过对象不是擦鞋童,而是弗兰特岭高中的娘们,尽管她们就像挂历上的肖像一样遥不可及。他想象自己和一个放荡、鬈发、脸上有酒窝的姑娘在一起,结果却和这想象大为出入。鲍勃个子不高,不过生来走运,他的体型匀称,线条柔和,屁股小而结实,肩膀方方阔阔。鲍勃渐渐发育成熟,泰姆舅舅看在眼里,脑中突然蹦出一个念头,觉得这孩子就像韦恩说的,结实得像只“砂锅”。

弗兰特岭高中那里没什么带酒窝的鬈发姑娘。三年级那年,他被一个邋里邋遢的高个子姑娘看中了,这姑娘名字叫玛里莎·伯德斯特劳,脸上灰灰的,涂着暗红色的口红,把牙齿衬得黄黄的,像海狸皮一样。她说她爱鲍勃,但这是花言巧语,丝毫不是出自真心。两人就这么约会上了,平时在一起学习,星期五或者星期六晚上一起看电影。星期天上午,姑娘的父母——两人都是大麻脸——去做礼拜,他们俩就抓紧时机大搞一场。他听她的,该做什么,怎么做,她脑子里全考虑好了。她总是晚上打电话过来。

“在干吗呢?”

“看书啊,准备社会课考试。”

“我也要考试。是博物课。不过我也不想看书。差不多是个小测验吧。”

博物课是门试验性的课程,内容海阔天空,跟着课堂讨论走。一开始的一个单元是地质方面的内容,后来转到世界语、路易十六的宫廷、威士忌反抗运动、俄克拉荷马圈地运动,然后是不规则碎片形、油罐的建造,最近的话题是如何用算盘计算。

“再过三天就是星期天了。”她调皮地说道。

“是啊。”

“你开心吗?”

“开心什么? 开心还有三天吗?”

“我是说只有三天了!”

“是,那当然。”

不过他并不是那么开心。每次在她粗糙的被窝里相会,被她身上的味道熏着,他都觉得烦躁和失望。有些方面他希望有所不同。不过玛里莎笑起来很开心,而且还有点幽默,虽然她幽默的对象都是些痛苦、遭殃的人或者事。鲍勃只把她带进家一次。她明白无误地说，她觉得鲍勃家的房子简直是个狭小的山洞，她还说泰姆舅舅有点白痴，人还不错，就是傻得可以。

“他挺迷糊的，你知道吧？脑子不太好使，是不是？”

后来她说要分手，鲍勃没有难过，也不感到如释重负。

“我不能继续和你谈了，”她说，“我有别人了。”

不久，他发现那个别人是凯文·奥克。他是个近视眼怪人，粉刺脸，油乎乎的头发，头发上总还留着梳子印。

“祝你好运。”他礼貌地说，但他私下却认为玛里莎和凯文·奥克是天生一对。至于他自己，玛里莎产生兴趣，或者是失去兴趣，都说明自己对她是何等无足轻重。只有泰姆舅舅还能从他身上看到点价值，究竟是什么价值鲍勃也不知道。他想不过是亲缘关系吧，或者是对失踪的妹妹的责任感。

泰姆舅舅家的屋子有种特别的气味，一种从下面的店里冲上来的恶臭，混杂着蒙了灰的雕塑味、家具套的霉味、赛璐珞和胶木的刺鼻味，还有陈鱼胶的海腥味。从店里往上的楼梯窄窄的，歪歪的。屋子内墙贴着四十年代那种黄格子墙纸，上面挂着红茶壶。楼上是个长厅，厅中间的墙上，挂着一些雕刻和画，都是跟着那些旧货过来，被泰姆舅舅看上的。有幅画上面画了地球上最大的五十条河流，像荡悠悠的绳索一样排列着，按长度分了等级。对面的角落则画着一排山峰，从小到大一溜排开，那种排列给人以美妙精彩的印象，在现实中不会真的存在。但多年来，鲍勃一直以为在某个遥远的地方，有几百座像反扣着的冰淇淋一样的山，后来这些山让位给一片广大无比的平原，平原上有五十条河，这些河相互平行。

“这不是真的地方，”开胃·莱德堡说道，“你这傻帽儿！那是作比较用的。”

旧货店买卖形形色色的美国杂物，但专项是塑制品。对树脂和聚合物制品的共同兴趣让两个合伙人走到了一起，就像同一根枝子上结出的双生樱桃。泰姆舅舅说起塑料加工，能滔滔不绝讲好几个小时，他甚至还报名上了一门化学课，以便能更好地了解复杂的加工工序。

店里有间房子——最好的房子——从来不卖东西给普通顾客。门上有块牌子，上面写着：

塑料艺术品

非约勿访

“总有一天，”泰姆舅舅说，“或许我们这辈子看不到了，但或许你还能看到，鲍勃，人们会收集二十世纪的塑料制品，把它们当作艺术品，就如同我们今天去找木头的谷斗和风车坠子一样。这些东西会卖上大价钱的。”他说道，神气活现地指了指那些货架和盒子，里面装着透明合成树脂胸针、丙烯花瓶、胶木收音机、聚乙烯水壶等物。地板上摆着塑料的洗衣机搅拌器，有黑的，有白的，都安着底座，像雕塑一样。两个合伙人一门心思到处淘这些玩意，有时不惜大老远跑到庭院旧货摊上找东西，另外还定期去逛百老汇街古董集市里的商店，寻找婴儿玩的小响盒，老式台球，还有过去修女围的赛璐珞围兜这些东西。

在专题收藏里还有针对珍稀品种的分专题，而且开胃·莱德堡和泰姆·巴普两人分别都有自己的分类专题。开胃收藏了几十把苯酚阳伞把手，上面都镶着精致的金属边。泰姆搜集了一些英国二十年代的尿素树脂制品，当时叫甲壳虫制品——三聚氰胺材料的前身。硅、聚亚安酯、环氧树脂制品他们也要，但出价如果不在几块钱之内，他们就不予考虑。二十年代的人造树脂首饰是个附带的收藏专题。有一次，泰姆舅舅在一盒旧杂志下面翻出了一本人造树脂首饰的购物目录，两人都觉得如获至宝。

塑料艺术品收藏室里有几十个玩具娃娃和其他玩具,不过鲍勃觉得“埃及艳后”美甲盒比它们都强。这盒子是件红黑相间的装饰盒,里面有塑料柄的指甲锉、金刚砂磨甲板,还有几瓶干成粉状的指甲油。鲍勃幻想这匣子就是埃及艳后用过的,幻想那些小瓶里装的黑粉末是毒药。

一周的高潮是星期天晚上播放“古董看台”节目的时候。一到星期天下午四点半,泰姆就去关店门。哪怕门口有顾客在巴巴地等着,他也照样把“打烊”标牌挂出来。两个合伙人对该节目的忠诚到了无以复加的地步,他们看这节目甚至形成了一些特定的仪式。他们总是把上周积下来的杂志和账单全挪走,腾出咖啡桌子,把笔记本和钢笔摆好。他们每次都准备着价钱不太贵的节令饮料,一定用爵士时代的银制企鹅摇杯装着——含有可可奶的饮料让他们肃然起敬,无奈可可奶太贵,一般情况下,两人只能退而求其次,买六听蓝芽啤酒,对半分着喝。食物是花生酱三明治、萝卜条、便宜的干奶酪。有时会奢侈一点,吃顿布法罗辣鸡翅,或者从棕棚小吃要的杂碎汤,用纸盒装着的那种。

塑料制品很少能上“古董看台”节目,一旦上了,两个人就欣喜若狂,拼命在笔记本上一顿狂记。有一次,有个巴尔的摩的矮胖子上了节目,展示一台模样质朴的奥列维蒂牌塑料打字机,打字机颜色鲜红,带有简便红色机套,是六十年代的产物。一看到这场景,两个人都嫉妒得直跺脚。看到“专家”给出区区一百美元的估价,两人都气得大叫。泰姆说,要是有钱,他一定飞一趟巴尔的摩,向那人去买。当然,加上飞机票钱,这成本会直线上升。后来只好作罢,作为补偿,跑了一趟丹佛,希望找到同样漂亮的工具,结果一无所获。

“古董看台”一播就是几小时。他们俩一直身体向前倾着,乐呵呵地等着下面展示的物件,每次不等专家开口就说出他们估的价，边看边吃萝卜条——萝卜条都干得拳曲了。节目结束后，两人都坐立不安。开胃总是跑到塑料艺术品收藏室去把藏品擦洗一遍。他们常商量怎样搞到珍品，把别人都比下去。他们还经常在晚上满怀热情地赶到跳蚤市场，到半夜才回家，带回好几盒不中用的奇怪玩意。他们最接近于找到珍品的那一次，是找到一个日记本，日记是个叫 A. 杰克逊的人写的，泰姆认为他可能是安德鲁·杰克逊。他们兴高采烈地（但这兴致渐渐冷却下来）查找提到杰克逊先生的地方，结果大失所望，发现这 A. 杰克逊原来是阿米利亚·杰克逊！此人是佛蒙特州的波尔特雷人，是一八五〇年从新英格兰前往加利福尼亚去淘金的大批移民之一。他的日记记的也不过是天气、金沙、行路距离这些内容，记到他们在独立石那里休息的地方，就戛然而止。最后的那地方是这样写的：

> 因和导游默克先生意见不合，杰克逊先生和其他几个人决定脱离马车队。我会和马车在一起，如蒙救主耶稣的悦纳，我们将在旧金山会面。那些人想抄近路去金矿。我不认为这是上策。我愿和父母双亲还有亲爱的妹妹在一起，有安宁，有和睦，而且水池里还储备着大量水！

他们后来终于把日记卖给了密苏里州独立市的拓荒史料图书馆，得了几百美元。开胃酸酸地说，如果是安德鲁·杰克逊的日记，他们就可以退休了。

鲍勃发现，随着时间推移，开胃·莱德堡对文物节目渐渐不像泰姆那样热心了。他越来越喜欢嘲讽乳白玻璃灯罩和旧日记这些东西。他没等节目放到一半就会站起来，丢了句“等基诺出来了叫我一声”，就去厨房的冰箱找东西了。现在这节目最让他感兴趣的部分就是基诺兄弟出场了，这兄弟俩是双胞胎，来自纽约，是美国家具的专家。泰姆觉得这兄弟俩看起来仿佛是会活动的蜡人，不过他们的服装却叫人啧啧称奇。他想到了“一丝不苟”这个词。他们穿的那身衣服可真是一丝不苟，丹佛人根本比不上，现在不能，以后也不能。

鲍勃高中毕业那年，舅舅和开胃的合伙关系终于结束了。那是个星期天晚上，“古董看台”刚播完。开胃大部分时间在厨房里做“花生酱之梦”甜饼，但一只耳朵向着客厅，等着听泰姆说“基诺到了！”，每到这一部分，开胃就会跑进来。看到一张精美的高脚橱，电视上基诺兄弟激动得手都发抖了。开胃聚精会神地看着，手里还拿着盛有甜饼糊的木勺子。最后，欢快的片尾音乐响起来，演职员表的字幕一行行翻过，他挨着泰姆坐到沙发上说：“我们得谈一谈。”他把木勺子放到咖啡桌上，也不管从木勺里慢慢流到桌子上的甜饼糊。他抬头一看，见鲍勃看着他们两个人。

“来，鲍勃，你能不能去把这甜饼做完？我有话和泰姆说。”

鲍勃瞟了舅舅一眼，见舅舅点了点头。他走到厨房，假装把门掩上。他听到开胃低着嗓门，喋喋不休地阐发着什么声明。他很好奇，但是听不出来两人到底在讲什么。他站起来把耳朵贴在门上，还是听不到。中间泰姆舅舅有时会穿插个问题，接着开胃又会滔滔不绝地往下讲。鲍勃八年来听他讲的话，加在一起还没有这一次多。甜饼做好了，鲍勃装了一些在盘子里，给他们端了进去。一推开门，他们俩就立刻安静下来，看着他把盘子放下，说声谢谢，等鲍勃离开了，才重新开始说起来。鲍勃自己也拿了几个热乎乎的甜饼，上楼到自己房里去了。到了十点钟，他打着呵欠去洗手间刷牙，还听见他们俩在楼下，还在说着。

第二天大清早，他还半睡半醒，就爬起床，打开门。下面的低语还在继续。现在是泰姆舅舅在说了，鲍勃只能听到“……合理的市场价”几个字。鲍勃想他们肯定是在说那些塑料。

鲍勃八点钟就跑下楼，楼下没人。毫无疑问，那两人通宵在谈塑料梳子、塑料胸针这些东西，现在起不来了。垃圾箱里有只空的苏格兰威士忌瓶子。他把咖啡机打开，出了门，到康体宁报刊摊上买报纸，回来的路上去甘山面包房买了他们俩都爱吃的草莓—开心果丹麦面包。回到厨房，他把餐桌收拾好，拿出牛奶和糖，从冰箱里拿出三个鸡蛋。正在找泰姆舅舅每次都要买的无硝咸肉，就听到身后慢吞吞有人走过来。是泰姆舅舅，身上穿着破旧的花格子浴袍，看起来迷迷糊糊，宿醉未醒的样子。

“唉，我得喝点那咖啡。”

“你们俩昨晚多迟才结束？”

“到了天亮吧。我是两个小时前才去睡的。”他看了看桌子，桌子上摆着三套餐具。他拿起一个盘子，又拿开一副刀叉，把它们放到一边。

“哎，你这是干什么？‘开胃’也要吃早饭啊。”

“今天早上不了。他走了。早上五点钟走的。他劝我买下了他的股份。现在只有你和我啦，小子。”

“但他去哪里了？为什么？我们没有钱怎么能买下他的股份呢？”

“他去了爱荷华城，他姐姐在那边，然后他还要去纽约。他说他想学习仿古家具，就像基诺兄弟那样。他现在不喜欢塑料艺术品了。你说得没错，我们是没有钱，不过我向他保证，如果我能把这堆破烂处理掉，我会分一份钱给他。好了，要是你不介意，我们再也别提这个话题了。一想起来，我的脑袋就要炸掉。”

鲍勃很知趣，再也不提这事了。几个星期之后，他得到了第一份工作，给桑德曼食品店当包装工。除了薪水，他还能得到过了保质期的蔬菜、鸡蛋和水果。所以他们总是吃快要坏掉的菜和时间过长的肉，常常拉肚子。

第三章　重新上路

吃过那顿表示庆贺的牛扒大餐后，第二天早上，鲍勃就开着环球猪肉皮公司配的蓝色新款土星车，沿着I-25号公路，向南部进发。他一边开，一边留意周围有没有逃犯开的白色厢式货车。开到特立尼达，他给车子加了一次油，买了根滴着汁的辣味热狗边开边吃，在拉顿关下面一处山泉边停住车，洗了把手，把方向盘上的油汁擦掉。

副驾驶座上，放着舅舅在餐馆外给他的两个礼品盒。

他取道新墨西哥西北部，沿着蜿蜒崎岖的上坡公路开。路两边是高高的牧场草地，草地干干的，空荡荡的，只有些锥形山峰、奶牛，间或还能看到远处的房子，房子周围是畜栏。一个上了年纪的牧马人赶了四十头牛在马路中间走，既不着急赶，也不把它们从马路中间赶开让给车子走。

车开在一条之字形的上坡路上，两边都是遒劲的矮栎树。他想再开一个小时，该到拉洪塔以南、珀加图瓦尔河畔的匹克特·瓦尔峡谷地了。他十三岁那年，他，还有他舅舅和开胃·莱德堡，租了一辆车，开到威瑟斯峡谷口，准备徒步旅行到传说中的恐龙化石地。

那是个大热天，晌午时分的气温在华氏一百度以上。鲍勃和泰姆舅舅各带了一大壶水。开胃背了一背包冰啤，鲍勃和泰姆舅舅手里拿着塑料瓶。开胃和鲍勃穿着旅游靴，泰姆舅舅还穿着又旧又黑又臭的运动鞋。通往峡谷的公路结束的地方，是步行道的起点，这地方一会儿陷下个大洞，一会儿矗立着巨石。峡谷口有个标牌，上面记着：步行来回共十点六英里。

“他妈的，”泰姆舅舅骂道，“要走十一里啊！”

“进去两个钟头，出来两个钟头，”开胃喝光了第一罐啤酒，把罐子扔到岩石后，“别管了，”鲍勃去捡的时候，他叫住了他，“我们回来路上再捡。你他妈的老是这么啰嗦。别这么婆婆妈妈的啦。”

他们慢吞吞地行进着，沿着遍布着岩石的小道往上爬。太阳毒辣辣地晒着鲍勃的脸，二十分钟后，鲍勃就觉得自己身上着了火一样。他忘记戴帽子了。他问道：“泰姆舅舅，你有没有带防晒油？”他觉得自己到了个可怕的地方，四周到处兀立着乔利亚仙人掌、丝兰、霸王树仙人掌。高低不一的刺柏趴倒在热烘烘的岩石上。峡谷的峭壁在他们周围挺立着，向他们身上射出热气，如同激光枪一样。

“见鬼，没带。真该带上。‘开胃’，你有没有？”

“在车上。想跑回去取来吗，鲍勃？我们等你。”

“不干。”一想到要往哪儿跑，他都觉得头皮发麻。

他们继续走着，开胃走在前面，仿佛在带领着一支旅行队。每走一步，路上都扬起一片黄色的灰尘，不久，鲍勃和开胃的靴子、泰姆舅舅的运动鞋、他们露在外面的袜子口以及小腿上都沾满了这种灰，腿脚上开始发痒，就像在干草里蹭过那样。一开始，鲍勃还想留着容量为十二盎司的瓶子里的水，慢慢喝，但嘴里实在焦干焦干。他使劲吞着唾液，喉咙里格格作响。他觉得喉咙里面在流血。开胃喝完了第四瓶啤酒，小心地把罐子直立着放在路边。

“回头要记着拿上。”每喝完一罐他都这样说。他直了直身子，炎热的空气中传来一声细小的、干干、沙沙的声音。鲍勃以为是蝉或者蟋蟀，走上前去，到了开胃前面，但泰姆舅舅突然伸直了胳膊,打到鲍勃脸上。

“哎呀,干吗呀你?”

“别出声! 有响尾蛇。”四周突然充满了紧张的氛围。

他们看不到响尾蛇在什么地方,只能一动不动站地着。那声音嗡嗡的,越来越响,鲍勃觉得他从来没有听过这么大的声音。但他们还是看不到,一直到开胃换姿势。

“在那儿,”开胃说,“就靠在啤酒罐边。老天爷,离我只有两寸远。”

“我不想待在这儿了。”鲍勃低声说。

他们慢慢往后退,等退到十五英尺外,开胃捡起一块石头,向响尾蛇扔过去,没有砸中。

“现在该怎么办,泰姆? 绕道走吗? 那该死的蛇就在路上。”

“去他妈的,我们回吧。我脚上都起泡了。鲍勃晒脱皮了。天知道还会碰到几条蛇? 没准这里有几百条。不一定都是响尾蛇。人们打死了无数条响尾蛇,现在繁殖的都是不响的蛇。有朝一日,这里会全部是不响的蛇。再说,天也太热了。这地方应该是十一月来对付的,不是六月。”

他们打道回府了,十一月没有来,从此没再来。不过鲍勃总盼着有一天能成功地到达恐龙地,或许会骑山地车,无论如何,他会在冷天来,等响尾蛇都去冬眠了。现在,他又想起那次无功而返的旅行,他想他或许可趁在丹佛和长条地两边跑的时候,抽个时间跑一趟。找个天凉的日子吧。

在克莱顿以北,他找到了一条黄土路,沿着黄土路走,突然来了个大转弯。然后车子颠簸在拱形桥背上,或者行进于深得能擦到车底盘的泥泞中。大下午他才赶到特穆,特穆离黑台地不远,在俄克拉荷马州长条地上面。特穆郡的地形以矮松-刺柏台地为主，四处是岩石，岩石中间到处长着乔利亚仙人掌、朴树、胭脂栎。他把车停在一家小卖店前，买了一瓶水和一个火腿三明治，不料被饶舌的店老板缠住。店老板是个皮肤松弛的胖子，留着硬硬的白胡子，最近刚从加州过来。他和鲍勃说着他野心勃勃的退休计划，说要如何把这地方变成圣达菲第二。

“是这样的，我祖父三十年代离开这地方。那会儿这里是干旱尘暴区。我想我该回来，看他们都留了什么下来。一看，很漂亮啊。很有潜力。也通了电，不比加州差嘛。这边有手艺人，木匠、漆匠，有印第安人，有些人家里全是古董，别看这里的旅游业现在还不怎么起眼，稍微加把油就起来了。主要是要做基督教旅游业，搞些牛仔《圣经》训练营，让他们住进去，整个夏天训练。在肯顿那边的复活节大游行，参加的人成千上万呐！我们现在连葡萄园都有了，东边的布彻·普兹曼尼家把牧场改成了葡萄园。只要运气还不太坏，俄克拉荷马长条地能把纳帕山谷[①]比得无地自容！气候挺适合葡萄生长，地形高，空气干燥，阳光充足，空气清新，土壤是那种多石的淡土。郡里新来的经纪人说我们很有可能培植出很不错的地区性品种。原来那经纪人就知道养奶牛！”

鲍勃觉得这人是在自欺欺人，胡吹乱吹。他大老远从加州跑到沙尘暴中心来，心里没准懊悔得很，吹捧吹捧这地方，还能化解一下心头的那懊悔劲儿。

“我想如果我们能引起《今日俄克拉荷马》的兴趣，让他们过来写篇报道，我们的生意能提高五成。但如今我们在这儿被人忘了。现在我的手比较松，什么东西都进一点，看看大家需要什么东西。我这里有挂历，有蔬菜，还有午餐台。我这儿还有打气泵，不过打的气只能管三十英里路。明年特别重要。我劝了

---

① 美国加州著名的葡萄产区。

一个朋友来翻修这里的一家老宾馆，开家高级饭店。到时候，布彻家酿的第一批葡萄酒也该上市了。要是给他赚上了，一定会有上百户人家把奶牛业停掉，转行做种葡萄这样的好生意。繁华的日子就要来了。特穆将会变成圣达菲第二。”

店老板描述的繁华的未来城市眼下荒凉得很，鲍勃只用了十二秒钟就开到了尽头，路上经过了三个设在铺面的小教堂，还有七幢房子——要么是空的，要么摇摇欲坠。还路过了一处石头房子，没有屋顶，上面有块晃悠悠的牌子，写着“凯利酒店”——他想这大概就是要建设成“高级饭店”的地方吧。这一带的岩层奇特，看起来就像倒扣着的恐龙粪便，让鲍勃看了很是迷惑。鲍勃由此想到，这店主人实在无知，要知道，圣达菲从一个经营墨西哥皮货和印第安银饰的贸易小镇，发展到如今的样子，那可是用了好几百年时间的。他和泰姆舅舅、开胃·莱德堡一起，到过圣达菲好几次，去参加塑料艺术品协会的年会。每次那两人对着聚合物制品流连忘返，而他则揣着酒店免费提供的导游手册，一个人出去逛。他想到了圣达菲之路，这条路从密苏里的独立市开始，经过堪萨斯的康恩萨树林，到了潘尼岩分成两路：“水路”沿着西玛隆河向南；相对保险的是“旱路”，从奔茨堡向西，经拉顿关，再经桑格·德·克里斯托山脉，一直延伸到圣达菲。正想着怎么穿过那条可怕的路，车子就转错了弯。

他一开始并没有注意到，因为前面蹿出了一只走鹃鸟。路也是柏油路，不过没过多久，路就变窄了，往前再开十五英里，到了一个短坡，坡很陡，车子直冲下来，到了一个河道交叉口，河上没有桥，车子涉水而过，然后再上坡，急转弯拐过一个角落，然后才到平地。平地上路分了岔，变成三条轧满车辙的土路，什么标志都没有。这时台地不见了，岩层也消失了。他摸出地图，可惜他这地图是加油站买的便宜货，上面写着“美国中西部各州地图”，特穆根本不在上面。他估摸往右应该是向东，会和州界线平行，往前开一会，准能再次遇到向南的大路。

因此，他费力地让车子在泥泞的车辙中间前进着，路上不时会看到动物粪便。这是一条很原始的马路，穿行在渺无人烟的牧地中间。四周没有城镇，没有加油站，没有房子，没有畜栏，也没有其他车子。他是路上惟一的旅客，行驶在一条没有尽头的路上，前面既没有岔路，也没有十字路口。纤细的灰尘飞进车子里，把他呛得难受，他后悔没有从饶舌的店老板那里多买几加仑水。即便在俄克拉荷马，三月份这么热也很少有，天上乌云密布。他只好干巴巴地咽口水，过了一个小时，才看到一块饱经风吹雨打的标牌，这是他这么长时间看到的第一块标牌。上面写着：**科曼奇国家草原**。他拿出地图，看到上面有一处绿方块，上面果然标着这名字。总之他稀里糊涂又转回到科罗拉多州，又在往北走了。

他不忍原路返回，回到那还处在萌芽状态的未来的繁华都市，所以他一意孤行地继续向前开。他相信迟早会遇到向东的路，然后折向南，继续向俄克拉荷马和得克萨斯进发。又过了六英里，他终于遇到一条右拐的岔道，虽没有标志，但笃定是向东的。拐上这条路，他能看到南边有一道乌压压的云幕，被闪电撕扯着。

车子抖了一下，上了一条柏油路。在远处，他能看见半拖货车飞速行驶在一条繁忙的高速公路上。他终于找到了路，但耽误了好多时间。西北方的云层中露出一道缝，光线投射下来。那光线有种厚重感，仿佛那丰富的颜色真的承载着金子的分量。

再过一小时，他又进入了俄克拉荷马境内，离博伊西城只有几英里，他想找个地方过夜。他找到一家带早餐的私家旅社，名叫“獾洞”。旅社前有只玻璃丝做的巨大的獾，脖子上还有圣诞节彩灯。在小停车场，有辆亚利桑那州牌照的白色厢式货车，后门上积着灰，中间有人用手指描出“操他娘的又得上路了”的字样。这不像是在逃犯的口气，所以他要了个房间住下了。

一个胖女人带他上了楼。胖女人还很年轻，肉嘟嘟的，黄色鬈发，脸蛋很美。她说话的时候一边的嘴角会翘起来，好像是夹着一支雪茄在说话。房子很热，不透气，墙壁粉刷成毋忘我的颜色。单人床是白色的，很精美。浴室显然是狭小的储藏室改造的。房间里没有空调，但有个大电扇，放在彩色的柜子上，占去了柜顶大部分地方。他用力拉开窗子，夜晚的习习凉风吹了进来，但也放进了一团蚊子。他把电扇打开，电扇发出很响的声音，风把窗帘掀起，把床边桌子上的一本杂志——《活动房装饰》——翻乱了。

鲍勃·道乐拿出舅舅给他的两个礼物盒，把小的那个拆开，发现里面装的是他妈妈送给舅舅的领带，就是上面画着“泰坦尼克号”沉没的那条。船边上有个巨大的口子，人、床、瓷器从里面翻出来；水里面有很小的人形，正在拼命挣扎。前方有座冰山，看上去像是厨师的刀子捆在一起，正要再次向船捅过来。鲍勃浅色的眼睛里涌出了泪水。他多次听舅舅说这领带是他最钟爱之物。另外一个盒子里装的似乎是本书。开胃每次送给他的都是书，而且是好书。这开胃神得很，总是能琢磨出什么书能讨鲍勃的喜欢。果然，里面是本薄薄的平装本《西南游：一八四五年科罗拉多、新墨西哥、得克萨斯、俄克拉荷马诸州勘察记》，作者是詹姆斯·威廉·艾伯特中尉。开胃还写了个条子：

亲爱的鲍勃：

我想你会喜欢这本历险记，因为艾伯特中尉是第一个对你目前所在地区进行系统考察的人，当时他的年纪也和你现在差不多大。希望你能像他一样，对周围一切尽量产生兴趣。广闻博识乃幸福之源也！祝你走运。

另：千万别去俄克拉荷马。

他走到街上去用晚餐，在花车餐馆吃了两个烤焦的玉米面热狗，还有凉拌卷心菜。吃完饭，他用付费电话打了个电话回家：

“喂，泰姆舅舅，是我。”

“呵呵，不是你才怪！我已经二十四个小时没有听到你的消息啦。那边怎么样，喜欢吗？”

“我还没有赶到。我在小路上跑岔了。现在我在俄克拉荷马。天太晚了，不好继续赶路。总之我想大白天看这地方。我只想给你打个电话，告诉你我喜欢那条领带。我知道它对你很重要。”

“怎么说呢？你应该有件你妈妈的东西。你从霍勒斯·格里利毕业时我就想把它送给你，但不知怎的，心里总觉得该等一等。韦恩送你什么了？”

“一本叫什么艾伯特的中尉写的书。我想这人大概一百年前到过这边。看起来蛮有意思的。开胃还警告我别去俄克拉荷马，不过我现在就在这个州。你怎么样？”

“你不在这段时间也没有什么事。我撕信封把手割破了，是被纸割的。痛得要死。今天脚也不怎么好使。我准备去找医生看看。我还参加了《读者文摘》的抽奖。头等奖有两百万呐！”

“你的素食计划怎么样？”

“还行。我买了些豆腐、蔬菜和水果，还有一大堆干豆子。在前面街上的蒙杜莎太太向我演示了如何用墨西哥方式做这豆子。还给了我一些干的土荆芥。她还告诉我在哪里买西班牙香肠，不过我没去买——香肠可不是什么蔬菜。我现在就觉得好多了——除了脚以外。你的老朋友也过来了。”

“哪个老朋友？”

“就是那个大犯人，奥兰多。”

“奥兰多出来了?”

“既然他上了我们家,说明他出来了。不知是逃出来的还是刑满释放,我也不想去问。一开始都认不出来了。看得出来,他锻炼过。他问怎么能找到你。我说我不知道。”

“等我找到落脚的地方,租好了邮箱,我立马把地址给你。要是奥兰多再来找,你把他电话或者什么的留下来。我过两天再打电话过来。”

“但愿你别再跟这人搅和了。他现在是有前科的人了。说不定更糟糕,是个逃犯。”

客房里没有电视。他翻了几页艾伯特中尉的游记,睡觉之前所看的部分是,中尉是约翰·威廉·艾伯特上校的儿子。老艾伯特是美国地形勘探团的头目,负责勘察、描绘西部地区。小艾伯特上了西点军校,不知惹上了多少麻烦,在班级里总是垫底,惟独画画儿这方面一枝独秀,在班上名列前茅。他的同学包括尤利西斯·S.格兰特、詹姆斯·兰斯特里、威廉·特肯森·舒尔曼、亨利·W.豪莱克等美国南北战争期间鼎鼎大名的人物。鲍勃对艾伯特中尉深表同情:可怜的中尉被一群欺负人的军人围在中间,除了女人气的绘画这一门,他什么也不会。在鲍勃这个年纪,中尉和他的朋友及副手、精通数学的威廉·盖伊·佩克,以及一小队人马,接受孤傲的约翰·查尔斯·弗雷蒙之命,和大探险队分开,形成“南方探险队”,考察科曼奇一带,并负责绘制加拿大河的流向图。而弗雷蒙自己则向阳光充足的加州进发。鲍勃觉得这游记很有意思,因为艾伯特有一双好奇的眼睛,心地纯良,而且是这一带的早期探访者之一。

床上堆满了鼓鼓囊囊的被子和羽毛褥子,热得就像下了地狱一样,他最后把这些东西全蹬到地下,把电扇转过来对着床上吹。天亮醒来,看床单皱得乱七八糟,就像旧电线一样。他冲了个澡,穿上牛仔和T恤,恨不得立刻离开这地方。出来的时候,那白色厢式货车已经不见了。

第四章 邪恶的胖小子

鲍勃十四岁的时候就知道,在生活这本书的每一个章节里,都会有个胖小子出现:某人的哥哥,学校的同学,食品店老板的儿子,生活目标是建造低底盘汽车的小伙子,抓着一罐优虎汽水躺在沙发上抱怨的愤世嫉俗者,坏人团伙中总是被警察抓住的那一个,色情录像出租店里的万事通,本尼地下比萨饼店的比萨高手。他有一次在沃尔格林斯药房排队给舅舅拿止痛药的时候,遇到了他的胖小子。排在他前面的是个十六岁的胖子,圆圆的脑袋上包了块黑头巾,上面印着骷髅和交叉的白骨,腮帮子上装饰着七八十根淡黄色的胡子,脸上长着各式各样的疙瘩。他穿了件工装裤,裤腿出奇地肥大,肥大得分别能装进去一个人。他侧身站在队伍里,和坐在塑料椅子里等候的一位孕妇说着话。他的运动衫很长,袖口接缝的地方都穿出了洞,他的大拇指从洞中穿了出来,袖口本身就像无指手套,包在鼓鼓囊囊的肥手上。他和别的胖小子不一样。他不是乐呵呵的,他没有脸上堆笑,他的眼睛也不是天真无邪的。鲍勃·道乐本能地察觉到,这个胖子挺坏的。他立刻对胖子产生了十分的好感。他喜欢上这胖子,正因为这胖子不那么可爱。

胖子对椅子上的妇人说:“有一回在堪萨斯城,他们让我去摔跤。那次摔跤真够危险的。他们差点没把我弄死。我都不知道自己是怎么逃出来的,但总之我现在活生生站在这里,是不是,和大伙儿一样排着队? 这就是去年发生的事。他们现在不会这么做了，否则我会把他们统统干掉。我会把他们腰都打断。那帮人中有一个是我最要好的朋友，不过现在他不是我最好的朋友了。他是我的前任最好朋友。我们一起做过一些事情。有一次，我们还小的时候，借了他妈妈的焦糖奶油加热枪，把自动售糖果机烧化了，结果糖果全撒到地上，滚得到处都是。我们去捡，乖乖，烫得要死。不只是烫，简直是在沸腾，一下子沾到我们手上，把手都给烫伤了。看看，我这儿还有糖果疤。"他伸出手掌，让人看上面烫皱了的圆圈。

"我前任的最好朋友马克十三岁那年造了个火箭发射器。他喜欢搞破坏，我也是，大概就因为这原因我们能成为最好的朋友。他婶婶家有不少塑料唱片，怪里怪气的爵士乐，被我们抛到空中，用棒球棒打。马克有三根球棒，但是他从来不打棒球，只用它们来砸东西。他现在要是被我遇上了，我会狠狠把他本人砸一顿。不过他没事，他没事是因为人在堪萨斯，而我在这里。他还弹吉他，弹得不好。他也不指望能弹多好。他只想搞得闹哄哄的。他还有铁手套，是他爷爷给的。他爷爷去了英国的伦敦塔，结果带回这么一幅铁手套。马克戴上了，结果一只手拿不出来了，被人送到堪萨斯医院急救，医院把他的手拿出来的情形都上了电视。他爷爷给他手套，是为了不让他弹吉他。他们俩做了个交易：'我给你这双英国铁手套，你他娘的就别弹那个鬼吉他了。'对不起，小姐，不是我在说脏话，是马克的爷爷说的。"

椅子上的妇人脸上露出了一丝厌恶的表情，但她什么也没有说。鲍勃想说他舅舅的室友在堪萨斯城被赶下了飞机，但是他刚准备开口，厚眼皮（鲍勃觉得挺淫荡）的药剂师就来到柜台边，告诉胖小子说：

"奥兰多，唐斯顿先生有没有给你什么样品？我不能给你配这些药。这上面没有医生的签字。"

"什么？没有，他没给我什么样品！只有这处方，他还说：

‘你快给我去配药。’他没有签字？真混账。”

“要不我给他打个电话？”

“不不不。我回去跑一趟。”奥兰多说，从她手里拿回处方，一溜烟出了门。

等胖子从视线中消失，药剂师拨了电话，和什么人说了起来：“我是鲁比·伏尔泰，是扬恩店这边的药剂师。一个叫奥兰多·巴涅尔的人自称是唐斯顿医生的病人，刚才拿处方过来，要开维亚康达斯，但处方上没有签字。所以我也不晓得是怎么一回事。是吗？这可不好。好的，好的。”

另一个药剂师看了看鲍勃说，“你舅舅的药配好了。”

“他要你记在他的账上。”鲍勃拿起药瓶冲到门外。

他在小学和初中的时候有些朋友，但是上了高中一年级他就开始抑郁不振，形单影只，他有时候觉得自己被人抛弃了，当然，这有一部分原因是他总穿着泰姆舅舅店里淘来的、被人抛弃的衣服。上到高二的第一个月后，他就把这种处境解释给舅舅听。

“我去年什么朋友都没有交到，”他说道，“但是我猜这是因为我才上高一，是个新生。我还以为今年会有所改观。哪知道还是老样子。我对别人很礼貌，别人也对我很有礼貌。我就不知道怎么才能让别人喜欢我。他们老是嘲笑我的衣服。”

不过泰姆舅舅帮不上什么忙。“哎哟，你管他呢！他们只是些小混混。”

奥兰多到来之后，他确实不去管这些了。

他能看到那个胖小子在西边过两个街区的一个公交车站边。沿着街道看过去，能见着远处的汽车头，和铅笔擦子差不多大。他开始向车站方向跑过去，终于跑到了车站，车子还在几条街之外。

“你好。”他和胖子打了个招呼，胖子瞪着他。

“你刚才在药房。”他说。

“没错。”

他们再没说什么，直到都上了车。

“你在哪儿上学？”鲍勃问。

“上学！本座才不会去光临那种地方。我他妈退学了。”

“哇！你爸爸妈妈让你退啊？”

“他们当然让我退学了。要不退学只有戴上手铐被强行带走这结果。我和老师搞不来。我爸妈也不管，只要我大量看书就行。”

鲍勃相信这胖小子确实会和老师合不来。他一看这小子就能想到他是把老师惹得火冒三丈的那种人。“后来呢？你就这么有一天突然不去上学了？你就这么直接和家里人说‘我退学了’？”

“不错，是这样的。”奥兰多的声音很疲倦，好像刚被折磨得精疲力竭似的。“上学的时候我在一个班。老师名叫特米诺小姐，我们喊她‘终结者’，或者‘白蚁’①。她给我们布置了一篇狗屁作文，叫什么‘我的人生规划’。每个人都要在课堂上朗读自己的大作。都是些陈词滥调的臭狗屎，臭小子们说他们想当电脑程序员、软件业老板、医生、护士、赛车手、音乐骑士，等等。”

他说的话题引起了鲍勃极大兴趣。

“他们怎么知道？”他问。“他们怎么能搞明白以后要做什么？”

但是奥兰多避开了这种哲学化的讨论，继续说着他的故事。

---

① 因老师的名字“Termino”与“Terminator”（终结者）和“Termite”（白蚁）发音相近，故奥兰多如此称呼他的老师。

"所以,每个人都朗读了自己的小作文,除了我,然后终结者就说,'同学们,精彩极了。'她却并没有指出,班上谁都没有说要成为科学家或者数学家,而这正是这个国家的问题之一。是这个国家的很多问题之一。所以我就发言了,我说,'特米诺小姐,我没有读,你把我漏了。'她说:'我没有把你漏掉,奥兰多,我以为你又像往常那样,没有做作业。'我说:'这篇作业我做了。'于是我就站起来,走向讲台。步子有点重。然后我就朗读我的作文。我都烂熟于心了。我是这样读的:'奥兰多的冰城。我不想成为脑科医生或者总统,我不介意做个摔跤冠军,斯塔福德郡猎犬驯养师,或者远洋轮船的船长。但是我最想做的事情,是在南极建一座冰城。我会去找大公司筹款,然后找些没有工作的家伙——把堪萨斯的流浪者全招过来——来建这个冰城。城里所有的楼房都用冰来做,我会用大炉子化雪,然后把化了的水喷到模子里——矩形的,锥形的,圆形的,全有,然后叫这些流浪汉把它们搭建成摩天大楼、圆顶大教堂,然后我在里面安上灯,一到晚上就照得五彩缤纷。最好最大的房子是庞大的四边形大楼。要是有人来参观冰城,我就卖门票,每人收五十块,包括企鹅排骨晚餐。'有个女生叫了起来,'企鹅排骨!恶心!真粗俗!'这说明她的脑子是如何闭塞,说不定企鹅排骨挺好吃的。我一气之下,推了她一把,那女生倒在课桌上,把牙齿磕掉了,就像曲棍球队员一样。终结者说,到办公室来。我一句话没说,拿起书就走了。退学了。我爸爸——混账一个,不过你能怎样,我爸爸站在我的一边。所以两个星期后,我们就搬到这边来了。"

"我想你的想像力很丰富,要不你就是个大骗子。"鲍勃·道乐说。

"这要看你的眼力了。"奥兰多手抓在车吊环上,车子晃的时候他跟着晃。

鲍勃说:“我不明白人们成年以前,也就是二十岁左右吧,他们怎么会知道一辈子要做什么的。”

“你真是一无所知?”

“是不知道。你呢?我是说,在建冰城这件事以后?”

“我自然知道啦。我想发财,统治全世界。我想当电脑高手。我现在才不想建他妈的什么冰城。那是孩子玩的东西。你为什么想知道退学这事?你也想干?”

“不,我舅舅不会让我退的。”

“这关他什么事?你爸爸妈妈呢?”

“我七岁的时候他们就不见了。”

“得了吧,什么叫不见了?夜里跑了?被外星人拐走了?爆炸掉了?被匪帮灭了?毒蛇咬死了?伙计,我真服了你了。要是我爸妈也这么不见了多好。我妈妈——想知道她做过什么事吗?”

“什么事?”

“她做菜连食品标签一起做,就是贴在西红柿上面写着‘西红柿’字样,或者鳄梨上写着‘鳄梨’字样的标签,知道吧?她忘记把标签撕掉,结果色拉里会冒出这些小标签来。有时候去买鸡肉,翅膀上面拴着金属标签,她就连金属标签一起煮,那金属上铅啊什么有毒的东西啊都能被煮出来。所以我都快被毒死了。最倒霉的是我爸爸。他现在弓腰驼背,动不动就咳嗽。都是被金属的鸡肉标签给害的。”

车上人越来越多,鲍勃向奥兰多靠近了一些。他能闻到脏头发的气味和薄荷口香糖味。

“我妈妈和爸爸去了阿拉斯加,说要在那边盖房子让我们去住,我只得和舅舅过,一直等到他们回来。问题是他们再也没有回来。从来没有来过电话,也没写过信。我舅舅给阿拉斯加警方打了电话,警方也写了失踪报告,但也没有找到他们的下落。我舅舅赛罗往阿拉斯加跑了一趟,亲自去找。不知道怎么回事,他们就这么不见了。怎么也查不出他们去了阿拉斯加的什么地方。所以我只能一直跟舅舅过下去。舅舅开了家旧货店,在科尔法克斯大道边上,我们在店后面和楼上住。一开始,我舅舅以为他们出了事。但后来他改变了想法。我想他现在觉得是爸爸妈妈抛弃了我。”

“伙计,这够古怪的!等你到了十八岁,会不会去阿拉斯加找你爸妈?”

“我不是没有想过。”他从来没有把这个极隐秘的幻想说给舅舅听:父母失踪后的几个月,他经常幻想自己坐飞机到费尔班克斯,找本电话本,查亚当·道乐和维奥拉·道乐的地址和电话。到后来,他发现费尔班克斯不过是个普通的城市,他就对想象进行了一些改编:此时的他(已经长成身上多毛、肌肉发达的大人了)划着红色的独木舟,沿着奔腾的阿拉斯加河走,然后上岸步行,进入无边的荒野,因为冬天快到了。在暴风雪中,他差点要冻僵,突然看到一座木房子。进去一看,是对老夫妇,瘦弱而憔悴。他们的炉火灭了,两人相拥在破烂的旧毯子下。他找到斧子,找到柴火棚,劈了一大抱木头,把火升起来,然后做了热狗和土豆泥,喂饱了老夫妇。老夫妇感动得直掉眼泪,然后他又把碗洗了。屋子里有只狗——爱斯基摩狗,他也把狗喂饱了。后来他又从一只狗出发,想象到一群拉雪橇的狗,个个都饿得要死,他把它们全喂饱了,它们舔着他的手。老夫妇大声说着他的好处,等他们有力气了,他们就恳求他留下来。老头子说:“我们有个儿子,大概就和你一样大,但我们从来没能回丹佛去接他。”他想象自己不动声色地问老头子为什么没去接,老头子则说隔壁有一个亡命徒,叫里克·莫毛,乱蓬蓬的头发,长得像热水瓶一样胡子拉碴的脸。这人一心要占他们的土地,就专等着他们走,哪怕就走一个周末,这样他好把他们所有的财产都占了，连同那木屋，还有房契地契。最后，鲍勃把自己的真实身份说了出来，说自己就是失散多年的儿子。他们把他一把搂住，还说他们找到了金子，但莫毛想来抢。他想象自己呵呵大笑，弯了弯胳膊，说自己完全能够，而且一定会把莫毛打得粉身碎骨。

后来，这幻想暗淡了，取而代之的幻想是妖里妖气的金发美女，脚趾上涂着指甲油。他遇见胖子那会儿，这幻想就在他心里，火烧火燎的。他从来没有和人说起自己想要去找父母，但和奥兰多遇到后没几分钟，就被奥兰多给猜着了。

父母那次一去不复返，之后几个月里，鲍勃都对自己把握不定，自我感觉像头驯鹿，要特别留神脑袋，小心不让鹿角碰到纸盒子或者墙上突出来的东西。这一幻想变得活灵活现。他已经不知道自己是谁，原来的那个自己被父母带到阿拉斯加去了。世界的脚下长了轮子，他刚想进去，世界就滚走了。他知道自己有颗孤独的心，因为他没有任何归属感。泰姆舅舅的屋子和商店就如同路沿途的小站，他在这里等待前往某个有意义的地方——某个事件，某个人物，好让他明白自己究竟是谁。将来有一日，他要从驯鹿化为人形，和家庭恢复联系。

每到圣诞节，开胃留在家喂猫、看店，鲍勃就和舅舅一起去堪萨斯州纳克尔家庭农场。他母亲、泰姆舅舅以及巴普家的其他孩子都是在这里长大的。父母还没有离开他的那些年，他经常和姥姥一起住。回过头一想，原来他还很小的时候，父母亲就不想要他了。每次这种家族的节日聚会上，他的姨妈露蒂和班洁都对他很关照，舅舅们则编出空洞的许诺，说要带他去钓鱼、打猎，或者看洛基队的棒球赛。晚饭的时候，姥姥总是用眼睛扫一眼桌子，然后抹抹眼泪说："你看这场面，就是少了维奥拉，她要是知道该多好。"

"我敢肯定她想到这一点了，肯定在后悔自己的决定呢，妈妈。”克特舅舅说，大家族的人有不少说法，有的说维奥拉和亚当·道乐在荷马镇，有的说在诺母镇，甚至有人说他们在阿留申群岛上养狐狸。多年来，家族里的人对这两人长时间杳无音信的解释越来越复杂，但无论如何，前提条件都是这两个逃亡者还没有死：他们得麻风了，得健忘症了，疯了，被人绑架了，或者退隐到远方了，这都能解释他们为什么没有和家里联系。鲍勃对这些说法很较真。惟有开胃·莱德堡说他们死了，他知道个什么？他又不是什么血亲。

在公交车上，奥兰多突然说：“嘿，你想去看电影吗？”

“好啊，但我要把舅舅的药送给他。他在等着吃呢。他说他很痛。有次他举一盒塑料娃娃把背伤了。另外他的脚也很痛。”

“晦气！你住哪里？”

“科尔法克斯。老远的，在科尔法克斯边，靠近钱伯斯路。就像去堪萨斯那么远。”

“哇，那真是远了去了！坐这车能到吗？棒极了。我们先把药给你舅舅送去，然后我们去看电影。电影院也在科尔法克斯。崖边影院，科尔法克斯和薛西斯路之间，在一家卖酒的商店后面。”

“你不是要回医生那儿吗？”

“医生？你什么意思？”

“不是你和药房的女士说的吗。你说你要回去找医生签字。”

“喔，那是在胡扯。我只想试试这药。是完全照着《奇幻极乐》上配的。药方纸是我在路边捡到的。我们来看看你舅舅的药。嘿！是海德罗科德恩①。你别急，只不过是鸦片砼和醋氨

① 药品名称。

酚混合成的。不过我们不妨吃几粒。他又不会发现。”他摇出六粒，给了鲍勃两粒，其余的一口吞了。

鲍勃把那两粒药放进夹克口袋。“好了，”他说，“我们去看什么电影？”

“是《鼠女》。棒得很！就像那些古怪的黑白片，黑白之间有些发毛的那种。会把你吓出一裤裆尿。是六十年代的老恐怖片。崖边影院放的都是些恐怖古怪的片子。喂，我们要不要在这儿下去换车？”

他们坐在车上沿着科尔法克斯走，塞塔尔娱乐室、PS 希腊比萨屋从车窗边一晃而过，汽车接着经过约翰·艾尔维配件店、塔米美甲屋、阿非利克航空、飞龙快递、大炸弹娱乐室。航空时代原子洗衣店门口有人在扭打。鲍勃告诉奥兰多说，舅舅的虎皮鹦鹉是从泽西·约翰宠物店买的，还有，他们在疯狗和朝圣者书店里开了个赊购账户，每个月可以买两本书。（鲍勃经常去图书馆分馆，但到后来被泰姆舅舅制止，因为他总是不能按时还书，结果罚款越积越多。）奥兰多似乎无动于衷。最后，他们终于路过九九食府和旅长军备品返销店，看到泰姆舅舅的商店，名叫“久而不衰”，看起来破落寒酸，这使得鲍勃很不好意思。

泰姆舅舅躺在破烂的沙发上，边喝啤酒边看电视。他拿过褐色的药瓶子，摇出两大颗胶囊，就着一大口啤酒吞了下去。

“你是说，要去看电影？”他说道。“不错的电影吗？要不是这背痛得人不得安生，没准我可以和你们一起去。”

“你不一定会喜欢的，先生，”奥兰多说，“是部老恐怖片，《鼠女》。”

“也倒是，我不喜欢，不是我爱看的那种。所以去不成也用不着遗憾了。”（他看了三十七遍《我的叔叔》，可把雅克·塔帝看了个够，就是为了看塑料工厂的那场戏——上面红红的管子伸出来，鼓成气囊，或是收缩成闪亮的香肠形状。）他从口袋里捏出一块钱。

“来，鲍勃，这钱拿去买爆米花。再买张报纸。回来路上给买张《邮报》。”

一块钱扣掉买报纸的五毛钱，只剩下五毛钱了。鲍勃心想，世上哪里有五毛钱这么少的一份爆米花？但奥兰多都看在眼里了，到了外面，他对鲍勃说：“我请客。是我让你看的。怎么说了，我的钱是说有就有的。我爸爸喜欢喝酒，每次烂醉着回来，我就等他睡下，在他口袋里能掏个二十来块的。另外，我还有份工作。”（鲍勃后来才发现，奥兰多的所谓工作，就是在十六街大商场向游客讨钱，这手艺是他跟一个老花子学的。这老花子舒舒服服地住在芦杜区的阁楼里，房钱不低，天气恶劣的时候才出来经营要饭的生意，这时候过路人会大发善心，肯给钱。最好的时候是圣诞节前那些大风大雪的下午。）

崖边很破，电影也很破，可鲍勃·道乐两个都喜欢。除了电影票之外，奥兰多还买了爆米花和一夸脱装的可乐，没有什么牌子。“影院”在一家卖酒的商店后边，是个仓库改造的，带坡度的地板是光秃秃的夹板铺成的，走在上面轰隆隆的。木椅子上面都没有装布罩。整个地方充满着尿骚味和烧焦的蔬菜油味。观众只有十四个人。

电影一开始，出现了几十只老鼠，在一个未知的城市里，沿着一条水边的肮脏街道跑着。接着出现了各种特写，比如老鼠吃垃圾，老鼠蹲着，成群的老鼠睡在老鼠窝里，还有老鼠吃软骨头，老鼠舔食什么黏糊糊的东西——似乎是坏掉的香蕉布丁。然后老鼠又跑了，绕过街角就不见了。镜头跟得很慢。突然间看不到老鼠了，出现了八到十个金发女郎，靠在仓库墙上，浓妆艳抹，口红很艳，身上穿着紧身的衣服，上面金属片一闪一闪的。

这些女人抽着烟，透过墨镜看着黑夜。她们穿着鞋子，脚趾非常尖，鞋跟高得出奇。镜头越拉越近，移过裹着缎子的腰肢、若隐若现的乳沟，照到她们潮而发亮的眼睛，还有油乎乎的嘴唇。镜头然后移到最丰满的金发女郎，她的裙子短得正好可以隐隐露出一点臀沟，然后镜头移向丰满的臀部，紧紧包住大腿的发亮的袜子，再沿着腿部，移到下面的小腿，突然间，在缎裙子边上，现出一根结实的老鼠尾巴，猛然抽动了一下，就如同淫邪的眨眼媚笑。

"粗俗！"鲍勃说道，不过他还没看到下面的部分。他还没有看到，鼠女后来穿着比基尼在海滩上，在条纹阳伞下勾引救生员，然后用它们的尾巴把他勒死(在此之前，尾巴都一直卷在比基尼里)，然后吞吃掉，把骨头扔进海浪之中。他也没有看到，这个无名城市的警察头子变成了吸血鬼，想逼迫这些鼠女做自己的性奴隶。他也没有看到奥兰多。奥兰多把爆米花吃了，可乐也咕咚咕咚喝了，坐在座位上，若无其事地向地板上撒尿，声音很响。

电影结束时，奥兰多坚持要留下来看新片预告，《血宴》和《人渣》。出来时，他指着一张可怖的《僵尸舞女》海报(上面写着"本片的色彩能把你的血吓得凝固")说，"那电影真他妈牛！"他说自己是在堪萨斯看的这片子，还跟他描述了堪萨斯那家影院的情形。他说进门的时候，查票员会给每个人发个呕吐袋子，上面印着《僵尸舞女》字样，有人还真用上了。

"我也想吐，可就是吐不出来。我现在还保存着这呕吐袋子，不过现在是当收藏品了。或许你舅舅能告诉我它值多少钱。"在堪萨斯那家影院，椅子下面都装了蜂鸣器，到了护士的疯猫扑到格拉斯医生身上的时候，蜂鸣器就开始响，影院里的人就全尖叫起来。

那天夜里鲍勃睡得很沉，他沉浸在低级娱乐片带来的享受和偷来的两粒药丸造成的麻醉感中。

现在他在博伊西，听那鬈发女人说，这地方在二战期间被美国空军误炸了。他开着电视睡了。过了半夜，他突然被电视上一阵沙哑的警报声吵醒，一看屏幕，上面有红光在闪着，正在提醒梅、罗斯顿、斯拉普奥特等地居民去躲避。有观察员说有台风云从刚过得克萨斯边界线的戴罗泽特出发，正在往东北移动。屏幕上出现了一张地图，他看到台风离他有七十英里，正在移动。他忐忑不安地又睡觉了，心里还在想，做这份工作会不会落个被龙卷风卷走的下场？

第五章　牛仔玫瑰镇没有房子

第二天早晨刮起了大风。鲍勃穿过州界，进入得克萨斯，路过一些紫色的蜂窝，经过一个标牌，上面写着：**欢迎参观世界上最大的土拨鼠——向西三英里**。这时风更猛烈了，一阵又一阵地咆哮着，吹打着汽车，声音震耳欲聋。路上滚动着成百上千棵经过一个冬天风吹雨打而变小的风滚草。空中飞舞着塑料片、食品袋、麻袋、报纸、盒子、破布，飞到铁丝网上挂住，下一阵风来又被刮起。外面看上去飞沙走石。有一棵风滚草茎部在前，狠狠砸到了土星车的车窗上。玻璃上出现了一道弧形的裂缝。在前面的远处，他看到了一片朦朦胧胧的黄云，他想这大概是什么东西着火了。车子开近了，他闻到一阵恶臭，喉咙被呛得有种窒息感，空中到处是动物粪便干成的尘灰，随着大风在空中弥漫，把奶牛都遮得有些看不见了，原来这就是他刚才所看到的黄"火"。他终于和得克萨斯长条地臭名昭著的黄尘天打了个照面！后来他听人说这黄尘天也叫"俄克拉荷马尘土雨。"他路过了一家制革厂和一家肉制品包装厂，透过旧卡车窗户，他还能看到一些墨西哥裔美国人的脸。有块大铁牌子在一晃一晃的，仿佛在呼吸，牌子上写着：**公牛配种**。天空死沉沉的，和铁道两旁的枯草很是般配—— 几年前这里发生了一起化学品泄漏事故，把土壤给破坏了。

鲍勃折向东边，一边开，一边喷鼻子或者擤鼻子。真是猪都不如，他想，猪好歹在屋子里待着（他对养猪业没有什么直接认识，不过他看过环球猪肉皮公司精美的年报，见那上面的猪圈一个个都那么矮矮的，干干净净的）。他经过了几个低洼的湖，里面有几千只鸭子和鹅，在白浪中间挤着，这些水中动物似乎和黄土飞扬的景象格格不入。但他看到的更多的却是平地，上面是抽水的 V-8 柴油机，还有采油泵；在牧场，他看到的是风车，风车抽了水，浇到饮水罐里，罐周围是一圈泥土，四周是几十条窄窄的牛脚印，以那一圈泥土为中心向四周辐射。

到了大晌午，他才沿着 15 号路，离开那一片地方，想找个镇子落脚，并以它为根据地，开始展开工作。风渐渐小了。在斯特拉特福德和迈阿密之间的一个地方，他下了 15 号路，上了一条狭窄的路，路过一个篱笆墙，上面挂着死山狗，还有块牌子，写着：**擅自闯入者如果能活着出去，就请等着当被告！** 车子从几条铁道上颠簸而过。再往前开几里路，他到了牛仔玫瑰镇，这里过去是养牛马的地方，非常荒凉，如今渐渐在复苏，颇有一些活力和田园气息，遮阴的大树随处可见。银勺溪从镇子中间穿过，镇中心有一片方形的大草地，草地周围是凋零的树木，让他联想到墓地。镇上有两家咖啡馆，两个加油站，一个漆成奶油色的房子，前面的墙壁上刷着大大的红字：**龙卷风和圆珠笔博物馆**。过了这房子，他看到了一个树木成荫的公园，公园中间是个大草坪，草坪边上都是花圃。他还看到一个维多利亚式的演奏台。再也看不到谷仓，看不到圆桶状的无水氨罐，也看不到巨大的储藏罐了。

他走进仙人掌刺咖啡屋，看到路边有张手写的海报，上面写着：

> 寻 18 头走失的母牛，品种不一。身上有维恩·安克的标记。如有看见者，请与毛桶郡警长休·杜乌联系。

鲍勃叫了一份咖啡馆的特色菜——炸鸡排和加奶肉汁。咖啡馆的服务员兼做洗碗工,是个很敦实的男子,手上戴着胶手套,把上面荡漾着肉汁的盘子端过来。鲍勃很随意地问他有没有认识的人要出租房子。

“我想想,对了,贝瑞尔!贝瑞尔和哈维·舒瓦姆夫妇。他们有间房子,有时候对外出租。但一般情况下租给女士。我不知道,或许也会租给你。他们家在野火鸡街,是间黄色的房子,门廊很大。值得一试,我觉得。你搞销售的吧?”

“不是,只是来看看——算是游客吧。喜欢这镇上的面貌。挺不错的。”

“那该是贝瑞尔的姐姐,咏尼,是她把花圃搞起来的,用来装饰演奏台。还凑了个乐队。一到夏天,每个星期五晚上都有演出。他们说这是轻古典,不过要叫我说,大多是些陈旧的弗兰克·西纳特拉的调子。这里谁都不知道‘古典’是什么意思。来游览的人是越来越多了。该搞个什么汽车旅馆或者度假旅馆什么的,不过一时半会儿也指望不了。我们这儿最好的就是舒瓦姆家了,除非你开车到仲马去,或者一直开到佩里顿。那边应该有汽车旅馆。”

“我去舒瓦姆家试试。谢谢你的点子。”

“点子?我想我点的应该是小费的票子吧?”

舒瓦姆太太穿一身蓝色的家常绒外套,出来给鲍勃开了门。她的鼻子肿肿的,脸红红的,上面有些黄色的小疣子。她的手套着胶手套,手上拿了条湿漉漉的洗脸毛巾,上面的水还在往下滴。

“我想租间房子,”鲍勃说道,“有人说你有房子租,不知是不是?”

“谁?谁这么说的?”舒瓦姆太太的语气十分不满。

“这个,是咖啡馆服务员。那人比较胖……”

"大头哈利。这傻蛋。这人蠢得连系鞋带都感到头痛。每次想做个面膜都做不安生，每次都有人敲门，说要租房子。他啥都不懂，不晓得我一年前就不出租了。要是有人到牛仔玫瑰镇来，那就到亲戚家去住，要不就带个帐篷。有个女人租过我的房子，我们合不来，我就发誓再也不租了。那女人是明尼苏达的，和我们的习惯很不一样。喜欢熬夜，一睡睡到中午，然后还要橙汁喝。她还以为她是在佛罗里达！我叫她进门脱鞋——楼梯上是白地毯——可她从来不脱，就喜欢把地毯踩脏。"

"舒瓦姆太太，我发誓我会脱鞋的。你不会有麻烦——"

"不行。我不租是因为我没有把房子布置起来出租。连床都没有。我丈夫把他变成了兴趣室。在里面做木头鸭子。"说着，她把门关上了。

鲍勃向北开到靠近俄克拉荷马州边境的佩里顿。空中飞舞着食品袋和旧的选举广告牌。红绿灯也在空中晃动。所有的车都是小货车，只有他开着轿车。他开着这科罗拉多牌照的车子走在主要街道上，很多人扭过头来看。所有的汽车旅馆都客满了。在镇郊，他找到一处破落的两层楼房，上面写着"**霍斯仓旅馆欢迎来自玛波瀑布的浸礼会教友！**"

"你是和教会一起来的吗？"旅馆店员问。店员是个年轻人，歪脸，鼻子上长了疤。鲍勃·道乐怀疑他蹲过监狱。

"不，我是来出差的。"

"那就按全价了，十七块钱一晚上。"

"可以可以。"在俄克拉荷马他还花了三十七块呢。

霍斯仓旅馆的水泥楼梯上堂而皇之地铺了一层又薄又脏的地毯。他的房间又小又破，散发着除臭剂的浓香味。地是水泥地，油漆过。电视机有链条拴在墙壁上。只有一个灯泡，还有好几本《圣经》，连蟑螂出没的浴室里都有一本。墙上挂着一幅放大的帕罗·多拉峡谷照片。他能听到隔壁房间里有人在唱赞美诗,或者大声喊着"哈利路亚!"他准备出去找个餐馆吃饭,走到走廊上,他看到一张手写的布告,用使用过的胶带粘在煤渣砖墙上,上面写着:**祷告会下午五点开始**。

镇上所有餐馆都满了,门口都排着长队。墨西卡利高地餐馆是个例外,外面只有一小撮看来很饿的食客。鲍勃和他们一道等着,过了一会儿,他被引到一张小小的餐桌边,挨着厨房门——这门每隔一分钟就砰的一声打开一次。餐馆里有很多浸礼会信徒和他们的孩子。这些孩子要么在父母严厉的目光下呆呆地坐着不动,要么来回疯跑,一边跑,一边避让着四周的服务员。鲍勃要了份墨西哥玉米卷饼,然后打量着四周的人群。靠近他桌子的一个小隔间里,有两个很安静的孩子,双手合在一起坐在那里。他们的父母用接近于耳语的声音说着话,不时瞪一眼周围吵闹奔跑的孩子。鲍勃听到那父亲说,要是这些孩子落到他手里,不消五分钟就能把他们收拾得服服帖帖的。他会把这些小崽子放到椅子上,狠狠打他们的屁股,叫他们一辈子都忘不掉。这家人的菜来了,是每人一份干酪汉堡和薯条,饮料给父母上的是冰茶,给孩子上的是大杯子装的牛奶。

戴着石棉手套的同一个服务员给鲍勃端来了一个铁托盘,盘子里全是嗞嗞响的奶酪,像小湖一样。他把叉子叉进去,一股热气噌地升起来。他想这下叉子头准都烫弯了。他只好干等着这熔岩一样的东西冷下来再吃。这时服务员给隔间的那家人上了道特色甜点,圣代冰淇淋,上面有五种调味料,还有堆得高高的人造生奶油。冰淇淋顶上不是红樱桃,而是个十字架,每个上面都有一个。两个体弱的孩子面对这道杂七杂八的甜点,只能吃下去一点点。

"给我,"那母亲告诉孩子说,她把自己那份一扫而空,"我们花钱买的。"

突然间，鲍勃想到了“发烧”，奥兰多的女友。如果“发烧”穿着她那双不系带子的多克·马滕斯大大咧咧地走进来，真不知这些浸礼会教徒是如何退避呢！

奥兰多有天打电话来，要鲍勃在阿拉伯荷和十六街的十字路口等他。

“那是大家都跑来聚的地方。晚上这里是坐轮椅的人来的地方，不过到了白天，这里就是个聚会的地儿。有不少很酷的小子们在这儿显摆呢。‘发烧’会去的。”

“‘发烧’是谁？”

“我女朋友。算是女朋友吧。”奥兰多说。鲍勃大吃一惊，他一直以为这胖子独来独往。觉得他是年轻人中的那种异类，将来长大了准会成为典型的暴躁狂，一不留神就会开枪射杀在商场快餐柜台用餐的人，或是把收税的人绑为人质。

“她怎么叫这么个名字？是她爸妈取的？”

“那怎么会？他们给取的名字是雪莉。但是她在舌头和嘴唇上都穿了孔，装了那些小坠子，结果感染了。耳朵也是。不过耳朵没感染。她发烧了，到处跑着要人把手放她额头上，看自己有没有发烧，结果我们就把这个绰号叫开了。总之，我们先聚聚，然后去看电影，”奥兰多说道，“有套五块钱三场的片子——《癫狂……恋尸癖自白》，《我喝你的血》。还有一部是什么原子时代妖怪之类的东西，要是不好看，我们就走。”

到了阿拉伯荷，鲍勃一眼就看到了奥兰多。那坏胖子戴了一顶红色牛仔帽，穿了件飞机机械工的制服，胸前还缝了“联合航空”几个字。他正在一个由十来个少年人组成的圈子里。这些人与其说是实在的真人，不如说是科幻电影里走出来的人物。他们有的把头发做成了刺猬刺，有的是大光头，有的头染了色，身上贴着“神奇贴”牌贴纸文身，嘴唇、鼻孔、眉头、嘴、舌头，到处都穿了孔，肥大的裤子，身上有各种各样的金属——精金项链，拖车链一样粗大的腰链。鲍勃还吃惊地看到一个似乎有佝偻病的年轻人，那人涂着黑色唇膏，和淡黄的胡子以及染成金色的耳朵很是相配。

“奥兰多。”鲍勃叫了一声，胖子猛地转过身，很酷地挥了挥手，从人群中拽出一个姑娘过来。

“这是‘发烧’。”

鲍勃得承认，“发烧”和奥兰多是天生一对。她也很胖，光滑的皮肤看上去有种弹跳感，有种柔韧劲。她的脑袋两边和后面都刮得光光的，头顶留了一束很长的毛，染成监狱红和联邦黄。她的嘴上涂着蓝紫相间的竖条纹状唇膏，下嘴唇上还挂了个小小的唇环。耳朵上挂了十来个铌耳环。下身穿着男式灯心绒裤子。手背上画着骷髅头。每个指头上都有好几个戒指，指甲上涂着碎绿的指甲油，胳膊肘涂成了鱼鳞灰。她上身穿着紫色的男式无袖缎夹克，背后绣着“一群疯子”字样。她转过身时，鲍勃看到她的裤子后面有个饼干大的洞，从洞里露出一块肥肥的、红红的屁股。当她坐到水泥墩上时，光光的脚踝露了出来，上面结着痂，还有一圈圈污垢。

“发烧”看着鲍勃问道：“操，你好吗?”她笑的时候，鲍勃看到了她舌头上的舌环。

第六章　警长休·杜乌

警长休·杜乌今年四十岁，小个子，身高五英尺五英寸，体重一百三十磅，脸上的肉一抽一抽的，一身的坏习惯，可是作为一个警长，他就像"牛猪"[①]一样，没得说。他长了个阿兹台克[②]式鼻子，乌黑而蓬松的头发，眼睛乌溜溜的，就像是从动物标本剥制师的抽屉里拿出来的。他的嘴鼓鼓的像个漏斗，从嘴角到耳朵全是疙瘩，一溜儿排开。他的制服是一身皮夹克，还打了个黑蝴蝶结。他从小到大都尿床，到现在还是，可他已经不怎么在意了。他的床上放了张塑料垫子，隔壁的浴室里就有洗衣机。他从没结过婚，因为找对象总得解释尿床这事，太难启齿。他有事没事都喜欢咬指甲。他还喜欢数东西，什么都数，上郡政府办公楼他数台阶，走在路上他数电线杆，看到囚犯他数囚衣上的扣子，早晨吃鸡蛋他数蛋上面撒的胡椒粒，撒尿的时候他数把膀胱排空所需的秒数（如果他醒着撒尿的话）。

杜乌家里其他的人不是执法者，就是保安员，总之这个家族是个公务人员的大王朝。杜乌同母异父的弟弟道格是律师助手。他们的外婆世纪初在阿马里洛的长条地女子消防队里工作，有一身很漂亮的制服，黑色紧身服，哔叽短外套，上面有大大的铜纽扣，还有仿罗马角斗士的带顶头盔。他父亲这边的一个

① 美国电视剧《哈扎特之子》中治安官的绰号。

② 阿兹台克人，墨西哥原始居民。

姨妈多莉·克里特是全家最大的骄傲。她在世纪初上了芝加哥大学,学习政治经济学和社会学,大战结束后,她一直做到俄亥俄州女子劳教所的所长,再后来又做到西弗吉尼亚州女子之家监狱的助理典狱长。他的一个没结过婚的婶婶鲍诺拉·杜乌(绰号"铁娘子鲍诺拉")是得克萨斯州韦科市以南的松果镇女子警察辅助队的队长。她升任这一高职以前,女子辅助队只是警察的夫人们组成的乌合之众,无非搞些烤制品销售,筹钱给警察部队买买撞球台,或者帮助一下伤亡警察家属之类。鲍诺拉一上任,辅助队大为改观,成了个半军事化的组织,成员都穿制服,扎黑皮带,头上戴着"小熊斯莫基"式的笔挺挺的帽子,大家穿衬衫,打领带,如此种种。那些只会烘小甜饼的妇女被扫地出门,取而代之的是鲍诺拉的朋友——集浸礼会教徒、共和党、反堕胎主义者于一身的女中豪杰。这些人在松果镇惟一的酒吧前的街道上巡逻,时刻准备着拉架,把那些牛仔的胳膊架到背后——这些都是她们非常精通的技艺。

不过和这些人比起来,和休·杜乌关系最近的却是他的妹妹奥佩尔。休·杜乌长大成人的过程中,和妹妹保持着一种很特殊的关系。那关系是从一个闷热的星期天下午开始的,当时他十四岁,奥佩尔十二岁。那天家里来了两个表兄,他们和这两人一起在玩捉迷藏。这两表兄头发乱蓬蓬的,喜欢欺负人,他和妹妹都不喜欢。两人躲到谷仓阁楼,钻进那上面的草堆。因为不能说话,不能让找的人看见,两个人便紧挨到一起。阁楼上昏昏暗暗,只有一缕缕从楼顶缝隙中透过来的光线。这贴近,这昏暗,都刺激着他们,两人开始半真半假地开始摸索对方的身体。这种摸索持续了一年,换过不少地方:前厅的壁橱间,还有家里的汽车。那车休乌在特定情况下能开一开,比如给奥佩尔当舞伴的时候。杜乌家的家长有令,奥佩尔不可以交男朋友。因此,休受命开车接送妹妹去舞会。到了那边,她就可以找个自己的舞伴，而休也可以去找自己的女朋友。

一个暖暖的九月的晚上，奥佩尔十三岁，休十五岁，休送她们去舞会。他在舞会上看到了一个高个子、红头发的姑娘，心里喜欢上了。那姑娘名叫鲁哈玛·巴斯特德，刚从密苏里州的克里克郡搬到长条地来。休和她连跳六曲，她甚至允许休贴着自己的身体。后来休央求她出去，到停车场去，她却和阿彻·依普沃斯转起来了。休很痛苦，很落魄，转而去找奥佩尔。奥佩尔这时正和一个同学在跳。那同学长了一脸疮，从远处看，那脸上简直在闪光。

“喂，要回去不？他妈的咱们走吧？我他妈感觉糟透了。”

“好吧，”奥佩尔回答道，转身告诉那男孩说，“星期一上学见。”男孩点了点头，懒懒地走开了。

上了车，休把发生的事告诉了奥佩尔，说那红头发的女孩如何如何让他神魂颠倒，又如何如何离开他，害得他痛苦得要死——从膝盖一直痛到肩膀。

“我是说，感觉很糟，”休接着说，“她让我这下面好生难受。”他夸张地呻吟起来，“干脆你让我插进去得了。我是说，反正我们也差不多到这份上了。”

“好吧。”奥佩尔回答道。他们把车开进公墓，然后两人到了车后座上活动起来。这活动持续了五年，每次舞会结束都这样，甚至包括奥佩尔婚礼那次。新郎官是个老牧场工，叫理查德·赫德，那天晚上灌多了廉价的香槟酒，根本不知道新娘跑哪儿了。逢上感恩节、圣诞节，杜乌家族在老家宅相聚，每次有人要买东西，比如冰淇淋啊，姜汁汽水啊，或者接线板啊，都是休和奥佩尔主动去跑腿。

警长的父亲T.斯科特·杜乌在亨茨维尔的得克萨斯州监狱做过多年的厨师，专门给死囚做最后一顿饭。那些年监狱还叫巴德大叔之家。老杜乌六十六岁时去世，是警长给他收拾壁橱间的衣服的。那些星期天穿的裤子裤腿老肥老肥的，好像是留出地方随时塞条死人腿进来。休还找到一个盒子，里面是快要碎的纸，里面有四五张德国旧明信片，手工上色，上面画着女郎斜靠在三十年代的汽车上，穿着接缝式长筒袜，袜口绣了花，靠近膝盖后面和脚踝骨的地方打着皱，皱得有些忧伤。她们脚上穿着丁字皮鞋，皮有些发暗。她们的裙子也皱着，露出用来吊住袜子的带子和潮潮的、鼓鼓的棉内裤。张得很开的两腿之间，屁股撅了出来，胖嘟嘟的，结结实实的。有个女郎他特别不喜欢。那女郎光屁股，左脚踩在车子脚踏板上，右脚踩在地上，脚边上都是草。那女郎的姿势夸张，另外照相机选的角度也颇特别，因此那女郎的左边屁股看起来硕大无朋，而右边屁股则被伸直的右腿拉平下去，看起来像萎缩掉了一样。别人怎么会欣赏不对称美他不管，在他眼里这形象就是很恶心，而且总是在很尴尬的时候跑到脑子里来。

总是有人向警长的父亲询问死囚的情形，他们犯的是什么罪，他们说了什么，做了什么，等等。老头子总是说："娘的，鬼晓得他们咋回事，只晓得他们最后一顿想吃个啥。一开始做这事儿还觉得挺玄乎，但不是。这伙乡下小子对食物狗屁不懂。要得最多的居然是干酪汉堡，双份夹心肉馅，双份薯条。有时候也有要牛扒的，加伍斯特郡辣酱油汁。但大多数就只要你们吃的那种汉堡包。牛扒想也不想。黑鬼就聪明些。他们要的是油炸鸡、桃子汁、玉米棒子，还有你们吃的烧烤里脊肉、油炸鲑鱼丸子什么的。好多黑鬼，特别是你们的穆斯林，拒绝吃最后一顿饭。他们宁肯斋戒。有个家伙还要野味——他还以为我们会专门出去给他打野猪呢！我们给他做了干酪汉堡。要是我做主，会给他搞只路边被车撞死的什么野味尝尝。很多要玉米卷饼和玉米面豆卷的。还有要啤酒、葡萄酒的，但不会给。还有要香烟、雪茄的。也没门儿。杀死女友的那家伙点了六份炒鸡蛋、十五片火腿，还有烧烤肉、七片烤面包。全给吃了,吃光了还舔盘子。不管下面发生啥事,他老人家照样胃口好得很。还有要墨西哥胡椒和生胡萝卜做最后一餐的,你瞧瞧!不过你们听我说——几乎没有人点过炸鸡排的。你们倒是说说看,这是咋回事?"

盒子底上是大厨帽,上面有油污,被挤压得皱巴巴的。他父亲一辈子就留下这点东西,几张婊子的画片儿,还有这么一顶肥帽子。休很想他得有点志气,不让这种命运落在自己头上。

有一阵子,他热衷于收集警长纪念品。他收藏了警长安德烈·杰克逊·斯普拉德林一条警犬的项圈。还收集了逃犯杰逊·施拉伯从科曼奇郡监狱逃出来时杀出一条血路的斧子。他还有一把枪的照片:那枪是一个亡命的囚犯从警长C.F.斯塔伯菲尔德手里夺过来的,后来那亡命徒一枪打中了警长的舌头。他还有巴克·莱恩的花领带,以及一副油乎乎的扑克牌,是从伯尔杰赌博窝的那次行动中缴获的。他还收藏了个风车坠子,形状如同星星。还有俄克拉荷马布赖恩特那边的副警长用过的指节铜套。还有用来把囚犯拴在树上的粗铁链,那是毛桶郡监狱还没有盖之前用的。

休·杜乌每一届任满都能重新当选。别的警长给敌人缴械,靠的是好言好语,靠的是套近乎。休不同。他用眼神。休的眼神毒,有穿透力。还有,他动不动就举枪射击,这坏名声也让坏人不战而降。轻信的人以为,天堂和地狱都是开阔的地儿,一个高高在上,另一个在下面,沿着魔鬼的洞而下,里面全是火热的熔岩。他们以为,天堂也好,地狱也好,都是不设防的一大片地方,就如同没有篱笆的牧场。但警长不这样想。他认为,天堂、地狱的土地早就散掉了,散成一片一片的。这些天堂和地狱的残片到处散落在得克萨斯的土地上。他认为,在乡下,最重大的罪都发生在奶品王或者公路休息区的车子里。公路休息区有很多五花八门的社交用途,有些用途要是当初的土地规划员知道了,准会大跌眼镜。再就是些从油管道偷滴油的下三烂油老鼠,还有,每个镇上都有些打老婆的人。为了追踪偷油者,他认真地听本地汽车发动机的敲击音,这种声音是使用滴油的副作用。

休是州犯罪实验室的老主顾。在实验室的帮助下,他曾经破过一个牧场工被残酷杀害的大案子。那牧场工的尸体是在风车脚下被发现的,全身赤裸,身上有很重的伤。受害者的皮肤上有几十个圆圈形的印记。休·杜乌突然冒出了个大胆的假设,他请犯罪实验室将这些印记和牧场主的手工皮套裤上的半圆形装饰对比,结果发现二者完全吻合。

休·杜乌的枪柄上有刻痕。他学过一些秘传的武术,学到了黑带水平,还有证书;一根棍子到了他手里,能变成致命武器。在毛桶郡,他主持一些特定的法律仪式,比如听人悔罪,仲裁纠纷,片区巡视,哪个家庭有问题他都一清二楚,他把误入歧途的人带到正道上,有时候使用强迫手段。

休·杜乌不喜欢政治,竞选这事他深恶痛绝。多年来,他总是和塔利·纳尔逊竞争。纳尔逊是个六英尺四英寸的恶霸,选举中屡战屡败。最后一次失败后,他搬到了三十英里外的斯利克福克郡,此郡人口稀少,纳尔逊轻而易举当选了,于是乎成了杜乌的对手。休·杜乌也不喜欢少年无赖,他认为对付这些小混子最好的方法——对付越小的混混越管用——是让他们进郡监狱蹲一两个晚上。有一次,他把州律师的儿子给关起来了。那小子九岁,戴副眼镜,正在捡石头扔向被拴到狗屋上的狗,被休当场抓获。

“把你给拴起来,找个四只眼的臭杂种过来,朝你身上扔石头,你觉得怎么样?看我怎么教训你。”他把那小子拷到郡政府大楼前的一处自行车停车架上,把他的眼镜摘了,架到自己眨巴眨巴的眼睛上,说道:“现在我们假设我是你,而你是那条可怜的狗。”然后他捡起一块小石子扔过去，砸中了那小子的胳膊，痛得他又叫又闹。四周窗口露出了很多观看的脑袋。那小子接着又挨了几石子，歇斯底里地闹了起来。

“我看得把你关起来，看你还吵不吵。”说着，他把大喊大叫的小子拖到监狱，一脚踹进牢房。当然，休后来为此付出了代价，州律师可不是那么好惹的。

“整得他够劲吧？”他打电话给妹妹奥佩尔。

“至少你伸冤了。”妹妹回答道。在长条地，伸冤不算是件小事。

他的工作有时会让他气不打一处来，比如会有老太太来报告说高速公路上看到了什么陌生人，他得去费劲追查。不过如果不算这个，最让他恼火的工作则是如何摆平艾德旺斯·斯劳特和弗朗西斯·斯科特·凯斯特这两个死对头。这两个人都是牧场主，个性迥异，牧场经营理念和风格也完全不同。警长休·杜乌最想不通的，就是这两个人怎么就不认亲了。几代之前，斯劳特和凯斯特两家都住在阿肯色州的时候，两家之间互相通过婚。一八三三年，老丹尼尔·斯劳特和祖碧·凯斯特结了婚。两人生了五个孩子。在祖碧之后，老斯劳特还结过四次婚，包括和祖碧生的孩子在内，老斯劳特名下的子女共计三十二个，都有显著的斯劳特家的特征——脖子又长又圆，眼睛圆溜溜的，手指像蜘蛛，牙齿长得乱七八糟。后来两个家族又通过婚，让两个家族的种子越变越糟。

艾德旺斯·斯劳特和弗朗西斯·斯科特·凯斯特从上小学（老一代人讽刺地称其为“牛仔大学”）的时候就开始结怨。凯斯特是在严格的宗教教育下长大的，是 4-H① 的头目，得克萨

① 美国农业部倡导的青少年教育项目，鼓励青少年参与，通过各种活动和项目，全方面开发智力、情感、动手能力和健康（分别用以四个 H 开头的单词表示：head，heart，hands 和 health）。

斯少年突击队队员。而斯特劳是个四肢发达、头脑简单的大傻子。斯特劳说他要和两个妹妹干，谁要是想参与，请于早晨六点钟在他们家牧场见。届时要带两毛五分钱，敲他家的窗户，他就会让他们进来。听到这些，休·杜乌心照不宣地暗笑。这些话凯斯特也偷听到了，觉得是对女子的极大侮辱，立刻怒不可遏。接下来发生了一场恶斗，是校长给拉开的。两个孩子都不说是怎么打起来的。事实上，是凯斯特突然发难，而斯特劳完全蒙在鼓里。总而言之，两人从此势不两立，这仇一结就是三十多年，其间两个人轮流跑到警长休·杜乌办公室来，汇报对方最近又如何如何作恶。警长休·杜乌每次都是听原告把话说完，边听边做笔记，然后归档到厚厚两大本卷宗里——这两本卷宗里记载的罪行越来越复杂。一开始，两人的手法是互相扔石头、对骂。上高中后，两人都骗了辆破车子开，这时候就有往车上倒油漆、放车胎气、砸碎窗玻璃这些事情。那回弗朗西斯·斯科特·凯斯特带着4-H队去威奇托福尔斯参观畜牧展，特意定做了一张贴纸，上面写着“**我是一泡屎**”，偷偷贴在斯劳特的车子后面。艾德·斯劳特展开了报复：全家去帕德里岛度假的时候，他跑到码头的商店里，偷了三大罐膨胀剂，装进凯斯特汽车的发动机机箱里。他还用“先订后付款”的方式，给凯斯特订了同性恋色情杂志。凯斯特在斯特劳家的窗台上放了黑寡妇蜘蛛。斯特劳在凯斯特家前面的门廊里倒了十六加仑用过的曲柄轴箱油。

长大成人后，弗朗西斯·斯科特·凯斯特和艾德旺斯·斯劳特都做养奶牛这一行，不过除了他们的牛都是四条腿之外，两人的经营处处都不一样。弗朗西斯·斯科特·凯斯特是科学型的牧场主，讲究方法，讲究正确性，讲究循序渐进。他生在毛桶郡，张口闭口都是“土生土长的长条地人”，谁要表示出不屑或怀疑，他立刻就跟谁急。对外地人他统统嗤之以鼻。

凯斯特和妻子塔西、独子弗兰克一起住。弗兰克十四岁，瘦高个,长着招风耳和扫帚把一样的长脖子。弗兰克对机械和奶牛都不精通,凯斯特老是叫他进厨房给他妈打下手。他们家的房子很大,是那种"豪华牧宅"的样式,是牧场上惟一不是全部用金属做的房子。他的畜栏全是用上色的钢做的,颜色悦目。机房和牛产房装了暖气,光线充足,每年都重新粉刷一次。他最喜欢的牛是圣达·格特鲁蒂斯品种,一身桃花木红的皮毛,背部平平的,就像它们踩上去的那土地一样。他养的牛之中,百分之九十四每年产一次崽。他用复杂的电脑图表,对繁殖情况进行系统的记录。他用良种公牛的精子对他的小母牛进行人工授精,用春天新发苗的冬麦进行喂养,到了夏天,他就很认真地从一片牧地转到另一片牧地。除了草料,他还给他的牛加添豆子、甜菜浆、糖蜜、高粱、甜玉米秆子、玉米、棉籽壳、甜菜叶、罐头废料、无水氨、家禽肉下脚料(包括羽毛)、花生、肉、骨头、家里衣服烘干机用的软布。这种杂烩大餐之外,他还给他的牛喂各种催长养料,包括抗生素,还有布瓦特克和鲁门森牌子的药片,还给这些牛灌康博素、芬纳普利克斯、赖尔格罗、斯蒂罗德、新诺维克斯等汤药。

艾德·斯劳特则截然不同。他住在旧棚屋里,屋子历史可以追溯到十九世纪九十年代,所以破旧得可以。屋子在一个大牧场中间,牧场原来的业主是一家失败的苏格兰公司。因为有十个女儿,家里人太多,所以就挨着棚屋临时搭建了些房子。他对祖传秘方很是垂青。有一回他五岁的女儿玛西玩捉迷藏,跑到一块牛荨麻地里,结果尖叫着跑出来,手紧紧抓着小牛犊。他二话没说,对着伤口就撒尿,说这尿能治好刺痛。还没撒完,他老婆就拿着扫帚朝他冲来。他还说,松节油和冷咖啡能治发烧,甜薯能醒酒。

斯劳特的牧场又旧又破,篱笆歪歪倒倒,路坑坑洼洼。他的牧养方法和他父亲一个样:他的牛大多是从俄克拉荷马州比弗市牲口集市的拍卖上买来的，品种很杂，牛的性生活问题他让牛自行解决。母牛产崽后，喂奶喂六七个月时间，所以难以尽快地再次怀孕，但斯劳特认为这些牛自有它们的安排。他的牛想去哪儿就去哪儿，他不去管，结果牛的性子都野了，秋季入栏的时候则难上加难。他每隔五六年花几百块买头小个头的年轻公牛。他的母牛只有一半每年产崽一次。这些牛只能吃牧场的草，冬天啃干草，所以到了二十八至三十个月的时候，体重还是不行，很难卖掉。但奇怪的是，这两个人的收入却不相上下。这是因为凯斯特的经营成本高，另外良种公牛精子配出来的牛犊体型过大，死亡率高。

不管这两个冤家中哪一个把车子停到郡政府大楼前，休·杜乌都感到头痛。他最不喜欢弗朗西斯·斯科特·凯斯特，他觉得这人太循规蹈矩，太呆板，总是为些和自己没啥关系的事较真。

警长办公室里有五个调度员，全是中年妇女，全是大个子，脾气全都不温不火，而且全都不知道如何区分轻重缓急。如有必要，默娜·格莱娜会毫不迟疑地在凌晨三点钟给人打电话。

“警长，我想该和你说一声，明妮·达伯报案说有头黑豹子要闯进她家的厨房，就在门外边，又吼又挠的。”

“她怎么知道是黑豹子？她亲眼看见了吗？”

“她说一听声音就知道是豹子。另外，她还贴着餐具间的边窗往外看了，看到月光下那东西用后腿站着，前爪在抓呢！”

“你打个电话告诉她，说要是那东西天亮还在那儿发威，我就过去将它逮捕归案。另外，叫她耳朵里塞点棉花去睡觉。叫她先去洗个澡。我奶奶老是说：‘谁要不洗澡，豹子晚上找。’”

对那些调度员来说，所有事情的重要性都是同等的，因为你如果看报纸的话，就很有可能相信，真的有豹子从新墨西哥州跑过来，跑到明妮·达伯家门口。这就像听到楼下吱吱声，则有可能推断有逃犯上门，要来抢劫、偷车、杀人。这倒霉事就被聋子老人格瑞德艾恩先生摊上了。一九七三年，这位退休的牧场主被人从床上绑架，并被用自己的卡车带走，在俄克拉荷马的边界被杀，尸体抛在路边。

警长几年前把过去的政敌塔利·纳尔逊打了个大败。当时是个六月的夜间，天上没有月亮，时间是晚上八点半。他正在小路上开车逛着，突然接到得克萨斯渔猎管理处的求援呼叫。

"休警长，我们接到秘密情报，有一伙人今天晚上要在臭水溪一带偷猎，你能不能十点钟和我们在那边碰头？"

接到呼叫时，他离桥有一英里远，他把车子停下来，熄了灯，戴上他那副厉害的夜视镜，四周扫了一遍，很快就看到靠近桥的路边有停车灯的灯光。他数了数车灯数，看出是两辆车。他掉转车头，沿着乡间小路转着，先向南，再转向东，再转向北，最后向西，兜了四英里的一个圈子，绕到那两辆车子后方，最后半英里他把灯熄了开（他的夜视能力很好，而且这路的每一寸他都熟悉），在离桥四分之一英里的地方，他把车停住，徒步摸到两辆车后。靠近桥的路边上，停着的是两辆警长的公务车，亮着停车灯。车门上他看到一颗警长的星形标志，还写着字：**斯利克福克郡警长**。有辆车的行李箱是敞开的。

"好了，我得照章办事。"他低声说。他早就等着这个机会了。斯利克福克郡警长办公室的年度烧烤和排球赛就要开始了，他想，他们这两个家伙是在准备这些活动上的大菜呢！不过手段太见不得人了。他听到地里那两个人的抱怨声、喘气声，还有让对方小点声的警告声，他能看见小手电的光跳上跳下的。他拿出手机拨通了调度员（贾尼斯·曼戈）的电话，小声地让她立刻去把渔猎管理处的人叫到臭水溪，给阿马里洛的报社打电话，另外叫上几个副警长过来，带上枪——他们要逮捕的恶棍可都是全副武装！这回他有猛料爆了！

两个偷猎者靠近铁丝网上的缺口时(他们用了剪铁丝网的专用钳子),他把自己的灯开亮。他的灯是海军用的搜索灯,二十万支光,强烈得能把整个长条地地区照亮——塔利·纳尔逊和他的四个副警长,正拖着两只死鹿,还有一头“摇滚 Y”家的牛,灯一亮,他们被刺得全把手遮到眼睛上。

“好了,你们被捕了。转过去,把手放在身后。我知道你们是谁,有人报了你们的案,所以别他妈给我装蒜。”塔利竟然穿着制服,他感到恶心。他用那些人自己带的手铐把他们烤上,缴了他们的武器,扔进打开的行李箱里。

“别这样,休,我们有话好说。”说话的是副警长沃尔德玛。此人酷爱锻炼,一身好肌肉,体型如同好莱坞演员,嘴上总戴护牙套。

“没啥好说的。干脆给我坐下吧,伙计们。你们这班自以为是的白痴,犯这种傻得要死的事,我好多年都没有见过有人干这么傻的事,还给当场抓获！我猜这是为那混账的烧烤准备的吧?”

“别这样,休。这都是为大家好。烧烤所有人都来参加。”哈里·呼迪堡央求道。这人在休·杜乌警长看来,简直是花园里见到的那种鼻涕虫变的。哼,该朝他身上撒撒盐才是。

“什么为大家好?是为自己谋私利,捞好处,而且还是犯法,横看竖看斜着看都是犯法。你们做的事错得没治了,而且到死也赖不掉。奉劝几位还是老老实实给我待着别动。我他妈今天心情不好,你们要是稍微动一动,稍微顶几句,我就会以为你们在反抗,在想法子逃走。把我惹火了,我叫你们好看,我要把你们整得不成人样,整得你们浑身上下只能认出那鬼手铐!”

那年十二月,他得了得克萨斯和平奖,该奖一年评一次,在达拉斯的斯德哥尔摩宾馆颁发。从阿马里洛飞往达拉斯的路上，他坐在窗口座位，一路上在数飞机翅膀上的铆钉。除了铆钉外，还有五个L字形，仿佛是沿着工具箱角落画的白漆印。然后他还注意到飞机翅膀上有无数白色水滴，一簇一簇的，就好像有人把蘸得满满的画笔很有技巧地甩了一下，留下这些水滴的。太多了，数不过来。在颁奖仪式上，他在数奖品桌上流苏的须。他把拿着奖章和五十元奖金支票的照片放大了，挂在办公室的墙上，边上就是外婆戴着仿罗马角斗士头盔的肖像。

第七章　乡村概略

在霍斯仓旅馆待的那三天，鲍勃一直在看本地分类广告。吃饭是在墨西卡利高地吃炸鸡排（特色菜一成不变，总是这一道）。他一有机会，就向餐馆服务员和商店营业员打探什么地方有房出租。他还开着车子逛，看到形形色色的车保险杆贴纸，上面写着：

我儿子是麦克莱斯特的荣誉囚犯

如喜欢德国小香肠，请按喇叭

耶稣是我恩友

哪三个字代表臭不可闻？答案：养猪场

他数着路过的教堂：太初浸礼会堂、新光浸礼会堂、日出浸礼会堂、甜地浸礼会堂、第一浸礼会堂、圣经浸礼会堂、使徒浸礼会堂、自由意志浸礼会堂、圣幕浸礼会堂、团契浸礼会堂、真正基督徒教会、正直基督徒教会、神的第一个教会、大平原地区人民教会、福音堂、耶和华见证人王国大厅、圣灵降临节神圣教会、伯利恒路德派密苏里大会教堂、神之教会第一会堂、卫理公会派第一联合会堂、主内弟兄姐妹教堂、七日耶稣再临教堂。在镇边缘，靠近几间破败的杂屋，出现了一个“圣灵感孕基石天主教堂”,是间熏制室改成的,小得可怜,和当初的熏制室一样。看来这地方每五个居民就摊上一个教堂。至于公寓和楼房,则都没有对外出租的。每个人都有自己的家,都住在自己的家里。霍斯仓旅馆的老板杰拉尔德·鲍普考恩——或许根本不是有前科的人——想到了鲍勃,提出让他住旅馆的长包房,按每晚十块钱算,不过得搬到小房间去。要是住帐篷会更好。外面总会有风吹的。

晚上他接着看艾伯特中尉的游记。游记封面上有詹姆斯·威廉·艾伯特的画像,不过是他中年的像。他二十五岁时长的样子很难想象出来:瘦瘦的,长而挺拔的鼻子,松软的褐色头发。或许那时候他就开始像中年像上那样蓄须,或许那时候头发就开始秃了。鲍勃想象他的朋友们如何叫他“吉姆”,但鲍勃自己总是把他想成艾伯特中尉。

游记一开始的地方是描述奔茨堡。鲍勃·道乐自己上八年级的时候,班级组织了一次旅游,去的就是奔茨堡。他知道这堡是重建的,那些向导、铁匠、山民都是现代人装的,不过他感觉特真实,就好像真是回到了十九世纪中期,站在以阿肯色河为界的墨西哥边境,周围全是小商贩、打猎的、夏安族印第安人、墨西哥人、得克萨斯人、牛皮、加拿大游客。现在,他看到艾伯特中尉用水彩画的奔茨堡,是从较远的阿肯色州视角画的,堡上飘着一面巨大的旗帜,堡前有顶帐篷,圆锥形,或许是印第安人的帐篷。两个白人男子站在边上,其中一个穿着条纹衬衫,双手叉在胸前;另一个穿着鹿皮裤,左边肩膀上扛着枪。看着这些情景,鲍勃仿佛回到了奔茨堡。这堡和他八年级的时候看的一样。那次班级旅游时,鲍勃还很高兴地看到了孔雀。那些孔雀尖叫着,沿着奔茨堡的垛墙跑,穿过院子。在游记中他看到,在艾伯特中尉那时候,堡里面就有无数的笼子,里面关着本地区的各种鸟儿——喜鹊、蜂鸟、秃鹫。外墙的垛墙上种了仙人掌,艾伯特中尉一八四五年看到它们的时候,这些仙人掌正开着红色、奶油色相间的蜡状花儿。

鲍勃和中尉一样,喜欢夏安族印第安人。这些印第安人来到堡里面,跳着剥头皮之舞,摆出姿势让他画像。鲍勃很喜欢看中尉对夏安族印第安人头型的详细描述:男人的头发长得可以拖到地上,眉毛胡子却用小镊子拔掉。中尉也说喜欢夏安族女人的头发:中分头,辫子清清爽爽地扎着,拖到腰部,不过这描述好像不是漫不经心的,好像有点旁观者之外的东西。显然,他喜欢这些女人,鲍勃不知道他有没有和这些女人睡过。他想应该睡过。后来鲍勃看到中尉和一个叫“沙博诺德先生”的人一起去拜访夏安族的要人“老树皮”(“老树皮”有个漂亮的女儿),立刻兴奋起来,他发现书在这里和一八〇四年刘易斯和克拉克的探险接上了,因为“沙博诺德先生”其实就是吉恩-巴布提斯特·沙博诺,是萨克贾薇、涂森·沙博诺之子,也就是萨克贾薇一直背到“西部大河”的那孩子。中尉描述的一八四五年的事情就在鲍勃手上,鲍勃觉得那久远、死寂的声音在向他诉说着。

这一周结束的时候,鲍勃坐在墨西卡利高地餐馆,喝着一杯淡咖啡。厨子从送炸鸡排出来的方形洞口探出脑袋:

“喂,鲍勃·道乐,你的鸡蛋要怎么煎?一面黄,还是两面脏?你还在找房子啊?”

“两面脏。我肯定是够脏的。”

“我听说在毛桶镇那边,有个老太太好像有房子。如果你不介意去那地方的话。那镇上死气沉沉的。我这儿有电话号码。”他从洞口递过一张报纸上撕下来的角。“你要是有脑子的话,该带点吃的过去。毛桶镇没地方吃东西。十五年前还有个小饭馆,是个老太太开的,我说是老太太,不过要是你亲眼见了她,你不会看得出她是男是女。”

“多谢了。我想我得点道炸鸡再上路。”

鲍勃拿出地图查看。过了牛仔玫瑰，下一个镇子就是毛桶，镇子就在从俄克拉荷马的蒂龙市通往得克萨斯潘帕市的444号路边上。毛桶在加拿大河北部。他拨通了电话，有个女人用细弱但很粗野的声音回答说，他问的地方是“陨星”牧场的一间木柴棚子，没有通电，也没有自来水，不过每个月只要五十块钱。不许酗酒，不许抽烟，不许带女人过夜，不许吸毒。他说他想看看，心想这或许就是他等的机会。

风已经平息了，天上空荡荡的，呈淡蓝色。毛桶的郊区有块牌子，写着“**这是世界上最好的地方**”。再往前开一点，又看到一块小一点的牌子，颜色几乎全退了，上面的字只能辨出几个“……**日落前离开本镇**”。毛桶镇是毛桶郡府所在地。镇上有九条路，路面上不是粗沙砾就是生硝肥。十九世纪九十年代，这里人把牲口从外围的牧场赶到铁路终点的时候，这些牲口硬生生踩出了这些路。这几条路从各个方向汇集到一起。世上再怎么发达的红绿灯都无法指挥这些路组成的错综复杂的路口，无奈，人们只好按先到先走的法子办。铁道在主要街道中间横开，将这路一分为二。镇上有个白色的水塔，有个小坏蛋在上面漆了“H_2O”字样。再过去有五六个大谷仓，前面停了十多辆小货车。鲍勃想这大概是农民最主要的聚会场所吧。

镇子中心的特色地方是一片小小的黄褐色草地，像芭蕾舞演员的黄褐色裙子一样，围在黄褐色的政府办公楼周围。办公楼前面是黄褐色的走道，走道尽头是门廊，上面有箭头标志，指示人们怎么去警长办公室。在办公楼的街对面，他看到了一排传统的、带着小镇特色的各式门面：卡片和礼品店，空店面，老狗餐馆，律师所——上面的牌子上用烫金字写着：F. B. **威克斯律师**，孤星台球室，布拉杰斯药房，斯匹德威尔市场，毛桶银行，还有前面长了草的《旗子》报社办公楼（他不久后发现，心情不那么好的本地人称该报是《傻子》）。透过厚玻璃窗户，能看到老狗餐馆里挤满了戴着牛仔帽的男人。在街道上，尤其是克利普报纸和录像店前面，有很多年轻小伙和十几岁的姑娘，靠在商店的墙上、公用垃圾桶上、拱廊柱子上，或者随意地斜靠在小货车保险杆上。小镇似乎充满了生机和活力。

标志着毛桶现代性的新商店都在政府办公楼两边的小街上。那边有主教派教会的会堂，外形如同切成楔形的蛋糕；还有加勒比汽车旅馆，旅馆停车场中央有个洗澡盆一样大的游泳池；还有一家泰式—墨西哥式饭馆、毛桶蜂窝电话公司、一家叫健身鲍勃的健身中心。鲍勃·道乐在道吉表妹油炸圈饼店买了六个油炸圈饼。饼店窗口上写着“**本店供应夜宵**”，他想这夜宵肯定是本地另外什么字，错写成“夜宵”了。

邮局在两条街以后，是一处前面看貌似两层，实际上只有一层的房子，有一棵小三叶杨树遮在前面。门口的木条靠背长椅上，坐着四个老年男子，脸如皮革，皱纹满面，脖子精瘦，身材也很瘦弱，他们全是右腿架在左腿上，跷了一排的二郎腿。他们的裤腿全都卷得高高的，露出四条白白的小腿，全朝一个方向斜斜地垂着。他们全在抽烟，烟头的白灰一样长。过路车辆走过的时候，他们的头一起扭过去看。鲍勃·道乐很高兴能看到这么多老人，他想他们一定都经营着大片土地。

邮局外面还站了个老人，穿着一身牛仔衣，戴着牛仔帽，腕上绑着套花皮护腕。老人告诉他怎么去陨星咖啡馆，说这咖啡馆主人是拉封·格雷斯·弗荣克，还告诉他靠路中间走，因为他们把路边都栽了该死的灌木，这些灌木枝硬得就像尖竹钉。说着，他跨上一匹马，跟鲍勃·道乐打了个招呼，然后就骑走了。马的腿有点跛。

“进来进来。”那女人怪声怪调地招呼道，让他进了黑乎乎的屋子。女人的嗓音沙沙的，但又油油的，感觉像带仁的花生酱。“你是要杯水呢，还是要点百事可乐？”格雷斯·弗荣克身材瘦小，像个五年级小学生，她是个农场主的寡妇，正值中年。一张脸紧张兮兮的，嘴巴小小的，好像就只比鼻子宽一点点，两个眼睛凑得很近，眉毛细细长长的，头发硬硬的，夹杂着白色和正退着色的红色，这副尊容很让人想到某个不太重要的罗马皇帝。

“麻烦弄点水吧。”鲍勃说道。他的喉咙被灰呛得焦干焦干的。拉封赶忙拿出杯子，洗杯子，放入冰块，从冰箱里拿出一壶冰水，切了片柠檬，放在杯子边缘上。鲍勃觉得屋子里很热。

“给你，什么也比不上一杯冷水好，对不对？我是迈阿密的哈什伯格家的，”——她把“迈阿密”说得重重的——“得克萨斯的迈阿密，不是佛罗里达那地方。我是一九五一年和杰斯·弗荣克结的婚，他死了——罢了，不提了。”

“毛桶这名字有点怪，”鲍勃说，“是根据人名取的吗？”

“是根据毛桶树取的。过去这里有很多这种树。鸟儿都喜欢毛桶树。到了春天，那叶子还没有抽出来之前，下面全是毛茸茸的——这就是‘毛桶’的由来。至于牛仔玫瑰，那是一种花儿。葡萄酒杯花是牛仔玫瑰的另一个名字。你总不能把镇子取名叫‘葡萄酒杯’吧。这毛桶郡是禁酒的，不至于会用这个名字。”

喝水的时候，鲍勃注意到四周到处是花里胡哨的小摆设。拉封说厨房是法国乡下的风格，不过照鲍勃看，是得克萨斯乡下的风格：地上铺的是干净的白色油地毡，桌子上是福米卡塑料贴面，铬合金的桌子腿，椅子颜色与之相配。墙上贴有耶稣像，是用通心面和种子拼出来的，像边上是本挂历。墙上还挂着一些陈旧的白色厨房器具，动不动乒乒乓乓地响。擦碗的毛巾下面印着"你好"①,中间印着埃菲尔铁塔。柜台上是些瓷罐子,上面写着:咖啡、糖、面粉②。葡萄酒架上挂了一幅仿布莱塞的《蒙马特尔的台阶》。葡萄酒架里面放的不是葡萄酒,而是一瓶瓶威士忌;这是个好迹象,鲍勃心想。女人还给鲍勃看了她通过购物目录邮购的几十件东西:一个皮热水壶盖子,摩洛哥油灯,等等。在一只猫篮子上方——她养了只深色的雄猫,只有一只耳朵,半根尾巴,全是割草机害的——有块蓝色的搪瓷牌子,上面写着:疯猫③。不过"死猫"④似乎更确切一些,因为那贪睡的野兽一直睡在那里,只有听到了开冰箱门,或者隔壁的瘦个子邻居发动了割草机,它才会起身。

等鲍勃喝完水,拉封说道:"好,我们去看看那棚子。"

"到了。"她开着车带着鲍勃,穿过一片高低不平的牧场,趟过一条缓缓流动的小溪,到了一片三叶杨树林。在铁丝网后面,又是一道篱笆,是旧轮胎围成的。三叶杨树丛下面有间小木棚,带着个小门廊。门廊的门四周绕了一圈绳子,拉封解释说这是为了防止蛇进来。里面有四个空床铺,每个床铺上都有张对折的薄床垫,一堆毯子,另外屋里还有一张方桌,周围有四把木头椅子。还有个小小的灶台,上面放着个发黑的茶壶;靠墙放着一个木头箱子,里面装满了引火柴和棍子。

"简陋得很,"拉封说道,"没有通电。床单和毛巾你自己准备。水你得自己去拉。去我那边的厨房里取。"

"我租下了。"鲍勃说道。他没有认真考虑每天开车穿过牧场该有多辛苦,每天来回拉水多累人,也没去考虑不能打电话多不便,因为他已经喜欢上了长条地含蓄的美。他看到,一片片树林和灌木掩映着河道,粗大的葡萄藤在树身上反复缠绕着,把树变得如同粗织的布匹。冠岩如同粗线条的对角线,把高地平原

---

①②③④ 原文为法文。

和南部平原分割开。还有那红色的帕洛杜罗峡谷，大气磅礴，又有异国情调。

鲍勃从车子里卸下行李箱子，这是他的新箱子（只有对他来说才是新的，因为终究也是从泰姆舅舅的旧货店淘的），里面装着环球猪肉皮公司的宣传折页和文件，一双擦得发亮的尖头牛仔靴，还有一盒从佩里顿带来的炸鸡腿。只花了几分钟，他就把箱子里的东西收拾出来。他走了出去，绕着小屋子走起来。沿河枝条交错的葡萄藤间，一只肥肥的、像鸡似的鸟儿受惊飞了起来。河水流动的声音很悦耳，虽然他听着听着就想撒尿。在小屋后面，靠着四根硕大的木头，其中有两根被人刻成了人形：一个披着波浪发的女人头，还有个人头面目模糊，细看有点像列宁。或许哪个牧场工把自己想象成雕塑家了。

时近迟暮，鲍勃坐在门廊上，喝着一瓶发热的珍珠牌啤酒。他提醒自己明天去毛桶镇上的时候，买个冷却箱，还有冰块。往西看，在一片开阔的地里，有几件农用机械。这地已经多年没有人来放牧了，长满了须芒牧草和野草。他数了数，有五台生锈的联合收割机，三辆小货车，四辆旧拖拉机，还有各种耙、耖——全都陷在泥土里。高高的草丛里还现出了一个黑黑的东西，到底是什么东西很难看出来——或许是旧油泵吧。在越来越深的暮色中，他看到南边有块略略突起的地，因为实在低得可怜，即便在这个地形平坦的郡里，也很难称它为丘陵，不过是块隆起罢了，就好像是大地吸过了气，正屏住呼吸呢。但是按照长条地的标准，这地方是足以称为“小山”的。从这隆起地再往前看，有一片巨大的乌云在伸展着，如同一双黑黑的翅膀，凶暴而压抑，一道道闪电从中撕扯过。远处轴式灌溉机运水臂的末端，有灯在一闪一闪发光。黄昏，就如同碎成粉末的灰色丝绸，纷纷扬扬地降临下来了。

鲍勃把炸鸡排的皮和骨头就丢在门廊的门口。夜间醒来，他听到门外嘶哑的吼叫声，单调而持续地重复着。等他完全醒来，那叫声却低下去；从窗口往外看，透过淡淡的星光，他只能看到一个小黑影溜向乌黑的草丛中。或许是狐狸，或许是山狗，他无从得知。快到早晨的时候下雨了，雨点劈劈啪啪地敲打着屋顶。

上午鲍勃去了趟牧屋，取了水，然后坐下来和拉封喝咖啡。和这个地区的人一样，拉封喜欢把咖啡煮得淡淡的，颜色是淡褐色。她告诉鲍勃，她正在编写一部郡志，她给它取名叫《毛桶郡乡村概略》，里面会收集几百个本地家庭的回忆录，还有照片。

"道乐先生，我已经在这上面花了十三年工夫。"

拉封还说，每天中午邮递员多尔·麦克江肯来送信，她都能收到大量家谱回忆之类的邮件。上了年纪的人会亲自上门来，带来一盒子一盒子的照片、日记，还有发黄的信封。这些资料和照片占满了楼下两间房子。他们端着咖啡坐到工作台边，拉封指了指堆得老高的盒子。

"我想我一辈子都做不完了，"她说道，语气中似乎带着自豪，"我想等我一死，我儿子准会把这些东西全给扔掉——而这实质上就是毛桶郡的历史，本郡每个人的历史。"

"那你能不能分成多卷出呢？"鲍勃问，"比方说，你先出第一卷，里面说的是早期历史，接下来，再一卷卷出往后的东西？"

"不行，我不能这样做。我的材料是按家庭整理的，不是按照年份整理的。是按照字母顺序排的，不是按照年份。我有时候觉得这是失误。不过是人就难免有失误啊。"

"那么你能不能从 A 到 L 这样出？我的意思是，总得想法子腾出地方啊。再说这些人难道不把他们的信件和照片要回去？"

"或许会要吧，"拉封漫不经心地说，"等我干完了，会还回去给他们。每天总是有新材料送来，哪怕姓氏开头字母的那些人家也有东西要加进来。”

“可是——”

“你别着急，鲍勃先生。”拉封说道，“我敢肯定你也有感兴趣的事情。萝卜青菜，各有所爱嘛。”

“那倒是。”鲍勃没有发现她话中下的套子。

“你是做什么的？是什么风把你吹到长条地这边的？这儿外面来的人可不多啊。”

“有点难说，”鲍勃回答道，“其实根本不是工作上的事。”他看到桌子上有两个半透明的塑料储衣盒，靠近拉封的电脑。他想他看到了里面有什么东西在动。

“哦？那敢情是到阳光明媚的毛桶郡度假来了。”

“我是来寻找——”

“找什么？”拉封眼睛瞪着。

“我，我，我为一家杂志写长条地的专访。所以我对你这《概略》特感兴趣。”

“哪家杂志？”

“现在还没有呢。我想先把文章写了，然后去投稿。或许投给《今日俄克拉荷马》吧。”鲍勃边想边说，脑子飞快地转着。

“我看不是这样，道乐先生。这听起来似乎有些奇怪，不过《今日俄克拉荷马》专门报道俄克拉荷马的新闻，对长条地《今日俄克拉荷马》的偏袒可是厉害到家了。杂志的文章可不是这样登出来的。他们都有约稿。或许你觉得我挺笨的。不过我想告诉你一声，我为《滴》当了十七年的特约编辑。”见鲍勃迷惑不解，拉封补充说：“《滴》是一份农业科技杂志，专门针对灌溉。”

“对，对，对，你说得没错。我也不是写稿子的。别的人写，我是说过去的别人。”鲍勃脑子里狂乱地想着，“事实上，我是来找一个，一个女朋友的。我妈妈在我很小的时候就消失了，去了阿拉斯加,但她以前总叮嘱我要找个得克萨斯的姑娘结婚。”

“哦,她是这样说吗?她跟你说这话的时候你多大了?”

“大概七岁。或者八岁。”鲍勃还是盯着那塑料盒子。盒盖下面的盒子顶上打了很多洞。

“这个年纪就说起亲事的问题,是不是早了点。除非她是中国人?”

“不是。”

“或许她本人是得克萨斯人?东岸有很多亚洲人。”

“不。她不是亚洲人。但她一直很喜欢得克萨斯的姑娘。我也喜欢得克萨斯姑娘。”

“或许我们该打住,不说这得克萨斯姑娘吧。顺便问一句,你有工作吗?我是想你能不能应付房租,虽然这租金低得很。”

“这个,我有工作的。我是来找好土地的,给,给一家豪华房产开发商。环球豪华物业。公司想打进得克萨斯长条地。他们觉得这里有潜力。”

“你是不知道,也不知道有几千人猜到了这种‘潜力’。不过豪华型房产开发我倒是头一回听说。这个郡的人现在越来越少。我想他们大概是要派你去奥斯汀外面的山区,那边都是搞电脑的有钱人,要不就是达拉斯。那帮长条地的百万富翁住的都是活动汽车房,钱都投进土地和马匹上去了。这年头大部分人只能勉强糊口,而你鲍勃却有这么好的工作,真是幸运啊。这样你预支一个月房租大概不会介意吧?我得有个保证啊,否则你跑了咋办?”

鲍勃笑了,说他马上当场写支票,接着说:“那塑料盒子里是不是有什么东西在动?我好像看到了什么东西。在上面那个?”

“那是小粉。”拉封把盒子拿过来,放在两人中间,慢慢掀开盖子。鲍勃看到一只褐色的狼蛛,小小的粉红的脚,他吓得噌地站起来,椅子都倒了。那蜘蛛被他吓得四脚朝天。

“它不会咬你,”拉封说道,“它很安静。你说你看到它在动,我都很吃惊。它大部分时间躲在它的藏身处。”拉封指了指储衣盒后面支着的几片厚树皮。“看来有点干。”她说道,把手伸进盒子,摸了摸木片和土。蜘蛛没有理睬她。她从电话机边拿过一个小瓶子,对着盒子里面喷出细雾,然后把盖子重新盖上了。

“巴不得我来喷雾。”拉封把瓶子放下,去拿另外一个盒子。

“你有两只啊。”鲍勃冷冷地说。

“这只不一样,”拉封答道,小心地把盒盖子拿开,“这是托尼亚,是只多哥种的爆星蛛。两种蜘蛛都生活在树林里,但小粉是拉丁美洲的,热带雨林里的。”鲍勃靠近了一些,想看清楚点,“往后点鲍勃,这只好斗得很,会跳起来咬人,快得像闪电。咬你一口,保准你大病一场。”鲍勃看到,那灰蜘蛛背上,确实有星星爆炸所发出的光芒那种图案。它没有小粉那么大。拉封把盖子盖上,他顿时觉得松了一口气。

“托尼亚我才养了一年。小粉差不多都四年了。它能活到八九岁。狼蛛的寿命可不长。但你们的墨西哥金发女郎可不同,能活到四十岁。它们可是长期的宠物啊。”

鲍勃出去的时候,天空是冷茶的那种颜色。

晚上鲍勃坐在小屋的门廊里,天黑得看不见字的时候,他拿出了手电筒。因为他这时正看到中尉寻找老树皮儿子(先前书中说他能“七扭八歪”地跳舞)的画,这画是自传性的,描述老树皮儿子如何勇猛地用长矛攻击波尼族人。中尉对画大加赞赏,说画的比例和整体设计有“相当好的感觉”。鲍勃觉得,如果老树皮的儿子在中尉教的绘画班上,中尉肯定会给他奖励一颗金星。但是,后来著名的向导托马斯·菲茨帕特里克出场了,告诫中尉不要把骡子拴到灌木上,因为骡子会把枝条扯动,而这树枝条一动,它们就觉得有敌对的骡子在偷偷靠近。读到这里,手电筒的光线暗淡下去,渐渐地又变得时亮时灭。过了几分钟,鲍勃放弃了,提前去睡觉。那一刻,鲍勃坐在沉沉的暮色中,看着手电的光线暗淡下去,觉得自己一生的光景交错在脑中闪过,而且对他来说全无法了解,他只知道这没有灯光的日子很恼人。他发誓明天要去弄只野营灯,或者蜡烛。

第八章　拓荒者弗荣克

一八七八年，在堪萨斯州的曼哈顿，马丁·默顿·弗荣克坐在吉克医生的皮面诊断桌前，又咳又喘。马丁二十三岁，是个德国移民的儿子，父亲原来是制表的。

"好了，年轻人，"吉克医生说，"我想你的毛病，是受不了本地空气中的湿气。对大部分鼻子来说，本地空气清香扑鼻，沁人心脾，但对小部分鼻子，本地空气却能滋生毒害。恐怕你属于那一小部分。你的体质虚弱，故而不能尽享低地之空气。我建议你去找一个地形高、气候干的地区，要有清爽明澈的微风，快速而经常地在空中吹拂。我建议你去得克萨斯的高地。在你之前，也有别的患者去过，不到一年，身体即大为改观。其中不乏得肺炎者。"

"我得肺炎了吗？"

"我不认为你得了。你对水汽和潮气敏感。我毫无保留地建议你去得克萨斯高地。事实上，在毛桶郡——得克萨斯的怪名字我们就暂且不说了，在毛桶郡有个很不错的从医人士，收治并治愈了不少比你情况更差的呼吸道疾病病人。你可以放心去找他。D. F. 穆格，医学博士，对救死扶伤和马匹交易都深有兴趣。"

"我不知道去那里靠什么谋生。"

"我知道那边种地很不错，但畜牧更佳。很多人，特别是像你这样的年轻人，纷纷跑到那里去找机会发财了，毕竟那边草肥水美啊。一旦你吸了那里的健康空气，肺康复了，我敢肯定你能和他们一样，唷嗬唷嗬地赶着马，奔驰在遍布鲜花的高原上。你也可以再跑远点，到北边的怀俄明州地界上，或者蒙大拿州，不过这些地方冬季严寒，风雪交加，而在得克萨斯，至少你会很暖和。”

后来，弗荣克对这些话苦思冥想。在一阵狂喜的冲动状态下，他也没有搞清楚，就把手头的事情作了个了结，并变卖了大部分财产，换成四百三十二块现金，然后向父亲说了他的打算。他父亲还巴巴地盼着他有朝一日能回到制表台边，继续制表的营生，所以自然不乐意。他们争吵了三天，后来父亲知道儿子确实去意已决，无法扭转了。一八七八年四月底，马丁·弗荣克上了一列呼哧呼哧的西行火车，他身边只带了一只小手提箱和一个行李箱，里面装着常用的物件，比如斧头、一些优质麻绳，还有十四本过期的《路易斯安那悠着走》，这是份不定期出版的插图报纸，内容是煽动性政治评论，还会刊登漂亮的版画——画的是一些不知名的外国地区。在弗荣克的脑子里，得克萨斯是和外国一类的，不管它是高原还是低地。他还带了一小袋甜薯，装在行李箱里；还有一纸袋咖啡豆，是他妹妹莱蒂给他包好的。

火车在一个镇子上停了一个小时。这镇上似乎只有一家百货商店和一群牲口。马丁下了车，想活动活动腿脚。他到商店里买了三罐牡蛎，其中一罐他在站台上就打开吃了，另外两罐他装到了手提箱里。火车猛颠一下，发动了起来，接着就单调地行进着，还左右摇摆。在他正看着的那期《悠着走》上，他翻到一篇畜牧的文章，觉得很及时，立刻注意起来。列车广播员说火车正行进在八百四十英尺长的大桥上，这么大的桥他却几乎没去看。

马丁读到，在得克萨斯平原上，牲口是不需照料，也不需要亲手去饲养的。只要生出来，就可以让它们自由自在地去吃草。

一年只要入栏一两次,到时候可以让本地区的孩子(他理解为“牛仔”)帮帮忙。最后直接把这些牲口赶到市场上去换钱。因此,得克萨斯平原上的无主牲口多得很,一个穷汉只要有野心,一两年准能发财。他轻声咳了咳,然后翻到下一版面,看到一头母牛在得克萨斯只能卖五到十块,到了堪萨斯能卖三十块。这文章算了一笔账:如果用火车把三千头母牛从得克萨斯运到堪萨斯,需要十一个帮着赶牛的人,其中包括一个厨师,每人三十块的话,一共是三百三十块;另外铁路老板一百块,粮草两百块:加起来一个月的成本是五百三。而牛可以卖九万块。他觉得前途豁然开朗。

文章接着说,最有效、最经济的做法是找临时的赶牛人,不要用自己的牛仔。牛仔们要留在牧场大本营,等着照看下一批牛。文章还说了另外一种情况,说有个牧主让自己六个健壮的儿子把牛运走了,这六个儿子是不用付多少钱的,甚至可以不付,因为在美好的未来,牧场本身都会落到他们手上。不过,马丁心想,六个健壮的儿子可不是在榿木林里能找到的。他寻思,即便现在就有老婆,生出健壮儿子,等他们长大,而且还喜欢上牲口,怎么着也是几十年以后的事儿了。接着往下看,他发现赶牛人自己也可以发财的,最后可以买自己的牧场,添置自己的牛。文章举了个例子,说有个赶牛人帮别人往北方赶牛,一个季度就挣了五万块。马丁开始遐思连绵。如果他身体尽快康复,他先干几年赶牛人,然后自己搞牧场,他和他的六个健壮儿子。有一点他看得很明白——只要肯干,养牛是有大钱赚的。

铁路没有通到毛桶郡,而是停到了一个叫图沃斯堡塔的地方。车站后面有个马厩,马丁说通了看马厩的那个脏乎乎的老头儿,买了辆二手的迪尔伯恩单人马车,还有一匹眼睛像鬼一样的灰马。他把行李箱和手提箱放上马车,然后动身往西走,大概是毛桶郡的方向。火车上的列车员——那人对 MKT 铁路公司的事情仿佛和公司董事长一样精通——告诉马丁说铁路线一年内准能延伸到毛桶郡,毛桶郡会发展成为牲口转运枢纽之一。他还说,马丁·弗荣克跑到这个未来的大都市周围找土地,是够精明的。

沿途过了两条溪,毛桶溪和罗杰斯溪,两条溪边都长着柳树和三叶杨,让行人遮阴、歇息。马丁还的确看到一伙人在营地里,从远处看,像是印第安人,但他不想走近去看。列车员向他提过,印第安人有一些特别的习惯,特别是科曼奇人,举止乖张,有时候会突然有极异常的行为。

“去年他们抓了个钟表推销员,把他的肚子破了,肠子全部抓出来,系到马鞍头上,然后狠狠抽了马儿鞭子。另外,我想他们还从他身上割下不少部位作为纪念品。这人被害得真是面目全非,没多少人样了。所以见着他们,脑子放聪明点,躲开一点。”

坐在过道对面座位上的一个男子说:“他妈的,那还不算最糟糕的。你和他说说他们在土坯墙那里是怎么对待戴夫·达得内的。你不知道?好,我来告诉他。戴夫·达得内在红鹿溪溪口打野牛,被他们给抓住了。他们挖出他的一个睾丸,放在他手里,然后把他的手绑在他前面的一根桩上,这样他就不得不看着手里的东西,不得不去想发生了什么事。然后他们在他肚子上开了个洞,然后放入木桩,用斧子敲进去,穿过他的身体,一直钉到地上。用的是他自己捕野牛用的桩子。最后他们剥了他的头皮,从上星期二开始,用四种方法剥,最后他的头上一根毛也没有留下来。我们这里就有这种人。现在大部分印第安人都会出来跑,但也不是所有的都这样。”

靠近黄昏,西南方的天空变成了深褐色,尽管这对马丁并没有什么意义。在晃晃荡荡的小马车里坐了很久,热得要命,他恨不得立马跳到冷冷的水里，让水一直没到腮帮子。他也渴了，他的水壶早就喝空了。不过他不敢去河边，他怕那里有印第安人。他不时地深吸一口气，想试试这高地的干燥空气能不能使他的呼吸舒适一点。他感觉确实好呼吸一些了，或许更舒适了一点吧。他不是很肯定。前方乌压压的天空突然被一道闪电撕裂。他赶紧跑到一片小树林去躲雨，也不去想有没有印第安人了。

阴暗的树林里面并没有印第安人，但有一片空地，地上的植被有被人踩过的痕迹，这说明在过去的二十四小时内，这地方有人来过。他生起小小的篝火，在火堆里塞了两个甜薯烤着。他的脸上热辣辣的，上面有灰，他把灰给洗掉。边上有个小池子，里面黑糊糊的。他用双手捧起里面的水，喝了起来。水里带着硫磺味。一阵雷声轰隆隆响过，大地为之一震，但是空气仍旧死一般沉静。火里突然响起了轻轻的炸裂声，他这才想起，忘了给甜薯开口子了，其中一个已经炸开了。他用刀插进另一个，还好，这个还没有坏掉（这时他想起可怜的戴夫·达得内，还有钟表推销员，因为那甜薯的样子像黄色的人肚子），他拨了一点灰在上面，然后用池子里的水装满水壶。他卸下灰马，抚摩着让马躺下，喂了些马料和水。然后，他把毯子铺在马车下面。等那个好的甜薯熟了，他趁热吃了，也没有加盐。然后用刀子把第二罐牡蛎开了，一口吞下，把罐头盒刷了刷，准备第二天早晨用它来煮咖啡。天还亮着，他就爬到马车下，准备睡觉了。他拽过毯子把头盖住，不让蚊子来咬。地上起了一阵清新的微风，和冷水一样甜甜的，凉凉的。天空变成了紫黑色，闪电一道道闪过。闪电让他看到，低处的云正径直向高处更厚密的云层涌动着。乌云的样子看起来凌乱而狂野。风越吹越快，足以把发臭的害虫吹走，并把他的毯子角掀起。突然一下子，天冷了起来。

马丁迷糊了一刻钟，然后被一阵震耳欲聋的雷声惊醒。有一刻，他觉得自己还在火车上，因为他能听到沉重的货车声，就在不远处。他是怎么跑到火车站来的？外面下起了冰雹，像核桃那么大，又猛又密，还蹦到马车下面来。他想爬出去，不过有什么东西挡了路，那东西有硬硬的、潮湿的毛发。过了几秒钟，他才发觉是自己的马。货车就在树那边开过去，车开过的时候还能听到树枝折断的声音。树歪了，其中还有一棵倒了。有闪电的时候，他看到枝条在狂摆，树叶在空中飞舞。再过去，他看到一个黑黑的庞然大物，就像梦魇一样。那看不见的火车，没有打任何灯光，正在拐弯开走，开进湿淋淋的黑夜。西面的天空没有一丝云彩，这说明第二天的天气应该不错。他疲倦得身上发痛，周身不适。就这样，他又睡着了。

醒来的时候，天色还早，太阳还没有起山。天空很开阔，上面点缀着一小块一小块黑草莓色的云。他从小马车下面爬起来，看了看自己的马。马死了。

马丁一会儿就在手里和好了玉米面，拾了几片树叶过来，把面放在上面，让它自己干。他又生起火，放进去两块平石板加热。等一块石板热了，他在上面烘玉米饼。他在另一块石板上烤熟了咖啡豆，用斧头碾碎，放进牡蛎罐里，开始煮他的咖啡。热罐头盒烫了他的手和嘴。他用牙齿过滤掉漂在上面的浮渣，嚼着没有过滤掉的渣子。他又打量起马儿来，他想马大概是被雷打死了，因为马的右肩处有块黑印，马蹄上部的长丛毛上也有一处。

他把箱子埋进一处突起的土堆，尽量藏得隐蔽，然后把断树枝堆在前面，又堆了些石头。他又看了看死马。最后，他把自己当成两脚马，开始徒步向西边走，他估摸到毛桶镇不过只有两三英里的路了吧。

到了晌午，马丁遇到了新的困难。他觉得玉米饼子、咖啡和牡蛎在肚子里翻腾起来。他的肠子闹腾起来了。他想到了戴夫·达得内和钟表推销员。接下来的几个钟头，他继续跌跌撞撞前进着，不时停下来对付内急的疯肠子。他把手提箱扔掉。不久，他就开始呕吐。头也剧烈地疼痛起来。到了下午三点多钟，他歇住了，痛苦不堪地躺在地上。过了一个小时，他觉得自己大病起来了，身上烧得厉害，好像整个人都要烤熟。这时他闻到了烟味。他转过身，扫了一眼大草原。没错，是有烟从一处土堆上升起来——会不会是火山？突然，土堆前出现了一个黑色的长框状物，有人钻了进去，把个东西抛了出来，那东西闪了一会儿光就灭了。那人转身，进了长框——这时他才辨认出这长框是个门。他开始向那门口爬，大概五十英尺远的地方，临时搭建的畜栏里有两匹马开始又嘶叫又打响鼻。门开了一道缝。马丁·默顿·弗荣克用虚弱的、沙哑的声音叫道："救命！"

"他娘的，啥玩意儿？"有个声音说道。有个七英尺高的大怪人大踏步从土窑里出来了。这人白头发，红衬衫，下身穿着短了一大截的加州裤，手里还拿了把连发枪。他身后跟出一个矮一点的年轻人，腿结实得像板凳，眼神毒毒的，留着茂盛的大胡子，夹杂着不同颜色，被风一吹，就飘向一边。

"你他娘的是谁？是活腻了还是咋的，跑来偷看我们？你妈的是不是跟那帮人一伙，想来偷马？看人家马眼红了不是？"

"病了。走不了了。没恶意。"他们居然觉得他有恶意，这有些滑稽。说这么几个字他都受不了，又开始呕吐。

"老天爷，你臭得就像在身上拉了屎一样，五脏六腑都吐出来了，臭屎一样。"

"是啊，病了，病了。"他断断续续地说自己如何吃了玉米饼，马如何死了，自己怎么突然拉起肚子来。

"你喝了图沃斯堡塔的水？那边小池塘的水？"

"是的。"

"那是蚊子水。你喝了就痛得要死要活的，你会觉得你的肠子就像用你妈的钩针从屁眼往外拉，不过你死不了，大多数人会好起来，甚至再去喝那蚊子水也没有事。我就这样。总之啦，我这儿有法子。你就在这儿等着。你这一身臭烘烘的，说不定还要吐一星期，臭菘似的，千万千万别进我这营地。你就给我在这儿好好躺着，像只空钱袋一样，我们把药给你拿来。”

他们所谓的药是一个锡杯装的褐色液体，搀了廉价的威士忌。马丁喝了下去，立刻又吐了。花胡子的男子又拿来一杯，马丁一小口一小口地喝了下去，希望能不吐掉。等杯子喝光了，他躺到草里，闭上眼睛。

“过一两个钟点就见效。”大高个说，然后两人全钻进土窑里。

快到落日的时候，他们重新又出来了，还端了一盆热水，拿了一些折着的衣服。他们把他身上的脏衬衫和裤子扒掉，把热乎乎带肥皂泡的水倒在他身上，扔过来一条面粉袋做的毛巾，要他把新衣换上。

“我的手提箱……”马丁说道，指了指他来的路。

高个子说，“也好。既然他自己有衣服，他爱怎么糟蹋怎么糟蹋，干吗让他把我们的衣服搞得臭烘烘的？”他骑上马，向着溪边的营地方向走。马丁光着身子躺在草原上，身上冷得起鸡皮疙瘩，但至少不再痛得死去活来了。花胡子又给他拿来一块饼干，还有一些干净水。

太阳下山前，高个子拿着手提箱回来了。他打开箱子，饶有兴趣地翻看里面的东西。他把一条裤子扔给马丁，还有条纹衬衫。马丁叫他把换洗内裤拿过来，那人却笑着把手提箱合上了。

“小子，得克萨斯没人穿这玩意儿。啰嗦，不管你干啥，这东西都碍事。我拿它做抹布了。”

他们在土窑里匀出一个角落给马丁。高个子说他的名字叫克莱特纳，原来是阿肯色州人。听说鲍勃行李箱里有咖啡豆，他答应一早就去找。

“我们的咖啡缺一个月了。想去毛桶买一点儿,那里也缺货,送货的车子六月才来。所以你的咖啡正中我们下怀呀！该死的毛桶就是没有一个像样的商店。现在的那个商店不中用。店是个疯医生管的,如果他没有烂醉在沙发上的话。醉得用班卓琴打大象屁股都打不着。过去有个正式的店主人,打赌输了,把商场输给了医生。医生从来不采购足够的咖啡、面粉、糖,啥也不采购足。去年一个冬天,他都缺面粉和烟草。我的老天,要问发酵粉,他那里有一千磅,面粉却一匙子都没有。我们也催他,但不管用。还是那么糟糕。”

“他是不是叫穆格医生？”

“应该是吧。你认识他？”

“不认识。我听说他的医术不错。”

“我也不知道是谁告诉你这个的,但这是胡扯。你就是在熏制室前给医生一块火腿,让他来治,他也治不好。穆格医生要是治疗的话,缺的是水疗——疗他自己。我要是你的话,我宁可自生自灭。多吸点清新空气,喝点威士忌,猛干活,就啥病也没了。”

花胡子也插话了。“换了我,我是一分钟也不会和那医生搅和的。他是早就该进黄土的人了。你干吗不把商店从他手里搞过来,好好经营经营——搞得体体面面的。要是这样,不管你去哪里,大家见了你都会恭恭敬敬的。”

不过马丁·弗荣克一心想通过畜牧发大财,要么赶牛,要么做牧场主,总之不喜欢经营商店这个主意。他把自己的想法说了出来。

“我看你想当牛仔吧。”花胡子拖长声音说。花胡子叫卡罗尔·戴伊。马丁想,这很奇怪,居然取了这么女性化的名字。马丁还没有遇到得克萨斯其他那些长胡子的玛里安、芬尼、艾碧呢。那些当妈的也不动脑子,就给儿子取了这些秀气的名字,而他们却一个个成了野味十足的大男子汉。

“都这么一把年纪了,还什么仔啊仔的?”

“年龄不是问题。有些牛仔到了七十岁还生龙活虎呢。你瞧瞧咱们的老惠特尼,”他的头朝高个子点了点,高个子正在把牛皮裹在斧子柄和斧子头上,“他都奔八十了,你看那副牛仔架势,十来个普通牛仔也比不上啊。”

“他是牛仔?”

“那可不。赶牛赶到蒙大拿我想不下二十次了吧?”

“二十二次。够了。那上面冷得很。整个夏天都下雪。拿了钱都不知道该往哪里花。只有转回得克萨斯。”

“迈尔斯城咋样?夏安族人咋样?还有丹佛呢?我想你回程上都跑了这些城市不知多少遍了吧?”

“我的钱带在身上太沉了。但不管怎样,我们马丁是不想做牛仔或者经营商店的。我看他脑子里有更大打算哩。”

“我想做赶牲口这一行当”。

两个男人哄然大笑。卡罗尔倒在脏乎乎的地上,笑得直打滚:“哎哟,乖乖隆里冬,‘做赶牲口这一行当’。”

“你个白痴,”克莱特纳说道,“要想做赶牛人,你要对牛熟得就像自己一样。你得做过牛仔,得熟悉市场,熟悉人。你得学会笼络疯癫癫的农民,还要对付那些印第安人。我们做赶牛这行,我和惠特尼,就差没被火烧了。蜈蚣咬,印第安人来添麻烦,还有那些眼里冒蓝火的堪萨斯农民——”

“印第安人怎样?”

“操,他们好对付,”卡罗尔说,“从你的牛群里牵一只给他们,他们就不会来找你麻烦了。当然,一路走一路这么进贡,进贡了五十头,你的牛就少了五十头。”

“他们也会惹麻烦,”另一人说道,“比如昆纳·帕克。还有其他人。还有那个卖钟表的——”

马丁不想再听到钟表推销员的事。

“我可以搞一个商店经营吧。”马丁·弗荣克低声说道。他不想做牧场主和赶牛人了。太冒风险了。

第二天,他感觉自己的身体好多了,他把箱子收拾好,问主人能不能匀一匹马给他,让他赶到毛桶镇去。

“你是买,还是借?”

“我想我可以买你们的一匹坐骑。最好是性情温良恭顺的那匹。”

“你说的这马去年死了。不过你出二十块,我就把那匹栗色的阉马让给你。这马有两个名字,一个是‘你这杂种’,另一个是‘蟋蟀’。它不喜欢看到风吹的草浪,一看到草起浪,就开始蹦跳。你买我们的老蟋蟀,我们下礼拜把你的马车给拉去。我倒想看看你能不能把穆格医生的商店给买下来,给镇上做做好事。”

另外那人也提出了自己的建议。“还有,要是你开店了,多添些咖啡。还有,别让你的进货车陷进红泥沼里。那玩意儿在加拿大河边,看起来就像干河床。等你一上去,就会发现它就像化了的糖蜜搀上胶,黏得要死。而且有八百英尺深。以前出过事。”

“你这杂种”不喜欢草浪、鸟、远处的骑马人、土拨鼠、云、马鞍。等马丁·弗荣克到了毛桶镇郊区,他发现这马还不喜欢黑白相间的花狗。有次看到花狗,它立刻蹦跳起来,直到把马丁摔下马鞍。那马发着抖,看着那狂叫的狗。马丁捡起几块石头狠狠砸过去,砸得很准。狗高声叫着,跑进了一顶破烂的帐篷。帐篷上写着:**百货商店,医学博士穆格之产业。**

马丁进了帐篷,里面的东西乌七八糟,没有打开的布匹,马鞭子,等等。

“有咖啡吗?”马丁问。那个摇摇摆摆的糟老头正裹在一堆印着蓝雏菊的棉布里。冷冷的炉子上放了个东西，是不是班卓琴？

“六月。还没有送货来。六月再来吧，先生。”

马丁离开了。他在想刚看到的是不是传说中的穆格医生。他想自己即使把头装进口袋里，即使脚是跛的，也能把这商店打理得好好的。

第九章　陨星牧场

拉封的陨星牧场在加拿大河稍北的地方，在鲍勃·道乐看来，这牧场很漂亮。他生平头一次看到，一个牧场之家能享受这么多的隐秘空间。倘若他真是来为豪华住宅选址的，这地方可以说再合适不过了。拉封告诉他说，十九世纪末期第一批移民迁到本郡的时候，这里的牧草是好几个品种混在一起的，有须芒草、水牛草、格兰马草、麦草、印第安草。她的祖父摩西斯·哈什伯格是个酷爱行路之人，一八七九年，还很年轻的他到了长条地。这时拉封丈夫的祖先弗荣克接手穆格的商店有一年了。

拉封说，摩西斯·哈什伯格和弟弟西德尼从田纳西州赶到加利福尼亚州，在那里买了一万五千头牲口，然后赶了牲口到了蒙大拿，把牲口卖了，赚了一笔，然后来到得克萨斯州，买了更多奶牛，赶到堪萨斯城卖了，又赚了一笔。在堪萨斯，西德尼得了霍乱，不久死了。摩西斯将他匆匆下葬后，赶着一小群牲口去了怀俄明州，把它们卖给了一个英国贵族——那人的脸酷似长了胡子的圆玉米饼，这回赚了很多。接着，他又回到得克萨斯，在加拿大河北边买了块牧场。他在草地中间看到成千上万根尖尖的、矮矮的桩子，散布在这片土地上。这都是十年前捕牛人用来剥牛皮的。地上还有不计其数的野牛骨。

哈什伯格性情奇特，他厌恶这没有阴凉的草原，厌恶地上的草，厌恶银色的山艾树。他雇人挖了几百株大齿枫和板栗苗，还有五百株黄松，运到他的牧场来。这些树苗被堆在马车上，一路颠簸过来，路上赶车人只是敷衍地洒了点水——这有点像布莱船长在“仁爱号”上运送的面包果树，当时闷闷不乐的水手们对面包树就是这么敷衍。等树在屋子周围种下了，哈什伯格还不能松神。那些牧场工总把自己想成纯粹的牛仔，总觉得装水卸水、搬动水桶和挑水这类的事情是奇耻大辱，所以个个心里都在鼓噪，成天怨声载道，干活时能偷懒则偷懒。后来他雇了邻居的儿子——已经成年，但是脑子有点不太好使，所以对牛仔们的繁文缛节一概不知——每天往树根周围的小水洼里浇水。哈什伯格严禁牛仔们在树苗上拴马，或者在树苗边撒尿。但是这些树苗还是耐不住挟裹着沙子的大风，没等哈什伯格在迎风的那边树起挡风的木条篱笆，有一半树苗就已经死掉了。剩下来的树苗虽然斜得厉害，但还是深深扎下了根，断断续续地给屋子提供了阴凉。

“他亲手给整个牧场树了篱笆，只请了两个帮手，他当初树的很多篱笆到今天还在。”拉封没有提到，通过篱笆，某种平衡被改变了。现在哈什伯格觉得土地成了他的奴仆，应该为他提供生计，应该把一切出产都供应给他。

“但倒霉的日子接着就来了，”拉封说，“不知怎么回事，他从扁虱热界线以南的地区买了些牲口，和其他牲口放在一起。没多久，牲口病的病，死的死。在那以前，长条地都还没有扁虱问题呢。”

“现在有扁虱了？”

“我没有这么说。现在这扁虱问题解决了。我们学会了对付的法子。”

“什么法子？”鲍勃问。

“你对扁虱这东西了解多少？”

“我知道，在科罗拉多洛基山扁虱斑疹热能让人送命。”

“是这样，一般的牲口扁虱和南部牲口扁虱能让牛送命。

墨西哥现在还有。南方的牲口对热病有抵抗力,但北方的牲口不行——扁虱不能在它们身上活下去。这些牲口没有抵抗力。很容易染上,一旦接触了南边身上带扁虱、但自身能够免疫的牲口,要不了几个星期就会死掉。

“总之,爷爷的厄运到这里还没有结束。他的牛腿部开始发乌。那年夏天又热又旱,他的井都干了,草也几乎全啃完了,所以这些奶牛死了很多。剩下的那些又在冬季一场大风雪中死了一半。到了春天,雨疯狂地下个不停,牛虻又叮在牛身上咬,痛得它们往沼泽里钻,有很多牛就在沼泽里消失了。这还不算,他老婆又得了急病,七月四号死了。他用国旗把她裹了下葬。他花了十年时间才经营了这个地方,但是一年时间就全部破产了。他的破产真是破到了一贫如洗的地步,居然要到处把那些老野牛骨头收集起来,卖给莫贝蒂造骨肥的人。不过他不是轻言放弃的人。等把骨头都收完了,他放下架子,去给格里菲思和香农家扎篱笆。他们签了合同给 XIT 修篱笆。这当然是个转折点。”

见鲍勃·道乐对扁虱一无所知,而且也从来没有听说过 XIT,拉封觉得很吃惊。她津津有味地解释说,XIT 是长条地西边的大草场,面积达三百万公顷,它是得克萨斯州立契转让给几个芝加哥商人的,目的是以它作工钱,让这些商人在奥斯汀建一座新的州议会大厦。这大厦要建得比任何其他的州议会大厦都要庞大、壮观。

“爷爷捡牛骨头牛角那阵子,他有几个牛仔帮他一起捡。有一天,他们拉了满满一车骨头和牛角去莫贝蒂。一做完事情,他们立刻迫不及待地跑去来个一醉方休。然后他们来精神了。大部分毕竟还是十几岁小伙子。他们开始扔在沿途其他牧场上捡到的骨头。别的小伙子也开始扔,不是轻轻地扔,而是甩开膀子狠命扔。莫贝蒂牛骨、牛角斗就是从此开始的。这些牛仔个个都斗得血肉模糊，遍体鳞伤，但是还不肯罢手，直到马车快空了，骨头撒得街道上人行道上到处都是。总之，爷爷开始了扎篱笆的活儿，”拉封说道，“XIT 的南北方向的长度超过两百英里。扎篱笆的人必须要带着马车和工具。运货的马车从靠近科罗拉多州特立尼达的火车站把铁丝运过来，然后载着铁丝绕牧场走，每隔四分之一英里就要扔下一捆铁丝。这我是晓得的。”

拉封扒开一个文件夹，翻出一张照片，上面有一群骡子，拴在一辆装满木桩的大车上。车顶上绑着铺盖卷，铺盖卷上坐着摩西斯·哈什伯格。还有个半大小伙子，戴着顶车轮子那么大的帽子，正歪歪斜斜地蹲在柱子上。

她翻开另一个文件夹，又抽出一张运货马车的照片，递到鲍勃手里。这是一张长而窄的照片，上面有十头骡子组成的运货队，骡子用错综复杂的皮带和绳索串在一起，车夫骑在左边最靠近马车的一头骡子上。马车本身是一系列马车组成的，两辆是短的，有篷子，另外一辆很长。鲍勃数了数轮子，共有十六个，他这才想到，这就是十九世纪的半拖车式卡车。

“车夫是怎么赶这么长马车的？十头骡子能拉多少东西？”

“我不知道。这种问题你得问泰特尔·克劳彻。他爷爷开夜猫子酒吧以前就是个赶车的。我想泰特尔知道车怎么赶的。”

拉封吸了口气，然后接着说她自己的爷爷。“所以，过了一年，摩西斯就厌倦了扎篱笆的事，不干了。他开始给 XIT 当牛仔，但像他自己说的，这简直是才出狼巢，又入虎穴。他们每天晚上都赌博。那些时候，XIT 的小伙子都不是什么好东西。那是 A. G. 博伊斯接受整顿牧场以前的事。XIT 在早期声誉很不错。但这些小子偷牲口，私打烙印，把牛犊从牛妈妈身边偷走，说它们是没有打烙印的无主牛。然后把这些牛犊眼皮肌肉割了，害得它们看不见，无法去找妈妈。他们割牛犊的舌头，让它们无法去喝奶。有时还烫坏牛犊蹄子中间的肉,痛得它们不能去找妈妈。他们给牲口点数时故意数错。用这些下三烂的手腕,很多人不久就自己当了牧场主。”

“哈什伯格也干这些事吗?”

“他总是说他没有。他说他是靠赌博起家的。XIT 牧场赌博风很是旺盛。他们玩的是蒙特牌①。男人们在肮脏的路上就一屁股坐下开始玩将起来。后来就因为一张牌翻错,爷爷把自己的牧场给输掉了。他后来说,人到了这种一文不名的境地倒也是件好事,因为这种时候最能看出自己到底有什么能耐。XIT 养牛场维持了二十五年,一块钱也没有赚到。因为那个原因,常常遭到起诉。你等等,我给你看我爷爷的照片。”

拉封走到隔壁房间。鲍勃能听到她翻动资料和文件夹的声音。她回来的时候,拿了一个脏脏的信封,从里面抽出几张照片递给他。照例,有张照片是六七个牛仔盘腿坐在地上,膝盖上放着锡盘子。照片画了箭头,指向一个小脑袋的年轻人,那人穿了件无领的条纹衬衫,皮套裤,戴着高顶帽。另一张照片上,这个年轻人左脚在马镫里,正准备骑上一匹强壮的马儿。这张照片上,鲍勃发现哈什伯格的腿特别长。

“哈什伯格先生后来怎么回事?我是说,现在这牧场是你的,所以它肯定是给弄回来了。”

拉封神秘地笑了笑,“那是哈什伯格牧场。这里的是弗荣克牧场,我丈夫家的地方。哈什伯格牧场全种了麦子。它一九四七年就全部脱离了我们家。那牧场现在在罗伯茨郡。”

鲍勃拿起最后一张照片,照片上的东西看不清楚。好像是人的背部,上面一道道划痕,还有血迹,好像是人用九尾鞭抽的

---

① 一种纸牌游戏,从四张牌面朝上的牌中间抽两张出来,打牌者打赌哪一张会比另一张先与发牌人的牌成为同花顺。

一样。

“这也是哈什伯格先生?”他禁不住问道。

“是的。那照片挺吓人的。他把这疤一直带到了坟墓里。”

“不过,他是怎么搞成这样?是被人用鞭抽了?”

拉封笑了。“我不想把所有故事一下子全兜出来。”她说道,把照片又放回到信封里。

鲍勃想哈什伯格被鞭打的可能性不大。

“不过我可以说,经过这事以后,他想结婚了,想组织个家庭。他回到田纳西州去找老婆,找到了芬恩·里克。芬恩生气的时候说,哈什伯格对待她和其他田纳西女孩就像对待牲口,根本不管她们漂亮不漂亮——只要求她们身体结实,骨盆宽,他就差没有用斧柄去量了。”

这时候鲍勃觉得拉封是迟暮之年的长条地的山鲁佐德①,是吕贝页·克鲁克让他去找的那种喜欢讲话的人,不过听得太多了,他的头都开始发痛了。

每天晚上,如果风不太大的话,鲍勃都会坐在小屋的门廊上,乘手电筒的光还没有暗下去(他老是忘了买盏灯),赶紧看艾伯特描写他如何从奔茨堡骑马往南,然后转向东南,到达加拿大河,最后穿过后来称为得克萨斯长条地的地方。

他正看着,在几百英尺以外,有个旧风车笨拙地转起来,吱吱呀呀地,那个带着风车叶子的大轮子每转一圈,就有一股弧形的水倒在大水罐里。这水是牧场流动的脉搏。水罐在地里已经埋了无数年,遭遇了无数次沙尘暴,挟带着沙子的风也不知从上面吹过多少次,罐底都结了厚厚一层灰,罐中间长起一簇宽达十英尺的香蒲。原来角落上的管子是要接到更大的水塔上的,这

① 《一千零一夜》中因讲故事给国王而免于一死的苏丹皇后。

管子距风车脚有一英尺远，风车脚和管子之间用螺丝和凸缘连接在一起。整个风车靠三个支点撑在空中。顶上的平台已经烂了，只剩下一块烂板，挂在一根生锈的螺丝钉上。另外一块板躺在地上。罐子的水面上飘满了绿色的浮渣，只有在风车的水灌下来的地方，才现出一小块干净的水面。那水忽大忽小，直径就和两毛五分钱的硬币那么大。风车叶子已经斑驳了，但还是能看出上面镂刻着“**梅尔凯比克和克劳彻的风车**”字样。在谷仓那边，鲍勃了解到一头奶牛一天需要六到八加仑水，每天如此。他现在才明白，过去那些人赶着几百甚至几千头口渴的牛，该有多不简单啊！他想，一条好的通道，应该靠近有水的地方。

在一个黑漆漆的清早，太阳还没有起山，风车停了，再也不能运水了。那寂静使鲍勃醒了。他中午去拉封厨房取水的时候，把情况告诉了她。到了中午，就有一个老人带了个帮手，在换吸尘杆，因为水流不大，而且有根杆子已经烂得折断了。风车后有些纠结缠绕的枝子，上面挂着一串串的美国紫荆。

那天晚上，修理过的风车发出令人欣慰的叮当声，和往常一样重新喷水。鲍勃还是在门廊上看书。他发现，加拿大河并不是他所想的那样，根据法裔加拿大皮毛贩子命名。准确而言，更准确地说，此河的名字应该是 Canādian 河（艾伯特的地图上也是这样标的），源自 Canāda，这是个墨西哥的西班牙语单词，意思是“小峡谷”，特别是河岸边的悬崖，目的是把羊群挡在牧场上，起的是天然屏障作用。政府印刷工漏掉了中尉报告中“ā”上面的波浪号，因此无意中把河的名字给改了。他还知道，在此之前，印第安人将此河叫作古阿帕河，艾伯特中尉将其写成“古-艾尔-帕。”

艾伯特好像特别喜欢观察夏安族印第安人，喜欢描写他们。艾伯特的友好个性和良好幽默感如点点亮光，闪烁在密密麻麻的小字之间。鲍勃不时把眼光从书上移开，往西扫视着大牧场。

他第一天晚上看到的那奇怪的黑色东西还在,还是辨认不出,不过天这么黑,他无法走进这片蛮荒之地,穿行在响尾蛇之间。和往常一样,手电的光越来越暗,他把书差不多凑到鼻子前,费力地辨认那上面的小字,最后只得伸伸懒腰,上床去睡觉了。其实他根本没有睡意,接连几小时在床上翻来覆去,希望能有电,发誓第二天要买六盏灯,但是天一亮这誓言就被他抛到了脑后。

鲍勃几乎每天都要到牧场的大屋里去,每次装满五加仑的大水罐。他的小屋还是留有马匹的气味,和男性居住过的痕迹——门廊台阶上有马刺的印子,地板上还留着很久以前有人吐的烟草印,厕所的坐垫上有块褐色印子。一天早上,拉封关了她的“灰尘杀手”牌吸尘器,告诉鲍勃说那印子是罗普·巴特留的。罗普·巴特是四十年代著名的工头,得了痔疮,后来自己用咖啡灌肠给治好了。

“药剂师怀利·欧利告诉他试那个方子。罗普可是见多识广,”拉封接着说,“他一生当中,目睹了长条地上白天骑马赶牲口,晚上孤孤单单睡在草地上的日子,也见过带 CD 机和手机的货车。”

鲍勃很奇怪,这些拓荒者和早期移民为什么会将这些长条地的镇子排到一条直线上,而且间隔距离等同。

“我想他们认为铁路迟早会通过来。”

拉封哼了一声。“别提拓荒者、早期移民这些玩意儿了。”她说道。“他们和镇子的地址没什么关系。全是铁路公司干的事。铁路公司说,镇子该到什么地方了,然后那些地方就有了城镇。和拓荒者没什么关系。全是什么公司目标啦、钱啦、生意啦这些。然后他们卖地皮,如意算盘打得好好的。这些铁路公司才不管城镇不城镇的呢——他们是放长线钓大鱼,指望以后靠运输麦子和牲口赚钱呢。他们要把整个地区,整个州——整个国家——放到自己的计划当中。铁路干了些破坏的勾当。过去这边的长条地从道奇城到莫贝蒂到老塔斯克萨,全是通过运牲口的通道,连成了一片。我承认,有些城镇不在铁路线上,是人们自己建起来的,比如牛仔玫瑰镇,但都是在些犄角旮旯的地方,没啥价值。怪得很,人们现在还就喜欢这种小地方。当然,牛仔玫瑰现在也通铁路了,在支线上,不过它一开始并不是铁路城镇。铁道城镇完完全全是向钱看的——商业街、库房、银行和一些商家。除此之外就没有别的什么了。那时候可不是这样子。现在全变啦。"

鲍勃本来在想那些拓荒者如何在荒野中勇敢地开拓,见这想法被她推翻,有些懊丧。不过铁路的说法说明了这些城镇为什么彼此相同。西部全这样子,他想。他把想法告诉了拉封。

"嗯,"拉封说道,"你觉得是谁把西部开拓出来的?不,不是拓荒者。是商业!一开始是贸易商,比如奔茨和圣弗兰,接着军队设了哨岗,保护贸易商和马车队,再接着就是铁路了。这个国家是十足的商业化,从第一天就是。"

"拉封,"鲍勃问,"我上哪儿能买盏灯啊?野营的那种就挺好的,你知道,就是那种丙烷灯。现在我晚上想看点书都不成。"

"你进城的时候可以去买一罐煤油,我把我的煤油灯匀一个给你,能省几块钱。我们停电的时候用的就是这个。我今天就去找,给你擦洗干净。你去买煤油。"

鲍勃在毛桶郡和牛仔玫瑰之间找到一家叫"奋进路口商店"的地方,买了煤油。拉封教他如何点灯,如何剪灯芯,如何每天擦出烟口,他全神贯注地看着。结果很成功,他晚上熬夜看中尉的游记,煤油灯昏黄的光投射在书页上。他看得很慢,因为字很小,排得很密,而且书上惟一的地图印刷效果奇差——小得可怜，几乎没什么细节。他不停地查看自己的西部诸州公路图，可这图的出版商也把小一点的河流及其支流省掉了，它就和书上那微型地图一样无用。

鲍勃读到，奔茨在得克萨斯长条地还建了一个附属的城堡，叫“土坯堡”，这让他想起著名的废墟土坯墙，不知二者有没有关系。在可怜的戴夫·达得内遇害后，土坯墙那边打过一场仗。这一仗是个起点，从此以后，美国政府决定坚决地、大规模地屠杀该地区的印第安人。鲍勃向自己许诺，一定要自己去探险一次。他想，奔茨家族在当时是大商人，势力肯定覆盖到全国了。或许拉封是对的：商业利益打开了在西部的缺口。

他现在读到，艾伯特中尉已经离开了奔茨堡几个星期，正沿阿肯色河往南，到了离珀加图瓦尔河入口几英里的地方。在较早的一次宿营中，他们吃了一顿嫩鹿肉之后，开始观察四周环境，以确定自己的方位。这是他们旅程中惟一一次正确的观察。此前一错再错，后来发现这是经纬仪的错误所致。

鲍勃巴不得看到中尉的速写画，但是这本历险记里面没有包括进来。（几年后，在丹佛公共图书馆，他看到了艾伯特中尉报告的原件。在报告的背面，是他梦寐以求的那些插图，颜色鲜艳。图书馆员说，这些画很可能出自艾伯特中尉本人之手。鲍勃每次把手指贴在艾伯特中尉曾经接触过的纸页上，都有一种神交已久的感觉，让他激动不已。）

星期天下午天气晴朗，微风轻拂，天上有几片云，像牛仔的胡子一样。鲍勃觉得他真应该吹着口琴，在门廊上歪着椅子斜躺着，脚搭在栏杆上。但他没有这样，而是给克鲁克写了封信。

尊敬的先生：

我这边的情况还比较顺利。关于我来本地区的用意，我在各方面都做到了谨言慎行。我对人们说我是来为一家豪华房地产开发商选址的。我找到了一个很不错的出租屋，每月只需五十元，是个牧场上的小棚屋。没有自来水，所以我只好每天去牧场主人弗荣克太太家去打水。她让我预支了两个月的房租。她好像什么事情都知道，很有帮助，不过也饶舌得不得了。棚屋也没有炉子，所以我一直在外面吃。周围有几家咖啡馆，有一个挺不错。它们全都没有刷信用卡的机子，所以我只好付现金。这里基本上是使用现金的社会，外加一些实物交换。所以我经常去自动提款机。这边只有一台自动提款机，我得开车跑不少路才能到达。它不在毛桶镇上。

我发觉本地干旱得厉害，过去是干旱尘暴区。但另一方面，奥格拉拉蓄水层却广布在下面，他们到六十年代才知道怎样抽水上来——挖深井，建轴式灌溉机，让人把下面的水取上来。靠着这些，长条地成了今天的"粮仓"。你要是问本地的农场主，他们会告诉你说，他们种的都是高质量的麦子、高粱、黄豆、花生、棉花，说他们正在拯救全世界，使世人不被饿死呢。

我想你大概知道，我们的竞争对手得克萨斯农场公司、金·卡罗莱纳公司、墨菲农场公司和海滨公司都已经在这里建了一些养猪场。一两年前，墨菲农场那边发生了一起严重事故。一个卡车司机倒车不慎，倒进了二十五英尺深的化粪池，把命送了。这事挺不幸，进一步恶化了当地人对养猪场的看法。

水的问题不大好办。虽然奥格拉拉蓄水层有很多水，这水缩减得也快。我遇到的一位女士说："我不担心，因为总会找到别的水源的，空运冰山过来什么的，总会有办法。"不过我想空运冰山这种事一时半会儿实现不了。在谷仓那里我能打听到不少消息，我听一个农夫说，自从六十年代以来奥格拉拉蓄水层的水用掉了一半左右，却没有新的补给。有些农民抱着我不用别人就给用掉的态度。在得克萨斯，似乎是你拥有了上面的土地，就顺理成章地拥有了下面的水源，想怎么用怎么用。所以这就像很多人同时用吸管吸一壶水，而且想吸多少就吸多少（奥格拉拉蓄水层其实也不是地下的大湖，只是含水的沙土而已）。有些牧场主和农民这些时候不太顺，就出卖自己的采水权。他们称之为“蓄水业”。这做法很有争议性。

结束前，我只想说，这儿的创业气氛很浓。大部分人都住在牧场屋子里，开旧卡车，他们都很保守、节俭，稍不留神还会以为他们是早期拓荒者。但是我发现，银行里的钱都是大笔大笔的，而且有很多钱投入到农业机械和土地上了。问题是，这一切到了下一代人手里都会归于乌有，因为年轻人不想窝在这里。只有墨西哥人（很难看到）是穷人。黑人则根本没有。或许这一切你都知道了。

后来，鲍勃·道乐想到了夜间的小屋：煤油灯闪烁着昏黄的光。他的床中间下陷，上面铺着红毯子。地板上铺着牛皮垫子，那牛皮是从一头长角牛身上剥的，皮的颜色是淡紫色的，上面有些斑点。地板上铺了一层死蛾子，都是扑向煤油灯灯光时死的。外面有一群野火鸡，爪子在地上刨着，一边刨一边叫。到了太阳落山的时候，它们就飞到遮住小屋的三叶杨树枝上。鲍勃在树下停过一次车，第二天早晨一看，土星车上到处都是火鸡粪，不由得懊恼不已。一小群土拨鼠就在小木屋周围活跃着。他知道，哪里有土拨鼠，哪里就有眼镜蛇，有时候二者还共用一个洞呢。

威风不减的落日缓缓降下，颜色暗淡下去，成为澄净的黄色，继而淡成蓝色，直到睡莲一般的月亮浮上地平线。不知怎的，听了拉封的故事，此刻的情景全能融入到艾伯特中尉的探险故事中,融入到XIT养牛场、煎锅、斗牛士所交织的俚俗的过去。

鲍勃·道乐开始发现,两个长条地原本属于同一个地区,这是一个人群来来往往的地方。一开始,这里住着游牧的印第安人;后来商人来了,开通了前往圣达菲和泰奥斯的路线,出售印花布,用工业生产出来的商品换印第安人的皮货;然后来的是军队,在这儿勘探地形,并和印第安人起了纷争;捕牛人在这里射杀野牛,剥了皮卖给东边来的商人。大群野牛消失了,牧场主们带来了家养的牲口,放养在自由而开阔的牧场上,移民的儿子成了牛仔。骡子拉的运货马车带来了木头、篱笆桩、水壶、面粉、铁丝网。铁路带来了大批的小农民,他们不怕干旱,不怕大风,他们相信艰苦的劳动和他们的犁耙可以克服一切。最后,石油商来了,还有胡说八道的骗子——亦即政府工作人员,指手画脚地告诉农民们哪些地方做得不对。现在,环球猪肉皮公司这样的农业公司打进来了。

得克萨斯和俄克拉荷马两个州就如同堆在洗碗池里的两个脏锅,两州的长条地像锅柄一样相互靠着。最后一束夕阳射在州界线的两边。刮起风来,两个长条地都冷飕飕的。两个长条地都是以乡村为主,照在它们上面的光线都像金属的色泽,云也像失去了光泽的铜。拉封告诉鲍勃说,两个长条地得癌症的人都很多,还有多发性硬化病,她说这和养小狗有关系。她说癌症的中心在佩里顿(油田里的苯所导致)、长条地(核武器拆卸所导致)和潘帕(那里有家大型的化工厂)。

渐渐地,鲍勃开始想到,"天空并非总是乌云遮"这歌词里没有明说的地方应该就是得克萨斯,因为长条地**就是**天天都有乌云遮,那云全是锅铁的颜色。偶尔,云也会散开一道缝,露出一缕澄蓝。他可以想象,在干旱的时候,农夫们看着这云,喉咙里准在咽口水:云低得用棍子都能戳着,但就是下不了雨。

这种锅柄样的长条地有些让人担心:铆钉松了,锅柄就会脱落，被敲打了，锅柄会弯掉；被重东西压了，锅柄会断掉。俄克拉荷马的长条地如同一只指向西边的手指。得克萨斯的长条地如同连在该州上面的一只瓶颈子。得克萨斯基本上属于南方，其长条地却在北边，形状规则，土壤贫瘠，地势较高，上面布满了坚硬的岩石，Canādian 河（他在脑子中把 Canada 的 a 加上波浪号，恢复成艾伯特中尉所说的 Canādian 河）从上面横贯而过。长条地架在冠岩层上，这地形决定了它的特性。正如孤立的树容易招来雷电袭击，两个长条地都容易招来种种末日来临般的打击，雷电，草原大火，刺骨的北风，昏黄的沙暴，还有年年都来肆虐一番的、凶猛无比的龙卷风。熄了灯，舒舒服服躺在床上，谁都无法肯定第二天能否活着醒来，会不会和旋转的金属和破碎的木头一起，被龙卷风带上天。因此，长条地的生活有种不安。鲍勃想，如果拉封的故事是真实的，那说明人们已经养成了与环境针锋相对的幽默意识，养成了卓绝的叙事才能，普普通通的生活在他们口中，能升华为夸张而神秘的故事。

俄克拉荷马把自己某个地区命名为得克萨斯郡（“全世界驯服的野马之都”），这好像有点向得克萨斯致敬的意味。一些地名中也能看出两地的亲和关系，比如把两州的名字糅合到一起的“得克荷马”。还有人开玩笑地将得克萨斯长条地称为“下俄克拉荷马”。但是，鲍勃不久后发觉，两个长条地之间也存在相互敌对、相互诋毁的情形。得克萨斯人瞧不起俄克拉荷马的公路，还说他们的北方邻居喜欢把好事搅黄，喜欢偷偷扒扒，而且总是听凭贪污的政客摆布。

“在俄克拉荷马，凡事都和美孚石油公司沾边，过去是这样，现在也这样。”老狗餐馆的弗若基·迪布登说。那条狭长地带过去是公共土地，不属于任何一个州，也不属于任何一个辖区，到现在它还像是一片无主之地伸出的手指，孤孤单单的，被俄克拉荷马州的主体部分所忽略。在盖蒙，有个女服务员告诉鲍勃说,有次她和丈夫向东驾驶了几百英里,居然看到一个路标,写着:**欢迎来到俄克拉荷马**。不时会有俄克拉荷马人说,得克萨斯的长条地被那些不可一世、处处显摆的暴发户们给玷污了。鲍勃·道乐从谷仓那边的聊天者处听说,十九世纪八十年代的一些积怨至今还没有消掉。那时候俄克拉荷马牧场主为了防止得克萨斯的赶牛人把患扁虱病的牲口带过界,硬是在得克萨斯边界上安装了铁丝网。得克萨斯的男人剪了铁丝网,照样往北走,就是这样。另外很久以来,两州就格里尔郡归属问题也有敌意,这种争议还对双方的对话产生着影响,这就像在一罐水里滴几滴墨水,会把整罐水变蓝。长条地人都能记得很久以前的事情。

“就算本地小子不想留这儿,从城里退休到这地方的人也很多,”拉封开口说道,一边切着咖啡蛋糕,“有休斯敦的,达拉斯的,都想躲开灯光呢。这些灯光害得他们晚上睡不好觉。他们从各个地方跑来。或许他们更想去奥斯汀周围的山区,不过那边房地产价格太高了,他们买不起。最近我们镇子不就有人搬过去吗,很招人嫉恨。没错,道乐先生,你现在是在后院一样的乡下。我们在这里都像一家人,彼此都认识,而且认识了很长时间。我们这边有的是社区感,而城里是没有的。”鲍勃和拉封一样,都喜欢和谐的乡村,在这种地方,地处偏僻的农民、牧民、小镇居民不仅仅处在同一方土地上,而且彼此友善,大家都有共同的社区利益,这是一种看不见的联系。鲍勃不喜欢拉封用“道乐先生”称呼他,这让他觉得拉封是向自己身边一个白头发的人说话。鲍勃·道乐问拉封,退休的人跑这里来,是不是也因为他们想实现过去的梦想,重回到火热的牛仔岁月?

“可以这么说吧,”拉封回答道,“他们喜欢这里的历史感。”

鲍勃越是点头,拉封就越是要告诉他毛桶郡的事。她说,弗里达·毕蒂罗姆是个大人物，是历史协会的主席，虽然他是一九九四年才来的。贝蒂·苏·威尔平和丈夫帕彻·威尔平——都是从休斯敦搬到毛桶的——想接管该协会。她组织了年度冰淇淋交谊会，展示各种味道特异的冰淇淋——有芒果味的，柿子味的，南瓜加樱桃味的，肉桂糖味的。威尔平家有钱，所以帕彻为了冰淇淋交谊会专门买了三台制冰淇淋的机子，所有冰淇淋都是亲手做。冰淇淋交谊会很成功，贝蒂·苏想乘胜追击，竞选历史协会的主席，许诺要搞一些历史项目和活动，“让毛桶郡醒过来”。但是她败得很惨，弗里达·毕蒂罗姆连续第十七年当选。威尔平夫妇颜面扫地，很是痛苦，过起了退隐生活，一门心思修复他们买的旧石头房。那房子是幢牧屋，所在的牧场叫横A牧场，过去面积达一万二千公顷，但现在只剩一百五十公顷，其余部分早就被小农场、小牧场侵蚀了。

“帕彻·威尔平也不知中了哪门子邪，非要修一条碎牡蛎壳铺的汽车道，一到周末他就开车去海湾捡贝壳。车道修好了，他又开始找人修复屋子的彩色玻璃窗；那窗户是一头身上打着横A标记的牛撞破的。当然，那横A标记并不属于他们——很多年前就卖给了锡罐养驴场了。这些退休的人跑过来有个问题，总想着怎么把一切都整成他们老家的样儿。他们要听全国公共电台，要到有机食品店买菜，要让《休斯敦新闻》送到门口来，还要烧酒店。连饭店都要。”她把“饭店”两个字说得重重的，仿佛说的不是饭店，而是麻风病隔离区。

拉封悲伤地叹了口气。“还有了，当然，并不是所有在这边出生的人都那么检点。拓荒者的性格就有百折不挠的意思在里头。”只有不断重复的失败，比如破产、死亡，才会让长条地人放弃，她说。鲍勃只要看看傻人鲍姆的例子，就会知道这些长条地人多执拗了。

“傻人养奶牛养了二十年，和他爸爸、他爷爷一样。他们的牧场名叫提特帽牧场——提特帽是加拿大骑警戴的一种帽子。那牧场破得很，放牧过度，上面满是尘土。鲍姆家人一个子儿也不乱花。到了最后，他们没治了，快要宣布破产，准备去给人家打工了。眼看就要到这步田地，他们突然在牧场南边发现了石油，这下好了，钱哗哗地进来，就像打开了消防水管似的。每天进账一万三，天天是这样！傻人鲍姆乐昏头了。这可能是因为他过去总是没钱花，如今泡在钱里面。他们建了幢石头做的大屋子，像个城堡似的，里面有网球场，有河，还有个玻璃围着的游泳池。他买了架喷气式飞机，还雇了个飞行员，虽然他也没什么地方好去，还修了飞机跑道。后来鲍姆听了有个家伙的话，想搞良种马比赛。他建了马厩，请了马夫和训练师，花高价买了些从来没有赢过的马。现在好了，他有地方去了——赛马场，什么马场他都跑了，圣安尼塔、港口公园、肯恩兰、萨拉托加。但是他的马从来没有赢过。'这要花点时间，'那些养马的人说，'你现在刚参加这些比赛。需要时间。'"

"接着产油量开始下降了，钱也少了。傻人鲍姆以为一切都会像原来一样重新过。结果却不是这样。他还是养着那些良种马，还有身边的那些雇员，突然间他要去借钱了。傻人告诉老婆说，'这就像干旱，迟早会结束的。'但他的干旱没有结束，最后银行拿走了他的喷气式飞机，他的大房子，还有牧场的大部分土地，傻人一家搬进了原来训练师住的房子。住惯了城堡，自然觉得这房子又破又挤。鲍姆终于意识到：油没有了。油就是这样，总有采完的时候。"

"后来他怎么样了呢？"鲍勃问。

"哦，他还在，在谷仓那里打工，给卡车称重，等等。你应该见过他。"

鲍勃换了话题。"我很想知道这里的收音机是怎么回事。这边收音机里为什没有好音乐呢？我只能收到劳拉博士、拉士·林堡，还有纳什维尔那些破烂调子的录音。还有唱诗。”

“这样啊，那你想听什么呢，鲍勃·道乐？”

“这个嘛。比如一些爵士乐？新闻？古典音乐？汽车谈话节目？拉丁歌曲？全国公共电台？”

拉封鼻子哼了哼。“有人在筹钱，想把全国公共电台信号接过来。这边人可不喜欢这玩意儿。全国公共电台的东西太自由散漫——长条地只有大概六个人会对那些搞笑玩意儿感兴趣。赞美诗就很对我们的口味。”

“那么小提琴曲呢？得克萨斯音乐呢？美国最美的音乐不少是出自这儿的。伍迪·格思里、鲍勃·威尔斯、霍利哥们、吉米·戴尔·盖尔莫——老天爷，有上百个呢！还有小提琴曲。但是该死的收音机里都听不到。”

“你只是不了解我们的风俗。长条地这方面你得了解了解——这里人干活都很卖力，为人也诚实，道德标准高得很，大部分都是基督徒。不过，也有人说话很冲，很伤人，谁妨碍了他们，他们就会不客气。长舌妇也有，背后说起人来，那嘴跟刀子似的。说实在的，这年头能把大家拢到一块儿的，只有葬礼和龙卷风。这地方并不是什么都好，尤其是在养猪场进来之后。道乐先生，不知你注意了没有，我这边有些情况好像不利于建豪华别墅啊。我说那些养猪场。言归正传，你去舞会和夜总会是可以听到小提琴曲的。你可以在后院，在客厅听这些音乐。你也可以听长条地糖浆男孩的歌。可以听老莫贝蒂拾骨人的歌。那些老小提琴曲吱吱呀呀的就像野猫叫。你可以听这些野猫现场直播啊，它们可是从来都不停的。星期六你去利普斯科姆看看。他们那儿有个舞池，弗兰克·麦克沃特等人伴奏。他过去是和鲍勃·威尔斯一起的。他们很不错。有不少得克萨斯音乐都还在。你不需要收音机就能听。”

“另外，在教堂里还可以听唱诗。所以干吗要把电台搞得乌七八糟的?"

"我们是听着赞美诗长大的。那是我们生活的一部分,就跟我们呼吸的空气一样!"拉封开始声音响亮地唱起来:"我独——自来到花园……"

"'铁丝网节'是干吗的?"鲍勃觉得铁丝网和节日是最不相干的,另外他也想借这话题让拉封不再唱下去,让她回到正题,接着谈长条地的居民。

"这个,"拉封回答道,"是毛桶荣耀的一天,是我们的盛事。六月底举办。"

她说,一九〇四年到一九二八年,毛桶郡的长条地铁丝公司生产了几十万英里的铁丝,创下了一战期间军需品销售额的记录。工厂雇用了很多本地男工,还有一些妇女,这厂子一败,大萧条就提前来到了毛桶郡。

"所以这节日纪念的就是那些人人有工作、生意热火朝天的日子。节日一开始是游行,然后是猪排烧烤,做饭的人是塞伊·弗里斯。然后是用抽奖的方法卖主题被面,最后是铁丝网之王和铁丝网皇后的评选结果。通常还有些给孩子准备的演出什么的。晚上街上有跳舞的。当然,很多人都带上啤酒,这本不应该,因为毛桶郡禁酒,但他们管不着,我们这里的警长也要命,根本不去管。"

"我该走了。"鲍勃说,他站起身,但拉封还在讲个不停,他只好又坐下来。

"镇里也有些别的外来户。比如那个弗兰克·欧斯利,还有他所谓的室友泰迪·帕克森。他们是一九九六年从达拉斯迁来的,买了老牛仔玫瑰学区的两处校舍。一处改造成玻璃车间,一处改成住宅。他们有个商品蔬菜园,还说哪天要开一家美食饭店,那可正中威尔平一家的下怀。有些周末,他们城里的朋友会跑过来,害得这两个可怜的家伙顶着大太阳在菜地里忙活,或者整天收拾玻璃车间的玻璃。”

“我想我得走了。”鲍勃说。他出了门,走向他的土星车。虽然关了门,他还是能听到拉封的声音。拉封又开始唱了起来:“主走在我一起……主向我说话……”

刚开始在长条地的那几个星期,鲍勃·道乐发现,此地地形平坦舒缓,人的个性可不是这样。这边尊重特立独行的人,培植特立独行的人,只要他们不太离谱就行。臭脾气的牧场主没准喜欢玩玩刺绣,或者两个七十岁的双胞胎姐妹全是酒鬼,或者有人在自家车库里造一部标准尺寸的汽车,或者有牧场主在家里仿制原尺寸百分之五十的史前巨石柱,或者你能看到斯普劳恩太太,天天拿着从丈夫那里继承来的地特牌金属探测器,在马路边探测硬币,还有气恼而性急的得克萨斯姑娘扔的订婚戒指——所有这些人不仅能被大家容忍,甚至受到羡慕。不过,黑皮肤、外地口音、同性恋的表露和赤裸裸的自由主义他们却无法容忍。

鲍勃·道乐犯了个错误,他不该告诉拉封他对这地方的一切都感兴趣——不仅对这方土地感兴趣,也对上面的人、牲口、麦子、马、铁路、石油、天然气、水,甚至对——他假假地笑了笑——猪也感兴趣。

“我知道这边人不喜欢养猪场,不过养猪场也是这地方的一个组成部分啊。”

“其实还有不少人想要这养猪场呢,特别是政客们。在弗利特那边,他们硬是把养猪场建起来了。我的天,他们还要这些养猪场呢,他们向那些猪肉公司恳求呢。当然了,你对女孩也感兴趣,别忘了你要找的得克萨斯姑娘。”拉封往嘴里滴了一点咳嗽药,说长条地是北美最复杂的地方,是得克萨斯最后一块被开发的土地。“土壤贫瘠,干旱,大风,酷热,龙卷风,冬天严寒的北风。而且谁也说不准接下来会有哪种灾害。这地方的天气可够折腾人的。”她的言下之意，是这片偏僻而平坦的土地，摧枯拉朽的寒风，入地三尺的龙卷风，还有和风配合的奇特地形，全在交互作用，要把人群中的渣滓吹走，留下的是够分量的精华。放弃、离开都是失败者所为。留下来需要一些执着的品格——幽默、执拗、力量。

“这里大部分人的的确确在这儿住了好几代了，”拉封说，一口气列举了十来个家庭，包括她自己家，“一开始全是大牧场。走的都是些无用的人。有些人是运道越恶，就越有定力。在沙尘暴肆虐那些年，政府鼓励很多农夫去加州，或者去亚利桑那州摘棉花。那些顽强的人留下来了。你看。”说着，她打开边上的一个抽屉，拿出一本小黑书。

鲍勃·道乐接过书，原来是本微型《圣经》。

“这本《圣经》伴随着弗荣克家族经过了七场战争：内战、美西战争、第一次世界大战、第二次世界大战、朝鲜战争、越南战争、海湾战争。除了一人之外，其他人全活着回来了。靠的就是这《圣经》。”她又把《圣经》收起来。“一九五〇年，我丈夫的叔叔迪特玛尔死在了鸭绿江，当时这部《圣经》一道遗失了。后来别的士兵见到了它，看到上面写着弗荣克的名字，还有得克萨斯毛桶郡地址——把它寄回给我们了。邮包上只写了人名和镇名，可还是到了我们手里。”

“赶往蒙大拿、怀俄明的牲口也经过这儿。这地方是奶牛和牛仔的老根据地，现在养的奶牛数量还是最多，所以这里的人都很邋遢。这地方把野牛除掉后，天生是个养奶牛的宝地。要生活在这里，就得一半是牛，一半是牡豆，百分百是疯子。”拉封大拇指朝厅里的书架竖了竖。那书架上堆满了记载得克萨斯历史和早期生活的资料。

“你拿这些书去看看，不久就会有所收获。”她说道。

鲍勃过去总是发现，让人循规蹈矩，一要靠喋喋不休的背后议论，二要对稍有偏离常轨倾向的人加以经常的监督和纠正。不过要是遇到《长条地奇人异事》里的人物，这些招数统统都要失效。但干活消除了一切差异，干活、土地，这两样资产相伴而生，属于所有的乡下人。

他从拉封的书架上拿了一本书，翻到描述一八八四年牧场闰年晚会的部分，上面说女人穿着男人的衣服，男人穿着女人的衣服。作者对女扮男装一笔带过，却详细描述了男扮女装的情形：

> C. W. 普尔，南瓜色皮肤，扮成金发碧眼，身上穿着米色粗斜纹棉布罩裙，上身是柠檬色印花棉胸衣，低领，长袖。装饰物是溜冰鞋和黄金饰物。很漂亮。

> 艾德·米勒穿着柠檬色棉毛混纺的短散步装，肌肉突出得像个蟋蟀。饰件是手套、柠檬皮。朴素，但很有趣。

> W. 斯特林奇，扮成可爱的浅黄毛姑娘。正式套服，葡萄酒色，三层，混毛格子呢，还有配套的袜子。饰件是粗棉花，烘干炉里烘干的木屑。朴素，优雅，但也可疑。

鲍勃·道乐有些吃惊。他万万没有想到男扮女装竟能和老一辈养牛人联系在一起。

鲍勃的日常生活已经形成了规律。每天早晨他总是先到谷仓那边去。那里总有四五个农夫，一边喝咖啡，一边和谷仓经理韦恩·艾特聊天，聊粮食价格，讨论哪些产品有附加价值，咒骂政府和加拿大进口产品。傻人鲍姆是个脏脏的小个子，谷仓的脏活似乎都是他一人做。鲍勃怎么也无法把这人和拥有过私家飞机、养过一批良种马的石油大亨联系在一起。艾特告诉他说，有一天一辆火车从靠近得克萨斯边界的马默杜克的一个谷仓里穿过，他以为听了这事，鲍勃就会去离铁路一英里的黑狗咖啡馆。黑狗咖啡馆如果不是全州最好，起码是长条地最好的，里面的菜很棒。他想，这里的菜应该不亚于一八四五年在三叶杨下吃的那顿肥鹿餐吧，艾伯特中尉用回味悠长的口吻所描述的那顿美味。

第十章　老狗餐馆

塞伊·弗里斯的嘴巴前突，那嘴肌肉发达，且善于活动，一笑起来，能咧得露出后臼齿，鼓起来则尖尖的像个小火山。他长了一脸络腮胡子，整张脸看上去灰灰的。他的身材就像一只杜松子酒瓶，肩膀结实而宽阔。他原来在弦月牧场当牛仔，那牧场很大一片，是芝加哥人经营的，那家人每年过来一次。八十年代末，塞伊突然厌恶起他所谓的“最他妈让人呕吐的混账饭食”，说那是“臭屁火烧出来的省火柴的臭玩意儿，鬼他妈才敢吃”。他发誓，要是无法做得比这更好，他宁愿一头扎进他奶奶的尿壶里淹死，所以他支了薪水，拿起自己的马鞍走了。这一走就是几年，突然有一天，人们看到他走下了毛桶郡银行的台阶，样子一点没变，除了头顶上的帽子，那帽子是新的，中间扎着白带子。他和老熟人打招呼握手的时候，从口袋里拿出一把钥匙举起来。

“看到啦？有些事情我得改变改变了。”赛伊用玻璃一样的眼睛向四周看了看，没再说别的。但是到了中午，他的卡车（还是那辆一九七六年的老式雪佛兰，破破烂烂的，就是他当初离开时开的）停到了两年前就破产关门的“易蒂-碧蒂花瓣与花束”花店门口。店门窗全敞开了，灰尘从里面飞出来。路人能听到里面吸尘器的轰鸣声，接下来是冲水声。

“他要把墙给冲塌哩。那上面的灰尘全弄下来足够建个花园。”大华伦说。大华伦是个表情严肃的麦农，他的脸上、腮上总是垂下几绺装点门面的头发。

谣言沸沸扬扬。有人说塞伊要开个投币洗衣机店;有人说他要搞一家太阳浴室;有人说他要开马具店。仲马木材店运来了一批长木条和松树板,后来一天的早上,从希金斯木器行来了个木匠,又是锤又是锯的。木匠总是乐呵呵的,可就是不回答任何问题。好奇心重的人把头凑到门口看,发现里面被隔成四个房间,旁边两间很小,靠后一间又长又窄。前面靠街的这间很大,天花板吊得高高的。一辆威奇托福尔斯公司的卡车停到了门口,车上写着"得克萨斯废料利用公司"。大华伦说,这得克萨斯废料利用公司应该把名字改改,叫龙卷风残留物公司。卡车上下来两个脸上长雀斑的小伙子,搬下一批印花的锡天花板——这种天花板在世纪初很流行,还卸下一个巨大的、但是挺肮脏的橡木吧台,上面刻着骑马人赶牛的画面。这下真相大白了,那些好管闲事的人说。这地方要建成私人俱乐部啦,人们可以自己带酒水饮料来,因为毛桶郡是禁酒的,是不能开公共酒吧的。

一周后,橡木吧台擦干净了,细细打磨成金黄色,谣言平息了。又来了一辆卡车,是从塔尔萨开来的,车上写着:**二手饭店设备——开店所需一切**。卡车上卸下一台古老而庞大的煤气炉,还有一台十英尺高的不锈钢洗碗机。

"洗碗机是从监狱里弄的,"查尔斯·格雷普旺说,他知道内情,"我肯定他是在搞咖啡馆。那两边的小房子是男厕所和女厕所。"

塞伊·弗里斯本人也在长条地搜寻了一些必备品:铸铁锅,还有家用烤肉桶,是两个五十五加仑鼓形圆桶改的,之前用蒸汽清洗过(圆桶是他在LX牧场一处棚屋废墟边的野草丛里找到的)。他把烤肉桶放在厨房后面的小弄子里。瓷器、刀叉这些东西他是去阿马里洛的救世军旧货店买的,桌子上铺的墨西哥油布是在卡克特斯买的,图案精美,有孔雀蓝的,有粉红的,有芥末黄的，有品红的。在餐厅末端，四张长桌子横着拼成一长溜。最后，他把窗户擦洗干净了，挂上标牌：**老狗餐馆**。还把他家杂种狗的画像贴在上面。餐馆每天中午营业，只供应中午一餐。

每天清晨，塞伊会找一些牧场的活计做，哪些地方缺人，他会去替补，牲口入栏或者收干草的时候他去当帮手，但他总是十点钟左右回到老狗餐馆，把烤肉桶的火升起来，把土豆热上。到了下午两点半，所有杯子盘子都会装进监狱洗碗机，他又回去做和牛相关的活儿。到了晚上，他把面粉发上，把土豆的皮削了，把莴苣洗了，把本地家庭菜园里出产的蔬菜收拾齐整了，然后抓紧时间睡几个钟头。他每隔一个星期六跑一趟奥斯汀，到那里的天然食品超市采购一番。

“牛仔也该吃健康食品哪。”塞伊说，也不怕别人批评（不久批评就来了），说他是天然食品狂，还说他就算不是共产主义分子，也该是个左翼自由派。

塞伊有几个上了年纪的老主顾，因为他在菜单上加了八至十道大萧条时候的特色菜。大萧条时这些老主顾都还是小伙子，那时候的口味跟随了他们一辈子。这些特色菜包括：醋馅饼、饼干浇可可汁、油炒咸肉，还有这些老牛仔所称的“狗杂种汤”。他偶尔还为这些老一辈的马上浪子准备一道超级牛仔甜点：樱桃果冻，里面含姜汁汽水和碎软糖，果冻切成小小的方块，闪着光，再配上一份生奶油，点缀上一颗黑樱桃。这地方人大部分时间在户外，受够了炎热、灰尘和大风，所以果冻是很受崇敬的东西。

塞伊对甜土豆片不感兴趣，但很喜欢烤玉米片；他不喜欢萨白利昂酒香蛋蜜汁，但喜欢大黄馅饼和甜薯馅饼。世界上含蛋白的东西多的是，可他将它们删繁化简，压缩为烤肉、本地土菜和鲶鱼几种。他每个月做一次叉烧的牛腰肉，或者一大盘烤牛扒。要是心情好，他偶尔还会做做辣牛肉饼，外面裹上一层面粉。他还随时准备好一大罐西瓜蜜,用起来很是慷慨。

所有老人都记得小时候吃的稀奇古怪的东西。“哎,我们那时候真穷,”梅西尔·哈夫说,“好像到了月底就只能吃豆子,除了豆子还是豆子。过节时加点咸肉。妈总把咸肉放在瓦罐里,盖上盖子,再压块石头,但不知咋的,爸的老猎狗把石头扒开了,头伸到瓦罐里,把肉吃得一干二净。妈说,好啦,没啥和豆子配了,吃风车油拌豆子吧。那辆救济车总会来,我们能领到大米、豆子、梅干和奶粉。”

巴德·汉克把身子往椅子里靠了靠。“你说这风车油拌豆子,我倒是想起‘给我闭嘴’糖浆,还特别想我老爹。他脾气很暴躁,不喜欢听我们小孩子吵——我们家有七个男孩,两个女孩,他就说:‘马上给我闭嘴。’要是我们还在吵,他就拿出‘给我闭嘴’糖浆。这糖浆是他自己做的,难吃得很,是用青柿子熬出来的,加了些糖,指望能甜些,不过一到嘴里,涩得要死,你的嘴会痛起来,肚子会翻江倒海。我的天,我到现在还记得那是什么味道!”

古德罗·迪西想起了大萧条时期家里吃得底朝天的食品罐。

“我们穷到了什么地步?很快就没东西吃了,我是说什么都没有了。有一次我爸急了,打了一条山狗,剥了皮做成山狗汤。我敢保证,不只是我们这样做的。”

“味道怎样?”

“真他妈绝了,我从来没吃过比它更好吃的东西。”

在老狗餐馆,所有食品都摆在长条桌上,汤在右边,馅饼在左边。客人来了,自己拿了刀叉盘子就开始拿东西。所有的牧民、农民、油井工人、牛仔、附近的卡车司机全赶过来,吃中午这顿大餐。男人太多了,女的坐在里面都会感到不自在。这里成了个男人俱乐部，而且这些男的就像一个模子做的，全都在五十岁以上，全穿着肮脏的牛仔衣，戴着牛仔帽——冬天是毡帽，夏天是草帽。塞伊家的狗睡在桌子底下，四周都是牛粪味的靴子。有时候，塞伊会给它喂一盘子加奶油的咖啡，一边还说："看你还瞌睡不？"

同条街道上的老律师F. B. 威克斯是塞伊的第一个顾客，每天一到中午就准时过来。他戴一顶白色牛仔帽，帽身向后斜，穿着古老的蓝西服，那西服穿得次数太多，上面都开始发亮了。他戴了副从潘帕的一毛钱店买的圆塑料片眼镜，透过镜片，那眼睛显得很大。他的鼻子软软地下垂着，像根阳具。塞伊每天都给他一个特别的盘子，里面有一个大土豆，土豆里塞着拌了奶油的金枪鱼。律师从来不跟人说话，只是坐在角落，吃着土豆，喝着两杯胡椒博士牌酸橙汽水。他总是留下两毛五的小费，总是走到前门时跟塞伊打个招呼，然后回到自己的律师生活中。

老狗餐馆开业后不到一周，男厕的墙上就有人涂鸦了。第一条是这样的：俄克拉荷马州的乡巴佬们，小便池里的冰糖不能吃。过了几个月，墙上字越来越多：

耶稣基督就要到来！

（另一个人的笔迹）俺们会再次抓住他！

本厕手纸由得克萨斯的沙子和石子敬赠

老狗餐厅成了鲍勃·道乐常逛的地方。从这些四仰八叉或者叉着腰的男人口中，他得知中央轴承式灌溉系统每四分之一平方英里要花十万块；还得知这地方气候太冷，不宜种棉花，但是麦子、蜀黍、高粱、苜蓿、玉米、黄豆的产量惊人，不仅供应美国市场，还出口到海外，还养育了几十万头饲养场的牲畜，还有棚养的猪，这些猪使长条地有了特有的臭味。"那是钱臭。"哈维·丁普说。哈维是个体的养猪户，被大公司的养猪场逼得快要走投无路了。鲍勃总是介绍说自己是来为豪华别墅选址的，一般情况下他不说话，只是什么都听着，特别留神有没有什么人要卖地。聊天者很高兴有这么个耐心的新面孔听他们说话。

“是的，先生，这些农民学会了怎么让长条地‘长钱’，而不是‘长草’，打这时开始，他们就开始把牧场叫‘金色牧场’。这把那些大家伙们勾来了。他们从纽约、从东京就闻到了钱味。”

“可不是。”马克·法威尔插嘴说。马克长了张水瓢脸，窄肩膀，满是油渍的头发垂到眼睛上。他把自家怀孕的母马的尿卖给雌激素市场，靠这个来谋生，日子过得还挺不错。“这里是世界上最富饶的土地，自从我们有了水之后就是这样。”

本地有两个老人同名同姓，都叫比尔·威廉斯，人们按毛发的颜色称呼他们——乳黄头发、黑胡子的那人是鹿皮比尔；头、胳肢窝和裆里都是红褐色毛发的那个叫栗毛比尔。现在说话的是鹿皮。

“妈的，我们可不是加州，有中央灌溉系统和合作用水制度。咱得克萨斯农民都是靠自己的杂种，什么都靠自己的双手——水井、水泵、壕沟、管道、劳力。奥格拉拉蓄水层？怎么也打不过干旱和过度开采啊。小子，这水总有一天说没就没了。”

一个竹竿一样精瘦精瘦的灰白头发男人走了进来，要了杯茶，坐在桌子一头，冲格雷普旺点了点头。

“鲍勃，这人是艾斯·克劳彻——是维护风车的。艾斯，鲍勃来这儿想买地皮，建豪华休闲别墅。”

风车工上下打量着鲍勃，好像能把鲍勃看透。鲍勃的脸红了，头一直低着。

“你就是住在拉封家的那家伙？你很喜欢听拉封的屁话？”他端起杯子，几乎把里面的茶一口喝光。

“是，先生。她讲的有些故事不错。”鲍勃觉得老狗餐馆每个人吃起东西都狼吞虎咽的，喝起来像是渴得不得了。

“把大伙儿的日记啊，信啊都搜罗了，还有啥讲不好的？那房子真该一把火烧了。你再在她那边待下去，以后都不能戴耳罩了。”

“你这话是什么意思呢？”

“还要说，她能把你的耳朵硬给聒噪掉。大部分人都受不了她。”

不过鲍勃觉得，艾斯自己聊起来也不会输给拉封。

在周围，鲍勃天天听着各种各样本地的谈话，从只言片语中，了解到各种信息：长条地的生活，神秘的工作，让人担心的口蹄疫正从大西洋那边传过来，把得克萨斯的牛肉业害惨了。他还听到农场发生的各种让人毛骨悚然的事故：骨折、裂伤、脑震荡、致命的摔伤、伤残、死亡。凡是在老狗餐馆吃饭的人，不论年龄大小，身上都有伤疤。

老牛仔罗普·巴特进来了，要了一杯咖啡，转向桌子，不耐烦地说：“耶稣挑草棒①，正活不去干！你们都没有活干啊？坐这里成天瞎聊。你们不忙我还忙呢。”说着，把牛仔裤往上拉了拉，出门去了。鲍勃突然间产生了一阵内疚。天天在这里听人家聊天，到底能不能接近想卖地皮的人呢？

支离破碎的谈话一次又一次像垃圾一样在风中飘过。谈话一次次说到干旱，千篇一律地提到沙尘肆虐着长条地的大萧条时期。艾斯·克劳彻看着鲍勃。老人身上散出一种权威性。

“后来学会了用奥格拉拉的水灌溉，啥都有救了，这说明，你只要有韧劲儿，总会有公正的回报。不过一开始大伙儿都没有想到，运气最后反着来，我们把这些农业公司和农业集团给招

---

① 一种游戏，将多根草或细棒放在一起，游戏者依次试着每次拣起一根，如果动了其它的就算输。

来了。”

“他们说现在全球经济一体化了。”鲍勃说，他是在搬用吕贝页·克鲁克的话。

“是啊，有这说法。不过那些大公司的小子不也是土生土长的吗，比如盖蒙的希区斯。他们除了牲口饲养场，还搞养猪场。他们对钱趋之若鹜，就像鸭子见了水。所以，有人说了，”——他那双浅色的老眼毒毒地盯着鲍勃——“奥格拉拉和技术——水泵、电话、良好的公路、收音机、电脑、电视等等，这些东西把长条地变成了伊甸园。不过这技术害得我们无法适应这地方最最根本的特性，早晚有一天我们要为此付出代价。水快没了。那些靠油发家的人盼着这油会一直不停地喷下去。现在油基本没了。他们又说，奥格拉拉的水是取之不尽的。现在这奥格拉拉也快被淘空了。”

“有一点是肯定的，”查尔斯·格雷普旺说，“别看祖辈都是老开拓者，顽强得很，这些子孙却要把家产卖了，然后去达拉斯呢。”

“万物都在变化啊，”鲍勃说，“凡事都不会一成不变，这也是自然规律吧。印第安人如今怎样？他们比那些开拓者还要早呢。”

艾斯哼了哼。“他们确实更早，不过他们并不是生活在这儿的。他们是游牧民，只会到长条地来打几天猎而已。更主要的，他们是把这儿当成部落之间的缓冲地呢。他们不算，最早尝试在这边生活下去的是那些老一代的农牧民，那些开拓者。现在，任何人只要有机器就什么都能解决——除了买机器的钱。机器除了下蛋，什么都能干。”

一个被人叫作吉姆·斯肯恩的人径直走到餐台，取了两块火腿大排，架在菠萝圈上面。这人的脸很像蛇，滑溜溜的，下巴圆圆的，整张脸向前伸着，像是在搜索东西，阔嘴巴合拢着，似笑非笑的样子。耳朵紧紧贴在脑袋上，就像没有耳朵一样。他的头发很细，被帽子压平了。帽檐上绣着“**墨菲家族农场**”几个字。

“妈的，我就是喜欢菠萝。”他对桌子对面的人说。那人目瞪口呆地看着他的那堆黄圈圈。“真不错。对了，我昨晚看电视，看了一期天文专题节目，他们用那哈勃望远镜看到的东西真是多极了。哇咳！哇咳！哇咳！！”

“你相信那玩意吗？全是电脑制作的。不是什么真家伙。”

“你听说了吗，弗荣克家那小子被得克萨斯 A&M 大学开除了。”

“我想我上周还看到他了，还骑着那傻乎乎的自行车蹿来跳去的。怎么会被开除了？”

“这事算得上你们常说的稀奇事了。具体细节我也不晓得。听讲人们在大学的牛仓库那边抓住他了。那里有良种牛？总之，他把一根管子往牛屁股眼里插。我就知道这么多了。哇咳！”吉姆把一个菠萝圈切成梯形，很快一片片消灭了。那蛇嘴巴一张一合，菠萝圈就无影无踪了。

“我的老天！”

“可不是。要我说，该让这小子在牧场和牛一起待着。哇咳！这样什么问题不都解决了。”他把手指伸进嘴里摸舌头边，“真要命。吃菠萝吃出溃疡了，每次都这样。”

“好，我来告诉你是为什么。她一开始就把孩子往托儿所送。杰斯一个人在牧场工作，她给灌溉杂志做事，自己也是个有工作的，结果孩子就丢给托儿所了。”

“这没什么好责怪的。这孩子一直调皮捣蛋，被那群坏基督徒带坏了。那帮家伙是重生派的，每回跑镇上，总是站到小货车拖斗上，又是布道又是大声喊。很有趣的一群伙计。哇咳！他们还用毒品。”

“是啊,他肯定是吸毒了。除了毒品,还有别的名堂。”

“你见过他的文身了吗?哇咳!哇咳!”

“你咳成这鬼样子干吗不开点止咳糖浆吃?还有,要是吃菠萝舌头会肿,你就别再吃了。”

“这都是你们长条地养猪场害的。我在墨菲农场运猪粪。这咳嗽是职业病,上周我休了病假,现在好了。”吉姆·斯肯恩站起来,又回到餐台那边,这回没拿炸菠萝圈,而是取了些清淡的通心面和奶酪。

艾斯·克劳彻又把毒毒的目光盯在鲍勃身上。

“道乐先生,大公司的养猪场害得人咳嗽得厉害。还有,吉姆·斯肯恩扔猪粪进去的化粪池影响了地下水位,肯定渗到奥格拉拉了。”

鲍勃想到了环球猪肉皮公司的宣传手册,回答说:“我看书上说,化粪池里面都铺了密封的塑料,定期清空,肥料都撒到田地里,让土更肥啊。”

老人干巴巴地笑了。“小子,人造的塑料哪有不渗漏的道理?至于撒粪肥在田里,我看田地里的粪也忒多了点,无处不在,看了都害怕。如果只有一点点粪那倒不打紧,但现在是年复一年这么堆下去,都一英尺厚了,那多余的氮总该有个去处啊。如果你觉得化粪池和排气扇都发出臭味的话,等哪天你到刚撒了猪粪的田里去呼吸呼吸。那氨气能把你眼珠子都呛出来。你的头发都会掉。把化粪池盖起来,或者充充中和的气体,就不会这么臭,但这都要花钱。干脆让它们原封不动,这样还省钱。州政府也不怎么管。”

“但是养猪场给当地人带来了工作机会啊。我是说,这里的工作机会并不多,所以这也很重要。会不会对经济等方面有利呢?斯肯恩先生过去就给他们工作。”

“哎,我说鲍勃,你是不了解生活真相。养猪场能创造几个工作机会？工资低廉。他们是三班倒，但是现在什么都自动化了，电脑控制了。大公司也不从本地采购。他们向全球市场集中进行大宗采购，用卡车运进来。生意不错。养猪场一开始进来的时候，好像能给地方开辟财路，所以地方上某些人巴不得他们进来，还给他们减税。一开始他们的猪才只有八千头，一不留神就到五万头了。塔尔萨的水源被他们给污染了。他们还把北卡罗莱纳州的河流给败坏了，还在俄克拉荷马胡作非为。最近俄克拉荷马定了些规矩，他们才开始收敛。所以他们开始到得克萨斯长条地来了。你想这些养猪场对长条地的乡亲们有啥好处？”

“我不知道。”鲍勃说道，他想风车工对养猪场的怨恨已经积聚好久了。他私下里决定去实地参观参观养猪场，看看到底是什么这么招人厌。

吉姆·斯肯恩端着他的通心面和奶酪，回到桌旁。他还是抵挡不住菠萝的诱惑，所以在面条上面，依然有一个菠萝圈。“哎呀，艾斯又溜出来啦！”他对鲍勃说，“他住在养猪场那边。”

确实如此。艾斯的眼睛总是闪闪发光，就像见了猎物的狼。他的声音又高起来：“养猪场把这地方搞得没法住人，就像到处都埋了地雷似的。大公司有啥权利跑到长条地来，把祖祖辈辈在这边扎根的人害得这么惨？”

“艾斯，他们在这儿不假，但也不能就这么赶走吧。人也有权利做生意的呀。”吉姆·斯肯恩从菠萝圈上切了一片，冲鲍勃眨了眨眼睛。

“这也得有个限度。这该说到牡豆兄弟讲的‘道德地形’。过去哪里有什么养猪场？或许有五六十个农民、牧民自家养几头猪，还是用老式方法。每家都从本地进货。孩子在本地上学。乡亲们一起跳舞吃饭。有钱存本地银行，让本地区富起来。”

“小农场的猪就不臭吗？”鲍勃问，他觉得自己又占了一分优势。

老人狠狠盯了他一眼，把鲍勃看得不敢再说了。“当然，不过它们分布得广，而且在外面跑。这气味和大规模圈养的猪比起来，简直不算什么。要是有一群猪在草地上吃东西，被你开车遇见了，你是不会闻到什么气味的。你开车经过养猪场看看——臭不死你！养猪场嘛，就是一大批被圈养的动物。有健康方面的问题。我兄弟泰特尔就住在养猪场下风头，那臭味，熏得他都害了病。谢特尔家住在养猪场边上，一家人都住院了。你再看看吉姆·斯肯恩，把肺都要咳出来了。”

“阿门！哇咳！哇咳！”吉姆·斯肯恩回应道。

“头痛，嗓子痛，头晕。这些猪都是猛灌抗生素和生长激素长大的。你吃那猪肉，这些药就会钻到你身上。细菌和病毒都适应了抗生素，总有一天，我们得了病用抗生素都不管用了。”

“妈的，艾斯，”吉姆·斯肯恩说道，“咱就别把猪想成动物算了——它们只是‘猪肉产品’，就像玉米、木头。我在那边做事的时候，他们就是这样说的。”菠萝圈剩余的部分在他盘子一边没动。

“吉姆·斯肯恩，我瞧不上这说法。你自己睁大眼睛看看。猪可是活生生的动物，不是什么玉米和木头。老实说，想到大公司那么不人道地养猪，我心里都觉得恶心。”

“它们只不过是猪而已，是不是？我的意思是，它们的的确确算是动物吧？”鲍勃斗胆插了一句，他的语气好像是在开玩笑，好像他自己随时都要笑出来一样。

艾斯没有理睬玩笑的部分，而是针对他的问题说道：“猪是动物，没有错，不过猪也是有脑子的，也喜欢新鲜空气和大好风光。它们会做窝，会嬉闹，会好生照料小猪崽子。但你看看他们养的猪——全给关起来，不断下崽子，没有泥滚，没有草啃，没有伴儿玩。猪是喜欢群居的，但那该死的养猪棚可不让它们群居。

想了都恶心。”老人站起身，走到厕所去了。

有时候餐馆生意特忙，盘子一端出来，一会儿工夫就被吃光。塞伊骂骂咧咧地送菜收盘子，忙得不可开交。鲍勃在泰姆舅舅那边就一直帮着干家务杂活，所以不忍心站一边看着塞伊忙得团团转，不停地擦啊洗啊的，所以他站起来帮着收拾桌子，帮着把盘子放到监狱洗碗机里。

等安静下来的时候，塞伊把鲍勃叫到一边。他看着鲍勃。“感谢你来帮忙。你帮了我的忙，饭钱我给你免了。”

这样鲍勃穿梭着帮忙端盘子，把牛扒放到烤肉桶里，还总能跑回自己的椅子，接着听人侃大山，说着农场、牧场的问题，指望听到卖地皮的蛛丝马迹。艾斯·克劳彻一来，总要把大农业公司和养猪场抨击一顿，每次听他的抨击，鲍勃都感到既兴奋又内疚(要是他自己被戳穿了怎么办?)，鲍勃也不想错过查尔斯·格雷普旺的话。格雷普旺总是抱怨祖先的命运和错误，而且一说就来气。

“大萧条时的大公司破产了，大家才开始跑到这个郡来，”格雷普旺说，格雷普旺种了一万五千公顷的麦子和高粱，“他们相信那句老古话：‘雨水跟着犁印走。’那话是人编的，害得人又伤心又伤身。犁印是走了，可雨水屁也没下一滴。”

“没错。”鹿皮比尔说，小口小口地喝着咖啡。

格雷普旺接着说。“干活？我的天，说了你都不信，你都不知道这些老爷爷有多卖力。他们很多人膝盖都累变形了。你想想，他们要投入多少工夫，才能让庄稼下地！先得清理野草，猫爪子，牡豆，大部分都得用双手，一周接一周地干。拔了野草，接着得把地深深地犁一遍，耖一遍。给马套上犁，犁头要深，能把草根斩断。”

鹿皮比尔小时候就是在农场上过的，听到这话，忙补充说：

“犁头还要经常磨。”

“说得对，鹿皮。等你犁完了，再给马套上重重的耙子，把地里的草根耙出来。然后小孩儿和老太太过来，把草根全收了，堆起来，晒干。最有意思的是烧草根。然后还要用重重的平铲把地铲一遍，把坑坑洼洼的地方给整平了。等这些全弄完了，才能真正地犁、耙。这次的犁要用那种正经八百的重犁，至少能翻一英尺土。耙也要尽量用重的，马能拉多重就用多重的。”

“别忘了，要是灌溉，还得挖沟。”

“对了。干完了这些，如果你还没死的话——很容易把人累死，还得在能种的地方把庄稼种下去，浇水，除草，施肥，还要为蝗虫、干旱、洪水、野火操心。如今的人干不了这些了。过去那帮伙计，都是在危机中过了一辈子。他们啥东西也没有，只有牧场和犁。”

鹿皮提醒说，还有石油。那几年，年成忽好忽坏，牧场小子可以去油田，当个杂工或者炼油厂的半熟练工，慢慢干到磨刀工，最后做钻探工，能见见外面的世界，至少是二叠岩盆地[①]上面的世面，跟着那些流浪汉、玩扑克牌的骗子和婊子，从一个闹哄哄的城市跑到另一个闹哄哄的城市。

查尔斯·格雷普旺不想讨论过去的石油。“我们现在还是危机四伏啊。长条地的有些郡现在又重新种旱地了。我们大概还能维持二十五年，然后就玩完了。去年我的苜蓿才长了四英寸高。然后就不长了。要我说啊，这里完了。”

鲍勃聚精会神的姿态引起了一些注意。

“老天爷，格雷普旺，你见谁都这么耍嘴皮耍个没完，是不是？”一个瘦猴一样的家伙说。鲍勃只是听到别人叫他弗朗西斯。

---

① 产油的地区。

“咋了？我说的还不都是些稀松平常的事情，跟报纸上登的不是一样吗？”

“那你就让他去看看报纸好了。”弗朗西斯拿起一份《阿马里洛日报》，扔到鲍勃前面的桌子上，碰到了鲍勃的咖啡杯子，里面的咖啡都溅了出来。他站着，等着回应。这人很肮脏，但身形柔软，肌肉发达。“你不知道他是谁。你不知道你哇啦哇啦对着谁在讲话，没准人家是政府人员，或者是个养猪场探子，你晓不晓得？或者是来讨债的，你晓不晓得？”

塞伊·弗里斯正在帽子下面看着发生的一切。那帽子已经很油腻，颜色原来是珍珠灰，现在全成了褐色的，都是被汗水和酱料染的。不过，长条地的厨师帽子就是漂过了也不过这个德行。

“弗朗西斯，”塞伊说道，“你要不要打份工，给我洗盘子，清理桌子？”

“我宁可去吃热乎乎的牛屎。”那牧民怒目圆睁。

“那请你别惹鲍勃。他现在给我做兼职工作，是我要他了解在这里吃饭的伙计们。你要是嘴里不干不净，把他气跑了，他的事你来给我做。”

“但愿你雇了他不后悔。”那牧民说，把帽子往后一推。他走到餐桌边。塞伊正站在那儿，端了一盘热甜饼。牧民拿了一个甜饼，插进生奶油里，一口吞了下去。

“你做的菜太好吃了，怪不得闪电不会闪到你屁股上把你劈死。”出了门，弗朗西斯开了一辆卡车走了。那车没有保险杠，后面的敞开式拖斗里有头上了鞍的马。

“总有一天，”吉姆·斯肯恩说道，一边说一边打着嗝，一嘴菠萝气，“哇咳！会有人对着他脑门子猛猛地揍一顿。”

“他是谁？”鲍勃问。

“哈！”格雷普旺激动地说，“弗朗西斯·斯科特·凯斯特，顽固的老牧民，万事通，毛桶郡出生的，从来没有离开过家，可什么都知道。你可别把他给惹毛了。我得开路了。”他坐在椅子上往后一挪，椅子脚在地板上刮出响亮的声音，他起身走了。

“有很多农民和牧民，”艾斯慢声细语地告诉鲍勃说，“会告诉你他们如何如何爱这土地，不过照样把地卖给养猪场，不信你去看看他们心肝宝贝的地方，哪个不是过度放牧，过度种植？哪个不是把活水采干？哪个不是草多庄稼少？你要是知道这帮鸟人从政府那里领了多少补贴，还不气昏过去。”

鹿皮比尔点了点头。他吸了一口气，对鲍勃说：“咱们牧场现在很荒了。几年前，就这种破牧场传到了我手里。”

吉姆·斯肯恩用胳膊肘轻轻推了推鲍勃，说：“他又来了，伙计——准要说人们为什么叫他‘水牛比尔’。”他吃吃一笑。

鹿皮比尔压低了嗓子。“我就让牧场原样在那儿。我也不知道会长出个啥，但那要死的地方就那副样子不变，长满了荒草，或许牧草也长了一点点吧。我家老太爷从阿拉巴马来，给老家人写了封信，说自己找到了一个多好的牧草地：齐腰深的须芒草，格兰马草，水牛草。为什么这地不错呢？我不知道，所以我去问沃尔特·桑贝尔，他是农校的，是我们的农业顾问，很不错。他说他不敢肯定，但想那可能是因为牛——水牛。他说人们都以为水牛和奶牛一回事，但实际上大有区别。整个习性都不一样。水牛的习性跟着草地变，所以它们肯定有了什么改变，这草和它们胃口很配。只是整个习性不一样。”

鲍勃想接着往下听，但有一辆敞篷宝马车停到了老狗餐馆门外，司机是个挺好看的黑发妇人。她按了按喇叭，一看到老比尔，便用手指了指天。

“那是我老婆，”鹿皮比尔站起身，“是怕要下雨呢。我想以后还能在这里见到你吧？”

“没错。”鲍勃说，尽量不去盯着敞篷车里坐着的黑发白肤美女。她的样子好像比上了年岁的丈夫小了五十岁。天空是深黄色的。一阵雷声响过，老狗餐馆为之一晃。敞篷车的车顶慢慢撑了起来。

老比尔一出门，吉姆·斯肯恩就把身子侧过来，坐到比尔的椅子里。"你觉得她怎样？小美人吧，对不对？"

"是啊，"鲍勃说，"比他小一点吧？"

"哪里是小一点！我注意到他没跟你说他们六年前在他的老牧场上是如何采到天然气的。他是毛桶郡最富的人之一，还有，他过去在碳粉厂做事。他就是这样找了个可爱又年轻的老婆，还有那辆车。就是这样，他能在牧场养水牛，因为他不用为利润操心。他这方面和艾德·特纳很像。他可不像我这么穷酸。我只有俄克拉荷马这块干巴巴的地。"

"有没有想过把它卖了？"鲍勃问。

"我确实一心只想这件事。脑子里只有这事了，还有性交。"

一阵冰雹打在前面的窗户上。

第十一章　泰特尔·克劳彻

头几个星期，鲍勃·道乐每天早晨起来跑四十五分钟，沿着牧场的小路，跑到 C 号农场高速公路，这是一条长长的生硝路，中间有个小山坡，快靠近坡顶的地方长了棵孤零零的树。然后又经过本郡最古老的公墓。在破晓的红霞中，在月光下，在红红的落日余晖里，他在生硝路上跑，有时候会觉得自己是跑在彩色的搽脸香粉里，路上那一盒盒细软的粉末呈现出不同的颜色。在中午，粉笔一样的白灰给路边的草裹上了一层粉衣。到下雨天，那颜色又变了，是世纪初人们所说的玫瑰灰色。

很多次，鲍勃注意到被压扁的包扎带，歪歪扭扭躺在路边，被压成千奇百怪的形状，旋涡形，圈形。他想，如果夜里刮起旋风，这些扭扭曲曲的包扎带变成他最后的记忆，那又该如何呢？

鲍勃最喜欢缓缓来临的黄昏，也喜欢小屋的早晨。长门廊是朝东的，他每次都会端了一杯咖啡过来——咖啡是他用新买的煤油炉子煮的，看着陨星牧场的马，看着疲倦的小马驹舒展身子躺在草里，像小块地毯一样。马若是跑起来，四条腿快得晃眼，如同旋转的硬币，连他们掀起的尘埃也闪闪发光，所以觉得它们总是在云上面，在一片片反射的光中奔走。他听说有些马能闪过半开半掩的门，跑到无人知晓的地方，有时候会跑到西边七英里开外罗普·巴特的小片地界上。罗普·巴特都九十多岁了，不过还是头不昏，眼不花。拉封说鲍勃应该去找罗普聊聊。

“过去他养斗鸡。他在俄克拉荷马边界的一个旧飞机棚里斗鸡。那边斗鸡不犯法,那该是你们所说的‘乡风民俗’吧。”

事实上,鲍勃在老狗餐馆见过罗普·巴特,也听过他侃他的斗鸡,说他那些毛线灰鸡、蓝脸鸡、绿腿鸡、凯索鸡、勇士鸡、铁爪鸡、尖刀鸡本领如何了得,或者是过去的鸡中枭雄如何一日不如一日。他说话快嘴快舌,语气急躁,嗓音苍老。鲍勃还看过这人手上的伤口。有次开车在小路上走,他无意中路过罗普家奇怪的园子,里面摆着一长溜倒立的塑料桶,每个桶里都拴了一只斗鸡。从远处看,这些奇怪的鸡舍一排排整整齐齐的,就像是公墓。

鲍勃想这一周去看看斗鸡,不过这要等机会,还要等自己找到养猪场地皮,以及愿意脱手的人。他在心里想的是栗发比尔和吉姆·斯肯恩。他给吕贝页·克鲁克写了封信。

尊敬的先生:

我想我现在确实还没有可靠的主顾,不过我觉得渐渐在上路子。我经常往本地一家咖啡馆跑,想在那里摸摸底,看哪些牧场主遇到了困难,可能愿意出手。他们大部分人都有问题,有的是财务方面的,有的是婚姻方面的(关系恶化也是出售的好原因,不比其他原因差),不过他们都执拗得很,总说要守在土地上。我心目中有几个人可能愿意和自己的土地一刀两断。我的房东弗荣克太太帮了不少忙,本地人什么背景她都跟我一五一十说了。她的饶舌是个毛病,不过对我来讲是个宝贵的资料库。她说这边有个家伙过去靠石油发了大财,后来挥霍无度,把家产败掉了,现在给谷仓打工。但是银行没收了他的牧场,你觉得我是不是该和银行谈一谈,打听打听处理抵押土地的情况?

这地方的节奏很不好把握。一开始我不知道这是不是因为季节更替影响农业社区的生活节奏,还是猪肉和牛肉市场价格涨跌造成的,或者是别的什么。每个牧场、每个镇上都有大片废弃的机械。我想把这些破烂留着，可能是德国人节俭的一种表现，是希望有朝一日能派上用场。这些废弃的机械给我的感觉是展现过去农业生活的私人博物馆。这些农业机械五花八门——重力箱、折叠钻机、喂料台刮铲、牲口运输车、运粮卡车、热油处理机、蒸馏车、酸罐车、钻台维修车。还有，这边人全开着银色小货车，或者白色厢式货车。卡车一车多用，这种“车性”我并不奇怪，因为本地人都喜欢打好几份工。很多人同时有两三个工作。业有专精并非长条地人的常规。

我意识到，如果要加深对养猪业的了解，我可以去参观环球猪肉皮公司的养猪场。很多人都在抨击这些养猪场，我觉得我应该能驳斥他们，苦于没有亲身到过养猪场，没有什么事实来驳倒他们。你能否安排我去一家养猪场？

在《乡村概略》中，拉封用了很多页的篇幅描述她所谓的“乡风民俗”：茅厕里有人时，则轻声从旁经过；杀蛇；每个月最后一天晚上睡觉前说三声“兔子”；偷窥邻居；等等。鲍勃·道乐自己经常被人当成可疑的陌生人，举报到休·杜乌警长那里。吃过亏，鲍勃·道乐才发现，原来很多人从靠路边的房间窗帘后探视着高速公路，稍有怀疑，他们会毫不迟疑地喊警察，告诉他们自己的怀疑对象。长条地有很多行为需要报警：跑步，奇装异服，不寻常的车辆，外州的车牌，黑皮肤，没人照顾的小孩，吵架，在外面乱跑的狗，巨大的家猫（举报人总说是“豹子”），还有车坏在路边的人——虽然只是轮胎瘪了，或者发动机出了毛病，但举报人通常都说这些是逃犯的圈套。另一方面，奶牛死在沟里，却很可能好几个星期都无人问津，直到化脂厂的卡车来把它们搬走。

和鲍勃不一样，拉封并不喜欢牛仔玫瑰镇。她说在十九世纪九十年代，两个城市在争相成为郡府所在地。结果牛仔玫瑰选举胜利，但还没有正式宣布，就在深更半夜跑到毛桶镇政府大楼把县法院的文件偷过来，结果选举结果取消。另外那选举也是搀了假的。一个老年渡工法兰西·约翰·布尔耶投了四十一次票，一票是自己的名字，其余四十票是他儿子的名字，全是假冒的。一开始是一连串比尔、汤姆、巴克，后来实在编不出来了，就在小屋里到处看，眼睛看到什么就用什么做儿子的名字，这些名字成了本地人说不尽的笑话。一个捣蛋鬼还匿名订购了一座墓碑，上面刻着四十个名字。这碑后来被新汉普州达特茅斯大学的一位美国史教授收藏去了。那碑文是这样的：

此地安息着伟大的布尔耶家族，

家族众人均热爱本地政治。

亚伯拉罕、艾伯纳、巴内、比尔、夏伊洛、奥梅、醒醒、兔子眼、粉刺、盘子、火柴、马刺腿、巴克、菜碟、荷兰烤箱、茶杯、威士忌、昌西、凯乐伯、蹶子、烦躁、悬空高球、大力士、伊卡博德、詹姆士王、小桶、小蛊、金钱、树桩、酒、王子、鹅毛笔、鲍勃、巴克、汤姆、日历、蜡烛、残币、齐克、巴克、小荷兰烤箱。

一八八七年四月四日——一八八七年四月七日

一天早晨，天空一片澄蓝，一丝风也没有，鲍勃·道乐把头伸进门，叫拉封，但是她没有回答。

"来弄点水，拉封。"鲍勃对着静悄悄的房间说，走进厨房，故意让屏风门砰的一声关上。水罐装到一半，拉封的卡车停到门口，她抱着一个大盒子进来了，走到餐厅改成的办公室。她把盒子放下来，声音重重的，仿佛盒子里装满了水泥砖，然后回到厨房里，把一张小照片放在桌子上，去拿咖啡壶。

"今天我走运了。"拉封说。

"怎么说？"

“搞到了泰特尔·克劳彻的剪贴簿。泰特尔老了，但他肯把这些东西给我可是个奇迹。不过只限一星期，我得全部看完，下星期五还他。估计他以为他能活那么久呢。他是个臭脾气的老家伙。你现在看看他，跛着个腿，脸像个干蘑菇似的，皱巴巴的，苦歪歪的。你再看这张照片，是他姐姐一九三一年拍的，当时他的牧场刚到手，才二十岁，干活也是一把好手，养牲口也是呱呱叫的。”她看着照片。那是张小小的黑白照，方方正正，宽边，四周是齿。

“一个稚气未脱的大男孩，看上去也十成帅气。阔肩膀，肌肉发达，有点瘦长。看他那嘴巴要张未张的，好像要说点什么，又像要笑。我看到的每张照片都这样。他家孩子的照片都有点这样子。他的嘴还那么张着，但是从他三十岁起，嘴里就没一颗牙齿是自己的了，现在他假牙也不戴了。但你看他的左分头梳得多整齐，直得像根棍子，挂在前额上，刚刚到帽檐那里。耳朵大大的，但贴着头，都是他妈小时候用胶带粘的。她们有时候这么干，用胶带粘小孩子的耳朵，不让耳朵突出来。我自家小子也是这么粘的。你看他这一身白衬衫，新烫的牛仔裤，最好的靴子也穿上了，刚擦过油，很帅气啊，对不对？很可惜那牛仔裤缩水了，有点吊，而且太紧。才二十岁，我看他还在长个子。那衣服紧得你正好可以完整地看到他左边的身材。人家说，男的头发在哪边开缝，哪边的长相就会保持不变，那是跟他用手习惯相反的。泰特尔用右手，不过你要是现在用透明塑料把他包起来，保准什么也看不到。上了年纪，那手就缩掉不少啦。你不是问运货马车队的情况吗，他就是你要问的人。”

“什么运货马车队？”

“我给你看的那照片啊。你问那家伙怎么能赶这么长车子的。”

“哦，对对对。拉封，今天早晨我过来的路上，看到牧场路上有匹灰马,我看不到马身上的标记。我想是你的吧,但我记得以前没有见过啊。或许你买了新的马吧,包括这匹?”

“灰的?肯定不是我们的。我爷爷和其他老牛仔一样,不喜欢浅色马,说那种马容易招雷打,我们牧场是不会养这种马的。算是个传统。我自己也有几分相信。六年前,路口有户人家,休斯敦来的,算是做石油的吧,有三个孩子,给每个孩子买了匹马,其中一匹淡灰色,一匹栗色,一匹枣红色。不说你也知道啦,来风暴了,那闪电闪的!就跟飞过来吃糖的苍蝇!当然,有匹马就给打中了,就是那匹灰马。所以啦,哎,我也不晓得,或许老古话还真有道理呢。不知道鸟儿有没有被雷打过。有些鸟儿在电闪雷鸣的时候飞来飞去,好像什么也不在乎。你说的那匹马或许是路下面桑德森家的。我给他们打个电话看看。总之,你是肯定认识泰特尔的孙女堂娜·克劳彻的——她在谷仓那边的办公室上班。”

“黄头发高个子的女士,扎着辫子?”

“不,那是露·安·贝蜜丝。她和她丈夫在瓦卡开了家爪哇摇摆舞咖啡馆,周末营业。堂娜个子很矮,红头发,从中间往两边梳,戴了副圆形大眼镜,从来不说话。”

“明天见,拉封。”

“祝你一天顺利,鲍勃。”

第二天早晨刮起了风,风里带着沙子,让人很不舒服。风越刮越大,越来越割脸。鲍勃进了厨房,把大水罐砰的一声放下来,靠在腿上。拉封正在翻那些照片。

“鲍勃,给咱倒点咖啡,行不行?谢了。”她拿起一幅照相馆拍的照片,上面是个鬈发小伙子,蓝眼睛,白皮肤,年龄不会超过十五岁。照相馆给他穿了一身牛仔服,那服装非常合身,简直不像是照相馆的服饰。

“不知道这孩子是谁。有点像你，鬈头发，娃娃一样的大蓝眼睛。泰特尔说每个人的名字都写在照片后面，我看他漏掉了不少。他的字我也很难认出来。我已经尽力而为过了一遍，但还是有一些全然不解。好了，明天我得去夜猫子跑一趟，和泰特尔坐下来谈一谈我不知道的那些，如果我能把他从电视前拉开的话。想的话，你也去。他是条好汉子，你知道，是个踏踏实实的牧民，牛也精通，人也精通。现在也不差。要是打开话匣子，他的故事一个接一个讲都讲不完。”拉封又拿起一张照片，上面是一群男人和马站在一座新坟周围。白色墨水笔迹写着：牛仔葬礼。她看了看后面。

“压根儿不知道埋的是谁。哦，这张你会喜欢的。是一九一一年左右的牛仔玫瑰。”

拉封递给鲍勃一张发黄的照片，上面有些假的多层门面的商铺，还有树荫下的铁匠铺，门前有个铁匠正弯腰钉马掌，一条长草的路便是主要街道，向东延伸到远处的平原。鲍勃认出其中两间建筑：它们还在那里，铁匠铺和那小小的银行。

这天晚上鲍勃和艾伯特中尉一起度过，他借着一份得克萨斯地图，辨认奔茨兄弟设在长条地的各贸易站。注释中说，这兄弟俩在一八四〇年左右在加拿大河上修建了“土坯堡”；到了一八四四年，又在前方几英里外设立了新的贸易站。尽管有《得克萨斯公路图》这种详细的地名索引，鲍勃还是辨认不出那几条标识河流：大树林溪和红鹿溪。他想可能是地图不够详细，或者这些溪流改名了。后来，他从拉封口中印证了自己的猜测，奔茨一家离开“土坯堡”后，这城堡成了著名的土坯墙。土坯墙是一八七四年那场大战的战场。大战一方是几百个科曼奇族人、基奥瓦族人、夏安族人（包括年轻的昆纳·帕克），领头人是科曼奇族勇士山狗粪（坚持说他的药可使自己和同伴刀枪不入），另一方是二十八个善射的猎牛人。一八六七年签订的《巫医木屋条约》禁止白人到阿肯色河以南狩猎，但白人仍旧为所欲为。该条约也禁止印第安人劫掠长条地的居住地，但印第安人照样偷袭这边的人家。在这个晴朗的春天的早晨，印第安人来了次经典的黎明偷袭。但在凌晨两点，屋子大梁的断裂声把猎牛人惊醒了。他们起来把大梁修好，喝了些咖啡提了提神，决定不睡了，次日一早起身。突然有人喊了一声“印第安人来了！”，他们全醒了，警觉起来。他们接连三天抵挡住印第安人的进攻。后来一些进攻者丧了命，于是印第安的主力退到土坯墙上边的山脊，忽而进攻，忽而退到射程之外。第三天平原人比利·迪克森用零点五英寸的夏普斯步枪，一枪打中了远处的骑马人。那人从马上仆倒，当场毙命。那些原以为自己刀枪不入的进攻者顿时士气大挫，匆匆撤走了。这一仗结束，大清洗就开始了，一年后，长条地的印第安人被清洗得干干净净。比利·迪克森的那一枪远射，成了西部神话的一块丰碑。

他们开车沿着几英里苍白的生硝路，前往夜猫子牧场。拉封破烂的雪佛兰货车掀起一阵阵奶白色的灰尘，悬浮在空气中，如同半透明的纱幕，搞得前方的路模糊不清。这是一个晴到多云的天气，天上有云飘过。远处有风车在转，每转一圈，一片新风车叶子就闪闪发亮。当鲍勃说起这风车叶时，拉封说是猫头鹰撞进风车里，把风车叶弄坏了。她说长条地有大量的猫头鹰，还说养猎鹰的匹·威·费歇尔，见了猫头鹰就开枪打。鲍勃又一次看到，这边的乡村是多么的优美！从那些乱七八糟的罐子和水泵看过去，大地被一片黄黄的光线笼罩着。那光线稀薄而澄净，如同从天幕上滑落下来的。飞鸟、车窗和车镜飞驰而过，在这光线中擦出一道道草色的轨迹。汽车、卡车的灯光闪烁，折射到黄黄的光线之中。这乡村也是疯狂的，是地球上最平坦的地形之一，被拖拉机咀嚼过，整形过，崎岖的裂痕，突然出现的峡谷，大得一眼都看不过来的、形状险恶的云，漂着锈迹的河流，白如骨头的马路，红色的草——那草的名字也怪，叫须芒草！风已经停了，拉封指了指一处放牧过度的牧场，那上面有个静止的风车。衬托在天幕下，那风车就如同三脚架加上绞肉机。五六个小鸟爪子斜抓在风车叶子上，一阵微风吹来，风车叶子开始转动，小鸟沿着风车叶子边缘往下滑了几寸，飞走了。

"当大牧场开始出卖土地的时候，"拉封说，"这边是干地，干得很。XIT牧场有几百架风车，几百个全职看风车的人。那些想在牧场定居的农夫刚来的时候，没有风车什么也做不成。一样都不行。当然，有了风车，他们最终还是没什么造化。他们运气不好，不知道下面有什么。我是说奥格拉拉水层。这水就在他们下面，他们却什么也不知道。那年头，要想当牧民，得有自来水，要么自己亲手打口井，总之把地下水弄到地上来。要是你有牲口和孩子，每天都得有几百加仑水备着。我记得一清二楚。我就是在风车的年代长大的。没有风车，就无法在西部生活。"

鲍勃说："你丈夫是做什么的？也是牧民吗？"

"一开始不是。他做土地买卖。他是在长条地出生，长条地长大的，听说过二十年代伯尔杰先生的做事法——伯尔杰先生一发现油，立刻买了几百公顷土地，分成小块卖，一千五百块钱一块，说这地方将来就是城市，还给街道取了名字。弗荣克先生开始做土地买卖那会儿，我就做了不少这方面的事。那事儿我喜欢。没有主街、一街、二街、三街这些玩意儿，我会取丰富多彩的名字，比如通红火钳、荆棘弄、墨西哥帽子。伯尔杰先生一天进账达到十万。所以弗荣克先生很受鼓舞，才做起了这种事。当然，这没什么新意。所有城镇都是这样建起来的——某些人，通常是铁路公司总部，决定说哪个地方该建座城市，然后就派个勘测员过来绘制地图，标出每块小土地。有时候他们也委托土地经纪。到最后，总是把地给卖了。这里面大有钱赚。弗荣克先生不是铁路上的，但是他和很多做石油生意的是朋友。一旦有人买油井，他随后就会跟过来，买周围的土地。买了地，他自己绘制地图。长条地有些城镇是他搞起来的——奥古、古什顿、里奇、海景。”

“海景？”鲍勃问。

“他觉得这名字不错，要是有人提什么怀疑看法，他会立刻反驳说，这里的草，或者地下的油，多得足够以‘海’来形容了。为了锦上添花，他还卖木材。我们结婚两年后，就攒够钱买这牧场了。不知怎的，鲍勃，你让我想起了弗荣克先生。”

“怎么会呢？”

“因为你们两人都对自己做的事抱有信心。一说起新城镇，弗荣克先生就非常激动。他希望这些城镇兴旺发达。你对豪华别墅选址的态度也一样。”

鲍勃把那盒照片放在膝上，在去的路上，又把照片翻看了一遍。泰特尔·克劳彻年轻时候的照片有点似曾相识，而且有点可笑，他也不知道是为什么，后来才意识到这是因为泰特尔的牛仔裤太小，吊到了脚踝骨上面。这让他想起了泰姆舅舅最喜欢的胡洛特先生电影，电影里的雅克·塔蒂穿的就是这么长的缩水裤。

通往夜猫子牧场的入口是一座木板桥，木板排得很松，桥下面是一条小溪，叫两年溪。拉封指了指一个旧棚屋，那屋不大，尖顶，墙是木头和板条的，东面有个单坡屋顶。屋门已经不复存在，屋顶上有洞，烟囱坍塌，窗玻璃也被人打碎了。从敞开的门洞里，能看到一捆捆干草，一直堆到屋顶，经过风吹雨打，草发了霉，变成了黑色。牡豆树上有个歪斜的十字形架子，隐约能看出原来是晒衣绳架子。在房子前面的一小片草地中,一架风车的风车头和风车叶面朝下倒在地上。在褐色的远方,还有一架风车,仍树立着,但风车叶子已经不转了,风车脚下的牲口饮水罐上布满了弹孔。这地方的土地起伏不平,不宜搞灌溉农业。地上的草稀稀的,长了很多牡豆树,露出一片片圆形的沙地,就像猫爪子抓过的布留下的破洞。

一只老鹰盘踞在电线杆上。拉封说,早先有只老鹰两个翅膀同时碰到两根电线上,立刻被电死了掉下来,把地上的干草点着,结果起了一场大火。

"泰特尔本想起诉电业公司,但是没多久就放弃了。"

他们在路上还看见一辆拖拉机,后面拖了一台灌木铲,从牡豆树中间穿过,后面扬起一片断枝和灰尘。他们开到跟拖拉机并肩的时候,那司机抬了抬手。又开了一英里,拉封向他指点了牧场原来的本部所在:两间一模一样的沙岩房,窄窄的,面对面,一道高高的石墙将它们连起来,形成了一个小院子,里面有两三棵遮阴的树。拉封说,这屋是泰特尔的爷爷老克劳彻一百年前建的,仿照的是奥巴克牌咖啡豆袋子上印的屋子。一九七四年,克劳彻家人离开了这两幢房子,搬进毫无个性的活动牧场房,里面有现代的管道和暖气,还带了一个容得下三辆车的车库。

车开到院子里停下,拉封说:"现在起,你别提克劳彻太太。她去年死的,死得很痛苦。她想挺下去,可泰特尔实在无法忍受。还有,在这以前,他惟一的儿子也死了。他儿子是个骑公牛的,一头名叫'奶奶结'的布赖马种牛把他掀翻在地,顶成了肉酱。"

一个浓妆艳抹、看样子有五六十岁的妇女开了门。

"你好,路易丝。"拉封招呼道。那女人回答说:"请进,弗荣克太太。"听那语气,鲍勃觉得她应该是管家。房子里面和外面一样,是阴暗的色调,好像是跟阳光地带的郊区学的。天花板离地七英尺，上面已经剥落了。天花板上的涂料很粗糙，中间还嵌着些闪光的塑料片。厅里铺了褐色的地毯，通往厨房的地方被踩出了一道深深的印子。起居室的墙四周都摆着桌子，上面都架着一大堆各式各样的账本、计数本、分类账本、地图、报纸。拉封在来的路上说了，泰特尔·克劳彻要整理出大概的夜猫子牧场历史。他有个在西南得克萨斯大学学创作的侄孙女，夏天会来把这历史整理成文。

鲍勃想这是他见过的最丑陋的房间了。墙上贴着墙纸，画着巨大的红色蜂鸟。墙纸上面挂了些鹿角，小得可怜，不比幼鹿的单枝鹿角大多少。窗帘擦着墙纸，发出哗啦哗啦的声音；格子呢桌布；图案规则的小地毯；似乎这屋子一切露在外面的地方，都有规则的图案在上面。有两条板凳，上面盖着白塑料布。桌子上放着巨大的台灯，上面罩着橙色的皱褶灯罩。

泰特尔·克劳彻坐着轮椅，靠近向南的窗户，从这儿他能看到车道。

“泰特尔！拉封来了！拉封来了！泰特尔！”管家喊道。

“好了，我知道。我不是看她开车来了吗，是不是？”

老人转过脸朝着他们。那脸像瘪橄榄球一样，鼻子几乎全扁下去了，白头发修剪成了平头，一脸短短的白胡子，看起来像实验室里小白鼠的毛。他的眼睛是标准的得克萨斯眼睛，蓝色，眼眶发红。他开始咳嗽起来，把痰吐到手帕里。

鲍勃大吃一惊。一路上，他脑子里的泰特尔都是那个二十岁、身上穿着缩水牛仔裤的年轻人，现在看到了六十年的变化，他无所适从了。在这个风烛残年的老人身上，哪里还看得出当年那个眼睛明亮的年轻人？他可不要变老。

“嗯，泰特尔，希望你没得流感。听上去你身体不大好哇。”

“妈的，不是啥流感。怪就怪考佩奇路上的该死养猪场。他们把排气扇给开了，如果赶上风向合适，就排出氨和硫化物。

好像今天早晨就开了,就差没有把我们害死。我们可是被害惨啦。听人说,我们会得肺炎,得关节炎。人家还说,这废气会把你眼珠子都熏黄。”

管家点头表示同意,把泰特尔的轮椅推到桌子旁,挪开上面的一些资料,腾出地方让拉封放照片。

“泰特尔,养猪场是在犯罪。不过也不知道该怎么对付它们。好了,我把鲍勃·道乐一起带来了。他来毛桶郡看看,就住在我的陨星牧场小棚屋里。我想他希望见见你。还有,就像我在电话里说的,还有一些照片我搞不清楚。好像有几张你没有写名字。你能不能想起来这孩子是谁?”拉封拿出照相馆照的那张照片,上面是个金黄头发、戴着黑帽子的男孩。“这后面没有写名字。”

“哦,那是芬尼小时候。我们都叫他‘泥巴芬’。他被马摔下来,掉到泥巴坑里,起来的时候从帽子到靴子底,全是泥巴。这小子在这边最招人喜欢了。在他葬礼上,咱们五个男的,个个都是硬汉子,都是粗人,全都为他掉眼泪。他这种人再也见不到了,其他那些人也找不到了。伤心呐。”

“是这张不?”拉封拿出牛仔葬礼的照片。

“是,就是这张。哎,我们多么不愿把这小子埋到土里。左边的是我。我哭得像小牛犊一样,但头低着,照相的人拍不到。我不比芬尼大多少。死的本来可以是我。”他笑了一声,那声音有些尖,叫人想起死树被人拖走时枝条折断的声音。“那会儿牛仔可不是那么好当的。如今的小伙子啥都不会知道。赶着打了标记的牲口,二十,二十五个男人——车把式,厨师,几个套绳的,装鞍的,八九十个人把牲口放倒,按住,另外几个人准备烙铁;还有一个磨刀的,一个接种的,一个割牛角的,一个上药的,还有看其他牲口的。天一亮就出发,天黑才歇,夜里就在地上睡,第二天再出发。起床的时候天还没亮,牛仔只有躺在地上,靠着曙光找马。我们总是在七月四号以后给牲口打标记。每个月挣四十五块。”

“这个所有人都很喜欢的芬尼是什么来历?”

“他只是个小子,不知从哪里跑过来的,我记不得了,不过他对马那可是精通得很,骑术最厉害了。牛仔芬尼!没有比他强的。灵活得像块生咸肉,那水平高得可以去参加比赛。这小子成天乐呵呵的,脾气很好,大方,自己身上的衬衫都愿意扒了给你。脑子也活络,有啥事总要想个透彻,不会蛮干。他给我老爹干活,两年后被死神给带走了。”

“所以他本地无亲无故?”

“对了。他家原来在密苏里、蒙大拿,或者其他什么以‘M’开头的地方,没准是缅因、明尼苏达。我想是明尼苏达,他的头发那么黄,皮肤那么白,应该是那地方的。要是他还活着,该老得和我一样了,但是一想起他,仿佛是十分钟前还见过。我还能见到他朝一边点头,或者是舌头绕在牙齿周围舔的样子。他牙齿不好,我们不得不帮他拔了几颗。”

“他是不是因为这个送了命,牙齿不好?我知道有的孩子确实因为牙齿不好死掉的。”

“有是有,但他不是。他是因为爱一个小不点的扎辫子女孩死的,那孩子才七岁。里德·伯艾彻是坏牙死的,头肿得像西瓜。即便是养猪场那帮坏得淌水的家伙,我也不会咒他们死得那么惨。”

老人轻轻拨了拨照片,拿出一张,上面是个表情严肃的妇人,看了一会儿,他就不屑地放到一边,重新拿起芬尼的照片来。

“有场舞会。我们那时候是有舞会的,从吃晚饭后一直跳到吃早饭。我说的这舞会是在牛仔玫瑰的学堂里。那时候学堂才是学堂样子,哪像现在,给两个小丑弄去了,孩子们要坐车到老远的地方上学。那舞会是慈善舞会。第二次世界大战后,慈善舞会就没有了。他们把毛桶郡的电影队请过来，还开过来餐车，大伙心里头要的，不就是出来找找乐子嘛。女人很喜欢这场合。总之，是个舞会。那天我们都没干啥活儿，都忙着洗澡、烫衣服、擦帽子、上靴子油。牛仔玫瑰的路不平，我们都骑了马，吃了中午饭就出发了，这样可以及时赶上慈善舞会的拍卖。有的人开着车，不过那时候没几辆车，我们大多还是骑马。还有一两个开拖拉机的。你知道的，慈善舞会是怎么玩法——姑娘们做了好吃的，放在好看的盒子里面，男的就出价钱，谁赢了就可以和做那道菜的女士坐一块儿。不知怎么的，每个牛仔都知道心上人的盒子是怎么包装的——鲜艳的包装纸，打结的地方有朵花儿；木盒子，里面塞了稻草，给盒子里装的汤罐子保温；粉红色的包装纸，配上小铃铛；个个装饰得花枝招展的。不知怎么搞的，芬尼来晚了，拍卖已经开始了。他刚上了台阶，那扎辫子的小不点孩子就出来了，还没有他腰带高，捧着个碗，眼泪就像下雨一样，顺着雀斑脸往下淌。”

“‘怎么了，小姑娘？’芬尼问，也许是我听到他这么问的。”

“‘我不知道还要把它包起来。’小姑娘说，然后又哭了。她是杰克·艾恩家最小的孩子。她家牧场是双圈牧场，在白鹿牧场北边，靠近富兰克林家的地。她哭着说：‘我没啥东西来包啊。’”

“‘嗯，是什么东西？’芬尼问。”

“‘草莓和奶酪。’小姑娘说。听着，你们不知道那时候奶酪多难买，但是艾恩家养了头奶牛，草莓是小姑娘在草莓上市的时候赶紧去摘的，都保藏起来了。我估摸，因为搞慈善舞会的时候都快冬天了。那时候可没有啥冰箱。”

“‘嗯，’我们的芬尼说，‘我正好有东西包。’他把照片上的红色新围脖一把扯下来，把小姑娘的碗包起来。‘我得买你的菜了，否则围脖回不来呀。’他说道，冲小姑娘笑了笑。这小子的笑可厉害了,就像太阳出来了一样。”

“于是,两人就一起进去,小姑娘把红围脖包着的碗放在那些漂亮的盒子中间,拍卖重新开始。拍卖师是克雷斯凯迪先生,他是一把好手,还是像拍卖牛的时候一样快嘴快舌。听他说这些包裹盒子怎么怎么好,里面的味道多么香,那贫嘴才滑稽呢!大约五分钟后,他举起小姑娘的碗,外面包着芬尼的围脖,说:‘下面拍卖这片漂亮的、野性的红布和里面所盛之物,里面是什么呢,说重不重,说轻不轻,外加两把勺子,或许是一碗砂糖?’话音未落,芬尼就站起来了,出价两块。听着,那时候,慈善舞会上这么一道菜的拍卖价通常是一块钱,或许会稍多一点。所以全场顿时鸦雀无声,除了克雷斯凯迪先生,他快嘴快舌地说,‘一次,两次,成交!买主是这位牛仔,他可疑的脖子上并没有围脖。’周围人哄堂大笑,这样芬尼就和小姑娘坐到了一起,吃起草莓和奶酪。后来芬尼说小姑娘让他想起老家的妹妹,那是在密苏里,还是明尼苏达来着?下一个星期天,他就一直骑马到双圈牧场去找那小姑娘。她不会超过七岁吧,名字叫莎莉,也可能叫苏西。芬尼和她聊天,带她骑马,和她还有她的哥哥姐姐玩多米诺骨牌,因为他毕竟自己也是个半大小子,不过我想他受环境影响,也可能早熟了一点。他就像这家人的亲生孩子一样。突然有一天,我们听说艾恩家的孩子得了热病,那小姑娘也染上了,要叫芬尼来。这种病,他能不感染上?但是什么也挡不住他。他自己跑了,也没请假,我们一周都没有见到他的人。我父亲说他被开除了。后来我们得知,那小女孩死了,最后一小时,芬尼一直拉着她的手,小女孩最后一句遗言是,‘芬尼,你下周来看我吗?’”

老人越讲越快,匆匆把故事说完:“芬尼下周果然去看她了。整整一周后,我们把年轻的泥巴芬给埋了,他得的也是那姑娘的病。这事还有人写了首歌,大草场的人都知道歌里说的是谁。”泰特尔用鼻音抑扬顿挫地哼了起来，不过歌词鲍勃听不出来，除了那半句“……永远与你得相见”。

“先生，克劳彻先生，”鲍勃从随身带来的淡黄褐色信封里拿出拉封的运货马车照片，“拉封给我看了这照片，我在想，赶车人怎么能控制这么一组车呢？”

老人第一次看了看鲍勃，把照片凑到眼前仔细打量。

“我想赶车人是赫法兰·瓦德里普。他是做马车运货的。通铁路以前，马车运货可是大生意，特别是大牧场扎篱笆那阵子。我还小的时候，马车运货就已经没戏了。我爷爷干过，我爸爸也说他小时候常会看见大马车队一队向北，一队向南。河流都是从西往东，可马车路，还有后来的运牲口通道，都是南北方向。过去有运货马车大王，就像后来的牲口大王一样。”

“我以为圣达菲通道是惟一的通道呢。”

泰特尔·克劳彻哼了哼。“那是早先，情况不一样。长条地一带主要的通道是琼斯到普拉默通道，它原来是条军事路线，后来慢慢扩张，从道奇市到莫贝蒂，然后到塔斯克萨。他们害怕两样东西——穿过西马隆河和加拿大河。这两条河都诡诈得很，有流沙，而且水涨得很快，河底都是软底。”

泰特尔又看看照片，用指甲敲了敲。“把这么多马套起来，赶起来，那是要好技术，如果不是从小做，硬学要学很多年。那时候有很多人会。如今活在世上的人全都不行，除了牛仔大赛上偶尔有个老傻瓜会逞逞能，表演如何把一组马车退到想象的车码头里。那时候赶车的，对这地方熟悉得就跟自己的手背似的。赶送信马车的人——P. G. 雷诺弟兄，他们承包了送信的差事——都赶一群马，听说叫摩根马。他们都是把脑袋别在裤腰带上的。一八八六年下了场大暴雪，有个赶车的坐在驭者座冻死了，乘车的人还一直不知道。到了城堡补给站，左等右等赶车人不下来开门。当然不能啦。冻死了。但是我告诉你，如果运货马车是骡子拉的，赶车的会坐在左边那匹骡子上，而且赶车的时候手里只扯着一根缰绳。那缰绳穿过每匹骡子的笼头和嚼子环，最后拴到左边领头骡子的嚼子上。这套挽具我好像还有，不是在阁楼里就是在谷仓顶，记不得了。”

“拉封和我说过 XIT 牧场和铁丝网的故事。”鲍勃说。

“哦，XIT 呀？XIT 用铁丝网，只是告诉了牧场主们，围上铁丝网是能赚钱的。开始的时候有很多人反对铁丝网。说铁丝网把公共牧场像切馅饼一样切开了，而那些大人物总是说大家牧场，牧场大家。早期用的铁丝网很危险——他们说是‘危网’，把牲口扎得很痛，创口都生蛆。XIT 用了一种不同的铁丝网，那丝是宽带丝，宽宽扁扁的那种，尖刺的地方用夹子夹过了。牲口碰到上面，还会被戳着，但是不像格利登的那种丝，不会扎出伤口。XIT 不是长条地第一家扎铁丝网的。第一家扎的是煎锅牧场，那牧场是格利登先生亲自资助的，但是，他是听了推销员亨利·桑伯恩劝告，才投钱到牧场的。他们把牧场叫作‘锅柄’，牲口的标记就是一个带长柄的煎锅。但是有些老牛仔看了这标记，就说：‘锅柄，屁，是煎锅嘛。’煎锅这名字就叫开了。格利登先生老了，不想和牧场生活沾边，宁可住在伊利诺斯的迪尔卡布市，但是桑伯恩的铁丝网钱是他赞助的。他靠铁丝网发了大财。桑伯恩喜欢这儿，定居下来了。他是个很霸道的家伙，本地人不大喜欢他。他对市政建设很有贡献，但这也不管什么用。阿马里洛就是他开创起来的。XIT 那边的墙上有些这样的铁丝网。我自己也有。在一个干河沟里捡到了一卷。”

老人突然打了个盹儿，照片从他手里掉下。鲍勃把照片捡起来，等了几分钟，拉封说：“就这样吧。我们走。”

等他们出了门，老人突然抬起头，用嘶哑的声音说：“她有没有告诉你，她爷爷为什么背上全是鞭痕？”

“还没有。”鲍勃说。

"走吧,走吧。"拉封说,推着鲍勃的后腰。

"等一会儿。给你看样东西。"老人说,吃力地从轮椅里起来。他走到他们站的门口,拽着鲍勃的袖子,指着墙上一个圆片。圆片用一颗螺丝钉固定在墙上。外面风呼啸起来。泰特尔·克劳彻用手指把圆片拨到一边。

"看到洞了?"

"是。是的,先生。"

"是铁锹孔。风吹进来,你把铁锹从这儿伸出去,放一会儿,然后抽回来。如果铁锹弯了,说明出去很危险。"他大笑起来,笑声里带着老人所特有的干喘。

"走吧。"拉封说。

回去的路上,鲍勃说芬尼的故事很悲伤,也很感人。拉封哼了一声。

"那是我好多年都没有听到过的狗屁胡说。碰巧我小的时候认识莎莉·艾恩,她是个很硬朗、很精神的妇人,嫁给了达尔文·劳森。我从来没有听说过什么芬尼、围脖的事。我要查一查。"

"你是不是也考虑一下,把哈什伯格先生背上的鞭伤来历告诉我?"

"到时候都会告诉你的。"拉封说。

经过旧棚屋的时候,鲍勃摇下车窗,想更好地看看。但几秒钟后他就后悔了,因为风向已经变了,把养猪场的气味全吹了过来,那是一阵强烈的恶臭,如同一万只臭袜子加在一起,如同腐烂的肉,如同发霉的尿液,如同沼气,如同酸腐的呕吐物和水粪,臭得非常恐怖,这熏天的恶臭使鲍勃干呕起来。

"鲍勃·道乐,你敢在我卡车里呕吐!"拉封说道,踩住了刹车。

“走啊!”鲍勃嘶哑着嗓子说。“我们离开这地方。”

几天后,鲍勃去取水的时候,拉封说:“啊,这个泥巴芬尼的故事我核实过了。我去了浸礼会公墓,看到了莎拉·艾恩的墓碑,上面说她是一九六二年过世的,当时四十九岁。她出生于一九一三年。在猫头鹰墓地那边,我看到了芬尼·华莱士·弥尔斯的石碑,生于一九〇四年,卒于一九二〇年。我又去了草原之家,和一些老头老太太聊过了,有的还记得莎莉·艾恩。有些男的,特别是加德曼·普托,维维恩的哥哥,我们叫他加迪,还记得泥巴芬尼,说他有骑术天赋。然后我又去了牛仔玫瑰镇图书馆,翻阅了过去的《牛仔玫瑰欢声报》,上面根本没有提到过什么热病。只是一则短消息说夜猫子有个男孩死于‘灾祸’,上面说男孩的名字是芬恩·华莱士·莫尔斯。‘灾祸’这词意思很广,小到吃饭噎着,大到吃子弹。而且泰特尔所说的那个著名慈善舞会举办时,芬尼都死了十年了。”

接下来是一段很长的沉默。电话铃突然响了。

“哦,你好,泰特尔。我们正说你呢。是吗?是的,这我已经查出来了。”

他能听到电话那头老人粗声在说。

“不用说这个。好,泰特尔,谢谢你打电话来。这些事情我们能查多清楚就查多清楚。”拉封把电话挂了,皱起眉头。

“他要是早点想起来多好,害得我跑了两天。泰特尔就这样。他说整理父亲信件的时候,找到了芬尼家人感谢他父亲吊唁的信,这时候什么都记起来了。说和小姑娘相爱的是别的人。年轻的芬尼结局似乎更惨。”但是她没有把泰特尔新版本的故事讲出来。鲍勃想,她还是没有解释她爷爷背上的鞭痕。他在想,拉封是不是故意让《乡村概略》里记述的家族故事戛然而止,让读者去猜结果?

睡觉前,鲍勃突然冒出一个想法,这想法就像火蚂蚁,冷不丁咬了他一口:泰特尔·克劳彻的夜猫子牧场很适合建大养猪场。气味都已经提前到那里了。

第十二章　罗普·巴特

一辆破烂的小货车开了过来,后面拖了个运马的拖斗。车跨着路中间的黄线开。司机罗普·巴特往窗外啐了一口,大声说了一句振聋发聩的、着黑色诗意的话:人说老牛仔没能耐。这个句子是他日出时突然想到的。他也不强求下一句;该来时自然会来。过去这地区全是大牧场,如今它们早分崩离析了,只留下一些破碎的小块草地。棉花贴着墙根长,泥土堆到走廊前,昂贵的进口花玻璃被子弹打得全是裂缝。罗普·巴特认为他是长条地还健在的惟一一个牧牛能手,尽管他已经九十多了。别看他年纪大了,还能结结实实干一天活。虽比以前差了点,但能手这名声还在。他经验多,对牛的感觉好,这把力气方面的缺憾给弥补了。当年他可是一条名副其实的好汉,如今是一条老而又老的老蝎子,孤孤单单,怨天尤人,这他心里也知道。

罗普脾气暴躁,很容易得罪,就是对方纠正了,否认了,他也不能容忍。他宁可待在自家那三间小屋子里。他年轻的时候,不管什么事都有可能让他辞工,换到另外一个牧场。因为这种闹崩的次数实在太多,人们一看到他那辆带着马拖斗的小货车,就估摸老罗普·巴特又"大撤退了"。不过他已经二十年没有全职给哪家牧场做事了。如今都讲究医疗保险,讲究法律,没哪个牧场敢雇用这么个古董式的牛仔。他只能和自己的马困在一起,并养些斗鸡来维持家用。他遗憾地看到,很多牧场都减少了马匹,添置了卡车和全地形车①。他记得过去卡特维牧场有三百匹马。现在这牧场归到一家明尼阿波利斯保险公司名下了,只剩下三十匹马,其中有一半很少有人骑。逢上有人生病,或者上法庭,他们会打电话找罗普,不过这样的机会真是极为罕见。所以,他那些忧郁的思想全转化成牛仔诗歌了。

卡车在高速公路上摇摇摆摆开过,罗普的脑子里又冒出三句诗,第一句是一开始那个好句子:都说老牛仔没能耐。

然后是,当年的威风今不在,尽了全力也是无奈。

不过他想不到什么字和"在"押韵,能想到的只有"腌菜",但这东西太俗,不能入诗。他放弃了。好句子该来的时候自然会来。诗这东西就是这样,它在大脑的沟沟回回中匍匐着前进。

好到极地和坏得淌水的人他都见过。长条地吸引了一些怪人,这里既有哈佛的毕业生,也有在逃的犯人。他不喜欢最近从达拉斯来的那两个女里女气的小子,不过他愿意井水不犯河水,大家互相宽待,在有些牧场棚屋里,同性恋现象也不是没有,虽然大家嘴上都不大说。弗朗西斯・斯科特・凯斯特最容不得这两个小子——弗兰克・欧斯利和泰迪・帕克森,每次提起他们都煽风点火,说要给两小子涂柏油,粘鸭毛,甚至更厉害。"毛桶郡不需要这些混账同性恋,"他说,"我宁可让这个牛仔玫瑰镇孩子们念 ABC 的学堂变成养猪场,也不让这些同性恋在里面住。"但是罗普在他们的玻璃车间买过一个红碗,每天早上都用这碗吃他的碎冰,看着桌子上放着这么个火红火红的东西,他的心情很好。他想弗朗西斯大概是拿锅直接吃饭。

因为最近几年发生的事情,罗普特别怀念疯癫的荷兰人哈巴库克・凡・梅尔克比克。三十年代有一年的春天,这人突然

① 一种能行驶于冰雪、水等上的汽车。

跑到卡特维来找事做。他说他是荷兰的昌朋镇人，原来在俄克拉荷马的一家麦场上班。卡特维那时候的工头是赫尔曼·斯莱克，是个顽固的德裔得克萨斯人，鼻孔大得像两个山洞的入口。哈巴库克在人口拥挤的老家长大，在胡子还没有长出来之前逃了出来。

"你懂风车吗？"罗普问荷兰人，打量着他细长的腿和蜘蛛腿一样的胳膊。那家伙的一张脸倒是很突兀——嘴唇像枕头一样柔软，鼻子是大鹰钩鼻，鼻尖是个大圆球，眼皮厚得像馅饼，眉毛乱得像野草。牧场上没有哪个牛仔会自愿去管风车，要是硬让一两个人拿着风车油罐子去爬那风车台，他们会从吃早饭开始到晚上回棚屋，一直不停地咒骂斯莱克。后来有个人在风车上被雷电劈死了，从此之后，谁要是提到"风车"两个字，他们立刻辞工不干。风车四周全是高高的野草，很适合响尾蛇栖息，要是工具掉到草里，那就永远待在草里了。据说斯莱克手下有三伙帮工，一伙来的，一伙走的，一伙干活的。所以斯莱克本人也经常往那油乎乎的风车梯子上爬，关节上的皮动不动就被那些桀骜不驯的金属或者破损的齿轮刮掉。

"是①。我很熟。"

斯莱克很快看了罗普·巴特一眼，那眼光像导电的电线一样，传达着几分阴谋。

"那好，我们试试看你怎么样。我需要个好风车工。见鬼，糟糕的风车工也要。牧场最重要的人就是风车工，要是你见过牛怎么渴死的话。牛总得喝水呀。我们这一带有二十八个牧场，共四十一个风车。这位罗普会带你去看它们在哪里。你负责风车维护，还要把水罐保养好。养牛也是门生意，这门生意的

---

① 原文为荷兰语，除非特别说明，以下哈巴库克话中的楷体部分，原文均为荷兰语。

名字就叫水。”

“是，”哈巴库克说，“我要铅笔、纸。我把这些风车磨房[1]记下来，在什么方位，哪个牧场，号码，坏到了什么地步，我会做个记录。风车磨房能赚钱。风车磨房必须磨东西——我是说你的磨房磨的是什么东西？不磨？”尽管哈巴库克来自以盛产傻瓜著称的昌朋，他却以为自己很精明，他特别留神那些他怀疑要作弄自己的人。他是聪明，不过那聪明是童话里那些汉斯们[2]的聪明，好事情临到他们头上不是靠计谋，而是靠运气。

“我想是不磨，”斯莱克说，他还在想对方刚才的话是什么意思，“罗普，你带梅尔克比克去，让他把东西放好，然后给他两匹高头大马。给他弄点铅笔，再去办公室架子上拿一本褐色的记账本。该上个账。晚饭后带他过去，开始让他看风车。一直等他把这些操蛋风车全看一遍，确保他看过一遍。或许我们会走运的。”然后他走开了，脸上被一种复杂的表情扭曲着，其中有酸，正如他举起了一大玻璃杯醋；又有喜，就像刚喝了香槟。刚走几码远，他又回头说：“带他去看看工具房和维修店。带他看看风车马车。妈妈的，什么都带他看看。没准我们会走上运。”

接下来的几个星期，斯莱克的心情大为欢畅起来。哈巴库克·凡·梅尔克比克是个很有灵气的风车能手，很聪明，很麻利，虽然言行举止是有些奇怪。别看他个头高，但是手脚利索得像只猫，身段灵活得像根弹簧。牧场棚屋里有说笑话的，嘲笑他滑稽的口音，说他的“荷兰人”意思就是德国人，还妒忌他的工资是牛仔们的双倍。不过这大个子也狠狠开了个玩笑进行回

---

① 哈巴库克把草原上引水的“风车”（windmill）听成“磨房”（mill）了，所以下面才有“磨东西”的误会。

② 德国人、荷兰人的绰号。

击，把这些油嘴滑舌的家伙的嘴堵上了。他乘他们睡觉的时候，把风车油倒进他们的靴子，他用平淡的声音说："要是我换个地方，你们来整这些风车吧。待我好好的，我就不走，把风车收拾得好好的。"不用多久，这些人发现，这个长腿荷兰人虽然有点疯癫，但没他确实不行，所以他照样大模大样地每月领他的七十五块钱。远处骑马的人经常会看见他瘦长的个子支在摇摇欲坠的风车顶上，或者是他破烂的马车尘土飞扬地跑在草原上，这时候骑马的人就赶紧感谢上帝让他们做了牛仔，没让他们去做这种风车猴子。

等罗普·巴特带他走过一遍，哈巴库克就开始自己跑了。因为工作繁重，路上花的时间又多，他常常不回棚屋，干脆睡在草场上。过去，风车名称是按方向和事件来定的，有叫"可怕的瑞典佬"的，在峡谷牧场那边；有叫"红风车"的（边上一块地是红的）；有叫"短手指"的，那是因为附近有个钻井工把手给残了；还有叫"坏运"的，那是因为一个不幸的牛仔从这风车塔上摔了下来。哈巴库克却在风车叶和水罐上都漆了编号，在记录本上给每个风车分了几页纸。

卡特维的风车毛病真多，无奇不有：水罐漏水，垫皮磨损，吸尘杆折断（很多杆上的铜铆钉没有了，换成弯铁钉），卷绞线断裂，翼板脱落，防尘罩被子弹打穿了孔，机箱急需上油，引水道里污泥淤积，尾骨转轴上的螺钉滑丝，垫圈、垫片、轴承老化，轴承杆折断，车尾链断裂或嵌到主要管道里。还有老鸹在风车里做窝，做了窝的风车都已经转不了了，因为风车轮子一转，就把鸟儿的宝贝，比如圆石子、螺丝钉、碎骨头，从鸟窝里抖落掉，落到水管子里，把管子弄坏。有几个风车边长了些树，比如中国榆、三叶杨、柳树。哈巴库克说，去他妈的树荫，这些树该弄掉，否则树根会长到井的水眼上，挤进去，把井眼给堵塞了。不少风车是老式的月食型木风车塔，上面的巴氏软合金轴承每周都要上润滑油，多年来这些风车可是让牛仔们伤透了脑筋。哈巴库克告诉斯莱克，要换成铁塔的、后齿轮型的转轴，运转部分的外面包上金属罩，这样三年五载都不用新上油。但是斯莱克说不行，这些月食型风车要接着用，等它们“完完全全”坏掉，再考虑更换问题。

看过一圈，哈巴库克告诉斯莱克说，牧场的活儿足够十个风车工做五十年，他自己一个人是决计不行的，特别是更换月食型木风车上的那些轴承。他每次都要把十八英尺的大风车轮子和两百磅的风车头卸下来，光这个就是两个人的活儿。然后要把巴氏软合金轴承烧出来，把新的灌进去。他得有个帮手，甚至两个。斯莱克点了点头，说给找——找个什么人。他心里头想的是罗普·巴特，不过罗普那时候二十八岁，总把自己当成十成的得克萨斯牛仔，对斯莱克的想法断然拒绝。

“我喜欢哈巴库克，”巴普说，“但是还没有喜欢到去当风车骑士的地步。我不干，我宁可辞工。你干吗不去找昨夜进门的那小子？”

一个身材瘦长的小子来找事做，照当时的想法，斯莱克想叫那小子回去找他妈妈去，他也确实这样说了。他用他激动的、带鼻音的声音叫那小子走路。不过后来一想，这小子或许可以做风车活。虽然身上没啥肌肉，帮不了哈巴库克多少，但他还在长身体啊。别看那样子瘦得皮包骨，没准力气倒有一把，牧场很多孩子都这样。

“你想他有多大？他还在吗？”

“要我说，十五六岁吧。不，你叫他走路，他就走了。但是我能猜到他在哪儿，八九不离十。估计他回家了。他在克劳彻家的地方，过了库佩奇的二十里牧场就是。前不够村，后不着店的一个地方。陈旧的大石头房子，周围很多野草。家里有他，还有一些弟弟妹妹。”

“那好,你早晨骑马跑一趟,看能不能把他要到咱们这圈里来。他什么名号?”

罗普·巴特说:“名字是艾斯,艾斯·克劳彻。很讨喜的一个小子。”

“他要是能和哈巴库克一起修风车,在我这边或许会很讨喜。”

那时候,罗普·巴特写下了第一篇牛仔诗,一共十二行,花了他四个钟头。这诗歌他刻骨铭心。

老伙计呀马上奔
路上看到牛嘴唇
牛嘴唇上裂了纹
一个嘴唇两边分
找个螺丝补一补
再用胶水糊一糊

这头奶牛让我想
想起大叔利奥昂
一生磨坏四马鞍
还有四个臭婆娘
大叔给我刀子玩
快得像屁一个样

第二天一早,他就骑马去克劳彻家牧场了。艾斯那小子听说要回那边去工作,又高兴又激动。罗普说他的工作是去当风车助手,带他的是个把话说得像荷兰麻花一样七扭八歪的人,艾斯也没有露出什么失望。罗普知道这是为什么。克劳彻家的牧场又破落又冷清:草被啃得光秃秃的;篱笆一补再补,打结的打结,破残的破残;这里的牛骨瘦如柴,被蛆毒感染过,背上都发黄了。房子边上有架风车,是个风烛残年的木头架子,他敢肯定这玩意不知被突击抢修了多少次。尽管风车还转着,但因没有上油而发出很大的吱吱咯咯声,其他毛病也有一大把。罗普想,要是能给克劳彻家的人好好上一堂风车修理课,他们的牧场定会大大得利。

可是,艾斯还在收拾东西时,老克劳彻先生发话了。老克劳彻先生的一张脸像鸡胗一样,行为举止中处处能看出他对待儿子很凶。他对艾斯的工钱讨价还价,坚持要把艾斯工资的四分之三拿到家里。

"他一走,原来他做的活计就撂下了。就要到处找帮手了。"老克劳彻把手莫名其妙地挥了挥,"这个就不说了,还有,包吃包住,他要钱做什么? 只会把他惯坏,你说是不?"

依当时的冲动,罗普本想说小伙子或许想要件没有窟窿和补丁的新衬衫、新裤子,或许会喜欢合脚的靴子,或许要把钱攒下来买个鞍、买匹马,或者过几年买房子,娶媳妇,但是他费劲地把这话咽了下去没说,而是告诉老克劳彻先生,他认为工钱的事情,他应该骑马过去和斯莱克谈。通常情况下,干活的人拿钱,因为他干了活,钱是这么挣来的。正说着,那小子大踏步冲到了外面走廊上。他换上了一身破烂不堪的衣服,拿了一个破旧不堪的马鞍——这鞍古老得仿佛是西班牙征服者经过时留下的。

"你爸先要和斯莱克先生谈谈工钱的安排。"罗普·巴特说,他颇为小伙子感到遗憾。显然,小伙子恨不能立刻离开这个家。

到了深夜,棚屋里鼾声震天,牛仔特有的豆子屁声接连不断。罗普突然醒了,他听到门轴轻轻地吱了一声,跌跌撞撞的脚步声，还有什么东西放在地上——听上去是皮子的摩擦声，应该是马鞍，还有一声轻轻的叹息。有人进来了，想要睡在地上。他想不起来是谁——哈巴库克·凡·梅尔克比克是惟一不在棚屋的人，可他带着铺盖和链条钳去草地上了。然后他冒出了一个新想法；或许是风车工摔着了，现在是爬过来求人医治呢。

"哈巴库克，"罗普轻轻地问，"是你吗？"

"是我，艾斯，艾斯·克劳彻。"

"我的天。"罗普说，坐起身来，伸手去摸灯闸线。

那小子样子惨不忍睹，鼻子肿得有先前两倍大，嘴唇开了裂，两眼都是乌的，头上一道深深的伤口——这伤口将来肯定要留下疤了。

"你爸爸干的？"罗普问。

小伙子点了点头。"是他，不过我赢了。我跑这里来了，再也不用他来烦我了。我挣的钱全归我自己。"

"不错，"罗普·巴特说，"你没把他杀了吧，有没有？"

"我倒是想，但我想我还没有把他干掉。我照着他的头给了一铲子，就像砸在水壶上发出一声闷响，他倒下了。我走的时候，他在咒骂，而且快能站起来了。"

"很高兴能这样，"罗普·巴特说，"要是把父亲送回老家，那惩罚可不轻。早上我带你去见哈巴库克。他在外面修理一个该死的风车。你有铺盖吗？"

"没有。"小伙子说。

"你脏不脏？身上有没有虱子？"

"没有，我们是穷，但不脏。"

"那好，你现在到了个又穷又脏的地方。只要你不脏，就欢迎你用我以前的铺盖。我几个月前买了床新的。什么东西我都不扔。过去那床有点薄，但是天渐渐好了，你冻不死的。发薪水了，你就去毛桶镇上，买床新的，再买张防水布。"

“谢谢。”小伙子说道。就这么着了。

早晨罗普带艾斯去峡谷牧场，找到了哈巴库克·凡·梅尔克比克。哈巴库克还和往常一样，穿着一身整洁的条纹工装裤，烫得挺括的白衬衫，正在卖力地整一个水罐阀。没有人知道他在大草场上是怎么烫衬衫的，棚屋里一直在议论，说法很多，有的说附近有个寡妇帮他，也有的说他在卡车里放了熨斗和熨衣板，和风车工具摆在一起。哈巴库克见了年轻的艾斯很高兴，仿佛和他共事了好多年似的，热情地打起了招呼：“你好啊，艾斯。我叫哈巴库克·凡·梅尔克比克。我们干活吧。我想你干活不错，对不对？风车活很多，很多可挖的。大深洞，它却没有倒。总之，这边的井，从来没有包起来过，现在管道里有一个洞了，所以我们得把管道拔出来。幸亏你来了。”

“哈巴库克，你他妈怎么这么干干净净的？”罗普看着他的白衬衫说。老天，他心里在想，那衬衫的确像是烫过。他看了看边上的露营地，这地上并不乏沙丁鱼罐子和瓶子这些东西，和其他露营地一样，但是非常整洁，眼睛里看不到垃圾。一个多余的风车叶子架在两个装东西的箱子上，上面压着石头，形成了一个桌子。哈巴库克的铺盖放在卡车驾驶室里。地上还挖了个生火的洞，边上是石头。热热的炭火上有沸腾的咖啡。

“水。总在水边，所以把肥皂和水放在桶里，把脏衣服放在桶里，开车转转，就像洗衣机，什么都干净了，容易得很。荷兰人爱干净。哪地方该怎样，哪地方不该怎么样，清清楚楚。”

“你这儿还有沙丁鱼？”

“是，当然。还有鞋油，刮胡刀。好了，艾斯先生，咱们有活做了。我给风车列了清单，哪个坏了都说了。我们一个风车一个风车地整。”他看了小伙子一眼。“发薪的时候去买条新裙子。”

“裙子?”

“是的,裙子。”哈巴库克扯了扯自己的衬衣袖子。

“你是说衬衫,”艾斯说,“梅尔克比克先生,那是衬衫。女孩才穿裙子。”他手在膝部比画了一下,示意那是裙子,还转了个圈。罗普·巴特突然想,按这小子的性格,所有人他都愿意结交的。用铲子打他老爹可不是他的本性所为。

哈巴库克笑了。“好了,一件衣服嘛。衬衫也好,裙子也好。你爱叫什么叫什么。”

哈巴库克的清单很是怕人,全是从第一周的全面检查中收集的。那次巡视,他检查了水塔外围、口径、螺丝;全面检查了风车,从铆钉到转轴;记录了防尘罩上的弹孔数;卷收装置的每个部分他都细细看过,风车叶,尾骨;仔细测试了木风车台的承重力,还检查了下面有没有马蜂窝或者蜜蜂窝。收油器、齿轮、摇杆臂、塞子、开口销都要滴水不漏地检查。他看得很周全。

他让年轻的艾斯做的第一件事,就是让他用绿色的生牛皮带子,把风车叶抽到位。

“当他们干得像钢一样硬,需要用钢锯割。”

年轻的艾斯不仅跟哈巴库克学风车维修,还把他好整洁的习惯学来了。他是个安静而踏实的小伙子,干起活来像蚂蚁。随着时间推移,他的肩膀阔起来,肌肉厚起来,毕竟一直在挖啊,爬啊,拖啊,举啊的,另外哈巴库克做的饭也可口。除了干净的白衬衫和一丝不苟的风车记录外,哈巴库克·凡·梅尔克比克还有一好,就是印度尼西亚的咖喱和咖喱饭,他每个月都能收到一个装有那神秘配料的箱子。每顿饭结束,他总是严肃地看着艾斯说,“我们去洗碗。”然后递过来一块干净的洗碗布。

洗碗的时候,哈巴库克就讲起了风车经。

“兰切尔先生不喜欢高塔——他怕往那上面爬。不过塔越高越好，靠近地面有湍流，会把风车弄断。如果风车靠近房子，就应该高高的，建高高的，千万不要把风车建在峡谷里。下垂气流很厉害。”

艾斯·克劳彻到卡特维牧场两年后，斯莱克先生把他的弟弟泰特尔·克劳彻也招过来了，当马鞍工。一开始泰特尔·克劳彻想和艾斯、哈巴库克一起管风车，但他后来发现，几个人一身臭汗忙了好几天的井，只从管子里喷出来一道细细的水柱，他觉得很是失落。

“妈的，我撒泡尿也比这水流大。”

“但是你可撒不了这么长时间。”哈巴库克说，他知道艾斯的弟弟干不了风车工，于是把他打发给斯莱克。

艾斯和泰特尔也不常见面，只是到了周末，碰上两人都心情好，会一起上城去。艾斯带泰特尔去了墨菲跳舞—沙龙娱乐厅。在那里，十四岁的泰特尔体验了平常只看到公牛和母牛干的事。哈巴库克·凡·梅尔克比克从来不去城里，宁可洗洗衣服，补补衣服，烫烫衣服，看他的荷兰文报纸，或者把一长串数字加起来。

有一次，哈巴库克回到很少来的棚屋。“你为什么穿这么光鲜，哈巴？”问话的是艾尔塞·都乐特，说话时还洗着牌，动作像狗挠痒一样。“你敢情是打算结婚吧？我从没见你跟哪个女的来往，你脑子里想的肯定是个婊子啰，对吧？”

“屁，”豪克·克里默说，“他从来不去逛窑子，怎么会碰到婊子？哈巴，你是怎么解决的？是不是抹点风车油，自己摸摸就完事了？”

他们哄堂大笑，哈巴库克也笑了，心平气和地说：“我不想讨什么老婆。老婆我是受够了。”

跟你一起笑，而且心平气和的人，你就不好再去作弄了。

“艾斯,我们得给水罐加一道水泥边,”哈巴库克有一天说,“牛蹄甲在这种沙地里是磨不坏的,所以越长越长。斯莱克先生很担心。它们来喝水,走在水泥边上,对它们的蹄甲有好处。”于是他们花了好几个月时间浇水泥。

有几个月,哈巴库克有了另外一个帮手,格兰·考恩基,不过他受不了繁重的工作,不喜欢咖喱饭,而且自以为什么世面都见过,风车也包括在内。最后这人因一件怪事离开了。

风连吹了好几天,风中带沙,对着大风车轮子嘶嘶吹,把卡车漆刮掉,窗玻璃砸烂。铺盖里有沙;饭菜里有沙,吃起来硌牙;咖啡杯子的杯底也有半月形的沙沉积着。他们把车开到一座铁风车边,这风车是哈巴库克和艾斯前一年搭建的。这边的水流一直不大,哈巴库克想看看这次泵上来多少水。考恩基第一个下卡车,径直走向风车。

“考恩基,”哈巴库克轻轻地说,“不要碰风车,风吹了很多沙子在上头。不好。有静电。”

但是考恩基轻蔑地瞟了他一眼,好像是说,什么风啊沙啊铁塔啊他才不会怕呢。他照样伸手去碰绞盘的把手。几天来一直有风沙摩擦,风车上不知积累了多少电。考恩基手还没有碰到,就有一股电流冲将出来,把考恩基抛到了仙人掌上。

哈巴库克大笑不止。“风车给了他一巴掌。风车给了他一巴掌。”对他来说,每个风车都有鲜明个性,显然这个风车对不恭不敬的人没什么耐心。

但是接下来,他们就少了一个人手。等考恩基能站起来的时候,立刻宣布不干了,踉踉跄跄地穿过草地,走向满是灰尘的牧场公路,希望在那边搭到顺便车。

哈巴库克从来不出差错,但是艾斯却出过不少错,甚至出过事故。他发现最糟糕的醒酒地方是大太阳下的风车顶上。不过哪次事故,也比不上俄克拉荷马州边界维尔莱恩镇双Z牧场上那个牧场风车工的遭遇。

这个牧工名叫阿奇·法拉斯,凡事都喜欢投机取巧。他找了一些用过的管子,拼凑了个风车塔:用湿水泥把一些钢材粘在一起,又把一些钢条焊成底座,用点焊的方法,把一些不得不连在一起的地方焊住,这样就把一座四十英尺高的塔给树起来了,没去管底座牢靠不牢靠,没装拉索,也没有检查塔身直不直。装管子的钢架部分是空的,阿奇也没去弄个盖子盖上。雨水渐渐进来,因为底下是水泥,管子下面水淌不出去。到了冬天,冰冻损坏了一些管钢,甚至将其撑破。塔身开始有些往东南方向倾斜。过了几年,风车头坏了,需要更换。法拉斯拉着很不情愿的儿子,想用起重架和滑轮装置,把新的风力发生器装起来。但是他们忘了把起重缆绳穿进塔脚下的一个滑轮里,而是拴到了法拉斯的卡车上。开卡车的是法拉斯的儿子,法拉斯本人在风车塔顶上。缆绳从起重架上出来的时候,儿子向前开动卡车。法拉斯正等着发生器升起来,突然就"哇"的一声大叫,目瞪口呆地看着塔身弯曲起来,下面,生锈而脆弱的管子脚突然断了。法拉斯、风车、起重架、卡车、风力发生器和儿子全倒在一起,人肉、钢管混在一起,被鲜血染红了。

"他处处做得都不对,"处处都做得对的哈巴库克·凡·梅尔克比克得意地说,"至于怎样把塔脚放在水泥里,我要教你一招。你要保证塔身直了,再把它固定下来。"

他到卡车上拿出打山狗的猎枪。艾斯懵懵懂懂地看着他把枪架在发动机盖上,瞄准风车塔,通过瞄准仪斜视着。

"剪刀撑要和横线对齐,泵杆要和竖线对齐。这样你就能很快地判别塔身直不直。"

一九三八年,哈巴库克为卡特维的风车干了五年。他要拉艾斯去创业了。他们俩都坐在翻过来的水果盒子上，喝着可可。可可是艾斯的拿手饮料，他用双份浓缩的牛奶，加上白糖，上面还放个圆形的软糖。要是软糖陈了，硬了，他就在棚屋的炉子或者篝火上烤一烤，这样它们就会焦成石墨色，看起来像煤渣。

"不错，"哈巴库克说，吸着上面一层甜甜的泡沫，"艾斯，我自从给卡特维打工那天开始，就有一些想法。斯莱克先生人不错，我和他处得也还行，不过自从我来这个牧场，我就一直想自己单干，不给别人卖力气。我一开始到这个国家来，是想转一转就回去的，但是我改变主意了。我喜欢长条地，喜欢平坦的得克萨斯。我喜欢平地儿。还有，地下水在下降。我刚来的时候，水井只有二三十英尺深。现在水管子要往老深的地方插，有的地方有八十、一百英尺。风车无法把这么深的水提上来，所以我们要用水泵。地下水在下降。记得北边牧场的四十三号吗？一百二十二英尺。我敢打赌往后还要更深。长条地全这样——大家都要往下深探才会有水。我的意思是离开卡特维，开创自己的事业，专门帮人打井，帮人建风车，搞维护。为自己干。我老早就在攒钱了，现在足够买一套好钻机。"

确实，哈巴库克花了很多时间在信封背后算账，一会儿加，一会儿算，一会儿擦掉，一会儿写上新的。他说他虽然八岁就不上学了，但是加减法做得很熟。他对小数和分数不怎么行，也不去管，谁要这玩意儿干吗？加法和减法才是正经的算术。

"我希望你能跟我合伙干。我们就是凡·梅尔克比克和克劳彻公司。我们这样可以大把挣钱。不久我就能有自己的牧场。或许你愿意留这儿，这样斯莱克先生会让你接我的班，每月七十五块。你怎么想？留斯莱克这儿，还是跟我干？你跟我干的话，不会后悔的。"

艾斯·克劳彻答应了哈巴库克，他想象不出自己独自在卡特维农场怎么熬,独自一个人怎么和这些风车斗,或者怎么能带着个百般不情愿的牛仔帮手一起干。发财的诱惑也在召唤他。不久前还躲闪着老爹拳头,喝着锡罐装的粗咖啡,一转眼就成了年轻的生意人,有自己的合伙人,这光景光想着都够美的。他在进步。

与此同时,牛仔罗普·巴特却觉得自己在败退。什么都不顺。牧场被铁丝网割成一块块四方形,农民逐渐侵占了牧场土地,把牧场犁得底朝天。这个牧场的伙食不如意,那个牧场的也不顺心;他痛恨他遇到的劣马;寻欢作乐他也不喜欢。只有喝酒,赌马,斗鸡,还有他的诗歌能让他提起兴趣。他有两个前妻,在不同的郡,每个妻子都给他生了几个孩子。他所做的,只有辞工,换个场子,工作一会儿,然后再辞工,如此反复。

如今,一辈子光阴都过了,他在高速公路上开着车,回顾着一生走过的轨迹,他再一次吃惊地发现自己怎么这么不走运,而哈巴库克·凡·梅尔克比克怎么就那么走运。为什么有人一跤摔出个金元宝,有人喝凉水都塞牙缝,这都是什么东西定的,或者是谁定的?六十年后,他仍然不知道那荷兰人为什么就有了那块宝地,而他,罗普·巴特,却只有几只公鸡,还有关节炎。

如他所料,诗的最后一句突然冒进他脑子里了:到了时候该进棺材。

第十三章　哈巴库克的好运

哈巴库克·凡·梅尔克比克和艾斯揽的活儿多得做不完，最后，他们请了两个人，并培训他们当操作工。他们的业务遍及得克萨斯长条地、俄克拉荷马长条地，甚至打进了新墨西哥。哈巴库克逐渐转向案头工作，待在毛桶镇的办公室里，而艾斯则带了两个操作工，在方圆一百里的牧场上干活。这些牧场上沙多，仙人掌也多。他们几个人晚上就睡在地上，或者在卡车驾驶室里。他们经常把响尾蛇惊动。到了冬天，刺骨的寒风呼啸着南下，能把他们冻个半死。雷电来了，他们要赶紧收拾东西离开，因为他们不想成为下一个在铁风车上被雷劈死的风车工。哈巴库克拒绝装木风车，哪怕牧场主说他最喜欢的是木头。毕竟木头风车塔建起来慢，工作繁重，而且特别容易腐烂，上面会有一片片木头片子掉下来，就像燃烧液材的火里掉出的火星。

有两件事情扭转了本地人对铁风车塔的看法。一个流动的风车工戴西·博伊·鲍考克为了揽生意，暗中放火烧木风车。另一件事是蝗虫灾。蝗虫成群结队地飞来，一片沙沙声中，迅速把七牧场上的两台老风车啃成了光杆。

哈巴库克他们的活儿越来越和挖深井以及油泵有关。这样，钱还是不断进来。到了一九三九年，节俭成性的哈巴库克就攒够了钱，可以买他梦寐以求的牧场了。他对长条地非常熟悉，知道哪个牧场受过灾，那个牧场遭过旱。一天早晨，艾斯到城里来取管子，哈巴库克把头伸进仓库门，叫了一声："请来一趟。"

艾斯到了他的办公室,办公室里所有资料都放得整整齐齐的,窗户一尘不染。哈巴库克摆弄着扁烤盘上的咖啡壶。"你要喝咖啡还是酒?我这里有些杜松子酒。要是你喜欢的话。"

"我喝咖啡。我早上不能喝酒。你知道,喝得醉歪歪的上风车怎么行?"

但是哈巴库克行,他一边喝他的黑咖啡,一边喝平底玻璃杯里的纯杜松子酒,一边喝一边说"啊!",喉咙里发出发动机那样的声音。

"好,威尔考克斯的工作怎么样?我们去年和他搞僵了。是门的问题。"

"是的。门全锁了,共有五个门。我到屋子里,没有人在,除了他老婆。她说,'该咋办咋办吧,牛要水呀。'所以我们就把锁砸了。"

"是的,把锁砸了,但活儿做完后,你把门焊了起来。那个威尔考克斯去年总是不付我们的工钱。"

"老天,"艾斯说,他又想起威尔考克斯那儿,摇摇欲坠的小矮屋,满是车印子的入口,太阳毒辣辣的,把车保险杠烤得像煎锅,"把人家的门焊起来,是粗鲁了点。可能他没有钱。我听说他的地方要卖。总之,我出来的时候,外面热得野猪的猪鬃都能从身上掉下来。威尔考克斯给我喝了一杯冷酪乳。是我喝过的最好的东西。所以我并不是存心找麻烦。"

"他这次教训也不轻,"哈巴库克得意地说,"再说他那地方要价太高。我一直在看地。想买自己的牧场。这是买地的好时机,不少地要卖。我能把赖夫巴格的地便宜地买下来,我想,"他对艾斯说,"我问搞土地记录的官员,他们说整个镇子都属于一个家族,这个家族是俄亥俄州一个破产辛迪加惟一的幸存者。他们从一八八五年就有那片地了,但是经过一个寒冬,他们的牲口生意失败了。我写了信给他们,信中问:'多少钱?'在等回音。所以，你现在回威尔考克斯那里，把他的牛饮水问题给解决了。把他焊上的门给修理好。”

但是艾斯出去后，决定最后再找找钥匙，他把车停到威尔考克斯家小屋前。还没等他走上门廊的台阶，他就听到上面有人在喊“喂喂”，抬头一看，原来是威尔考克斯太太坐在风车台上，手里编织着蓝色的什么东西。这风车是给家里打水用的。艾斯很奇怪，不知她怎么爬上了那当梯子用的铁撑条。这风车很破烂，吸尘杆甩向似乎是床栏杆的东西。

“你跑那上面干吗，威尔考克斯太太？”

“唉，我听到吼叫声，还看到一头野兽的黑影，我不知道是什么东西，或许是黑豹子或者更凶的什么东西，听起来它好像在家里，所以我就上这里了，让它咬不着。等威尔考克斯先生回家，他能把它打死。”

“你想让我进屋看看吗？”

“多谢了，艾斯。那敢情好。把枪带上，或许在后面屋子里。门是开的，我是想放它出去。”

艾斯本以为里面什么也没有，但里面有一只暴躁的大獾，脚上夹着老鼠夹。一见人进来，赶紧退到角落，抓着墙上的墙纸。艾斯把它捅到外面，用枪打死，拖到风车下让威尔考克斯太太看。

威尔考克斯太太把编织袋挂在脖子上，开始往下爬，下来时上气不接下气的，脸上被太阳晒得很厉害。艾斯站在下面，看着她的裙子，能看到里面她的腿，还有粉红的人造丝内裤。

“该犒劳犒劳你，”威尔考克斯太太说，“你是要一杯冷酪乳呢，还是要进卧房？”

“两个都要。”艾斯说。艾斯对犒劳总是来者不拒的。

奇利考斯的一位律师代表格拉迪斯·阿蒙农威尔太太的利

益，给哈巴库克来了一封信。律师在信中说，他愿意把这位太太在赖夫巴格股份公司的一万七千公顷土地，以每公顷五十美分的价格，转让给哈巴库克·凡·梅尔克比克，只接受现金支付。第二天一早，哈巴库克就坐上了去俄亥俄的火车，把交易定了下来。

哈巴库克以家乡昌朋的名字来命名牧场，并根据谐音，用三角形的帐篷作为牧场的标记。

"看到了？"哈巴库克说，"'昌朋'在外搭帐篷。"他把毛桶镇郊区的两个废弃的房子拖到他的地上，经过大幅度整修和一层层油漆（每两年要重新油漆一次，漆刚一上完，就又被风刮掉），一所房子成为牧场本部，另一所他称为"快乐梦乡"。他聘请了五个运气不佳的牛仔。这些牛仔对薪水很满意，但很不喜欢"雇农"的称呼，也不喜欢每天早晨都要站在那里让他检查衬衫是不是干净。他让他们在每个风车塔那儿修牲口饮水罐。暂时还没有奶牛，因为先得有水才行。这些牛仔还发现，他们要挖井，还要和操作工一起在接下来的几个月里搭建风车。风车一共要建十个，全是钢铁的，全是顶尖的风车。他们抗议说他们不是风车骑士，哈巴库克瞪了他们一眼，说，"要干就干，不干请你们走人。"只有一个人走了，但是哈巴库克不再信任留下来的人，因为他们怕高，一说到高高的风车台和滑溜溜的风车梯子，他们就不再是自吹自擂的好汉。那个逃兵走后，哈巴库克请了个扎篱笆的能手，因为需要布铁丝网，要布很多英里的铁丝网。

但这还不是哈巴库克和牧民劳资关系最坏的时候。哈巴库克的表兄马丁·艾克胡特和妻子玛格瑞特从爪哇来看他，带来了很多箱子、篮子，里面装满食物、荷兰产杜松子酒、咖喱粉、芒果酸辣酱、孟买鸭、可可、香蕉、杏仁、大米和上百样其他的必需品，足够准备二十桌饭。做饭玛格瑞特会来，但是谁来上菜呢，那些围着围裙、头上顶着香喷喷大木盘子的小伙子去哪里找呢？

“找雇农。”哈巴库克说。

就这样，这些怒气冲天的牛仔成了宴会的服务员。他们故意穿上皮套裤，蹬着带靴刺的靴子。他们把肮脏的大拇指插进草原鸡咖喱；还当着用餐者的面，把碟子乱扔到洗碗的盆子中（洗碗的盆是从毛桶镇的斯特迪商店匆忙买来的），还故意皱着眉头，发出恶心的声音。艾斯·克劳彻已经吃了几年哈巴库克的伙食，这些饭菜他自然吃得很开心，盘子里的饭堆得高高的，再浇上咖喱汁，添上一大勺一大勺的菜。有个牛仔说出了声，说他干脆去吃臭鼬粪得了。

“看来某个雇农明天要去找工作了。”哈巴库克阴阴地说。听说他们自己的晚饭就是吃宴会的剩饭剩菜，这些牛仔一个个嘀嘀咕咕地威胁、咒骂。虽是这样，饭菜最后全都吃光了，芒果酸辣酱罐子里面都被牛仔们用手指头刮得干干净净的，谁也没有辞工。这个宴会成为本地传奇，被人称为“味道贼好贼好的荷兰胡椒肚子大餐”。又过了几天，玛格瑞特·艾克胡特做了一道咖喱饭，辣得吃饭的人嘴都肿起来了，这饭顿时成了牧场烹饪史上可圈可点的一笔。牧场自己的厨师侧着身子走到她身边，向她索要菜谱，她用蜘蛛一样的欧洲书法写下来了，还答应说要寄一些威猛的辣椒过来。过了几个月，斯特迪商店的柜台上开始出现罐装咖喱粉和芒果酸辣酱，本地一些牧场厨师都很重视做菜时大量使用这两样东西，这成了毛桶郡著名的咖喱辣椒的由来。这道菜每次铁丝网节上都会有，菜谱秘而不宣。

一个平静而多云的清晨，火山熔岩一样的太阳刚刚升起，哈巴库克牧场上的风车工作就展开了。艾斯和一个操作工带上钻机，开着一辆什么地形都能开、也确实什么地形都开过的 A 型福特卡车，还带了个旋转钻探，用来往地下钻土。哈巴库克·凡·梅尔克比克和艾斯·克劳彻还有另外一套钻机，主要用于沙地，这钻是喷式的，还带有重锤，不停地在管子顶上的丁字铁上捶打，把管子打进地里。在这管子里面，还有个口径更小的管子，在重压下，水从这管子下面出来，把碎沙子和碎石头挤压出来，浮到地面高度。尽管哈巴库克牧场有些部分在沙地上，但对很多要打的井，他们都指望在石灰岩和页岩下面就能出水。每打完一口井，艾斯总在井口盖上大石头，既做记号，又当盖子，然后去挖下一口井。井都打完之后，他们就会装风车塔。在一些浅水井边，只要建三十英尺高的塔，风车轮子直径也相对较小。但是在比较偏远的牧场，水井深，塔也要修建得老高。

工作进展得很顺利，一直到第七口井。这口井的方位是干燥的平地。井要打成非常深的泵井，或许会要两百英尺、甚至三百英尺深。钻到第四天，突然喷出一股气体，持续了二十五分钟，接着是间歇地往外冒的石油。艾斯盯着这油看了一个半小时，发现冒出的油量并不见下降，甚至有所提高。他赶紧跳上卡车，风驰电掣地开到哈巴库克的房子。哈巴库克正在钉木瓦。

“哈巴库克，你的第七口井冒油了。你最好找个懂石油的人过去。看起来很有意思。我想牛是喝不成了。”

哈巴库克·凡·梅尔克比克开车到了第七口井那边看了看。他觉得很伤脑筋，因为他刚想当他的牧场主呢。

“我们今晚就让它冒吧。我明天早上再过来看。我们不需要什么搞石油的。要是早上还在冒，我们换个地方钻。”

“但是哈巴库克，石油很值钱呐！”

“再说吧。”

天还没有亮，哈巴库克听到一阵奇怪的声音，很多卡车、汽车在吼叫，顺着他的牧场路艰难地行进。他起了床，朝窗户外一看。一溜车灯在起伏不平的路上颠簸、闪烁。有些车头灯打得雪亮，说明这些司机已经放弃了牧场路，直接开在开阔的草地上了。他数了数,有十七组灯。哈巴库克穿上裤子和鞋,下了楼梯,匆忙把炉子点着,把咖啡烧上。然后他到门廊喝他的咖啡,抽早晨的雪茄,等着第一辆车子过来。东方露出了鱼肚白。

车在门廊台阶前停下,一个中等身材的人出来了。他看到了哈巴库克一闪一闪的雪茄。

"你好啊,先生。我是 H. H. 包茨,俄克拉荷马城康道石油公司的租赁人,听说你有口水井在吐油。"

"那是昨天下午的事。或许现在停了。"

"所以我来了,要看看情形,让地质师和成分化验员看看,瞧他们怎么讲。"他挥手指了指把院子占满的车灯。"等我们从老索尔那边搞些灯过来,就去看看。很滑稽,跑这儿了。这么黑。长条地大部分地区都有汽灯,照明不错。这边却黑乎乎的。我们会解决这问题的,你看呢?"

哈巴库克不喜欢这家伙,一眼就看出他一肚子坏水。那家伙现在上了门廊,正踢蹬着鞋跟。

"给来一杯咖啡吧,行不行?"H. H. 包茨说,"我大半夜就离开了俄克拉荷马城,只吃了个汉堡包和一瓶爆米花。"

"不行。"哈巴库克直截了当地说。

接下来是一段沉默。中间有什么东西在微妙地变化着。过了一会儿,院子里全是打呵欠、伸懒腰的人,天空变成了西瓜汁的颜色,H. H. 包茨冷冷地说:"那好,我们只是去看看。如果有油,我们再谈租赁的事。"

哈巴库克坚持自己开车在前,带着这一大帮车队。他不想和 H. H. 包茨坐一辆车。再者,必须有人带路。那井离门廊这地方有两英里,几乎是在他地界的正中间。后视镜反射着摇摇晃晃的车前灯,让他很是恼火。他怀疑,昌朋牧场的安宁和平静从此永远结束了。远在俄克拉荷马城的这个家伙是怎么知道他这边有油的？他们要这些地质师干什么？要是有油，那就是有油而已。眼睛看得着的东西，根本用不着去猜，去估计。因为没有牛，最后一道门艾斯没有关，穿过这门，哈巴库克能看到乌黑的钻机架轮廓，衬托在粉红的天幕上。再走近一些，能看到缎子一样颜色的一层油像湖水一样，蔓延在地上，反射着黎明的晨光。他停在这一汪油的边缘，下了车。H. H. 包茨的车子跟在后面停住。他们俩都能听到逃逸的气体发出嘶嘶声。

“我的天，怎么这么臭！”哈巴库克说。

“那是钱臭，”租赁人说，“是个出油井，没错。天哪，离阿马里洛弧形带远得要死，不过，到底是什么原因呢？肯定的是，你这里是浅井。你挖了多深？”

“不知道，是我合伙人挖的，大概两三百英尺吧，或许就在那里。我不知道，他没有告诉我。花了四五天的工夫？”

“那真是很浅。你们长条地的油井一般都是三千英尺深。用钢丝绳冲击钻钻，要用六十到九十天时间。这可能是个与众不同的小矿脉。我想我们得谈谈生意了。谁知道下面有什么？”

“我要你干吗？”哈巴库克说。“我一辈子什么事情不是自己做？我这个油井已经钻好了。要你来掺和做甚？”

他们的身后，地质师们鸟雀一样唧唧喳喳起来。

“米尔克比克①先生，”H. H. 包茨说，“你这边是有个浅油井，不过你没有原油罐，油装不起来。油罐都没有，更不必说怎么把油从井里弄到罐里了。你也没有抽油管，连到油箱管道上。没有人买你的油。你那井也没有内壁，谁知道有没有洞，油会不会从洞里漏掉？还有，你知不知道油什么时候进入下降期，什么时候需要用采油泵？你也不知道油气比，不知道岩层压。建个

① “米尔克比克”即“梅尔克比克”，前者是包茨之误。

油田,那可要几千几百万的钱。你根本不知道这油田有多大。肯定不止是撒尿一样的小井。得克萨斯铁路局要过来采集数据,回头去计算。你不能像现在这样,任凭油这么往地上冒吧。石油生意复杂得很,昂贵得很,先生,而且需要合作。"

哈巴库克泄气了。包茨说得不假,他确实什么都不知道。他不是搞石油的,他还必须和这个他不喜欢的家伙合作。不过不能让他宰了。

"多少钱?"他问。

"这个,先生,租赁合同可以先签五年,或者十年,然后只要一直能产油,油量足够商业化,那么可以一直签下去。你作为地皮的主人,拿使用费。康道石油公司承担所有钻探和油田开办费用,把油罐建起来,油泵装起来,管道铺起来,还有——"

"多少钱?"

"石油业内通常的使用费是八分之一。"

"但这地是我的。地下面的油也是我的!"

"但是公司承担相当大的建设费和维护费。地下的油和管道里的油可不一样。"

"这我不管。八分之一肯定不够。我要十分之一。"哈巴库克看着 H. H. 包茨目瞪口呆的脸,心里说,哈,你可蒙不了我。他以为那人的奇怪表情说明他自己占了上风。包茨说,"米尔克比克先生,我想我得向你让步。趁你还没有改变想法,没有提出二十分之一,我们赶紧去屋子里把合同给办了。"哈巴库克一脸的笑。

两小时后,那人离开了,还是没有喝到咖啡。包茨把六页的租赁合同中所有写着"八分之一"的地方全划掉,换成"十分之一",还让哈巴库克把自己的姓氏缩写写在所有更改的地方边上。哈巴库克的签名签在划虚线的地方。

到了中午,就有一队人马过来,装上了管道和油泵,把油吸走。一伙铺管道的人在铺管道。还有个浑身肮脏的人赶着一群骡子，拉着大泥铲，在做临时的土储油罐。

大概在中午的时候，艾斯把车停到门口。

“听说早上不少人开车来了。结果怎样？”

“我的天，了不得啊。十七辆车。地质师还在那儿。是油井。这家伙是从康道石油公司来的。说是从俄克拉荷马城来的。我不喜欢他，但是做石油单干还不行。我签了十年的油气租赁合同，不过便宜被我占了。”

“是吗？”

“那是！他准备给我八分之一作为使用费，我说不行，十分之一，过了一会儿，他让步了。”

“哈巴库克，他出八分之一，你却要十分之一？”

“没错。”

艾斯的脸上露出和 H. H. 包茨一样的表情，哈巴库克慌了。“怎么了？这有什么问题？”

“哈巴库克，十万火急，你赶紧跟我进城去。我不骗你。将来你会少后悔很多年。”

因此，他们一起上了毛桶镇，艾斯开车。他把车停在好时光面包房，走了进去，几分钟后拿了两个盒子出来。他们开车离开了镇上，在路边的一张野餐桌子边停下，艾斯什么话也没有说，虽然哈巴库克喋喋不休地在问到底是怎么回事——他已经猜到有什么地方不对劲了，但他不知道究竟是什么事。

艾斯把两个盒子放在野餐桌子上打开，里面是两个馅饼，一个是苹果馅饼，一个是樱桃馅饼。他把樱桃馅饼放到哈巴库克前面，苹果馅饼放在他这边。然后他拿出牛角柄的折叠刀。

“看看，”艾斯说，他把苹果馅饼切成八份，然后把刀子给哈巴库克，“现在，你把樱桃馅饼切成十份，我们看谁的一份大。”

在切馅饼的时候,哈巴库克一下子学会了分数和百分比的本质差别。一看自己原来是那么蠢,他勃然大怒,不停地用狠毒的荷兰话破口大骂,艾斯在一边看着,摇着头,吃着他的馅饼,一片接着一片吃。他显然喜欢八份的分法。

"没用了。这次我被作弄了,以后再也不会了!我再也不养牲口了。我现在是石油商。他们怎么作弄我,我也怎么来作弄他们。"

"最好早上起早点。做石油的人精明着呢。"

但是哈巴库克这回狠狠用心了,他发现平坦的长条地下面原来是一个被掩埋的花岗岩山脉,阿马里洛山脉,石油、天然气和氦气多得吓人,这地方是一九一六年发生大罢工的地方。他还废寝忘食地阅读关于石油的书籍,抓住石油商人就拼命与他们聊,还跟在采油工人后面看,跟着租赁人后面学,还把康道给的十分之一使用费拿出来,投资了十几家石油公司。到了第二次世界大战结束,昌朋石油成了一家规模不大,但是实力相当可观的公司。

五年后,哈巴库克的眼睛对石油已经很敏锐了,这时他去爪哇拜访他的堂兄,看到那边有希望的土地就买下来,几年后租给壳牌——荷兰皇家,该公司每年从那块油田里采出两百万桶油。他在科威特、卡塔尔有产业,在委内瑞拉也有股份。一九六一年,昌朋石油恶意收购了康道石油。到此时,H. H. 包茨早已经入土,但是哈巴库克·凡·梅尔克比克特地找到俄克拉荷马城自由意志浸礼会公墓,找到了墓碑。

"你被解雇了。"哈巴库克对着一篮子白色塑料百合花说。

第十四章　小两口

整个卡特维风车房都非常想念哈巴库克·凡·梅尔克比克和艾斯·克劳彻。斯莱克没有再找两个牛仔来负责风车维护，而是包给了哈巴库克和艾斯这两个新合伙人。

“妈的，他们对卡特维的风车从里到外知道得清清楚楚。长远来看，还是这样合算。”斯莱克对场主解释说。对哈巴库克和艾斯来说，接下这笔活计，能确保他们在年成不好的时候，也会有稳定的收入。

艾斯二十二岁，强壮而敏捷，样子野是野了点，但不无吸引力。他的双眼靠得有点太近，柔软的棕色头发总是遮在眼前。他的身材高大有力，宽宽的肩膀没什么赘肉，胸肌发达，脸上常常带着笑。他常去牛仔玫瑰镇，参加星期六晚上的舞会，不过很少喝酒。那天在风车上余醉不消的痛苦经历仍记忆犹新。他顶多喝一杯啤酒，而别的小伙子喜欢绕在卡车周围喝酒、起哄、打架，像甲虫一样，笨拙地拳来脚往，动不动摔个仰面朝天，再踢蹬着爬起来。艾斯喜欢跳舞。什么爵士舞、波尔卡、摇摆舞、踢踏舞、两步舞，他都跳。方圆几英里内所有的姑娘，所有的舞曲前奏，所有的小提琴手，他几乎都熟。那时得克萨斯摇摆舞正流行，星期六晚上他总是开车跑到百里之外的谷仓、舞厅或下等酒馆去，听比利·布里格斯和他的XIT男孩乐队、李普·拉姆奇和得克萨斯流浪者、孤星花花公子或者达布·亚当斯和K吧牧工的演出。那年头，有好多像矮子贝提斯和他的得克萨斯马鞍伙伴一样出色的乐队。艾斯经常睡在车里，耳朵里还响着“响尾蛇老爹”或“汽车旅馆布鲁斯”的重节奏。

一天晚上，艾斯遇到了瓦伦丁·厄肯斯坦，也就是瓦莉。瓦莉是个大胸脯，是图沃斯堡塔一个德裔大麦农场主家的二女儿。她在政府救济办公室食品分发中心工作，负责打包家常食品，准备给受救济的家庭。她的爱好和艾斯一样，就是每周去跳舞。对于那些舞台上的乐手来说，她很好对付，总爱站在边上，一边全神贯注地盯着他们，一边哼唱“老塔斯克萨和加——啊——拿大河，答——答答——答——答答……”

瓦莉不算漂亮，但她的面容中透出一种清新感：脸轮廓分明，嘴形匀称，眼睛是淡褐色，眉毛又细又直，对眼睛颇有烘云托月之效。这容貌非常匀称、和谐，有种耐久的美。光是这匀称就足够艾斯着迷的了，风车工总是喜欢匀称的。她的头发浓密而拳曲，颜色如同咸味奶油糖果。那头发虽有些狂放不羁，但被她压到贝雷帽下面了。她很壮实，笑起来很宽厚的样子。她还挺有幽默感，能体味生活里的笑话。跟着“班卓琴爵士乐”和“踏破铁鞋”跳了两个月后，艾斯去农场拜访了她的父母。

一开始艾斯总担心老厄肯斯坦是那种野蛮、咄咄逼人的德国父亲，每说一句话都像刻在了石碑上一样，必须坚决执行。事实相反，他是那种会把花生扔到空中，然后用嘴巴去接的人。瓦莉迷人的微笑正来自于他。老人用一种轻快俏皮的口吻和艾斯打了招呼。瓦莉的妈妈是典型的中年农妇，往日的光彩已经暗淡，总戴副金边眼镜，镜片常常掉，每次都引起一阵大乱，直到找到镜片并重新装上为止。她总爱用探询的目光看着艾斯。艾斯几乎想问，自己什么地方不对劲儿？不过，直觉告诉他还是不问为妙。

这是个极其喜欢冰淇淋的家庭。星期天下午他们总会切些水果片，或者从地窖里拿一罐草莓，混入蜜饯、奶油、糖，再放入盐,然后轮流摇冰淇淋机。向瓦莉献殷勤使艾斯整整增了四磅重。

艾斯和瓦莉其他几个姐妹也相处得很好。玛克辛最大,总穿件乔其纱上衣和一双高跟女鞋,以便和她镇上第二助理办事员身份相称;哈妮有点胖,扎两条光滑柔软的辫子,她是个王牌面包师;希尔达最小,长相平常,金色的睫毛,总是紧抿着嘴唇。她非常想当个女飞行员,吵着要老厄肯斯坦允许她和鲁伯特·贝里斯·里格——很在行的一个空中撒种员——学飞行。另外,家里还有个刚学走路的小孩儿,小艾米莉,一头直直的黑色头发,一张好耍性子好淘气的脸。准女婿模模糊糊地知道,厄肯斯坦太太是替别人照顾这个孩子的。直到一九三六年,艾斯和瓦莉在塔斯克萨的路德会石头小教堂里结了婚以后,瓦莉才告诉他玛克辛是孩子的妈妈,孩子是个计划之外的事故。

一九三九年九月,战争在欧洲爆发。艾斯认为美国肯定会卷进去。哈巴库克则说如果真卷进去,钢铁风车的零部件肯定要短缺,所以他们开始在大仓库里囤积齿轮、钢梁、风车头、风车叶子等。罗斯福把感恩节改到了十一月的第四个星期四,他相信,留出更多的时间让人们为圣诞节采购,经济就会跟着上去。进了商店,人们能看到充满氖气的灯管,灯光闪烁,据说这灯比电灯泡更节能,更便宜。特大号雪茄和茶杯大小的胸罩成为走俏的新闻。大采购之风四处弥漫。凡·梅尔克比克和克劳彻的生意越来越好,都是要打深井,装大型水泵的。长条地迅速发展成为所谓的“黄金宝地”。到处都在谈论怎么灌溉,怎么提高庄稼产量,有时候一块地就有八到十个风车往水罐里灌水——从水罐再到灌溉水渠里——而主人还觉得不够。

“这帮人总说再深点,会有好水源,再深点。深是能深,但那些小破风车怎能抽上来?”艾斯告诉哈巴库克。

“那么,就让水在下面待着吧。等他们找到比我们更好的水泵再说。”

艾斯和瓦莉住在厄肯斯坦农场的棚屋里。一个节假日，他从主屋把电话线接了过来。

一天，艾斯打电话回来：“我现在在林科地。嗯，你帮我去趟阿马里拉，去我们的供应店里，拿个杆型欧班农汽缸来。哈巴库克不在，何塞会在那儿等你，我刚跟他说了。他会帮你放在车后备箱里。你把它送来给我。店里没别人能干这事，何塞不会开车，即使会，店里也没车。其他人都到田里去了。所以，你去把那个该死的玩意儿给我送来吧。从J号乡村路往北拐到林科路。注意找印子，车辙印子，趟过林科溪，应该没什么问题，油门猛踩下去一直走，下面是石子底。水只有十四英寸深。看到林科大牧场的标记后拐弯。你会看到有个牲口防护栏，过了之后是块湿地，上面是一大片柳树，过了柳树，你会看到个见鬼的沟，沟里躺着头死牛。接着你向左拐，再过大概半英里就是大门了。那门不太好开，我会叫个人留心给你开门。听着，我不希望你开危险车，但我们实在需要那个该死的汽缸，尽可能快地给我送来吧。”

开车到阿马里洛再到林科地要两个小时。不过，瓦莉倒很高兴可以逃离狭窄的小棚屋，逃开那台里面漂了一层风车油的洗衣机。

瓦莉在大门口停下车。门是用带刺的铁丝箍到一根木桩上的，木桩结结实实地固定在上部和底部的铁圈上。这种门是郡里最紧也最难开的，能毫不费力地打开的人一百个中也找不到一个，制作者显然为此洋洋得意。瓦莉挪不动铁丝，从乘客座位底下的工具箱里找了个大号螺丝刀撬木桩顶上的铁圈，也没撬动。周围又找不到人可以帮一把，把这个该死的玩意儿松开。她用力拔木桩，木桩纹丝不动。她又从卡车里找了根撬棍开始撬那个铁圈。铁圈绷得太紧,每次撬棍一动,它就嗡嗡作响。

终于看见有个人,骑在马上,穿过草地向她跑来。瓦莉已经狼狈不堪,气喘吁吁,等着那人过来。她的手指头通红,满是被铁丝勒的印子。

来人走近,瓦莉注意到他穿件满是汗渍的蓝衬衫,湿湿的几乎像是黑色的。他到门口下了马,任由马缰拖在地上。然后一把抓住木桩,笔直地向主门上方顶,用掌根把铁圈往柱子上推,推了三四次才推上。大门的张力得到释放,上面的铁丝终于松弛下来。他冲瓦莉微微一笑。

瓦莉看着他。水面上有波光,天上乌云被太阳照得如同燃烧了一样。她忍不住朝他靠近了一步。她从没见过这么英俊的人,感觉碰到了她命中注定的那位。花格呢衬衫罩着厚实的臂膀,方方正正的面庞充满阳刚之气,略带红色的胡子茬硬挺而有光泽,大概有四天没刮了。狭长的眼睛眯着,藏在深深的睫毛下面,看不清眼睛是什么颜色的。一头浓密的暗红色头发从帽子下面随意地露出来。他很脏,大汗淋漓的。衬衫的肩膀上有几块干了的汗渍。俊美的脸庞热得通红,汗水像小河一样顺着脸颊淌到下巴,流到喉咙下面凹下去的地方。他又像刚才那样,脸上绽出诚恳的微笑,然后动手把门向后拉开,让她开进去。高高卷起的袖口,露出肌肉结实的手臂,上面毛茸茸的。

"这门够紧的。"小伙子说。

瓦莉多想碰碰他脖子上凹下去的那地方,多想说:"等等,一切都错了。我不知道你会出现,求你碰碰我,看看我吧。"她的血液里像是充满了细钢屑,被他的引力拉拽,压迫着她的血管。她佯装去帮忙推门,情不自禁地又向他靠了一步。然而他正转身把门往回拽,展示给她那无可挑剔的身材,高大,匀称,优美的双腿和臀部紧紧裹在肮脏的牛仔裤里。他扶着门退后,瓦莉无奈只得上车驶进大门。她开到和他并排的地方,这会儿他正用个修栅栏的工具穿过上面的铁圈，想把它弄大些。汗湿的喉结下面的凹处有道脏痕，像细头发丝儿似的。

“谢谢——”瓦莉感到眼睛刺痛，如被烟熏，不过这和大门毫无干系。

“这回你肯定能打开了。”

“一定是你修的这个门吧？”他没回答，而瓦莉已经过了脏兮兮的草地，驶向风车工地了。她无心管方向盘，只顾着从后视镜里看他。他正猛拉大门上的什么东西，胳膊一前一后摆动着。接着他上了马，摘掉帽子，手挡住了脸。

晚上，瓦莉和艾斯一起坐在活动车房前的台阶上分一瓶啤酒喝的时候，她问：“帮我开门的那个人，他是谁呀？”

“哦，鲁比？鲁比·拉文。他有时候在斯皮尔曼舞厅唱歌。他在这个牧场上班，原本只是个帮工，不过最近情况有些变化。两周前，他和牧场主的女儿结婚了。”

新消息的痛苦令瓦莉深吸了口气，为了把吸气掩住，她猛喝了一大口啤酒。她心里突然恶毒地恨起那个从未谋面的牧场主女儿。

“目前为止倒没什么大变化，他还干修栅栏的活。不过，我想肯定会变的。我估计有一天，他会接手这个大牧场的。怎么了？让他开门，他脸色不好看，还是什么的？嗯？”

“没有，没有。他挺和气，挺和气的。只不过他没说他叫什么，我有点好奇而已。”

“鲁比。鲁比·拉文。”

唔，真是个再贴切不过的名字。再没别人比他更值得一“爱”①了。

---

① 鲁比·拉文（Ruby Loving）的姓“Loving”意思是“爱”。

“那个牧场主女儿呢？叫什么名字？”

“亲爱的，我可不知道。应该是姓莉莲。她父亲约翰·莉莲拥有整片林科地。不过她叫什么，我就不知道了。”

没用上一两天，瓦莉就搞清楚了。如她所料，她的名字也叫莉莲——莉莲·莉莲——同样顺理成章的，人们叫她小莉莉。她赤脚有五英尺高，一头纠结的橙色头发，而且胸部一马平川。谢天谢地！

直到月底，瓦莉才又见到鲁比。那时艾斯建的林科风车房几乎完工了。五月的天又闷又热，到处是一阵阵热风卷起的棕黄色沙尘。瓦莉听见院子里来了辆卡车，朝门廊开过来。卡车里面光线很暗，她一开始没看清里面的脸，也没认出是谁的卡车。鲁比钻出来，绕到车前的那一刻，瓦莉的心翻了个儿。那种水上的波光，那种黑色的电流又攫住了她。她走下台阶，和他面对面站在卡车的阴影里。

“你好，艾斯太太，艾斯让我转告你，他要去趟阿马里洛，会晚点儿回来，你不用着急。”

“噢，究竟干什么去呢？去阿马里洛？”

“要多打两口井。老板想趁着艾斯在，就再多打两口井。”鲁比斜靠着卡车，两臂抱在胸前，右脚踝交叉在左脚前。他戴着顶棒球帽，这回没像上回那样大汗淋漓。但那喉结依然是那么迷人，红红的，几乎像火鸡皮一样，下面的凹处反着光。胳膊下面各有个半月形的湿迹。他嘴里嚼着口香糖。瓦莉能闻到那甜甜的冬青味，还能瞥见粉红的东西在他大而白的牙齿之间闪过。那件蓝色的工作衫半敞着。他一只手背上有道干了的血迹。他正说着什么话，天气什么的，瓦莉猜想。可他实在是太吸引她的注意力了，她没法专心谈话。她只想凝视着他，她能做到的也只有凝视着他。她看见他那双牛仔靴的鞋尖已经有点磨损，看见他牛仔裤的褶痕蹭得有些脏,看见他的窄窄的腰上围着条宽宽的皮带,上面镶满金属钉,看见他从肩到腰成倒三角的形状,看见他赤裸在外面的性感的皮肤,还有他暗红色的头发。他布满短胡茬的下巴因为说话和咀嚼而微微抖动,给人一种湿润、多汁的感觉。鲁比不时扬起下巴,示意西南方的云彩,一边望着那些纯白的云团向上涌动,一边说着"要留神它们"之类的话。

瓦莉那样做完全是无意识。一种动物般的强烈欲望抓住了她,撕咬着她,顷刻间瓦解了她的理智。她向前迈了一步,轻轻地把火热的手掌伸入他的大腿内侧,压在他长形的阳具隆起的地方。鲁比闭上了嘴,但没有移动,只是把目光从云端移向了她的眼睛,面无表情,仍然嚼着口香糖,但速度很慢,一直镇静地看着她。两个人好像舞台上的造型一样,他还是那样靠着卡车,双臂合抱,两腿交叉,那地方的隆起更加明显;而她则面对着他,凝望着他,手放在他的裆上。她能感觉到他逐渐挺起和膨胀。接下来发生的,却让她无论如何都想象不到。

"热,"鲁比用一种若无其事的口吻说,"我出汗了。"

但他的汗正是瓦莉所喜欢的,那种汗味咸咸的,很强烈,混合着烟草、马和脏头发的味道。艾斯到家也常常又热又脏,不过他的体味更刺鼻,还有种链子、金属、润滑油和盐渍水的味道。而鲁比·拉文是如此不同。

接着,鲁比眨了眨眼,退后几步,上了卡车,开走了。

三个月后,瓦莉又见到了鲁比。瓦莉正和艾斯在伯尔杰购物,接着遇见了鲁比。鲁比戴了顶新的黑毡帽,上面镶着皮穗带,正和另一个牛仔一起从一个酒吧里走出来。瓦莉的身体立刻像触电一样,先是发热,随后慢慢进入一种催眠状态。她看着和他一起的那人进了一家理发厅,而鲁比则一个人走向药店。几分钟后他出来了,手里拿着个蓝色小包,这是那种需要医生处方的药。她纳闷到底是什么药呢？他病了？头疼？或者包里是什么隐秘的东西，比如避孕套？他向她走过来了，她使劲盯着他，希望他看到她的时候能张嘴说点什么。可他根本没注意她，就迅速走过去了。

艾斯从五金店里出来时，瓦莉坐在车里等他。

“你说，咱们去格列尼马路饭馆吃点辣汤怎么样？”

“行。”

在那儿瓦莉又遇到了鲁比。他正坐在柜台旁喝冰水，等着他点的炸鸡排加白肉汁，帽子推到脑后，像凯西·提波斯那样。

“嘿，鲁比，你怎么样啊？”艾斯打着招呼。

“艾斯！不错，还算好。”

“记得我太太么，瓦莉？我们帮你岳父建风车房时，你还帮她开过门的？”

“你好。”鲁比略举了举手，食指伸着，好像他们从未见过面似的，更别提几个月前那个大热天她的胆大妄为了。

“过来我们一块吃吧，”艾斯拉过他的椅子，“还在唱歌么？”

“是的，有个新乐队，叫得克萨斯咖啡牛仔。有些是从原来达尔哈特的巡场骑士男孩乐队过来的。”

鲁比把盘子、冰水、咖啡杯挪过来，咖啡溅了一些出来，肉汤也洒了一些。他就在对面，和瓦莉隔桌而对，瓦莉觉得自己就要昏过去了，没法再吃东西，只呆望着那双红通通的手和手指上的老茧，望着他卷起白面包，蘸着肉汤。他很少看她，只和艾斯谈论着水和风车。最后，艾斯说：“听说你们要有小孩了，是么？”

“唔，看来是的。我想这事儿是一定要来的。”

一直到好多年后，瓦莉才摆脱这份感情，那是害怕，或许是爱，无论如何都是因他而生。雨后或者雾后，她从树上摘下带着小水珠的梅子时，就会想起他，想起那个汗津津的、炎热的得克萨斯下午。

一九四二年，艾斯和瓦莉的独生女菲利斯降生了。从一开始巴掌大小的小人，渐渐长成为顽皮、执拗的小姑娘。一张心形的小脸，嗓音细细的，略微发颤。六岁时，她就能完整地唱完四首歌了——《你是我的阳光》《鲍勃去烧烤》《长条地拖步舞》《烟！烟！烟！（那支香烟）》。星期六的晚饭后，瓦莉会做一大碗爆米花，然后全家一起在黑暗中听流行歌曲唱片。夏天他们在门廊上，冬天则躺在主卧室的大床上。艾斯总爱不停地警告菲利斯小心盛爆米花的盘子，抱怨第二天早上起来身上全是爆米花硌的小坑。然而在门廊上，艾斯和瓦莉常常回想起当年的周末舞会。有时候，他们还会站起来，在被阳光晒翘的木地板上，跳那么一小圈，弄得木板吱嘎作响。菲利斯总抱着他们的大腿和他们一起跳，一边跳还一边唱着她会的歌词。

“我猜等你长大了一定会成为歌手。”艾斯说。

“是的。你可以跟着我去，好把我举到舞台上。”菲利斯总是回答。

“噢，如能这样我会非常荣幸。”

当菲利斯十七岁时，她真的离家跑到了塔尔萨，想找个乐队去唱歌。

十九岁的菲利斯坐在薄薄的床垫边上，脸色白得像猪油，双手一直抖，这次大醉把她折腾得够呛。男人把牛仔裤扯上，开始扎起那个俗艳的皮带，他颇费了一番工夫，皮带扣环有点弯了。

“你见了我最糟糕的样子了。”

“不一定。”他看见过女人更糟糕的模样。他把手伸到床单底下，摸索着什么东西。

“听着，我问你。你有没有——？”

“没有。你醉得一塌糊涂，跟你干和跟个死尸干没什么两样。”他光着脚蹬上靴子，从衬衫口袋里掏出梳子，梳了几下他杂乱的头发。然后摘下挂在灯罩上的帽子，轻轻扣在头上，略微遮住眼睛。

“你干了。看那儿，都湿了。”

“没有。”他一瘸一拐的走向门边，拎起靠在废暖气片上的吉他盒子。“再见。”

门轻轻关上了。菲利斯听见他走下木楼梯的声音。她艰难地爬起来，朝楼下肮脏的停车道看去，头因为酒精的作用嗡嗡作响。他出来了，显得有点矮。她估计他会搭便车回镇上。那间汽车旅馆在镇的最西头，是万不得已才会去住的地方。他走得很快，能看见手里什么东西反射着金属光。他径直朝那辆保险杠撞瘪了的水星车走过去，上了车，一股蓝烟从排气管里冒了出来。她一边拼命想打开窗子，一边喊。

“那是我的车！你这杂种，那是我的车。”

他已经驶上了向北通往俄克拉荷马的高速公路，可她还是没能打开窗子。

菲利斯又坐到床沿上，考虑是否要报警。最后，她给艾斯打了电话。

“老爸。我陷入了一大堆麻烦。现在别问我任何问题。我现在住在拉伯克的橡树叶汽车旅馆。如果你和妈还要我的话，我想我该回家了。我净干蠢事，而且一分钱也没了。看起来像是被洗劫一空。车也没了。什么？被偷走了。”

若干年来，多少次类似的电话了。艾斯总是会赶来把菲利斯，还有那个叫道恩的孩子接回家交给瓦莉。想起瓦莉的姐姐玛克辛，艾斯有时心里琢磨，这大概是厄肯斯坦家的血统里注定了的。尽管瓦莉没再生孩子。

第十五章　亚伯与该隐

四月下旬的上午，天气空前地闷热。鲍勃迈出他的小房子，就好像进了一间装着昏黄灯泡的芬兰浴室，周围都是炽热的雾气。被拉封从牧场大房子里赶出来的花色公猫趴在他身边呼呼喘气。它打翻了桌上装狼蛛的盒子，结果让邪恶的托尼亚跑了，到现在还没抓回来。鲍勃打开土星车门，发现方向盘已经晒得烫手。他应该记着头天晚上放上遮阳屏的。他把从谷仓找来的进料罩扣在方向盘上，然后驶往镇上去取邮件，然后到拉封家里帮她搬家具。

吕贝页·克鲁克来了封信，鲍勃把它放在旁边的座位上，准备等到晚上再看。

星期二的下午是浸礼会《圣经》主题被面兴趣小组在组员家轮流聚会的日子。过了好几个月，终于轮到了拉封。星期一一整天她都忙着准备吃的，又是煮，又是烤，又是制作饮料用的小冰块。她让鲍勃帮忙把装满《乡村概略》所用资料和照片的箱子移到客厅外面去，接下来搬的是家具。

“你们组都是同一个教会的吗?”鲍勃问。

“绝大部分，但也不是百分之百。大多数都是甜土浸礼会的，但也有些来自别处。莱拉·努喀斯特是救恩福音会的，斯丁奇考姆太太是自由意志浸礼会的骨干，弗莱达·比提鲁斯则是卫理公会派的，可她却只参加浸礼会的教友团契。”

清空了房间，他们把两张漆过的外用胶合板铺在锯木架上，拼成一张巨大的工作台。鲍勃从阁楼上拎下来一些折叠椅，每次拎四把，心想回头还得搬上去。热气越来越厉害，屋顶的木头咯咯作响，不时发出爆裂声，他相信拉封甚至可以在上面烤蛋糕了。他从厨房冰箱里倒了杯水。风车抽上来的奥格拉拉地下水冷冽甘甜，冰得他太阳穴发疼。外面热烘烘的，一口水凉飕飕地进了肚子，感觉舒服极了。一天的热气从天空上射下来，砰砰在体内跳，就像血管里跳动的血液一样。天空是倾斜的，像汽车的挡风玻璃，上面有点黑，毒辣辣的太阳镶嵌在里面。

拉封说，天气预报说快到傍晚会凉快些，所以点心和饮料可以摆在有阴的门廊上。她还说，如果鲍勃真想听听毛桶人的事，可以留下来，帮忙分发食物和冰茶。（拉封自己说，她必须亲自负责供应酸橙果子露冰淇淋、罐装牡蛎和凉米饭沙拉。这些都是按照她那本一九五五年的《乡绅宴会手册》做的。）

“你就算在毛桶住五十年，也听不到这么多关于早些年的事儿，以及这个镇子是怎么发展起来的。兴趣小组是一九七八年成立的，当时只有五个女人，如今已经有二十人了。我们每周聚会三个小时，这相当于一周六十小时，乘以五十个礼拜——圣诞节和感恩节的几个星期我们不活动。这样每幅被面大约都用了三千多个小时，称得上是无价之宝。第一幅被面的名字叫伊甸园，美得让人难以置信。可惜在毛桶没待几天，就被卖掉了，以抽彩的形式卖的——所有的被面都是这样卖的——用来给教堂屋顶募捐。结果克里斯托弗神父赢得了它，真是出人意料的好运气。他是俄克拉荷马庞贝市口琴天主教堂的牧师。后来，他把被面送给了某些人，我就不说名字了。这些人根本没穷到大冬天没毯子盖的份上。哼，你不知道，他们一转身竟然把它给卖了，卖了五十块钱。我听说他们用这钱买了香烟和啤酒。再后来，那被面被达拉斯一家艺术博物馆收藏去了，还上了一期高档艺术杂志的封面。我保存了一本，可惜现在你就算用牛刺戳我，我也找不着它了。”

“我做梦也没有想过干这事。”鲍勃小声嘀咕。

“开始的时候，抽彩在新年的时候举行，就在大年夜。大年夜当时可是毛桶的大节。德国人总爱在元旦那天大张旗鼓地庆祝。可我们是刚刚到那天才完工的。这次缝的被面要在六月底完工，准备在铁丝网节上抽彩出售。我可以说，它真是漂亮得不得了。街坊邻居中有这样的女人真是走运。你都想象不到那针脚有多平多细，几乎看不着。丝线就更精细了。这下提醒我了，我最好把丝线盒子从储藏室里拿出来。哎，那本杂志在这儿呢，我还以为再也找不着了呢。《美国艺术》，这个作杂志名有点滑稽。我一会儿就回来。”拉封消失在房子后面的小房间里。

鲍勃端详着杂志封面的那张照片。他得承认，那确实是件精品，那滚边，那刺绣，那贴花，全是上乘手艺。伊甸园的中央是棵华丽的苹果树，上面结满了绸缎一样闪亮的苹果。树枝上盘着一条背上有菱形斑纹的大响尾蛇，蛇信子是用细小的黑珠子做的，似乎还在闪烁。可可色的土壤上长着墨西哥草帽花、塔霍卡小雏菊、金花矮灌木。两块嵯峨的大石周围爬满了紫色的鹅莓。亚当全身赤裸，绣满了黑色的卷毛，只穿了双牛仔靴子，还把一顶牛仔帽挡在裆前。夏娃背朝外，和蛇聊得正开心，只显出修长的、粉色的臀部。她带了一对护身的手镯，每个手镯都绣得细致入微，清晰可见，鲍勃甚至能分辨出有一个镯子上刻着得克萨斯地图。一个苹果核丢在地上。

“亚当身上毛挺多。”鲍勃对隔壁房间的拉封大声说。

“没错。模特是塞伊·弗里斯，现在他在开老狗餐馆，以前是本地的牛仔。不知道这部分是谁做的，把亚当的毛绣了这么多，但看来效果不错。偏巧那个塞伊是郡上毛发最重的男人。所以我从不上他家馆子吃饭。我可不想在肉汤里吃出一根那样的毛来。”

拉封摇着个木头盒子回来了。"接着,第二名的被面被多尔·麦克江肯赢去了,就是那个邮递员。他卖给了威奇塔瀑布的得克萨斯基督教博物馆,一千块。我记得名字叫约拿与鲸。鲸的眼睛亮晶晶的像个西瓜籽儿,是个旧夹克的扣子做的。弗莱达·比提鲁斯从她的针线盒里找出来的。早些年生产的扣子可真漂亮,怪不得有人收集呢。鲸入水占了整个被面。只能看见约拿的两条腿,从那个庞然大物的嘴里伸出来。水面上漂着他那只空荡荡的小船。也有其他教会的人,尤其是传教浸礼会,也曾经想做类似的被面,不过他们没这绝活,也找不到感觉。跟我们的一比,他们做的被面让你在上面踩你都不愿意。"

"今年你们做的被面叫什么名字?"鲍勃问。

"今年是该隐杀亚伯。等一会儿你就看见了。"

一点整,第一辆卡车来了,是辆有些年头的灰色福特,四十年代末的产品。两位白头发的老妇人朝前门走了过来,手里提着镶有木把手的十字绣缝纫包。开车的老妇人拄着根藤杖,花了好长时间才从驾驶座下来。她们全都穿着花哨的及踝长裙,阵风袭过,裙裾轻舞,看起来就好像波提切利①笔下的三女神(当然是长条地风味的),只不过是三个女神都上了年纪。

她们大呼小叫地赞叹拉封新买的深蓝色鸢尾三角炉架。这时又有几辆车开了进来,各走下几个女人。男司机们把车停到靠近畜栏的地方,跳下来一起靠着围栏站着。其中一个点了根香烟。不到十五分钟,房子里到处都是女人了。绝大部分都是中老年,不过也有一个看来刚过二十岁的黑发姑娘,长得还挺漂亮,正怀着身孕,体态臃肿,行动甚是不便。鲍勃总是担心她肚子里的婴儿会突然降生。拉封介绍说,她是那个风车工艾斯·

① 波提切利(1444? —1510),意大利佛罗伦萨画派的画家,代表作有《春》和《维纳斯的诞生》。

克劳彻的外孙女，名叫道恩·克劳彻，还说她为她的外祖父艾斯和外祖母瓦莉做过一床很好的被面，上面是风车翼片的花纹。

“是的，我还给它镶了道闪电花纹的边儿。”姑娘说。鲍勃注意到她没戴结婚戒指。那些老一点的女人的名字刚刚介绍过，他立刻又忘了。只有弗莱达·比提鲁斯例外，她是个矮小的女人，带点罗圈腿。鲍勃猜她有七十岁时，老太太得意地咯咯笑着，宣布她“年轻得很，才九十三岁”。她抓着个儿童鞋盒大小的黑皮包。

“好啊，我看阿齐贝尔这回又不来了。”弗莱达愤愤地说，屈身坐在椅子上。

“是呀，”拉封说，“她最近几个月状况很坏。健忘，情绪不稳定，脾气也不太好。”

“她老了，脾气又怪。无论如何，她从来也不是个脑子最好使的人。你还记得么？有一年她儿子和媳妇给她买了条粉红色的电热毯，结果她硬是坐那儿干了几个小时，把所有的电线都抽了出来。还是一头雾水。”她打开包，露出好几百根不同尺寸的缝衣针，还有顶针，鹤嘴剪什么的。

“那次烫伤后，她再也没恢复过来。她煤气炉子是什么时候爆炸的？她的尼龙袜子烧化了，把腿烫得惨了。”

“所以我从来不穿那些连裤袜。”弗莱达把选好的针递给拉封，让她帮忙穿线，咕哝说自己老花眼，根本找不着针眼儿。

女人们把“该隐与亚伯”被面一块块铺在桌子上。背景是一大片茶色草场，点缀着牡豆树和西班牙刺勒草。远处有个畜栏，一个人影正弯腰对着一堆篝火。前面是个魁梧的农夫，脸愤怒得变了形，脚踩着个躺在地上的牧羊人，手里举块大石头，就要往牧羊人脸上砸的样子（这人长得有点像詹姆斯·迪恩）。三只蓝眼睛的绵羊在边上看着。地上已经血流成河，看来早就动手了。谋杀者的蓝色工装上也溅着用红缎面绣的血块。

拉封向鲍勃解释说:“我们仔细讨论过要不要给该隐和亚伯穿上《圣经》插图里那样的条纹袍子和草鞋。但最后投票的结果还是决定让他们穿本地服装。这样更有真实感。”

“更容易使人理解。”莱拉·努喀斯特说道。她是个病怏怏的女人,瘦得像根筷子,一头白发理成了短平头。她说话时上嘴唇不动,下嘴唇却惊人地翻转扭曲,致使发音含混不清。

又有个中年女人走了进来,一头褐发皱皱巴巴的,好像汽车座位套里面的填料。

“这位是蓝希·保勒斯太太。保勒斯太太是我们的艺术家。这位是鲍勃,”拉封介绍说,“被面上的图案都是她设计的。她上过美术学校,还能设计漂亮的饰边被面和艺术品。厨房里那幅用玉米和种子制作的耶稣像就是她的大作。”

“是的,”保勒斯太太对鲍勃说,“庄稼艺术。它叫庄稼艺术。大部分是宗教作品,或者描写家庭生活和本地风光的。我塑过河岸、学校和校车,曾用玉米,至于颜色,我不用颜料而用种子,各种各样的种子,都是上帝的丰厚恩赐。我收集了三百多种种子,其中有些还是野生的。我喜欢用李子核作皮带扣。”她边说边铺开一扇被面,上面是个正在开花的仙人掌,还没完工。她从裙子领口拔下一根针,挑剔地挑选线色,然后穿上,开始加工仙人掌肉嘟嘟的叶子。

主要画面上倒在地上的牧羊人亚伯,穿着花格呢衬衫和牛仔裤,衬衫上镶着珍珠纽扣。一顶牛仔草帽压瘪了,扔在血迹斑斑的地上,旁边还有几颗打落的牙齿。一只博德牧羊犬在一旁冲着该隐咆哮。

“亚伯看着有点像詹姆斯·迪恩。”鲍勃道。

“你没看过《伊甸之东》吗?”道恩·克劳彻回答,“他的脸是我绣的,我故意让他像詹姆斯·迪恩的。《伊甸之东》就是根据亚伯和该隐的故事改编的。我上学的时候，英语课上学过的。”她冲鲍勃一笑，笑得鲍勃有点不自在，接着又低下头绣她的绵羊，用三股结卷出羊毛卷的效果。

“我没看过。”鲍勃说着，忽然想起《鼠女》来，还有他和奥兰多看过的其他电影，比如《泥甜如蜜》《僵尸还魂》《装疯卖傻》《叮叮当当》，还有《市郊的罪恶》。

女人们各自在自己的那块被面上忙碌着。这些分开的部分最终将拼成整幅图画。

“这些牡豆叶子最难缝了，”那个病态的女人说，“要是直接绣上还容易些。”

“哦，莱拉，你忘了我们做诺亚方舟时的那些鹿角了？它们现在可都完蛋了。”斯丁奇考姆太太像是恳求似的说。她头发灰白，样子谦和。

“是，我知道。我承认它们比这些灌木叶子还要糟。可是，这么多的叶子，没等完工我眼睛就瞎了。”

“唔，真纳闷是不是要来暴雨了，外面怎么这么热。”简·赖特道。简·赖特身材魁梧，黄头发，那头发用小梳子从两边拢到头顶，形成乱蓬蓬的一堆。“莱拉，借我用用你的小剪子。我的上星期落在海蒂家了。”她剪掉一根多余的线。

“我估计要下。我感觉到了。我骨盆的老毛病又开始发作了。”

“龙卷风天气。”

“但愿别那么倒霉。”

简·赖特向窗外瞥了一眼，看见孙子比利撕开一袋红薯片，正往嘴里倒。今天是他二十二岁生日，简送的小礼物他居然不要，这事她想着就气恼。

她到处打听哪儿能找到那种金属制的小鱼，她看见很多钓鱼的人车上贴着这小鱼，她觉得很适合做生日礼物。修车厂的人告诉她，惟一卖这东西的地方远在伍德沃得，一家基督教超市。这地方卖渔具真有点奇怪，但她还是开车去了一趟，找到了那家店，买下了那种小鱼，还给包装了。包装纸上印着许许多多小小的十字架。今天早晨，她把这礼物送给了比利。

“哦，是什么？”他掂了掂，感到里面硬硬的，像是金属制品。

“打开看看，打开呀。”

比利撕开包装纸，铬制的小鱼滚落到手里。他看了看她。

“这是干吗的？究竟为什么送这么个玩意儿？”

“因为你喜欢钓鱼呀，亲爱的。这样你就可以把它贴在车上，其他爱钓鱼的人就能看到你也有这爱好。表示友好的意思吧。它是要告诉人家，‘嘿，我才不乐意开这台闷热的旧卡车呢，我宁愿去钓鱼。’”

“奶奶，这东西不是那意思。你是从哪里找来的？”

“伍德沃德。”

“伍德沃德的什么地方？”

“哦，我不知道。一家商店。我看见了，就给你买了下来，以为你会喜欢。”

“如果它真的是你说的那意思，我会喜欢的。”

“瞧你聪明的，那你以为它是什么意思呢？”

“我是知道它的意思。”他没有再说什么。

外面那些男人们仍然靠在畜栏的横杆上，没什么牲畜，但这畜栏还是在。这些人大多很年轻，鲍勃猜想大概他们都是这些小组成员的儿子或孙子。这会儿，他们正拿着纸杯子，一个岁数大点的人从热水器里给他们倒着什么东西。鲍勃推测大概是咖啡。

弗莱达·比提鲁斯率直地看着鲍勃·道乐。

"小伙子,从来没有异性来看我们缝纫,我们还不太习惯,希望你没有对我们产生错误印象。别指望我们会谈论诗歌、哲学和政治什么的,尽管我们也有不少人能谈这些话题。我们不过是一群好朋友,基督徒,喜欢为慈善事业缝点被面而已。"

"拉封跟我说过。"鲍勃感到自己的脸红了。被人注意到,他觉得有些尴尬。接着,他屏住了呼吸,因为他看到老太太那件蓝底圆点裙子上的胸针了,他从来没见过这么漂亮的胸针。胸针是塑料的,要是被泰姆舅舅见了,就是杀人,也要把它弄到手。

"别吓着他了,弗莱达。他该出去和那群傻瓜男人们一起,像个傻瓜似的吸烟、嚼口香糖。我看他正往外看呢。"拉封说道。

"小伙子,我已经九十三岁了,走过的路比你过的桥还多。一九〇七年我出生在赖夫巴格。我可不喜欢学计算机。还是个小女孩的时候,我上过七年钢琴课,这辈子足够了。"

"实际上,我也没兴趣学计算机。"鲍勃拉过来一把椅子,以便更好地端详那胸针。

拉封说:"赖夫巴格已经没了,鲍勃。原来可是个大地方,距离毛桶大概十六或十八英里远吧。曾经有一段时间,那里到处是牛群和牛仔,后来铁路修过来,它就衰败了,变成了鬼城。接着,有个大个子荷兰老头儿——原来是卡特维一个风车工——买下了这片地,建了个大牧场,接下来他开始抽水、打井。开始的时候,牧场只有几个牛仔,后来来了些农民,再后来那个荷兰人行了大运,发现了油田,结果钻井工人、投机商、抢银行的、酿私酒的全都来了,乱七八糟地搅在一起,把那里彻底变成了个罪恶之城。比林科地和伯尔杰还要糟。我记得那边所有的东西都油乎乎的。你拿起个盘子,油乎乎的;门把手,油乎乎的;汽车挡风玻璃,油乎乎的。而且到处是硫磺、钻井、垃圾、酒精的味道。那边全是矮林子和沙土地。一到下雨天,到处一片泥泞,汽车、马、人都被泥巴没到脚根子，堵得一塌糊涂。干燥的天气就灰土飞扬。总之变成了破烂镇子。晚上也有那些女人出来转。脸皮几尺厚的妓女！竟然跑到美容院做头发！她们走后，要是来了个虔诚的女基督徒，美容师就不得不铺一张报纸在她们坐过的位子上，否则的话，基督徒是不会坐在那位子上的。伍迪·格思里曾在那儿住过一阵——据说那首《把老头的鞋子扔进高粱地去》就是在那儿写的。突然有一天，一场龙卷风摧毁了整个镇子。第二天早上，你都看不出来那儿有过城镇。全没了。人们说，这是上帝发怒了。”

“那个伍迪·格思里是个共产主义者。”有人嘀咕了一句。

弗莱达·比提鲁斯看了看拉封。“整个赖夫巴格被扫平了。可当时那个荷兰佬已经把那些油井开采得差不多了。他那日子过得奢侈的！阿马里洛有个牧场，达拉斯还有幢房子。没错，赖夫巴格可算是繁华一时啊。原来三号小屋的那些牛仔们星期六下午会来，那熙熙攘攘的劲儿！领班是崴利·斯诺。”

“是不是那个用斧子刮腿毛的人？我妈妈提到过。”芭比·凡德斯莱斯抬头看看有没有人能想起来。她也在缝仙人掌，正用单线绣那些精细的仙人掌刺。

“鲍勃，芭比是本地《旗子》报的尖子记者。她可是个万事通。”拉封道。

“就是他。像个孔雀一样趾高气扬。还写诗呢。颂马的诗还有夕阳什么的。听他背诗让人直起鸡皮疙瘩。声音像个女人的。传说他还是个小男孩的时候，让马把喉结给踢了。还有人说，踢的是下面的地方。”

“是不是说三号小屋的成员后来决定一块儿结婚？他们从一本当时的婚介杂志上订购的新娘子，P. G. 雷诺公司给送货的，送货费打了折扣，送货时一站一站地转。我妈妈过去常提起这事儿。十四五个女人老、中、青都有，一个卫理公会派的牧师主持的婚礼。有几个丑得可怕,这是意料之中的事。可是除了一个以外,所有的牛仔都还保持着勇气,坚持到底了。我不想提她们的名字,因为有几个女人后来表现不错,成了社区的骨干。"弗莱达·比提鲁斯环顾四周,显然在清点谁是那些邮购婚姻的产物,那些患了佝偻病的牛仔和愚蠢女人的后代。

"一次,他们举行了场所谓的舞会,就在大个子胖老爹墨菲的舞厅。所有的女伴都只许穿无花果叶子,不许穿别的。可是长条地根本不产无花果叶子。一些傻傻的小兔崽子就坐船顺流而下,采了一篮子毒葛藤。有些可怜的姑娘最后就穿着它们。"

鲍勃·道乐凝视着弗莱达·比提鲁斯的胸针。它是个挺大的艺术装饰品,形状是长方形,质料是带珍珠光泽的赛璐珞,边上镶着黑牙。中间有两颗水晶石,两边是不同颜色的细长三角形状,这些形状是手工上漆,并用精细的黑线条刻制的。

"比起一九四七年那一次,摧毁了赖夫巴格的龙卷风还算是好的。一九四七年那次龙卷风从白鹿镇刮起,一直吹到伍德沃德。格雷兹被吹毁了,希金斯和伍德沃德也差不多。一九四九年阿马里洛又发了一次风灾。人们常把它俩弄混。好多年后,得克萨斯航空公司提出,只要能证明亲身经历过一九四九年的龙卷风,就可以只花四十九美分买一张到拉斯维加斯的单程飞机票。当初开药店的那个崴利·伍力,龙卷风发生时刚巧在阿马里洛,他就去应征了,结果飞去了拉斯维加斯,一年前才回来,可是已经不能适应长条地了,正叨咕着要离开呢。看看那次飞行干的好事。"

"我还以为是那场龙卷风是一九四七年呢。"

"是的。"

"还有几年前袭击潘帕的那次,小货车都卷起来了,像蚊子似的在空中飞。不过据说最厉害的,还数七十年代发生在威奇塔瀑布的那次。死了五十个人。"

“如果要把所有发生在赖夫巴格的可怕事儿全记录下来，恐怕我们得写上好几天。”怀孕姑娘的妈妈菲利斯·克劳彻说道。

“可不是吗。还有毛桶镇，还有牛仔玫瑰镇。你们这些小女孩儿还太小，什么都不记得呢。回忆起二十年代，乔伊·斯派得开了家美容院，可以做烫发。大家都去了，女人们都烫了头发。那种款式风行一时。那时候乔伊都是用赛璐珞的卷发夹子。后来来了位女客——丈夫在罗伯茨郡拥有一大片土地，坐到加热灯下，那时候都这样，化学药水和加热灯；结果一个发卷碰着了加热丝，着火了。这个，记得赛璐珞的人都知道，它着火有多快。只是那么可怕的一闪，这倒霉的女人整个头都烧了起来。那是她第一次烫发，也是最后一次。我想她后来还受到脑部损伤的折磨，肯定得戴假发，真是悲惨。她开始缩在家里不出大门一步。她丈夫跑到镇上砸了乔伊的美容院。直到今天，毛桶郡再没有过什么美容院了。所以啦，我们不得不开车到百里之外去做头发。”莱拉·努喀斯特说道。

鲍勃注意到她也戴着个漂亮的早期塑料制品：一串奶油色的项链，垂着石灰绿的坠子。

“嗯，要我说，赖夫巴格最好的事儿要算斯特迪商店了。”简·赖特说道。

岁数大点的女人们纷纷咕哝着表示赞同。

“毛桶的玛格百货也不错。”派肯·弗莱格太太低声说道，她身材丰满，头发染得乌黑，两颊各有一块饼干大小的圆圈圈。

“鲍勃，”谈话的话题如果比作电线杆，那么拉封就是弧形的电流，在杆子之间穿梭着，“我丈夫的祖父从原来的老医生手里买下了玛格百货。不过，他们从来没把名字改成弗荣克，还一直叫玛格百货。这位弗莱格太太非常喜欢草原鸡。她的牧场成了草原鸡收容站。去年还为此得了奖呢。”

那女人看了鲍勃一眼。“草很深，这些鸡反应都很好。春天择偶时跳的舞滑稽极了，我们全家都很喜欢看。”

“玛格百货有条不紊。吉德·斯特迪店里的东西都是乱摆乱放的，可是我们还就喜欢它这一点。”一束阳光透过窗子射了进来，映得缝纫针闪闪发亮。

“我还记得用来挂牛皮鞭的撑架从椽子上垂下来，我爸爸用个旧马鞍换了六个。还有一大盒黄肥皂，上面黏糊糊的。”云影掠过，阳光又黯淡了下来。缝纫针也失去了光泽。

“是，没错。别人都说，那是他最吃亏的一次交易了。他有的东西别人家都找不到。我还记得那些弹壳，吉德·斯特迪吹嘘说是和印第安人打仗留下来的；还有贴着美国骑兵标记的老式马桩①；还有一大捆麻绳。我老爹种高粱时也捡过一两捆。你们记不记得那个从双Z地挖出来的恐龙牙？又大又古老，上面满是泥巴？柜台上摆了个玻璃罩子，里面是各种各样牛仔用的东西。我哥哥伊凡总在那儿买冰河牌头油，每次去跳舞就擦在头发上。闻起来有股杏仁味儿。他喜欢那家店，牛仔们都喜欢那儿。斯特迪叫他们‘赶牛的’，从不叫他们‘牛仔’。店里面烟草、二手马鞍、辔头、兽夹、油布雨衣、涂抹油、牲畜药、饲料袋和工具包，应有尽有。”

“提起过去，有一件值得庆幸的事儿，那就是火灾终于不再来了。过去总是烟，总是火，草原火。一闻到烟味，就把你吓得跟炸了雷似的。”这句话好像有魔力似的，雷声真的响起来了，轰隆隆地，摇曳着空气。外面场院的男人都仰起头看天。

“我说野火也有好的一面。烧了一场大火，得克萨斯草原的风景真是美得无法说。”

“阿门。”

---

① 在牧马边界处放置的原木或金属标识，约束马匹，防止过度放牧。

“不过也不都是寻欢作乐和逛商店这些事。也有伤心事，龌龊事。记得那个死于腿部感染的姑娘吗？她贴了个狗皮膏药在脚上，结果感染得很厉害？那些野火，是有好的一面，把那些杂草烧了，牧草长得更好。而且也没烧死过人。人逃跑还是容易的，只要走到已经烧过的地方就行了。倒霉的是房子，是建筑物。”

“我想那个腿坏了的姑娘叫作海伦·利彤。她父亲是种高粱的，穷得叮当响。我记着她还有个兄弟，叫纳斯提·利彤。他和那些骡夫、钻井工一个样，一嘴脏话。从七八岁就开始抽烟，还喝酒。十三岁的时候被老利彤先生赶了出去，就一直住在河边的小树林里。海伦总说纳斯提根本不是她兄弟，说他是在灌木林子里捡的。不过他的长相活脱脱是斯尼斯家遗传的——他妈妈是斯尼斯家的，瘦瘦的，高高的，头发乌黑，印第安人的眼睛。看起来就像林顿·约翰逊总统。”

“大火之后，草还会长出来，可斯特迪商店还没挺到经济繁荣时就完蛋了，它这一完就彻底完了。”雨点像扑在灯罩上的蛾子，噼噼啪啪地掉下来。

“我父亲总说是斯特迪自己放的火，为了骗保险。”

“我都怀疑他有没有买保险。那时候很少有人买保险。说不定他最后落到精神病院就是因为没钱。精神病委员会说他不适合住那儿。现在竟然搞个什么精神病委员会，真是莫名其妙。”

“我觉得他们和那些昂贵的精神病医生一样，没什么用处。”

“我看他之所以疯了，是由于他儿子达菲和婴儿的那次事故。”

“噢，上帝呀，真惨哪。”

“发生了什么事？”珍奈·哈斯科刚刚在毛桶住了十六年，

大家还觉得她初来乍到。

“啊，这个，”弗莱达·比提鲁斯瞥了鲍勃一眼，压低了声音，鲍勃听不清她说些什么，接着她又放开了声音，“后来，长大了，可怜的达菲就学坏了，成了个银行抢劫犯。三十年代在长条地和俄克拉荷马州到处抢银行。再后来，他和他们那伙罪犯跑进了安蒂洛普山，落草为寇了。”

“那些年小孩子常常夭折。”莱拉·努喀斯特叹道。

“确实如此。我的小米娜就丧在黏膜炎上，她一直不停地咳嗽，直到上了天堂。”

“你知道，尽管现在的小孩子又是芭蕾舞又是音乐课的，我还是觉得以前的父母更爱他们的孩子。我们对家庭的事更操心。无论男孩女孩都知道自己有价值。”

“没错。现在人根本不珍惜小孩子。又是避孕，又是人工流产的，可见他们能有多重视小家伙们。”

怀孕的姑娘埋头拧她的三股结。鲍勃想，这个话题一定让她有点难堪。她自己有没有想过做人工流产呢？

“那时候除了扔石头砸个什么东西外，没什么可玩的，可孩子们还是自得其乐。我爸爸跟我讲，他小时候，有一年冬天冷得可怕，上百只羚羊冻死了。可是，这些孩子们呀，把冻僵的羚羊刨出来，拽到个好地方，把它们立在雪地里。我爸爸挖出来了二十个，站成一排，排在洞前面。他天天叨咕着他的羚羊群，好像它们是家养的牲口似的。‘我的羚羊群’，他总是这样称呼它们。后来春天来了，它们开始腐烂，引来了成群的秃鹫。他姐姐就喊，‘你的秃鹫群’。”

“那些人工流产室把婴儿取出来，然后……”她压低了声音诡秘地说，“大卸八块！再卖给那些不信神的科学家，还有进化论者。”

“我听说还有比这更可怕的。”

"还可怕?"所有的缝纫针和手都停住了。

"我听说在首都华盛顿,专做人流的大夫把婴儿切了以后,割掉那些可以看得出来是婴儿的东西,把剩余下的部分卖给中餐馆!"

马上响起一阵表示恶心的惊呼声。鲍勃·道乐看到她们这么容易相信这种毛骨悚然的说法,觉得啼笑皆非。不过弗莱达·比提鲁斯瞪了帕米尼亚·博伊斯一眼。

"你这么大岁数的人了,怎么能相信这种耸人听闻的话呢?"

"我当然有充分的理由相信了。我是从一个朋友那儿听来的,而她的表姐就住在首都,她还有个女儿在那儿当服务员。在那儿大家都知道。"

"那说明大家都是傻子。"

"我们应该相信主会引导我们,应该为我们的敌人祈祷。但愿那些做人工流产的杀人犯接受耶稣,停止他们的勾当。"

房间里传来轻声的祈祷声。最后,她们一致同意过去的冰雹更大,男人更强壮,风更猛烈,生活的甜蜜也许少一些,但更有滋味。

在开胃·莱德堡冷嘲热讽的无神论和泰姆舅舅的两可态度影响下,鲍勃·道乐对宗教有点不屑一顾。他暗暗寻思或者是上帝天生不善,也或许是人的遭遇纯属机缘巧合。"一个人怎能接受把死刑场面作为主要形象的宗教呢?仅这一点就不能让我信服。"开胃就曾经这样说过。

"我的手指头都僵得像叉子了。"弗莱达·比提鲁斯说着,站起来走进厨房,用热水冲了冲她抽筋的手指。

"我父亲的弟弟死于肺结核,"简·赖特继续说道,"熬了好多年。不过你知道,因为病得时间长了,倒给了我祖母足够的时间承受最终的结果。她看着死亡的到来,几乎是持欢迎态度,因为可怜的孩子终于可以结束他的痛苦了。后来她还说,每次她走进养病间的时候,总能听到天使拍打翅膀的声音。"简抖了抖被面上的碎线头,瞟了一眼院子。男人们都钻进卡车避雨去了。雨丝轻轻柔柔地落下来,好像丝线针脚一样细密。

"那么多人活下来真是奇迹。只要一小点划伤就可能感染,可是不知不觉它自己就好了。我们没有创可贴,可是我妈妈会搞些油草,捏碎了将浆汁滴到伤口上,形成很好的防护层,你见不到比它更好的防护层了。"

弗莱达·比提鲁斯回来坐下,活动着她的手指头。"养病间。那也是现在看不到的。不过我们牧场的养病间总不闲着,孩子们啦,受伤的牛仔啦。那些鼓捣枪,骑半残的马,胡来一气的家伙,居然能活那么长时间,简直是奇迹。"

维拉·汤布雷太太一直没吱声。她小小的个子,满脸皱纹,看起来似乎比弗莱达·比提鲁斯老一些,其实还比她小四岁。"你们还记得德丝佳奈特甜瓜吗?"她语气里的憧憬触动了鲍勃。他环视着桌子周围的这些女人,想象着她们年轻的时候,窈窕,水灵,美美地切着甜瓜,做梦也没想过自己会变成老太婆。

弗莱达·比提鲁斯说道:"接着大萧条就来了,到处日子都艰难。可怕的沙尘暴。每辆车后面都拖着个铁链子疏导静电,要不引擎就得熄火。而且静电在草丛里会越积越多,不知什么时候就会着起火来,尤其是干的水牛草。有些人都被那些灰尘气疯了。"

弗莱达把针放回到包里,显然今天算是完工了,继续说道:"惨事多了,不过奇怪,常想起来的却并不是那些最大的事。我常回忆起第一次世界大战后的有段日子,我还在上小学,大概是在阵亡将士纪念日前后。总之是个节日,因为我穿了件新裙子,结果还弄脏了。我有只小狗,叫大男孩,之所以这么叫它,是因为它太小了,总是活蹦乱跳的,也不知道是什么品种的,就是只黑白花的小狗。它总是陪我一块儿上学，然后再自己跑回家去。下午，它就在校门外等着我。没错，就是在阵亡将士纪念日前后，人们把小小的美国国旗放在那些阵亡的孩子们的墓地上。你们都知道，长条地的风多大呀。经过墓地，那些小旗子被风吹得噼里啪啦响。大男孩最受不了那种声音，所以我们每次都是快快地跑过去。可是，你知道，谁能总看得住一只活蹦乱跳的小狗呢？有一天，跟往常一样，它陪我去上学，然后自己跑回家去。可放学的时候，我出来却没看见它。我往家走，路过墓地看见一个小东西躺在草丛里。是它，已经死了，被枪打死的。咳，我抱着它的尸体哭喊着跑回家了。裙子也被血弄脏了。我们在毛桶树下为它举行了个葬礼。后来有人告诉我，说是镇上一个男人打死了它。它跑进墓地，去咬那些小旗子，把它们撕成一条一条的。大概撕了七面左右，有人看见了，就说它'侮辱国旗和国家'，所以那个人就打死了它。从那以后，我就一直不喜欢那些小旗子，我也从来没往墓地上插过一面，即使有人让我这么干也不行。"

"可见，大萧条也不是最坏的时候，尽管也够糟的了。"赫维格太太说道。

"你猜石油时代什么最糟糕？洗衣服。老牌的梅泰格洗衣机抖啊抖的，一天抖好几个小时。"

孕妇道恩的妈妈菲利斯·克劳彻本来一直没吱声，这会儿故作生气地说："不是我不敬，早期拓荒前辈和经历大萧条的人确实很苦，但是，我奶奶、我妈一直喋喋不休地说过去如何如何受苦。妈有七八千个大萧条时的故事，比如婴儿被风吹上天了；还有什么人们吃到了太多的沙子，牙齿都磨平了；连我爸也会讲风车怎样被沙子卡住了，转不动，等等等等。可我就是不明白，究竟为什么我们非得把这些陈芝麻烂谷子的事儿翻出来呢？谈谈现今发生的事情还好点。"

大家发出一阵笑声。于是有人开头，说起一桩现今正在传的丑闻。

鲍勃·道乐数了数围在桌边的老妇人，七个。他已经逐渐知道她们都是寡妇，都有足够的产业。其中一些人的产业作养猪场简直再适合不过了。他决心以想知道更多过去的事情为借口，挨个打听打听，看她们到底有多少真正的产业，有没有继承人。还有泰特尔·克劳彻也是重点。

拉封进厨房把饮料和糕点从冰箱里取了出来。雨已经停了，外面的一切都亮晶晶的。鲍勃把盘子和冷食搬到了门廊上。这些妇人一边噙着酸橙果子露冰淇淋，一边享受着凉爽的微风。男人们也都下了车，招呼他们的妈妈、奶奶们别喝得太急。

鲍勃悄悄走向弗莱达·比提鲁斯："比提鲁斯太太，你讲的长条地的过去我很受吸引。有时间我能不能去府上拜访一下，多了解一些情况？"

弗莱达微笑着抬头看看他："美分先生，或者美元①先生，或者你是什么别的名字，我早就明白了一个道理，如果一个年轻小伙子有兴趣要结识我，绝不会是他对我或对过去真的有什么兴趣，而是想说服我做某种愚蠢的投资，或者想廉价买我的地产。我发现年轻人的奉承我消受不起，所以我决定拒绝你的请求。"

"碰钉子"，这个俗语猛地跳进鲍勃的脑海。他碰钉子了。

回家的路上，比利·赖特跟奶奶解释了小金鱼的含义。

"它是一种标志，就像'如果爱耶稣，请鸣笛'这种保险杠贴纸一样。当然小鱼要高级一些，和耶稣用五饼二鱼喂活了很多

① 道乐(Bob Dollar)的姓 Dollar 意为美元，这里弗莱达或者没有记清楚，或者故意取笑。

人这事儿有关。鱼要比面包好些，你想想要做一个面包形状的标志多难啊。是中东那种圆圆的家伙呢？还是你从皮格里维格里买的那种面包片呢？或者是那种长长的、像熊粪便似的法国面包？不行，所以他们只好做鱼。”

“哦，那又有什么不对呢？我觉得你应该很骄傲地让人知道你是基督徒。”

“奶奶——”

比利欲言又止，意识到争下去他注定要输。一到家，他就必须把那小鱼贴到车上去。不过他已经想出了个主意，他要用粗铁丝仿制鱼线，把小鱼吊在一个鱼钩上，说明它被钓到了；再用点焊法在鱼嘴里焊个亮晶晶的鱼饵。但愿这样不会太亵渎神灵。

第十六章　好奇能使猫送命

等被面兴趣小组的最后一个老太太也开车离开了，鲍勃用一种套近乎的口吻说："好了，拉封，那姑娘是怎么回事？"那口气似乎是说拉封有什么事故意瞒着他。说话时两人正在厨房里，把杯子、碟子往洗碗机里放。

"你说哪个姑娘？"拉封愣愣地问，同时量着咖啡，倒在咖啡壶的过滤器里，"那些冷饮也不错，但我想喝一大杯热热的咖啡。"

"只来了一个姑娘不是吗。快生孩子的那个。叫道恩。"

"道恩啊，是了。怎么说呢，还是老调重弹。道恩这个样子也是命中注定。我很高兴库尔布罗斯没有和她搅到一块儿去。你要不要喝咖啡？"

"要。"

"她遇上麻烦了。她妈菲利斯，也就是今天来的那个，也和她一个样。所以她们俩都姓克劳彻，从来没有结婚。菲利斯，她很早就离开家了，想去当影星、演员什么的。这你也晓得，女孩家都有这梦想。结果呢，遇到麻烦了。艾斯只好去救她，是去休斯敦还是塔尔萨来着，我也记不得了。于是他把她带回家了，几个月后，那个男人出现了，就是把她变成那样子的家伙。艾斯看了他一眼，就叫他离开。说要是让女儿和他走，或者跟他一起过，那么他宁可和他一起下地狱去。事情就是这结局。"咖啡的浓香充满了厨房，鲍勃从碗柜里拿出剩下的两个干净杯子，然后在冰箱里翻找牛奶。

“就用奶油吧,这本来是为果子露冰淇淋准备的。”拉封说,指了指装奶油的碗。咖啡杯子看起来有种节日的欢快味道,里面奶油沫堆得高高的。

“还有道恩——是她的孩子——最最聪明,最最讨人喜欢了。艾斯可把她宠坏了,要什么给什么——小马,布动物,望远镜。她高中毕业的时候,成绩在班上名列前茅,本指望要去上大学。出事了！和她妈一样。”厨房里面很安静。

“被面小组的夫人们能对她这样,可真不容易,”鲍勃说,说出的话自己都不敢肯定,“我的意思是说,她是个未婚妈妈,还有这些——”

“我告诉你,鲍勃,我们是女教徒组成的小组,我们总想着尽量帮助不幸者。几年前,有些人对菲利斯可不好,所以她才会说出那种挖苦话来。还有,道恩被面做得不错,性格又开朗。至少她还很有良心,一直把孩子怀着,不去找那些臭堕胎的。”

“她很漂亮。”鲍勃过了一会儿说。

“啊,”拉封说,那声音有些怪,是从来没有漂亮过的女人所特有的,“你看到的正是她倒霉的地方。”

尽管鲍勃还有更多问题,但是拉封已经不想回答了。她的态度突然冷淡起来。“好奇能使猫送命。”她说,接下来,他们一声不响地摆完剩下的碗。

回到棚屋,鲍勃看了吕贝页·克鲁克的来信。

鲍勃·道乐:

你的信收到了。请注意,环球猪肉皮公司的政策不允许选址员参观养猪场。你不需要知道养猪的细节才能做好本职工作。我们也不是付钱让你到长条地搞社会学分析的。鲍勃·道乐,如果你想上环球猪肉皮公司的光荣榜,你就得走出去,忙起来。不能这么拖延下去。和乡邻里熟悉情况的老人套套近乎,了解了解当地情况,这本也无妨,但是现在委实到了**行动**的时候了。我希望尽早收到你的**好消息**。请你予以配合。

第十七章　魔鬼的帽子带

洗完杯子和碟子，鲍勃把椅子放回到阁楼上，把工作台拆了。拉封用吸尘器把剩下的布头、线头打扫干净，然后鲍勃又把原来的家具放进来，把她的盒子、书、资料放回原地。在整理资料的时候，拉封说起了吉德·斯特迪，那个很多老太太都还记着的店主。

"我爷爷说起吉克[①]·斯特迪，故事有好几十个呢。我们最喜欢的是铁丝网推销员和艾伯·斯格尔蒂打赌的事儿。艾伯是早些年这地方的大牧场主。鲍勃，我想我该从阁楼上拿个书架下来。上面应该有个绿书架。能否劳你大驾？"

等鲍勃把书架放好，拉封用吸尘器彻底地吸了一遍，以防有什么蜘蛛隐士躲在夹缝里。然后，她又接着说了：

"要知道，发明铁丝网之前，这里的牧地是开放的。得克萨斯是他们把铁丝网试用在放牧上的第一个州。艾伯·斯格尔蒂手下有毛桶牲畜公司，他和他的工头布鲁依·克拉克当时可是毛桶郡响当当的人物。他们俩都对铁丝网进行了调查。艾伯·斯格尔蒂长着黑黑的八字胡，长得拖到胸前；布鲁依·克拉克是个专横而挑剔的家伙，什么事情都要管，长着大圆脑袋，狗熊一样的圆耳朵，嘴里老是嚼糖蜜板烟，嚼得牙齿黄黄的。

"有一天，这两人骑马到了商店，把马拴在商店前的桩上。

① "吉德"之昵称。

两个人都是一身尘灰。说话很粗的老斯格尔蒂说,‘咱们买把什么样什么样的钳子,’当然他的原话很粗,我就不照着说了。斯特迪商店柜台的一部分是个给特殊顾客用的酒吧台。两人一口把威士忌灌下,然后布鲁依·克拉克去看店里的存货,突然注意到一捆铁丝。他是个喜欢搞恶作剧的人。威尔·罗杰斯跑到希金斯当牛仔的时候,布鲁依和他认识了。

“所以布鲁依说,‘要是把你裹在这铁丝网里,从山上滚下去,滚到山脚,你身上就剩不了什么肉了。我可不愿让牲口靠近这么残酷、这么不友好的玩意儿。’他说。‘准会有不少给扎伤了,把牛蝇招来。’

“老斯格尔蒂把酒喝了,然后开始发表他的看法。他看着斯特迪的眼睛说,‘卖这种像魔鬼帽子带的东西!你的面相上难道不羞耻得刺痛吗?’我爷爷说这故事时,特地强调‘面相’一词,故意模仿他那自负、卖弄的口气,把我们大家笑得在地上打滚。对一个牧场主来说,这词也忒高深了点。

“斯特迪说,‘干吗不,斯格尔蒂先生?我想你也得熟悉熟悉这玩意儿——这里有一百英里的铁丝网呢。听人说,以后就没啥敞开的牧场了。都会被分开,围上。再过十年就全没了。’

“这话斯格尔蒂听了很不受用。他说,‘臭农牧工,臭农夫!这帮家伙我早受够了。我现在让他们上蹿下跳几天,过几天就把他们的铁丝网给剪了,绕在他们脖子上。只要我还活蹦乱跳的,这些牧场就得给我敞着。’

“斯格尔蒂的故事很多:有人说他有一次嘴里咬着绳子把一辆装得满满的车拉了半英里。还有个可怕的故事,说他把一个芬兰裔的农民活活炸死了。

“斯特迪先生让他别说话,说,‘别说得这么离谱。有个铁丝网推销员过来了。’他看着窗外,看到有个穿条纹西服的家伙,正从车座上拿他的推销员背包。‘就是他了,比利·盖茨。

给伊利诺斯州迪尔卡布的铁丝篱笆公司跑推销。'

"'妈的,他还是个毛头小子,'斯格尔蒂说,'他应该在家帮妈妈捡柴火,别这么跑出来丢人现眼,装得跟个正经八百的推销员一样。'

"那推销员,比利·盖茨,进了屋子,向大伙儿点了点头,要了一瓶菝葜汽水。

"'嘿,娃子,这么大还喜欢喝汽水呀?'斯格尔蒂对他说,激动的老眼斜看着他。

"'是啊,天这么热嘛。'比利向斯特迪先生点了点头。'你还好吗,斯特迪先生?'

"'我刚才正劝这位斯格尔蒂先生多熟悉熟悉你们的铁丝网呢。他是支持牧场敞开的,发誓不接受铁丝网。'

"'魔鬼的帽带子,'斯格尔蒂吼起来,'你看那什么样什么样的东西——你是想让我相信这玩意儿能把一千头狂奔的长角牛给挡住?别看那上面带刺儿,那刺儿就和缝衣针一个样。你让这些畜生跑起来,把你的铁丝网冲破,那还不像冲个蜘蛛网似的。你做这生意,是误上北方佬的贼船了,注定要失败的。因为得克萨斯的很多好男人都一心一意要支持天地正道,支持开放草地,才不会买北方佬的鬼铁丝网!'当时他们说话就这口气。

"推销员回答说,'斯格尔蒂先生,你的感受我理解,但是自由草地的日子屈指可数了。很多美国农民都想耕种这片肥沃的得克萨斯土地,但是又怕家畜不受拘束,肆意践踏他们种下的作物。这种篱笆,是世界上领先的,全是钢铁的,绵延数英里,能解决农民的心腹之患。它能阻止走失的牛践踏他们的劳动成果,先生,越是往后,在大草原上恣意走动的家畜就越要被人当成讨厌的动物。这种一流的铁丝网能把最野蛮的牲口挡住。这种铁丝网将把得克萨斯变成农民的天堂。'

"'如果有人撒谎,我是不会揭穿的,但是我怀疑这帽带子

铁丝网能不能把两只绵羊挡住,长角牛咱们就不说了。它也压根儿不能把得克萨斯变成什么天堂。'

"推销员把剩下的菝葜汽水喝了。

"'想不想打个赌,先生?要是你安排好长角牛,下个比较好的注,我们不妨做个试验,看看这铁丝网能不能挡得住它们来冲。'

"吉克·斯特迪想警告斯格尔蒂。'别下注,'他说,'肯定是他赢,他要把你赢得很惨。'

"但是斯格尔蒂听不进去,他下注了。他们决定在斯格尔蒂牧场外面的畜栏装上铁丝网,然后把牲口赶进去。

"推销员说,'如果它们冲出去了,我给你五十块钱,我远走高飞,到讲理的地方去。如果冲不过去,你给我五十块,还要买我一车皮的铁丝网。我会教你的手下如何安柱子,并把铁丝绷得比小提琴琴弦还要紧。不过我要花两天时间才能把试验的铁丝网畜栏建好。'

"即便有人帮手,下柱子、拉铁丝这些活还是花了三天时间。铁丝都是用车轮子拉得直直的,一共用了八股。斯格尔蒂派来的两个帮手都是肮脏的老怪人,都快奔六十岁了。他们干得很费劲,又是吐烟草,又是嘀咕,还骂着把他们手割得很厉害的铁丝网。有一卷铁丝从车背上滚下来,把其中一个老家伙的靴子从上到下全都划开了。

"'有朝一日你们会为这铁丝网唱赞歌的,'推销员说,'它是牧牛人的好帮手。'"

拉封不说了,开始整理餐具柜。

过了一会儿,鲍勃问:"铁丝网推销员有没有赢?"照他看来,拉封似乎又像以前一样,又要把故事说到半截就打住。

"是。"她哼了一声,把盒子在工作台上摆好。鲍勃以为她不说了,但是沉默了好长一段时间,她又接着说了:

“他们开展试验的地方是块空地，只有架风车，上闸了，停住不动，还有水罐。知道吗，那是斯格尔蒂的花招。

“到了试验那天，人们全从城里跑了出来，在离铁丝网畜栏有段距离的安全地方看着，他们都觉得那畜栏很单薄。老牛仔们骑马走了，一小时后费劲地把一群暴躁的长角牛赶过来。斯格尔蒂先生也和他们在一起。他可不敢马虎大意，已经两天没有让这些牛喝水了，它们个个都渴坏了。等这些牛都进了畜栏，斯格尔蒂到了风车那边，故意漫不经心地走过去，然后把风车闸打开，水开始灌进水罐里。当然了，这些牛都闻着了。

“这些渴急了的牛眼睛里什么也看不到，一个劲冲出去，撞到铁丝网上，被尖刺戳着，猛跳回来，然后又冲，血开始从它们身上流下。过了十五分钟，这些牛只是乱转，或者站着，身上一起一伏的，不肯冲了，那推销员用长棍子在它们身上戳，它们也不肯动。推销员大声叫好，兴奋地拍着帽子。斯格尔蒂大叫大吼一气，最后不得不认账。”

鲍勃被拉封的闲扯迷住了，说：“我想你不肯把你爷爷背上的伤疤告诉我吧，现在说说怎么样？”

“迟早会告诉你的，”拉封神秘地说，“还有，多谢你帮忙。”

鲍勃回到土星车，开到毛桶郡邮局外面的付费电话边。一家电话公司的卡车停在旁边，电话公司的一个中年职工正在松里面地上的螺丝。

“你在修电话吗？”鲍勃·道乐问。

“修？我在拆。电话公司要把长条地所有的付费电话都拆掉。维修费太高。你用手机吧。”

“我没有手机。”

“最好买一个。这些宝贝都要拆掉了。有一个咱们不拆，在咖啡馆那边，如果你非要打的话。”

"那个你可不要拆。那电话一天起码有五十个人打。"

"嘿,你可别怨我。可不是我做主的。"他熟练地把鼻涕擤到鲍勃脚边的地上,接着干活。

在老狗餐馆鲍勃打通了电话。

"喂,泰姆舅舅。他们要把附近付费电话拆了。我得买个混账手机了。"

"听说这边也快拆了。说这是'进步'。很高兴听到你的声音。我这儿一个人,还真够孤单的。好了,得克萨斯那边伙食咋样?"

"炸鸡排。没别的。一伙老太太织被面,我在边上待着。但是泰姆舅舅,你真该看看这些老太太戴的艺术塑料胸针和项链。漂亮得不得了。"他描述了弗莱达·比提鲁斯的胸针,听到舅舅的呼吸都急促了起来。

"老太太?你能不能出个价,给买过来?你知道,比如五块钱?老太太手头总是需要点钱,买些药啊拖鞋啊什么的。"

"我不知道。我可以试试,但你也别这样大气不出的呀。这些老太太都是人精。大部分都有钱。她们可是长条地的老太太,看样子要活到一百五十岁呢,而且一年比一年有钱,一年比一年精明。"

"那么,你就出个价吧。看二十块怎么样,如果不得不出这价的话。总之,你试试。或许我该自己跑一趟?"

"不,已经够复杂的了。这些人疑心大得很。我啥也没有干,就是在路上跑跑步,就被人报到警长那里五六次了。好像在路上跑步的事情这边人不去做,好像这些人过去不做的事,现在也不会去做。我跑到一个时间扭曲的地方来了。"

"鲍勃,你能不能认得出人造树脂?有很多丙烯、赛璐珞和它很相似。"

“是气味不同,对吧?”

“是的,鲍勃。知道这个对你不错。但你要快,要用手指很用力、很快地摩擦,然后很快去闻。人造树脂有种有趣的霉味,那是苯酚味。另外一种方法是放在热自来水下面冲三十秒钟,然后去闻。再或者放热水里蘸一下。还有声音也不同,如果你把它和另外一块碰在一起,会发出小小的、闷闷的声音,但是要经常练习才能听出来。其他塑料和赛璐珞都发出清脆的噼啪声。这需要经常听才辨得出来。”

“好,听着,泰姆舅舅,你还和开胃来往吗?”

“是啊。我们常聊。”他的话音里有所警惕。

“下次和他聊的时候,麻烦问他有没有别的书,他上次送的那种。那本艾伯特的报告蛮有意思,但是我都看一半了。我不知道,所有这些东西,比如奔茨堡、圣达菲老通道,能否对我有所帮助。”

“这个,当然,我会问他的。你什么时候回来度度周末?”

“事实上,很快了。我得找些不同的衣服。这边很热,而且越来越厉害。再说我也想看看你,说说最近的事情。奥兰多还在吗?”

“我最近没什么新鲜事。你这位大朋友,也就是你走后来过一次,此后再也没有见过。如果你能早点回来度周末那会很好。我要教你怎么认人造树脂。”

第十八章　只问几个问题

一个四月的上午，刮着风，休·杜乌警长一看窗外，见到弗朗西斯·斯科特·凯斯特的马拖斗货车停在了外面，心情顿时不快起来。警长寻思，上次他的马尾巴被斯劳特剪成了板寸，不知这回长全了没有。他听着凯斯特的牛仔靴踩在台阶上的声音：急急忙忙地一次跨两级，看来是有什么事很让他伤脑筋。

“你好，凯斯特先生。”凯斯特的手表上有很多刻度盘和指针，警长又想数了。

“好。听着，那个待在拉封家的家伙你知不知道？他好像什么地方都跑，而且也搞不清楚他要干吗。”他的话音里带着轻蔑。“他是科罗拉多的，是丹佛来的城里小子。他常往谷仓那边跑，塞伊·弗里斯店里忙的时候，他也去打帮手。塞伊说是为他打工，兼职。但那家伙又说是给豪华别墅选址的，说要找个风景好、靠水的地方。你听说过这种屁话没有？”

“嗯，或许他是。”

“是啊，或许他是给政府当差的，来调查的，谁知道调查什么东西，地价，生活方式，水资源调查。谁他妈知道？我是不知道，但我想搞个明白。这人名字是鲍勃·道乐，开一辆比较新款的土星车。我把车牌号码记下来了。该死的，我是土生土长的得克萨斯人，就生在这长条地，就生在这毛桶郡。我们土生土长的长条地的得克萨斯人不会哇啦哇啦埋怨风，埋怨灰尘，埋怨日子艰难——我们就这么闯过来的。我们干活很卖力。我们善待邻居。我们在干干净净的空气中养大我们的孩子。我们喜欢健康的户外活动。我们祷告,争取永远在这里待下去。我们是基督徒。我们注定要和长条地拴在一起,就像结了婚一样,就像无论是生病,无论是贫穷或健康,无论是好或者最好,都要厮守在一起。生活在这里,我们变顽强了,变坚忍了,变结实了。女人也顽强,我说那些能撑得住的女人,算了不说她们了。这地方是养牛养马的,每挣一块钱,那都是双手挣的血汗钱。这混蛋跑来到处打探。你让他滚回丹佛去,叫他收拾好东西滚开这里。"

"我要好好调查调查。"警长数好了,五个刻度盘,七个指针。

"那好,看看你能调查出什么结果,或许我下次还投你的票。你要是查不出来什么东西,谁他妈也不投你的票。"

鲍勃·道乐开着车子东西南北地满世界跑,什么偏僻的路也跑,乘客座上摆着一大堆地图,到处找破败的地皮,找到了就到郡里的土地记录办公室去查。找到一块很有希望的地皮,他就去找到业主,跟他们聊,把话往卖地上引,但又设法不提"养猪场"和"环球猪肉皮公司"。

有一天快到傍晚的时候,鲍勃出去在一条小路上步行。小路上方是冠岩;路面上全是橙色的灰尘,那土细极了,仿佛是液体,仿佛是在跟人较劲。他上了一个小斜坡,穿过坡上的灌木,穿过仙人掌——那仙人掌是紫色的,形状让人想起牛舌头,只不过上面长了刺。下面的灌木丛中有主红雀飞动,掀动树叶,擦过细枝。他上面的坡面如同红色的长条面包,顶上的灰石头如同面包皮,那正是冠岩带。冠岩是石灰石形成的峭壁,成波状斜穿过整个长条地,与加拿大河相交,形成一个大大的,扭曲的"X"形状。在北边和西边是干燥的高原——埃斯塔卡多平原,南边和东南边是比较湿润的南部平原,和得克萨斯其他地方相似。鲍勃斜着眼看了看这地形，费力地想象漫山遍野都是养猪场的情形。

小路不止一次地穿过一条蜿蜒曲折的小溪。里面的水浅浅地没过橘皮色的石子。峭壁上有食肉鸟留下的一道道白色粪便。有块突出的地方很像人脚，有脚底，有脚跟，上面聚满了野鸽子。云上来了，接着下起冰雹和雨。溪水涨了上来，陡峭的小路上也有红色的水冲刷着。夜色渐渐降临，一头骡鹿一闪而过，那一瞬间，骡鹿的后面看起来很像狼的脸和口鼻。鲍勃·道乐开始返身回毛桶。这时草丛里突然跳出一只环项雉，低低地飞过小路。

太阳落山的时候，鲍勃到了毛桶镇边缘，在生硝路上往东跑。在落日余晖下，生硝路呈现出粗糖一样的黄色，阴影的地方是深蓝色。他知道这块地段属于鲁保克镇一个脾气急躁的老太太。他有次开车到她家准备和她谈谈，她那样子就好像鲍勃是来袭击她的。鲍勃还在诧异是怎么回事，就听到身后响起了警笛声，警长的灯向他这边闪过来。他想不出警长要他停车的理由来，所以就继续开了半英里。但是从后视镜上看，路上没有其他人，他看到警长正向他比画着，手指着路边。路边山艾树的树桩很让他害怕，但他还是小心地停住了。

“让我看看你的登记证，”警长说，他默默地数着鲍勃的手指头，然后数自己的，每数到一个就拽一下，“不，不是驾驶执照，是登记证。”

等把登记证交过去，鲍勃恍然大悟，那车辆登记证上无疑是把车子写在环球猪肉皮公司名下。他露老底了。

警长沉默了好半天，然后说：“你最好明天到我办公室来找我一下。我们得谈谈。”他数着秒数，数到五的时候，鲍勃说：“好的。”

鲍勃·道乐到了陨星牧场的牧屋停下来取水。

拉封听到门响，从餐厅里出来，往咖啡里加糖。"你知道，"她说，"我一直想告诉你。克劳彻家最有趣的人不是泰特尔，而是他哥哥艾斯。艾斯·克劳彻是风车工，卖风车，装风车，还修风车。那还是过去，那时候还没有深水泵和灌溉系统。现在他主要修旧风车。艾斯就住在牛仔玫瑰镇。他还年轻的时候，就和老艾斯吵翻了，离开了牧场，后来牧场就到了泰特尔手里。论排行，这牧场应该归艾斯，但是他老爹只给他留下一副牌，一堆吸尘杆。艾斯想推翻那遗嘱，但是没有成功——他们老爹对儿子狠心得很，要是不喜欢你，做什么都不能让他开心。艾斯和泰特尔出生的时候老克劳彻就老了，他对孩子们从来都不理解。很早很早的时候，他去巴拿马运河上做过事。是炸药工，搞炸药的。他说他也不知见过多少事故，一出事故人肉就像小鸟一样飞到天上。你去牛仔玫瑰镇北边的公墓，看到过一个小石头屋没有？那就是艾斯和那荷兰人合伙时卖风车的店。那是在他们买下阿马里洛那大块地方之前的事。艾斯到今天还住在牛仔玫瑰镇。他那恶老爹已经进毛桶镇公墓了。他还小的时候，我丈夫为他做事。我是说艾斯，不是他爹。艾斯和那荷兰人。艾斯的老婆想把他们的地方卖掉，她想搬到加州去。不过艾斯一日不死，她就一日实现不了这心愿。他们的外孙女上星期织被面的时候也来了，你或许还记得，就是怀孕那个，道恩，她妈是菲利斯，也来了。我得说，她年轻时和道恩一样坏。艾斯和瓦莉都有十字架要背。艾斯是本地比较重要的人物。他爹爹过去二十年代是三 K 党的大人物。他们说他是三 K 党中的'独眼巨人'之一。"拉封注意到鲍勃脸上的不快。

"鲍勃，你是丹佛来的，你对这地方不懂。或许你永远不会懂，因为你不是这儿长大的。在那时候，三 K 党并不是疯狂的白人至上主义者，相反，他们都是正派人，是坚定的基督徒，很爱国，也很有骑士精神。他们或多或少是在监督各社区，宣扬基督教的道德观念。他们确实不喜欢黑人,不过他们也不喜欢天主教徒和犹太教徒。不过这并不是最重要的。他们只希望看到人们中规中矩。三K党中的女人对社区的道德风尚很有帮助。她们本该这样嘛!

“三K党一开始是要帮助人们改良的。他们把男人们找来,扩建那些两间房子的小屋,这样就可以把男孩子女孩子分开。他们找妈妈们谈话。那些遇到问题的姑娘,他们就给送到阿马里洛的未婚母亲之家去。他们的眼睛是雪亮的,要是姑娘们那个样子,姑娘自己还不知道怎么回事,他们就知道了。到了圣诞节,他们装好一篮子一篮子的食物送给贫寒人家,说是‘圣诞老人’的礼物。不,你不会听到我说三K党的坏话。它只是个社区组织,专门是要弘扬基督教行为的。我告诉你,每个人都想参加呢。我个人认为他们把长条地变好了。”

门廊上有脚步声。进门的是一个高个子年轻人,浓密的金黄头发,扎着辫子。他穿着洋红色紧身裤,上身穿黑色运动衫,脚上穿着骑车鞋,脖子上有金链在闪光。他的脸瘦而窄,脸色发黑,一脸的胡子,没胡子的地方是油亮的汗珠子。他的右腿和手上有粗粗的划痕,上面是细细的小血珠子。他看起来很是生气。

“呵,瞧猫把谁给拖来了。”拉封说。

“瞧瞧,”来人说,打开冰箱,把一只冷鸡的腿给掰了,“我累,我脏,我热,我饿,我痛,因为有个家伙在路上把我拦下来了,我没有心思听什么讽刺和挖苦。有啤酒吗?”说着,突然转过身,看到了鲍勃,“妈的,他是谁?”

“没有啤酒,库尔布罗斯,这位是鲍勃·道乐;鲍勃,这是我儿子库尔布罗斯。他搞雕塑。小屋那边的雕塑就是他做的。他偶尔露一回面。库尔,鲍勃租了木屋。你得睡爷爷的房间。”

库尔布罗斯转身看鲍勃。两人之间立刻产生了冷冷的敌意。

第十九章　警长办公室

第二天上午,鲍勃规规矩矩地到了毛桶郡警长办公室。没有前台接待,只有调度员克里斯廷·洛格维尔。她正在费劲地往脚指甲盖上涂绿色的指甲油,因为肚子鼓得像备用轮胎,又有关节炎,弯腰去够脚实在不易。鲍勃进来的时候她也没有抬头看。鲍勃迟疑了片刻,然后敲了敲写着“警长”字样的霜花玻璃门。

“进来吧。”鲍勃推门进来的时候,她不清不楚地应了一声。

鲍勃以前从来没到过警长办公室,但他很快发现这不是个让人舒服的地方,除非你是办公室合法的使用者,或者是这使用者的副手。墙壁是小城市人比较喜欢的那种暗淡的黄绿色。一个旧的狗脖套压着一堆资料,资料的角被警长的电扇吹了起来。尽管电扇开着,屋子里面还是闷得很,还有股陈腐味。屋子只有一扇窗户,上了铁条子。墙上挂了把斧头。衣服架上有条颜色艳丽的领带。桌子后面的墙壁上,有一张和半大小伙子差不多高的照片,上面是警长捧着奖杯。照片下方是个玻璃箱,里面摆着一副特大的手铐,边上的文字说明这手铐是专门为“大腕王”吉克·德里达定做的。警长桌子上还有两台笨重的电脑在嗡嗡作响,一看就是八十年代的产品,上面满是黑污;桌子的一角放着台打印机,一台庞大的传真机,还有从西尔斯百货商店买的咖啡壶。电话机也是过时货,黑色,一九四九年的贝尔500型转盘式电话,声音很大,看上去像是电影里的道具,就是响四次后女主角才去接的那种。

警长抬起头。

“有何贵干?”

“昨天。你叫我来的。我叫鲍勃·道乐。”

“对,对。坐吧。”

鲍勃坐进惟一的那把椅子。椅子是橙色的,仿埃姆斯型,上面也满是污垢。所有的家具都像是用了五十年以上被人扔掉的那种,全都油光光的,不知被人的油手摸了多少次。

“你到毛桶来干什么,鲍勃?”警长问。他的语音轻轻的,但那眼睛冷酷而犀利,看得鲍勃把过去经历全交代了:他父母把他遗弃在泰姆舅舅家的台阶上,两人跑到阿拉斯加去了;他和舅舅过着贫苦的生活(他没有说开胃,他觉得没有必要,而且会把问题复杂化);他的第一份工作如何如何。等他说到环球猪肉皮公司这部分时,他来了个大拐弯,绕开真相。他说,从表面上看,他是为环球猪肉皮公司工作的,是来选址的,但事实不然,他实际上是为环球豪华物业工作的,该公司是环球猪肉皮公司的下属单位,他来是想找些乡下土地建豪华别墅。说完,他沉默了。

警长一开始也没说什么。他的眼神依旧不依不饶的。

“我想你说这些话也不是没有原因。”警长说,“不过你或许惹上麻烦了。本地几个不太好惹的家伙对你很有兴趣,想知道你在干吗。或许我该告诉你,我打电话到环球猪肉皮公司查过了。你就是来给大型养猪场选址的,不折不扣是干这个的。和环球豪华物业毫无关系,也没有这么个公司。当然,没有哪条法律说不能找地方搞养猪业,不过你撒谎说是给豪华别墅来打前锋的,这就是你的不对了。照我猜,搞农业的土地,和大家心里头想的房地产开发用地,价格大不一样,所以你也买不着什么地。或许你会以为这些老家伙没念多少书,或许会有个省事的让你撞上,轻易把地低价卖给你。但你听好了:这些没上多少学的老傻瓜能把你打量得通通透透。我不知道你们干吗要撒谎。长条地还有两个做这事的,全都说自己在做别的生意。我得盯着你们一点。"

"谁?"鲍勃问。"还有谁?"

"你很精明,你自己去查好了。"警长说,"总之,我如果是你,我才不会干这种臭鸡屎一样的养猪场工作。他们给你开多少工资?"

"两万四。"鲍勃说,他想这长条地的警长肯定拿不了这么多工资,一看屋子里的旧家具就明白了。

"如果你真像你所想的那么聪明,就该去奥斯汀,找那些大电脑公司去。"警长说。

"不,"鲍勃说,"电脑业全崩溃了。完蛋了。"

"那么你应该考虑考虑监狱。"

鲍勃一愣,以为警长是在威胁他,要关他进牢房,不过对方却冷静地接着说起来。

"监狱大有钱可赚。像毛桶这样的乡下小镇,遇到年成不好,有家监狱是很理想的。看看这地方吧。只有一些老农民,靠着政府粮食补贴活着,还有些老牧场主,用最后一些石油钱在养奶牛。搞个监狱很不错哇,能为镇上郡上提供固定收入嘛。雇当地人,交税,付水费以及其他各种公共设施和服务费,交服务税。还吸引其他生意。探监的人总得要汽车旅馆,要饭店,要加油站,要汽车站和沃尔玛这些东西。我真希望看到沃尔玛打进毛桶镇来。它一来,这地方就会欣欣向荣。潘帕那边他们就建了个好监狱。"

"这些和我有什么关系?"

"应该有吧,你应该为建监狱的大公司去选址,而不是什么养猪场。在纳什维尔就有这样的公司。要是谁能在一个偏僻的小镇上找个修监狱的好地方,他们肯定能出好工资。最好的监狱应该在乡下。你和那家纳什维尔的公司联系联系,告诉他们说长条地某个地方很适合囚禁犯人。把他们关在养猪场边,看他们改造得快不快。”突然间,他站起身,戴上帽子,“不过,我还得盯着你。好,你走吧。”

开车离开毛桶镇的时候,鲍勃注意到老狗餐馆那条街上新开了一家餐馆。

餐馆外面写着:**健康基督徒咖啡馆**。窗户上有个牌子,上面说:

下午茶三点到五点
各式油酥馅饼

和老狗餐馆不一样,这家餐馆的窗户干净明亮,边上还有带穗子的带子;盆栽的天竺葵也很是诱人。一伙老妇人鱼贯而入,很多身上穿着印有小树枝花纹的裙子,手上戴着手套。鲍勃把车子放慢,看着拥挤的餐馆里面:高脚水杯亮晶晶的;穿着薄棉围裙的女服务员在推着小推车,上面摆着加了很多奶油的油酥面馅饼;一个老太太正端起小小的杯子,凑向干瘪的嘴唇。窗户边有块很大的布告板,上面用活动的塑料字母拼着

欢迎来到毛桶
祝贺
塔米生日快乐
今日供应:胡萝卜蛋糕

好了,鲍勃想,老狗有竞争对手了。算是吧。他非常喜欢胡萝卜蛋糕,于是把车停了,走了进去。他跟里面很多织被面聚会上认识的妇人点头打招呼。店里没有男的。他瞟了瞟菜单,上面内容很少,特色菜是鸡肉色拉和鸡蛋色拉三明治,还有奶油特色汤,今日厨师推荐菜,还有配咖啡、茶或者热巧克力的各式油

酥馅饼。显然,所有顾客都是冲甜点来的。

“还有没有胡萝卜蛋糕?”鲍勃问服务员,这服务员看起来也很面熟:她一头乌溜溜的黑发,从中间分开,粉红色的制服穿上去很贴身。

“你今天幸运。通常情况下,到现在已经卖完了。我们今天多做了一些,有一块很不错的给你。还有不少米饭布丁和奶油酥角。”

等她把甜品送来,鲍勃才认出她原来是道恩·克劳彻,艾斯·克劳彻怀孕的外孙女。她把詹姆斯·迪恩的脸绣到了亚伯身上。

“你孩子生了,”鲍勃问,“是男孩子还是女孩?”

“是双胞胎,一男一女。我给他们取名叫詹姆斯和詹妮特。我上班的时候,外婆帮我照看。你好吗?”

“挺好。”鲍勃说,“我只是好奇,今天的厨师推荐菜是什么?”

“今天是金枪鱼三明治,不过卖光了。很不错。我们还有干酪三明治。”

“不用了,谢谢。这餐馆是谁开的?”

道恩笑了。“是我们所有人开的,是各教派合作的教会投资。”她压低了嗓子神秘地说,“不过第一太初浸礼会教友是真正的投资者,被面兴趣小组也是。主要是我们做事,并把业务做起来。很好。”

“是的,”鲍勃诚心实意地说,“是很好。你们的被子织完了吗?”

“看来过几个礼拜就会好了。六月第三个周末的铁丝网节上会有骑术表演,被面就在这时候拍卖。五点钟。你得买几张票。浸礼会的妇女会准备晚饭。通常还是那些东西:牛肉白菜馅卷、炸薯条、凉拌卷心菜、烤豆子,还有一种什锦水果味的果冻或者蛇形糖条。当然,烧烤是塞伊负责的。”

鲍勃想象不出蛇形糖条是什么东西,他张口刚要问,后面什么地方响了一下铃声。道恩走了,拿了一盘三明治送到后排一个桌子边。看到三明治,桌子周围的妇女大呼小叫地夸奖着。三明治上面配着小萝卜做的玫瑰、黑橄榄,还有一束香菜。鲍勃发现,面包中间露出的干酪是超市的那种次等货,颜色是联邦黄的。

第二十章　目前为止一切顺利

去比提鲁斯家的斧头牧场，是从一封信开始的。信是休斯敦来的，信纸是厚厚的灰色纸。

得州石油公司

尊敬的道乐先生：

一位我们共同的熟人把您介绍给我，说您正在长条地地区搜寻上好的地皮，以供开发高雅的豪华别墅之用。我和我两个妹妹均认为，我家的牧场非常贴近您的需求。该牧场是一九五五年家父去世时留给家母弗莱达·比提鲁斯的。牧场共八千公顷，地形起伏，大灰狼河从上面经过，河水还形成了一个小湖，也叫大灰狼湖（就在牧场地界之上）。目前，该牧场的大部分土地都租借给了本地牧民。如果我和妹妹能说服家母（今年九十三岁），让她相信卖地对各方都有益，那么我很想和您亲自谈谈出售之事。

鉴于毛桶镇人好管闲事，如果您能来休斯敦一趟则最佳，届时我和我妹妹将会乐于和您商谈土地一事。另外，我们还将为您准备一顿真正的得克萨斯晚餐。

不知此事是否可行，请予答复。希望早日和您见面，共同协商，以期达成各方都满意的结果。

此致

敬礼！

沃尔多·比提鲁斯

鲍勃打了个电话给那个休斯敦的号码，接电话的是沃尔多·比提鲁斯的秘书。接着沃尔多接了电话，他的声音就像难受的骆驼。他为他的声音道歉，解释说他的嗓子动过手术，还没有完全恢复过来。

"很希望见到你，道乐先生，"沃尔多用嘶哑的声音说，"我想我们几乎已经说服了老太太，让她到我们这边来，住到一家很好的养老院里。我们对她很担心。要是她不慎摔倒，或者是发头晕……怎么说呢，她不能和过去一样开车，或者收拾花园了，但她人老心不老，就是不服这口气。如果你能到休斯敦来一天，我们可以讨论这牧场怎么卖。"

"可以，我想我能过去。"鲍勃说。虽然有警长警告在先，但他忘了养猪场，比以往更信奉豪华别墅的说法了。或许沃尔多·比提鲁斯是个讲道理的人，能理解猪在这个地球也得有个地方住。或许环球猪肉皮公司的业务应该搞多元化，应该进军豪华别墅业。他提醒自己，下次写信给吕贝页·克鲁克，要把这建议提出来。就冲他对公司业务扩张这么关注，公司没准就会给他加薪。"下星期四怎么样？我想开车过去，多看看得克萨斯。我想要一天半才能到休斯敦？"

"从毛桶开车过来，一不留神就会花两天时间。你对休斯敦熟不熟？不熟？那我把得州石油公司办公地方的地址寄给你。我下星期四中午左右等你过来。"

为了打发路上的无聊，鲍勃开始数起高速公路边上的死臭鼬。（警长把全州大部分地方都数过，各镇之间不同季节的死臭鼬平均数他都知道。他经常更新他的统计，因为在他看来，压死一个死臭鼬，能让司机长不少常识。）他路过了一些名字十分古怪的小公路，比如油角落十字路、皱巴路、跳板路。快到星期四中午，鲍勃上了610环线。他在毛桶和休斯敦之间数到了七十三只死臭鼬，这比警长的平均数要高，警长统计的平均数是六十八。

得州石油公司在橡柱路，靠近沙特阿拉伯领事馆。鲍勃一下土星车，就感觉空气又湿又热，过了几秒钟他就一身汗了。等他走到巨大的玻璃门面，已经浑身透湿。一进门，却又掉进北极般的冷风里。上了十七楼，一个打喷嚏的前台接待给比提鲁斯的办公室打了个电话。

"请坐，先生，"她说，"比提鲁斯先生很快就到。"她说话时鼻音很重。

鲍勃坐了下来，随手翻着精美的《得克萨斯月刊》，还有一本笨重的大书，名字是《得州石油公司，建设大得克萨斯》。书中尽是些色彩明亮的照片：海上钻台上站着一脸友好的钻探工，全咧着嘴在笑。看了一会儿，他就合上书，合上眼。

"是道乐先生吗？"是他在电话里听过的嘶哑声。沃尔多·比提鲁斯走上前来，一张苍白的脸，鼓鼓胀胀的，上方是一大堆白发，让人想起葛饰北斋①笔下的《大浪》。他的脖子上有道雪白的绷带。他伸出一只瘦手。

"我想我们去'一路风尘'吃中饭吧，"沃尔多沙哑地说，"他们的得州牛扒做得很好。"他们一起乘了电梯向下，电梯中两人都没有说话。一出大玻璃门，湿热的空气立即又裹上来，如同理发师的毛巾。他们坐上沃尔多·比提鲁斯的卡迪拉克，开向饭店。"很多高层主管喜欢凌志车，"他说，"他们说这卡迪拉克过时了，但我还是喜欢我这卡迪。我妹妹也会来。"他沙哑地说。"我们想，大家最好和你一起见个面。我得承认，我没想到你这

---

① 日本艺术家及版画家。

么年轻,你电话里的声音比你本人老一些。"

到了饭店,他们找到一个靠角落的桌子。桌旁坐着两个清瘦的女人,长得很像,都在喝着蓝鸡尾酒。"鲍勃,我来介绍一下,这两位是我妹妹,这位是爱莲·莫恩,这位是玛里琳·泰瑞尔。"两个女人微笑着看着他。瘦得胳膊像球杆的那个问,开车过来的路上是不是很乏味?他差点要说,他靠数死臭鼬打发时间,不过转念一想,还是不说为妙,他把话吞了下去。

几英尺外,有三个人围在一张坐六个人的桌子周围。他们的公文包放在空椅子上;桌子上放着纸,用色拉盘子压着;最大的公文包上还有一张摊开的地图。一个死尸一样的家伙正向另外两个人说话。那人头发梳得整整齐齐,发色灰白,像是湿老鼠的颜色。他一边说,一边拿照片给他们看,或者指着地图上的一处大略是圆形的地方。鲍勃听到了"野草杀手""承载能力""侵蚀""河岸恢复"和"死里回生"这些字眼。

沃尔多搓了搓手,把菜单打开。"全是得克萨斯肉,鲍勃。你饿了吧?"雪白的脸低下来对着他。

"快饿死了。上一匹马我都能吃掉。"

等鲍勃的菜上来了,他发觉还真像一大块马肉。一块四磅重的牛扒肉占满了十六英寸的盘子。服务员是个金发女郎,穿着饭店的制服:牛仔靴、迷你裙、紧身T恤,上面绣着"一路风尘酒店"。放下主菜,她又开始放一系列配菜:玉米糊、土豆泥、船形碟装着的肉汁、腌甜菜、玉米饼、炒洋葱、塞馅的蘑菇、大西红柿、一罐子刚磨出来的辣根调料、炖秋葵,还有一碗奇辣无比的小辣椒。

沃尔多给自己要了一碗奶油稀汤,而两个女人则在熟练地吃着龙虾色拉。

其中一个女人说话了,嘴上全是皱纹的那个——鲍勃已经把她们的名字都忘了。"关于牧场,"她说道,眼睛很快地眨巴着，“你去过了吗？”

“还没呢，夫人。”鲍勃含着一嘴血糊糊的牛肉说，“令堂不大接受这想法。”

“那么我得恭喜你了。牧场漂亮得很，我们想，要是豪华别墅按照当初的样子造，那就再好不过了。牧场的房子是一八九一年用本地的石灰石造的，面朝湖水，湖景一览无余。客厅和厨房的桁条都是手工削出来的。还有个单独的小屋，专门招待非常尊贵的客人，因为我父母认识长条地所有人，而且又特别好客。而现在，哎，很少用了，除非我们去。外面的建筑包括畜栏、斜道、谷仓、机械房、三处巡场的露营地。牧场上还有各种珍稀植物和野生动物。我们一直是土地的守望者。主要卖点，当然了，是将牧场建成优秀的住宅区，继续为人们提供享受。”

沃尔多·比提鲁斯假装向他妹妹皱了皱眉头。“好了，爱莲，先别这么急嘛，”他说，“我们还没有和道乐先生——鲍勃——商量买卖的事呢，也还没把好消息告诉他。你的牛扒怎样，鲍勃？”

“好吃。”鲍勃说，痛苦地把一大块肉吞了下去，然后猛喝一口啤酒。

“好消息是家母已经初步答应把地卖了。她说她要搬到这儿的橡影村来。我们也和一些房地产商讨论过土地价格。我们觉得这地界真是很不一般，上面有活水，有个二十八公顷的湖，还有房子——房子可是挂了号的历史遗址，还有外面那些建筑，还有八千公顷的好牧草地，还有我妹妹所说的那些自然特征。他们给我说了个公道价格，如果牧地要切割开来开发的话，价格是九百万美元。”

沃尔多·比提鲁斯先生报出这个价格的时候，鲍勃正在尝一个小辣椒。一听那价，鲍勃倒抽一口冷气，不想辣椒也被一气吸下去了，立刻被呛着，干呕起来。附近一个男服务员受过海姆利克氏急救法培训，赶紧跑过来，用肌肉发达的胳膊抱住鲍勃的上腹部猛地一压，辣椒一下子喷出来，飞到桌子对面，和着唾液，稳稳地贴到沃尔多·比提鲁斯先生的丝绸领带上。辣椒是给处理掉了，但那火辣的味道还在，鲍勃还是呛得直流眼泪。他抓起水杯一口喝干。然后又抓起啤酒一口喝掉。实在辣得不行，他再顾不上比提鲁斯们的表情，端起船形的碟子，把肉汁也喝了，觉得那味道很是舒服。他说了声对不起，离开了座位，到了男厕所，在那里面吐了起来，吐完了打开水龙头喝水，然后洗了脸，然后再一阵猛喝，然后又吐，折腾了好一阵子才回到就餐的地方。餐桌上只有沃尔多·比提鲁斯还在。鲍勃看到剩下的牛扒给拿走了，顿时如释重负。

“鲍勃，没事吧？”

“噢，好点了，”他哑着嗓子说，“这辣椒真是辣。”

“我两个妹妹约好了去做头发，所以她们先行告退了。但我们的建议是这样，你回毛桶去，参观一下牧场——我会告诉家母你要来。史蒂夫·埃斯卡巴达会带你转一遍——他可以算是牧场经理吧，尽管我们已经不养牛了。他在那地方长大，什么都熟。要想拍照你就尽管拍，拍完了寄给你们公司的负责人，邀请他们下来亲自看看。我们相信，长条地再也找不到第二块这样又漂亮又有历史的地皮了。”

“你自己为什么不在那边住呢，比提鲁斯先生？”

“什么！在长条地住？”此人的冷静头一次被打破了，仿佛鲍勃不是让他去长条地，而是让他去近东赶骆驼。“不，道乐先生，我不想去。”

“那好，我会去看的。这地方听上去很漂亮。”

“是很漂亮。或许，这是我们一直等的机会。否则的话，我们就把用水权卖给 T. 波恩·皮肯斯，让这地方荒掉。”

“不过光是用水权，他是不肯付你九百万的。”鲍勃·道乐哑着嗓子说。

“是吗,不会吗?”沃尔多·比提鲁斯笑着问。说着,他转过那张苍白得像月亮一样的脸,比画着要服务员拿账单来。“皮肯斯和我从小在俄克拉荷马一起长大。他会做什么,我想我比你更清楚。我让你也知道一下,一九九七年巴斯兄弟把四万五千公顷土地卖给了一家南方的自来水公司,卖了两点五亿!在长条地,惟一可靠的奥格拉拉地下水在罗伯茨郡下面。T.皮肯斯拥有这个郡一万五千公顷的地方。在长条地的一些地区,他们不得不放弃灌溉,恢复种旱地了。所以水是资产,很大的资产。”

他们道了别,临走前握了手。然后鲍勃回到男厕所,他肚子里已经在咕咕叫了。出了厕所的小隔间,他看到僵尸一样的男子正在洗着皮包骨的手。

“你看起来是个很不错的小伙子,”他说,“这种把地拆开卖的肮脏交易,你掺和什么?”

“先生,你说什么?”鲍勃问。

“你在和那几个臭杂种谈交易,我都听到了。把那些牧场大卸八块,结果你知道吗?你会招来那些电力公司、公路、肯塔基蓝草草地——这些草地不知要多消耗多少水!还有招摇的大房子。你招来的那些人对当地既不了解,也不在乎,他们只想自己捞好处。你看闹出这些结果,就是因为像你这样贪婪的小人被钱迷了心窍。”

“我不是开发商。”鲍勃说。

“可我无意中听到你说要在他们的地上搞什么‘豪华住宅’。”

“或许,”鲍勃说,“如果你不偷听别人讲话,你就不会产生误解。”

那人对着鲍勃怒目而视。鲍勃快步走到门口,然后转过头来说，“我告诉你，先生，我是搞养猪场的。”那人顿时露出既怀疑又惊恐的神色，鲍勃看了很是得意。出了饭店门，他才想起来自己是和沃尔多·比提鲁斯一起来的，现在只有打出租车，绕到休斯敦另一端的得州石油停车场。这样一来，他把仅有的一点现金花掉了。

斧头牧场有好几个入口，除了一个之外，全是电子门，两边竖着笔直的门柱，上方是手工铸造的拱顶，上面有牧场的标记：一个三角，中间有个斧头。他看到各门内都有畜栏。牧场正门是敞开的，鲍勃开车沿着石子路走，快到一座桥边的时候，有一段短短的树荫路。车开出林荫后，他便看到远处淡色的石头房子。房子长而低矮，并不显得特别有气势，不过再开近一点，他能看到侧楼和厢房。房子前面有拴马柱和马槽，两边有一堆堆马粪，可见二者目前都还在用。

门边挂了个黑色的大铃铛，一根扭扭曲曲的生牛皮绳拴在铃舌上。他拽了拽那铃铛，立刻响起一阵响亮的当当声。没有人来开门，所以他又摇了一次铃铛。几分钟过去了，还是没有动静。他把门打开几英寸，向里面喊道：“喂？比提鲁斯太太在吗？有人在家吗？我是鲍勃·道乐。”

一个围着围裙的年轻女子突然出现在门厅里。

“进来，进来，”她说，“她让你等在这儿。”她指了指一个拱顶的走道。鲍勃还没来得及说什么，那女子又不见了。

他走进屋四处看看。地上铺着沙色地毯，地毯边上是靛蓝色的东方花纹。家具是老式家具：单人皮沙发、巨大平面直角钢琴（下面有个大乳齿象化石）、高靠背沙发——沙发上罩着带穗饰的皮沙发套。靠墙的一张桌子上放着个铜托盘，里面放着一瓶塞尔查矿泉水，还有几个琥珀色的大杯子。墙上满是西部风景画。窗子上挂着颜色如同干蘑菇的窗帘。有个钟在滴滴答答响。窗前还有一台古老的发条式留声机，唱盘上放了一张黑色的厚唱片。鲍勃走过去，看那唱片是什么内容：原来是威克莱夫·彼乐的《吃点烧煳的马肉》。角落里有个古董柜子，装满石头和化石。一个小书架里放着硬麻布书脊的书，书名包括《美丽女人》《野马查利》《老虎之烟》——全是旧书店常见到的那种。桌子上有个银打火机，外形是只吼叫的山狗，他想看看能不能点着，所以打了一下，一股火猛地从山狗嘴里喷出来，鲍勃吓了一跳。有个玻璃柜子里面装满了俄克拉荷马石膏雕刻的东西：很多松鼠，还有山姆·休斯敦①的半身像。

这房子和另外一个小房子相连，在通往该房间的拱顶入口，传来了弗莱达·比提鲁斯的声音。鲍勃能看到她，她的脸朝向他所看不到的角落。她看了鲍勃一眼，挥了挥手，但是还在继续说着。

"……瘦个子，但是骨盆宽，是从他妈妈那边遗传的。他们全家生孩子都很容易。我两个女儿也遗传了这特征。O. K. 的妈是个老古董，尽相信那些养孩子的废话——用油腻的洗碗水揉孩子的膝盖，说这样孩子会早走路。还说妈妈要读诗，要让脑子朝好的方面想，说这样孩子会长成好人。他的脚很大，什么鞋都穿不上，商店里现成的鞋都不行，只有定做，在阿马里洛的奥利弗兄弟鞋店定做，很贵。他一双鞋穿很长时间。手大，脚大，骨骼也是又大又壮。说了你恐怕都不信，他刚出世的时候，头小得像个茶杯，要不这就是他妈瞎编的话。"弗莱达又看了看鲍勃·道乐，大声对他说：

"我让你来，美分先生，是想把沃尔多的嘴给堵住。他以为我是待宰的羔羊，而你就是那拿斧子的人。所以你来只是稍微

---

① 山姆·休斯敦（1793—1863），美国律师和政治家，经过他所领导的斗争，得克萨斯被纳入美国版图。

看看。再等一会儿。你先坐下,等等我。”她接着又面对着角落说起来。“他们为什么叫他 O. K. 呢?那要说到他的第一份工作,也就是当牛仔。那时候,别的牛仔都这么‘O. K.’‘O. K.’地叫他,因为他总是说,‘到目前为止一切都 O. K.’,你知道,这是往好的方面看问题。这绰号就叫开了。他的真名是塞特拉普,但只有我这么叫过他,而且我也常称他‘O. K.’,除非我生他的气。你叫他‘O. K.’他才答应,所以我把‘O. K.’刻到他的墓石上了。他老是知道却装作不知道,结果错过了很多东西,被其他人欺负,工作吃亏,大事也不让他去做。他不喜欢在前面冲。要是硬逼,他什么事情都能做。做了,他也从来不说,一直保持低调;到了万不得已,才会站出来,把事情做了,也不管是什么事;他总是一声不吭、顺顺当当、正正确确地把事情给你做了。他这方面出了名了。”

弗莱达叹了口气,接着说,“他也做了些傻事,喜欢恶作剧,像头山羊一样没有礼貌,喜欢喝那么几口威士忌。但是这个你不要写。不要让过世的人不得安宁。有很多事他是不会去做的,你要是叫他做,他都觉得是在侮辱他,比如给家里的草地割草。他是那种执拗、傲气的牛仔。但他也是个好人,他没有多少特别的或者突出的地方,但对马和牲口特别在行。什么牲口,一到他手里,全变得乖乖的。再有,和他在一起,你心里有底儿。你看那边的桌子,那是他二十二岁的时候。你看那张脸,动不动就朝你笑的样子,你能看到他多壮实,多平和。他总想着自己是在大踏步奔向好日子呢。看不出他会因自己的错误被人鞭打一顿。他抱着的是沃尔多,才八个月,老是在扭来扭去的,所以照片那么模糊。他是我们的头一胎,一九三九年九月四号出生,也是我们惟一的儿子。沃尔多这名字是根据我所喜欢的一种发酵粉取的,‘沃尔多奶油发酵粉’。另外两个是女儿。我宁愿养儿子。女孩子喜欢跟你顶嘴,嘲笑你,还撒谎,直到把你气昏,气得连今天是星期几都不知道。”

屋子那边传来一个声音。“今天就讲这么多大概就够了，比提鲁斯太太。我三点钟之前还要打一些电话，所以我得赶紧走了。明天怎么样？或许我们可以谈谈你儿子沃尔多。他是石油业的大人物。”

弗莱达·比提鲁斯的鼻子哼了一声。“那是他爱这么想的。不过我想也没什么关系。”她顿了一下，又补充说，“我婆婆常说，他这人太聪明了，很难活。小孩子家太聪明，容易死掉。当然沃尔多并没有死掉，所以我想他没那么聪明。”

拱顶走道里出现了一个很矮的金发女孩，手里拿着个录音机，还有一大沓散装的纸，每张纸上都写着斜体的字。

“噢，你好，”她对鲍勃说，“我叫伊夫琳·佳恩。我在写社会学硕士论文，是关于毛桶郡的。比提鲁斯太太年龄最大，镇上还没有铺路之前的事她都一清二楚。”她似乎很紧张，说话时眼睛从他肩膀上看过去，不直视他的眼睛，看样子她是那种不愿意和人眼光接触的人。

鲍勃和她握了握手，嘴里咕噜了几句。他妒忌得要死。他怎么就没想到说自己是研究生，是来为土地价值、土地使用现状之类的论文做准备的？这种借口多好，还不比豪华别墅好上一百万倍？

伊夫琳·佳恩走了，她的录音机后面拖了根线。

“进来，”弗莱达·比提鲁斯说，指了指里面的房间，“那是我丈夫 O. K.，我刚才是和那姑娘在说他。我正要说 O. K. 是怎么死的，她就跳起来跑了。他是因为沃尔多死的。沃尔多特别喜欢游泳，他去参加什么学校运动会，运动会上大家在游泳池里比谁游得快。我觉得这事挺傻，可是沃尔多会赢个绶带，或者奖杯什么的——奖杯上会有个半裸的家伙，O. K. 每次看到都高兴得不得了。沃尔多十五岁那年，有个大型游泳比赛，全长条地的学校都参加,还有俄克拉荷马,或许还有新墨西哥。那是很久以前的事情了。比赛是在古德威尔大学举办的。沃尔多赢了第一场。可怜的O. K. 激动得又蹦又跳,嘴里喊着'沃尔多!沃尔多!',不料踩到一块湿地上,脚打了滑,一头掉进游泳池的深水区。他是个地地道道的旱鸭子,一下水就一头栽到池子底,像块石头一样。还没等人家下去救,他就淹死了。最后是沃尔多把他拉上来的。沃尔多第二场没有参加,所以根本不知道会不会赢。我想他后来一辈子都没再游过。"

"这内疚的包袱他背一辈子可够受的。"鲍勃说。

"'内疚的包袱'?我可不这样想。沃尔多对什么都不会感到内疚。现在他派你来跟我较劲,来买这牧场。我现在就跟你敷衍敷衍,不过我告诉你,你是不会买着的。哪怕你出一百万都不行。"

"沃尔多出的价是你说的十倍。"鲍勃说。

"什么!嘿,这小坏蛋!我猜爱莲和玛里琳也是支持他的吧?"

"我和你儿子见面时,她们俩都在。"

"这几个混账东西!好,我都想同意了,卖了钱我全自己留着。他有没有叫你四处看看还是怎么的?"

"他说有个叫史蒂夫的人会带我看。"

"哦,你是说史蒂夫·埃斯卡巴达。已经很多年没有见到他了。我想他搬到圣安东尼奥去了。你最好自己看看。"她似乎很想让鲍勃离开。她的手颤抖着,满是皱纹的脸上全是汗珠子。鲍勃突然害怕她是在发中风。

"我能不能扶你坐到椅子上去?"他问。

"床。"弗莱达喘着粗气,手朝着橡木桌子那头的一个绿色门帘挥了一下。鲍勃把她扶过去,掀开门帘,里面是一间非常大的卧室,地上铺着淡粉色地毯。一张大号花床,装饰得像婚礼上的蛋糕,摆在卧室中间。床上被子没有铺过。他发觉屋子里到处都蒙了一层灰,他想这家里是不是没有女佣或者清洁工。他把她扶到床边;一坐上床,她的眼睛就立刻闭上了。离开的时候,他偷偷地四处打量了一番,注意到靠湖的大窗户;皮桌面上乱摆了一些戒指、项链,还有一篮子报纸和没有打开的信,还有杂志。他记忆犹新的那塑料胸针也在,边上全是灰。过了绿色门帘,他接着往前走,上了土星车。他决定自己开车在牧场上转一圈。

出来后,他看到有一条环湖的路,向西延伸到一个树林里。天气非常好,天空澄蓝,空气凉爽,四周异香扑鼻,无数朵野花把田野装点得如同天上的草原。他把车窗打开,让那美妙的空气钻进来,然后一踩油门,向湖边的路驶去。

绕湖走了四分之一,路开始陡峭起来,路现在是在一个高出湖面一百英尺的白色悬崖上。一只黄蜂突然飞进敞开的车子里,似乎无法出去,在鲍勃的头顶愤怒地飞来飞去,绕着“8”字花。他能感觉到黄蜂翅膀下抖动的空气。他抬起左手,想把它赶出去,但黄蜂突然冲过来,对着他左眼下面螫了一下。鲍勃的眼睛顿时火烧火燎,如同被酸浇过一样,他本能地伸出右手去捂,车子突然转向,离开了路面。他猛踩刹车,但车前端已经露到悬崖外,后轮还在地上。他稍微一动,车子就晃荡起来。他的眼睛肿得只剩一条缝。黄蜂还在,可是现在已经不能把它弄走了。即便它再来螫一百下,鲍勃也不敢移动。他的心跳到了嗓子眼。他只能一动不动地坐着,总会有人见到的,只是时间长短的问题。弗莱达·比提鲁斯。不过她会睡多久呢?她会不会从窗口向湖边看?当然,她的窗口那么大,只要她向外看,是不会看不到他的。他希望能有什么东西在手里挥着,吸引她的注意。他小心地拿出谷仓帽,慢慢抬起来,在车窗前上下移动着。黄蜂又冲过来,螫了他的大拇指。车子令人揪心地抖动了一下。悬崖边上的土在渐渐往下掉,车子越来越往湖里倾斜。

没有别的招数了,他只好想法子出去。他得到车后座上去。车前座的靠背之间有空地方,鲍勃很慢很小心地抬起屁股,移到那空处,同时非常轻地向后移。车子一动不动。他十分小心地移到后座,但是他抬起腿时,悬崖下面的土又有一些滑落了,车前端往下倾斜了可怕的一英寸。他尿裤子了,但是他几乎没有注意到。好在已经到了后座。他伸手去抓车门把手,很慢很慢地把门打开,然后滚到那救命的地面上。他从悬崖边爬开,耳边能听到土噼里啪啦地落在水里。不过到了车外面看,车子与其说危险,不如说姿势难看——斜在悬崖上,好像是在看下面的水,准备着跳下去,痛快地洗个澡。鲍勃想,事实上,他甚至可以找个拖车来把它拖回到路上。他开始朝路上走,这时才发现裤子湿了,他走的时候,裤子把他的大腿擦得很不好受。他的右眼肿得看不见了。他估计到城里大概有八英里路。外面有风,所以他想不等他走到城里,裤子就该干了。或者会有人让他搭顺便车。不过裤子还湿着,他是不会搭人家车的。当然,也不止这一个法子。他可以回到弗莱达·比提鲁斯屋子里去,借用她的电话,叫一辆拖车来。她若是问起他的湿裤子,他怎么回答呢?要不他就走到城里去。他突然又想,那黄蜂到底还在不在土星车里?最后,他决定步行到城里去。

上了主要公路,他一直向前步行。每次听到热乎乎的远处有车声过来,他就转过身,打手势示意要搭车。一辆坐了三个牛仔的破车从他身边开过去,接着又有一辆保养良好的卡车开过,上面坐着两个墨西哥人。第三辆车停住了。休·杜乌警长打开了乘客座那边的门,看了看鲍勃的裤子,问道,“车坏掉了?”他随后又看到鲍勃的肿眼睛,“出事故了?”

“说‘掉’也行,”鲍勃说,“我正开车沿着湖看牧场,突然有只蜂子飞进车里,螫了我一下,我失去控制了。车现在在悬崖边上。我差点掉到湖里。所以我现在是去打电话找拖车。"

"碰巧我有拖车带。"警长说。他又看了看鲍勃的湿裤裆。"上车吧。"

他们到了土星车旁边的时候,发现悬崖边沿又下去了几英寸,车子的姿势如同跳水前的向前探身。

"我不知道,"警长说,"那下面的老黄土很松,随时都会塌陷。我想你还是找个拖车吧。"

"我不就是这么说的吗?"

"你不仅需要拖车,还得祷告上天帮忙。你跟我说说,比提鲁斯太太不愿意把斧头牧场卖给你,是不是?"

"也不完全是。问题很复杂。复杂得很。"

"乘我们现在等艾伯特,你可以和我一五一十地说说。"休打了个电话给调度员,让她去找艾伯特·邓特,让他立刻到比提鲁斯的牧场来。

"我们有辆车架在悬崖上,下面是湖。他得快点儿。"

第二十一章　三重冠

又是一个灰沉沉的上午。云低低地垂着，它的下方如同有几百个鼓胀的乳房，看来又要下冰雹，甚至更糟糕。

鲍勃上午给泰姆舅舅和吕贝页·克鲁克先生写了信。然后，开车沿着柚子髓颜色的公路，前往毛桶，把信寄了。天气越来越坏，空气黏重而潮湿，天色阴暗。他的信箱里有一封褐色的平信，邮戳是丹佛的。他把信撕开。原来是环球猪肉皮公司的新闻简报《肋骨》。

一阵狂风裹着冰雹，吹向邮局的窗户。鲍勃赶忙跑向他的车，外面闪电撕扯着天空。回棚屋的路上，风猛吹着土星车。冰雹和雨水夹杂，冰雹越来越大，砸在车上、路上，又反弹起来，留下一道道淡紫色的痕迹。闪电在他周围穿梭不息，亮出一片片耀眼的强光。他把车开到马鞍座毯桥边，在一棵柳树下停下来躲避。风猛烈得让人恐惧，天空忽明忽暗。闪电来时，强烈的白光让他看见被撕扯的乌云和闪亮的落叶。雨水、冰雹、树枝、塑料袋从车窗玻璃前擦过。他看到核桃一样大的冰雹密集地砸进溪流里，水面上出现了一片泡沫。不过，看着被冰雹砸得支离破碎的褐色水面，还不像看着令人战栗的地平线那样可怕。褐色的波涛在马鞍座毯溪上涌动。本来像铅笔一样细的水流，此时变成了咆哮的大河。他惊恐地看着河水漫过河堤，在他附近的马路上漫开，然后，那水一小股一小股的，如同手指一样，伸到桥面上。他想这样下去，自己很有可能被水隔离，被洪水冲走。

他很快发动了汽车,离开了黑色的柳树,回到猛烈的冰雹和大雨里。风一阵阵猛吹过来,把土星车推向路边的一个深沟。沟里的水已经涨了上来,快和柏油路面一样高了。汽车一会儿往后转,一会儿打滑,鲍勃费尽力气控制着它,在路面上潮湿的石子间行进。又一道闪电划过天空,铜色的亮光照亮了红宝石色的下端云层。十几头牛被冰雹抽打着,在他的面前狂奔,蹄子溅起了一片片水花。小牛犊又痛又怕,在风雨中哞哞乱叫。一片铁皮屋顶从他前面飞过,在草地上连连翻着筋斗。冰雹更大了,鲍勃觉得仿佛有十几个安屋顶的人在用钉枪钉着他的土星车。突然间,窗玻璃上出现了十几处裂纹。裂纹使得他无法看到外面,他只好把窗户打开,边看边开。路上突然出现了一堆黑黑的东西,近前一看是一头死奶牛,他设法绕开了。他心想,怪不得长条地人信神,因为他们生活在往来匆匆、凶暴恶劣的天气之下。天气让他们谦卑。

到了陨星牧场门口,冰雹小了。鲍勃知道他的土星车这回是毁了,被那些冰弹砸得坑坑洼洼的。他无法趟过小河去棚屋,只得把被雨水浸湿了的信件往外套里一塞,跑到拉封厨房去躲避。他很难过自己不能趟过小溪,因为艾伯特中尉的《勘察记》还在棚屋,面朝下躺在他的枕头上。

"哎哟,鲍勃,"拉封说,"哈钦森郡刮龙卷风了,离这儿只有二十英里。我正为你担心呢。"厨房的收音机是打开的,发出一阵警报声,示意人们找地方躲避。电视上闪着红色的警告信号。一个空洞的声音正在播放龙卷风通告的最后部分:"……部门向毛桶郡发出警告,下午三点三十分之前有剧烈的雷暴天气。雷暴中会有高尔夫球和棒球大小的冰雹,还有倾盆大雨以及狂风。请找个牢靠的地方躲避。"

"我的天,"鲍勃说道,"你肯定龙卷风没有到我们这儿吗?可怕极了。"

"这只是龙卷风边缘,"拉封说,"如果龙卷风到了这儿,嘿,你就在天上转了。正在电视上呢,你看到了吧,那个红块?好在哈钦森郡没有多少人。总之,今晚你就在这儿过夜,水不退下去,你是回不了你的屋子了,或许要等到明天。还可能有暴风雨。他们说会有好几场暴风雨着陆。我把沙发给你铺好。"屋子外面电闪雷鸣。

鲍勃设法引拉封说她爷爷背上的伤疤。为了让她放松下来,他帮助拉封收拾厨房里的锅碗瓢盆。她在窗前指了指后院里躲避暴风雨的地下室入口。

"真来了台风,就该去那儿。如果我不在,你也可以随时去,一进去就不要动,不管什么时候,白天还是晚上。那下面收拾得挺好。有一台旧电视机,有一些罐装食品、蜡烛等等,还有几张小帆布床和几把椅子。"

"你用这地方次数多不多?"

"只用过一次,"拉封说,"龙卷风不常到这里来。我们总在风边上。不过它们会跟着铁路跑。所以我不希望家在铁路边。我想现在风雨停了。"确实,闪电退到了东北,西南边晴了。

鲍勃坐在厨房的桌旁喝咖啡,突然想起了他的信。他先拿出环球猪肉皮公司的简报。简报大部分内容是统计图表和财务预测,但是最后几页却是针对选址员的,鲍勃发现,这些人分布在全球各地。他也头一次发现——因为吕贝页·克鲁克没有告诉他——环球公司有奖励制度。

> 时光飞逝,选址员们!但是你们还有时间赢得你们自己的掌上电脑,电脑皮套上还印着环球猪肉皮公司的徽标!为什么要让这一个月白白过去,空余遗憾?为什么要等到最后,发现你不在那些幸运的姑娘、小伙子之列,不能把玩一台时兴的掌上电脑?

同一页上有个框子，粉红的底色，洋红的框边，里面列着前一个月的杰出选址员，也就是为环球公司选到最多土地的人。

销售精英	面积	地址
CN. 巴克	900 公顷	科罗拉多州，拉君塔
伊夫琳·佳恩	6000 公顷	俄克拉荷马州，盖蒙
弗莱达·比格利太太	1600 公顷	堪萨斯州，约翰逊
克莱·里克	120 公顷	内布拉斯加州，蓝山

这些选址代表均荣获上个月的奖品——凯尔文·克莱恩短途旅行包。因篇幅所限，优秀选址员未能尽列。如果你的名字不在本月名单上，确保它会出现在下月名单之中。伊夫琳·佳恩和弗莱达·比格利太太因打破了千公顷大关，还获得了环球探测者便携式收音机，它是高级的短波收音机，能收到莫斯科、巴黎、伦敦的英文电台，声音像水晶一样清晰！为表彰伊夫琳·佳恩的杰出贡献，公司另外奖励给她百万像素的数码照相机，包括机套和微型内存卡！姑娘，好样的！伊夫琳，教教小伙子们你是怎样成功的！

拉封好像没有什么情绪讲故事，一味计算着她的支票簿，嘴里咕哝着。到了下午，鲍勃在她那法国乡下式厨房里实在待得不耐烦了，决定开车进城，把车窗户玻璃换了，另外也想看看风暴对毛桶的破坏有多严重。出了门，他发现土星车还不是太惨，或许有十几处砸凹下去了。最糟糕的是车窗玻璃。

鲍勃吃惊地看到，陨星几英里开外，居然太阳当空高照，路也是干的，白的，如同奶粉。到了毛桶镇，他把车子停到老狗餐馆门外，进了餐馆帮塞伊把菜装到盘子里：像裹了菠萝粉的火腿排骨、回炉的土豆和酸奶酪、芦笋加黄油和柠檬汁、葡萄干馅饼等等。

“这边根本没有下雨，是不是？”

“没下。不过我们能看到风暴，另外也刮了点风。有时候就这样，过一个镇子天气就很恶劣，这边却好好的，反之也一样。早些时候，这里闷得要死，热得能烤熟一只熊。总之，你得尽快熟悉天气的快速变化。这是本地的特征之一。你要是待着不走，会听到一些天气故事的。”

不过鲍勃脑子里转的，却是拉封所讲的牧场主斯格尔蒂，还有他的工头布鲁依·克拉克。

“塞伊，你有没有听说过过去的牧场主斯格尔蒂？”

“妈的，那当然，大家都知道他的故事。听说他把一个芬兰裔农民给炸了。那还是大家为篱笆的事在争的时候。他们发现那芬兰人在斯格尔蒂牧场的一英里之外，被炸药炸死了。发现他的那牛仔说，有人把一根炸药放到那芬兰人做爆米花的锅里，点了引信——头、脖子、肩膀都好好的，膝盖以下的腿部也好好的，惟独膝盖和翼琴①之间的部分炸成了比牙签还小的碎片，全肥草地了。斯格尔蒂是个天不怕地不怕、鬼见了也要让三分的家伙。”

鲍勃说：“拉封跟我讲过他输了的那场铁丝网比赛。”

“那牧场的故事多得很，有趣得很。斯格尔蒂还有亲戚在这儿，还在老牧场上。高尔夫球高手贾尼斯·苏·派雷斯就是他的曾外孙女，现在斯格尔蒂的牧场就是她在管着。如果不老是这样换丈夫，她也算是个好牧场主。你提到了布鲁依·克拉克？他的子孙后代这边到处都是。我自己也和他沾点亲呢。”

一辆很奇怪的卡车从街对面停过来。鲍勃伸长了脖子，想看得更清楚一点。卡车上有很多坑坑洼洼，鲍勃无从看出哪些是新的。驾驶室门上的磁铁牌子上写着：**艾斯风车**。艾斯身子

---

① 原文为“clavichords”（翼琴），应该是“clavicle”（锁骨）之误。

比以往更单薄，仿佛早年是在裤子夹板之间长大的。艾斯下了车，从屁股后面的口袋里掏出钱包，然后看了看里面。鲍勃想他应该是在看钱够不够来老狗餐馆吃饭。显然，他的钱够了，因为他向餐馆门口走来了。

到了里面，艾斯慢慢地四处看，对鲍勃和其他几个男的点了点头，然后找了张靠窗户的桌子，和屋子里的其他人离得远远的。他到了餐桌边，但只倒了一杯咖啡。

“等牡豆弟兄。”他对塞伊说。塞伊点了点头，接着翻大煎锅里的火腿排骨。“哈钦森郡天气不好，刮了个小龙卷风。”

“我听说了。”塞伊说。

餐馆很快人就满了。鲍勃忙着把锡纸包着的土豆从烤箱里拿出来，但是他太忙，乃至于没有注意到屋子里人人都在激动地窃窃私语。有情况。他几次听到“弗洛里斯”，他猜想有斗鸡活动，除此之外，他什么也不知道了。餐馆里的人都慢慢离开了，鲍勃发现艾斯还在，小心地喝着他的咖啡，看着餐桌，脸上露出饿相。过了一会儿，他站起身，走到门口，开了门，向街两边看。回来后，又要了杯咖啡，接着等。

“看来他有什么事耽误了，艾斯，”塞伊说，“或者遇到了风暴。趁现在还有吃的，你赶紧吃点吧。”

“我再等等。”艾斯说，然后又说，“可不，他来了。”

风车卡车后面又停上来一辆卡车。开车人样子像个幽灵，鲍勃想。那人在明晃晃的阳光中跑过街道，打开老狗餐厅的门。他那副尊容叫人过目难忘：一个大胡子的修道士，身穿破烂的修士袍，袍子在腰部提得很高，露出了膝盖下面的牛仔裤、牛仔靴，头上顶了一顶破烂不堪的雷西斯多帽。

“艾斯！真抱歉，我来晚了。风暴掀翻了一辆卡车，上面的化学品全流到高速公路上了。路封了。我只好绕道，从农场的小路上过来，一路上可够乱的，水挺深，到处都是垃圾。哎呀，我都饿死了。我们先吃点什么吧。真香啊，塞伊。”

两人装满了盘子，回到桌子边。修道士兼牛仔低下头小声嘟哝了一阵，艾斯说了一声“阿门”，随后两人的刀子就齐齐架到火腿排骨上。鲍勃隐约听到他们好像是在说怎么给三重冠牧场的风车换风车头。修道士兼牛仔听得很认真，偶尔还问个问题。盘子吃光后，他站起身，回到餐台边，又添了一些色拉，还有满满一勺子玉米。

“挺不错，塞伊。特别是这色拉酱。我看你是不会把菜谱拿出来的吧？或者哪天到我家厨房教咱们两手？”

塞伊很少听到人当面夸奖他的食物，一听这话脸都红了，忙说会把色拉酱的配料写下来。“没什么大不了的，无非是现做的蛋黄酱。我只是放了一丁点儿大蒜。这些小子要是知道我放了大蒜，准会把我一枪崩了。”

“我说请你教我，这话是当真的。”

“怎么说呢，你知道，我要管这餐馆，还要在牧场做事，这样就很少有时间休——我是说放松。我不知道什么时候有空啊。”

“没准我们能派个学徒来。他一边给你帮忙，一边看着你怎么做。”

“那，当然，这方法我看行。这位鲍勃就经常给我帮忙，当然，再多一双手也很不错。我的准备工作一般都很早，早晨四五点钟。我那时候是最需要帮手的。”

“你好，鲍勃，”修道士兼牛仔转向鲍勃，“我是三重冠的牡豆弟兄。你在这里干得不错。”然后他又转向塞伊说，“我去问问谁愿意起早。萨米弟兄天亮前就起身，他喜欢骑自行车，要是多骑一些路他准喜欢。还有，他做菜的手艺不错。比萨做得真是棒。”

他把盘子拿回到艾斯·克劳彻身边，他们又开始聊起来。

鲍勃又倒了一杯咖啡，坐到隔壁的桌子上，听他们讲话。

吉姆·斯肯恩走了进来，一身的油污。“你好哇，艾斯、牡豆弟兄。塞伊，今天有什么好吃的？”

“火腿排骨加肉汁、土豆泥、新上市的绿豆子、大黄傻瓜布丁。”

“没什么菠萝做的菜啊？”

“还真是有。火腿排骨加菠萝，还有菠萝木薯布丁。只做了一点点，就在那头。大部分人更喜欢大黄。”

“没关系。不过菠萝真他妈的好啊，我看法律该禁止吃菠萝，我除外。”

他把盘子端到鲍勃的桌子上。

“你好吧？”他说。“我是吉姆·鲍勃·比尔·斯肯恩。叫我吉姆就行了。”他的脖子长得很不好，像是被人拉伸过，而且很粗，喉结大得像他的膝盖一样，长着乱乱的毛，打着卷，结成团，然后和胸毛结合到一起。那胸毛就如同发霉的干草。

“我叫鲍勃·道乐。我很好。你怎样？”

“我好得跟圈里的猪一样。你试过这菠萝布丁吗？很不错啊。”他先吃布丁，仿佛这布丁不吃就没了。

“我不是太喜欢布丁。宁愿吃那大黄傻瓜。”

“大黄傻瓜布丁。哇咳！我妈过去常做。要是我们小孩子能跑到那个老太婆家的菜地里偷到几根大黄的话。我知道你是谁。你住在拉封家，对吧？”

“是的。在老棚屋里。”

“那好，你能回答我一些问题。我听说她养狼蛛和蝎子当宠物。有没有这回事？”

“狼蛛是有，不过她现在只剩一只了。猫把另外一个狼蛛的笼子打翻了，狼蛛逃走了。据我所知，蝎子是没有的。”

“我的老天。这么说这东西现在不知在什么地方？那狼蛛？哇咳！”

“好像是这样。好像是在屋子里什么地方。我每次进去，走得都很慢，而且特别留神。跑的是厉害的那只。很大的家伙，灰色，背上带花纹。”

“她应该找个杀白蚁的人过来，用毒气把这家伙给杀了，”吉姆·斯肯恩说，边说边咳，“哇咳！哇咳！”

“她不想杀。她想找回来。她说这东西珍贵得很。”

“算了吧！谁会花大钱——哇咳！——买只操蛋的蜘蛛？”

“拉封就会，我想。现在我有问题问你。”

“什么？”

“有人叫我打听你爹——说他在本地可是个人物。”

“他是啊。也不完全就在本地。哇咳！知道吧，我不是本地人，我爹也不是。我出生在盖蒙，俄克拉荷马的盖蒙。我爹是斯特拉哥的，那也是俄克拉荷马的地方，在盖蒙西边。实际上他生在亚利桑那。他家人是在那倒霉的三十年代去亚利桑那摘棉花的。俄克拉荷马也有雇农在卡斯特郡种棉花，不过长条地没有，后来这边全崩溃了，他们只好去亚利桑那摘棉花了。哇咳！那时候俄克拉荷马长条地四十户人家就有三十七户走了。那边比得克萨斯这边还要糟。不过，他的名声到处传，得克萨斯，俄克拉荷马，科罗拉多部分地区，新墨西哥。哇咳！哇咳！”

“他是为什么出名的？”

“部分原因是他结婚次数多。他结了十四次婚，十四次女人都跑了，他留不住女人。他能把女人弄到手，但留不住。”

“我想很多人都这样。”鲍勃说。

“他还给她们编了一两句话，像一首小曲子。他是这样说的：‘哈里特是深水风暴，把我的——哇咳！——船帆全吹掉；

卡尔维纳是得克萨斯骡子商;约西宝贝儿金色鬈发,蓝色眼睛;红头女孩是失乐园;马脸布里格蒂属于畜栏,但她就是不喜欢我的畜栏;吉恩成天看她的购物目录;露西让我想起——哇咳!——骆驼屁股;还有老苏西,她是杜松子酒和威士忌加白冰。'他就这么滔滔不绝地往下讲。老苏西,那是我——哇咳!——老妈。她以前确实喜欢喝酒,后来信教了,大部分时间在修道院过。你别看他女人多,但一共只有三个孩子呱呱落地,我,我同父异母的妹妹;我们老叫她小姑娘,她的头发老是披着,'小'是说她的个子矮。还有我弟弟霍伊特。他大概是九岁或十岁时死的。有人让他送干草叉到草地里给爹,但他不知怎么搞的,跑了起来,一边跑一边在前面的小路上推着草叉,结果叉尖子叉到草根上,被挡住了,而他这时候跑得很快,结果叉把子一下戳进他肚子,戳得很厉害,肚子给戳开了。等人家过来,他已经失血过多而死。医生说,即使当时他在场,而且所有的仪器设备也都准备得好好的,也没有办法。哎,老天。我们那时候可真穷。我现在还是,都四十六岁的人了,到现在一辆自己的自行车都没有。我妹妹在拉斯维加斯,做娱乐业。我爹死的时候,他们把他埋——哇咳!——埋在灯泡公墓,哇咳!那公墓里每个坟上都安着灯泡,死者的价值是按照灯泡的瓦数来算的。你知道老苏西选了什么?三个烧掉的冰箱灯。她说他就值这个。哇咳!哇咳!哇咳!我一想到这个就不好受。我总是跟自己讲,将来有一天要去一趟,给他换些大灯泡。霍伊特也埋在那边。"

"你父亲还有什么出名的?"

"哇咳!他的鸡巴。他就是因为这个把女人弄到手的。他的鸡巴大得跟马的一样。他因为这个也出了名啦。有些家伙自以为自己魁梧,就走过来说,'我听说你那玩意儿很大。咱们赌十块钱,我敢保证我的比你大。'然后他们就把钱掏出来,边上其他人也下注,然后他们俩就解开裤子。我爹总是赢。哇咳!

两个根本无法比。我是老大，照说这东西我得继承过来，不过好像不成。我的那把戏大小很一般。哇咳！好像不公平。”

“我想什么时候看看那公墓。”鲍勃说。

“啊，实话跟你说吧，那地方被有些人叫作黑人墓地。我爹不是黑人，但是他有印第安血统，那墓地还埋着他的印第安亲戚，哇咳！而且他想埋在那里。也有白人。不过现在它主要叫作黑人灯泡公墓。不过如果你想——哇咳！——去看看的话，我开车带你去。给我带上一些新灯泡——哇咳！——安在那坟上。”

“没问题。你想什么时候去？”

“星期六？我可以——哇咳！——星期六去。”

“我想想，我猜我也行。你说具体什么时间碰头？”

“上午九点，在这儿。”

他们握手表示约定。

“哇咳！”

“顺便问一下，”鲍勃随便地问道，“斗鸡是什么时候？”

“今天晚上，不是吗？”吉姆·斯肯恩说。“在瓦斯普的弗洛瑞斯谷仓，就在俄克拉荷马边界上。在一个老埃索加油站后面。怎么，想去啊？”

“或许吧。”

鲍勃沿着毛桶镇的小街慢慢开着车。这些小街有的路面根本没有铺，车子扬起的灰尘，就是吸尘器一直开着都吸不完。镇上有很多空停车场，有的变成了存放旧机械、旧车辆的地方；其他的改成了菜地。到了凉爽的黄昏，就会有当地居民在这里侍弄西红柿、豇豆什么的。还有一些人家里养着马，有时候会看到这些马慢悠悠在镇上转，转到邮局（拴马栏杆还好使），或者饲料店。镇上有个光头的家伙，大家都称之为瑞德，他是本地动物疾病的行家，很多骑马人都停在他家前面的院子里，向他讨教点什么东西。

芦笋的收获季节到了。拉封忙着把嫩芦笋腌起来，把老一点的冻起来。每个人都有特别的芦笋吃法——芦笋炒牛肉、芦笋汤、芦笋馅卷、芦笋面条。拉封坚持要鲍勃尝尝她做的“圣雅克色拉”：盘子中间是解冻的扇贝堆在一起，然后有十四根像矛一样的芦笋从中间铺开，每根芦笋上还有一根极细的金针菇。调料是等量的山葵、杜松子酒、西红柿酱、生奶油，让鲍勃大跌眼镜。

“很别具一格啊，拉封。”鲍勃说。拉封点了点头，一脸的得意。

等把所有碗碟全放进洗碗机，鲍勃就开车从尘土飞扬的小路赶到牛仔玫瑰镇。牛仔玫瑰镇有家小面包店，到了星期三——供应甜饼的日子——他们有香草山核桃薄脆饼供应，鲍勃对这薄脆饼情有独钟。面包店设在小学对面这个黄金地段，他如果不在三点学校放学前赶到，薄脆饼就会卖光。

牛仔玫瑰镇好像刚刚刮过大风，垃圾到处都是，靠近高速公路停车野餐处的小路上，还有不少断的树枝条。天空清清爽爽，只有在靠近地平线的地方有一星半点白云。

鲍勃拿了一袋子热乎乎的薄脆饼从面包店出来，开车到有树荫的小公园，准备在那里把头六个薄脆饼消灭掉。他在儿童游乐场边上找到了一张空凳子，把上面的落叶和树枝清理掉，然后一边吃，一边看着几个孩子在玩耍。孩子们的妈妈坐在沙池的水泥边沿上。有个女孩比其他孩子大不少，看样子都该上五年级了。她正在转一个五朔节花柱一样的东西，她手抓着系在尼龙绳索上的皮带，每次转动起来，脚离开地面，她都做作地大声喊着“悠悠——”鲍勃突然间——快得就像突然打开一扇门——回到了他的童年。那时候他有个轮胎做的秋千，挂在树枝上，每次荡起来，他也喊着“悠悠——”每次都是同样这么喊，这不是出于快乐，而是因为荡秋千时就该这么说。他想起自己那时候是多么孤单、寂寞，想起秋千下面那片磨损的草皮，想起自己荡得都恶心了，嘴里却还说着“悠悠——！”仿佛他玩得很开心，虽然没有人看到他，也没有人听见他的声音。他仿佛又闻到了那树、那轮胎，还有上次下雨时留下的小水滴。一阵强烈的忧伤、痛苦和孤寂涌上心头，涌进薄脆饼的味道里。他知道，从此以后他是断然不会喜欢这薄脆饼了。

鲍勃没有去陨星农场，而是径直奔向瓦斯普，想去看看斗鸡。路上他经过一家食品店，看到后面有个烧烤牛扒柜台，他买了点熏牛肉，带到瓦斯普。瓦斯普是个很小的村落，几乎一无所有，除了一个老掉牙的埃索加油站，而这加油站也摇摇欲坠。再过半英里，在一片泥地里，树起了一幢白铁皮屋顶的房子，周围全是坏了的机械，还有一些小货车停在边上，很多货车都是他在老狗餐厅见过的。

一个奇胖无比的女人坐在门口的一张导演椅上，身上穿着长裤套装。她向鲍勃收了十块钱，在他手上打了个紫色标记，上面有“会员”字样。里面的灯光很暗。铁皮屋顶的里面涂了些凹凸不平的绝缘塑料，上面粘了成千上万的羽毛。里面的座位是阶梯形的露天式座位，里面只坐了大概五十个人。大部分是大块头，穿着工装裤，也有一些二十来岁矮小、瘦弱的墨西哥人或越南人，身穿T恤和牛仔。这些人阔嘴巴，软脖子，眼睛圆得像黑点，还留着胡子——小得如同蛾子的翅膀。所有人都在抽烟。烟味、羽毛味、鸡身上的热味、人的汗味，全混杂在一起，浓得伸手都可以摸到。空气炎热，还有臭味。鲍勃坐到一个农夫身边。那农夫足有四百磅重，身上穿了一件格子花衬衫。衬衫也不知洗了多少次,都已经发软了。

下方是个长方形的池子,里面用篱笆一隔为二。墙上写着这是一家“私人俱乐部”。另一块牌子上写着“不许赌博”,但是鲍勃却看到大把大把的钱在屋子里流动。

“这些人是什么地方来的?”鲍勃问,同时朝四周看,他觉得瓦斯普似乎处在人口非常稀少的地方。

“操,”边上那胖子说,“到处都有。真正地到处都有!道奇市的,花园市的,阿马里洛的,得克何马的,甚至还有丹佛的,鲁保克的,威奇塔的,俄克拉荷马市的。”他们说话时,有更多的人进来了。鲍勃听到了公鸡打鸣的声音。胖子自我介绍说自己是博德·索比,说他是堡垒供应公司的保险代理,刚开始自己养斗鸡。“全国都流行,俄克拉荷马斗鸡合法,自然流行了,其他地方不合法也照样有人斗。加利福尼亚对斗鸡就抓得很紧。威尔·罗杰斯把这娱乐引进好莱坞。后来威廉·伦道夫·赫斯特比赛时玩花招被人识破,被禁止参加比赛了,结果斗鸡的形势大为扭转——赫斯特出于报复目的,告到立法委员那边,游说他们通过了全国最严厉的法律。”

“那是斯迪克·弗洛瑞斯。”胖子接着说,用手指了指一个高个子。那人剪了很短的平头,一张脸满是皱,像蜂蜡一样,嘴的颜色如同生殖器,宽大的手,指甲长而弯曲。他爬上了播报席。一个十几岁的男孩跑到池子里,用番茄酱塑料瓶把面粉撒在土里,作为界线。

比赛开始了。一名裁判和两个训练师走到了比赛池。每个训练师手里都逮着一只非常漂亮的公鸡,鸡的一只腿上绑了把短刀。训练师之一是个年轻的胖子,没精打采的,头上有顶农夫帽,以那种时兴的样子朝后戴着;另外一个训练师的脸皱得像抹布,过于严肃的表情扭曲了脸上的肌肉,不是肌肉的地方就是下垂的皮肤,这样子和他手里的蓝脸鸡形成了鲜明对比。这公鸡美得如东方的地毯，结实的红脑袋，闪闪发亮的绿色尾巴，鸡脖子上是一圈金色羽毛，背上是栗子红色，如同带穗的钢琴罩布。年轻胖子的鸡是褐色的，羽毛短短的，像只母鸡，鲍勃觉得它根本没有蓝脸鸡那么好看。两人握了手，然后仍然把鸡逮着，让它们对啄了一会儿。

“那是把它们的血气给激起来，”鲍勃边上那家伙说，“你看，他们用的是尖刺刀，不是砍刀。两个鸡重量一样。”

然后两个鸡主人就分开了，各自退到白线后，弯下腰，把鸡放到标记上。两只鸡立刻冲到了一起。这情形发生得太快，鲍勃根本没反应过来。褐毛鸡跳到蓝脸鸡身上，用腿上的刺刀去戳。蓝脸鸡张开翅膀攻击褐毛鸡的腿，鲍勃听到了一声闷响。褐毛鸡倒向一侧，然后又跳将起来，那只好腿上的尖刺刀快得像一道光。观众中响起一片叫好声。有人在大叫：“杀了它，小矮鸡！”鲍勃觉得自己被一群歹徒围在中间。美丽的蓝脸鸡倒了，嘴贴到土上。它咳了咳，鲍勃看到了土里的黑点。两个训练师赶忙跑上前，对着鸡嘴里吹了吹气，然后又把它们放到线前面。褐毛鸡往回翻滚了一下，试图用那条好腿再度发起进攻，不料又被对方的翅膀猛扑了一下，立刻倒在地上抽动起来。蓝脸鸡挣扎着站起来，伸了伸脖子，突然间一股血从嘴里喷出来，它也倒了。蓝脸鸡赢了，却死了。老人跑过来，拎起鸡的一条腿，把它扔到谷仓后面的暗处。很快又有两个人带着自己的鸡过来了，其中一个是罗普·巴特。那少年重新划界，新的比赛开始了。

鲍勃待了两个小时，看了无数场比赛，直到混着鸡味的灰尘、鸡翅膀上的臭味和烟味呛得他打喷嚏。这些鸡，这臭味，这些一身汗的人，有种催眠般的、可怕的东西。渐渐地，他发现鸡代表的是它们的主人，那些粗笨的汉子，或者皮包骨的亚洲人，在心理上都把自己附着到那些整洁、漂亮、威猛的公鸡身上。他向胖子道了个别，悄悄走了出去。到了停车场，他看到一个高大的农夫在对着车子轮胎撒尿。他看了一眼鲍勃。

“我在里面输了九百块。”他说。

“我为你感到难过。”

“你不知我有多难过。回到家里我老婆准把我杀了。”

鲍勃开着车子往陨星牧场赶。一路上他总觉得自己是去参加了文明开始之前的某种黑血祭祀仪式，或是观看了一场特别的战斗，一场带有性暗示的战斗——那暗示扎根于长条地人心理的最深处。

第二十二章　吕贝页来信

鲍勃到长条地快三个月了。他一共给克鲁克先生写了六封信:描述了老太太的被面兴趣小组、谷仓和老狗餐厅的有趣谈话,还写了一封长信解释说天气不稳定,无法让地皮的业主出手。他还讨论了他理想中的土地——泰特尔·克劳彻的牧场,弗莱达·比提鲁斯的牧场,还有其他几处可能会弄到手的地方。他没有提豪华别墅选址之事。每次却收不到回信,只有环球猪肉皮公司简报。那个炎热、多云的星期六上午,他本要和吉姆·斯肯恩一道去给吉姆爹的坟上安高瓦数灯泡,路上看了一下信箱,看到了克鲁克先生的两封信。两封信都写得很短,语气冷嘲热讽。

亲爱的鲍勃·道乐:

你不要先清点这些土地。你先花时间和大家混熟了,让大家知道你这家伙有多么多么好。谁知道——没准他们自己就决定把土地全卖了。当然,他们要是想卖,那也是卖给得克萨斯农场公司。谁叫他们有个聪明能干的业务员呢? 当然,你可以把你认为可能出卖的地皮名单交给公司。哥们儿,每次看你列出那么一长串潜在客户,我们可都是肃然起敬啊。鲍勃·道乐,环球猪肉皮公司有你这么一位员工作为他们的代表,大家可真是感到自豪啊! 如果哪天太阳从西边出来,这些人真想卖了,你可别忘了告诉公司。你可以接着写信来汇报你如何卖力工作,或者天气如何坏你的好事。你想评论什么就接着评论，不过你要告诉我们下周你打算干什么。我的热狗啊，你到时候准又会让我们大喜不已。

第二封信更短：

鲍勃·道乐：

多给我做点业务，少写点信。我们还以为把以前那家伙赶走，信这害虫就灭掉了呢。你给杂志写东西，他们给你钱。但是环球猪肉皮公司给钱，是让你为养猪场选址的。你什么时候能把业务给我铁板钉钉地落实了，我好派收购员过来？

经过这连番的打击，鲍勃想吉姆·斯肯恩父亲的墓地还是不去为妙。做了这个决定，他就想去喝杯咖啡，吃个油炸圈饼，不过只有在老狗餐馆才有这些东西。一进老狗餐馆，吉姆·斯肯恩已经在恭候了，面前还摆着一盒子泛光灯。他只有硬着头皮去了，于是买了一袋发酵的油炸圈饼，还有两杯外卖的咖啡。

"我们坐你的车吧，"吉姆·斯肯恩说，"我的旧卡车没有耶稣帮忙，是开不动的，轮胎坏得太厉害了，踩起油门，那声音震天响。哇咳！"

他们开车向北，一路上吉姆·斯肯恩讲他和他爹的故事让鲍勃消遣："……有一次，他用伞套子当避孕套。鲍勃，你知道我为什么喜欢你吗？"

"不知道。"他想象不出怎么会有人喜欢他。

"因为你，你——我喜欢你，是因为你与世无争，你随波逐流。一开始我在想，这小伙子肯定是吸毒了。"

"我不吸毒。"鲍勃说，他怀疑吉姆·斯肯恩自己是不是吸了点什么。他似乎很亢奋，似乎有点癫狂。

"老头子还使得一手好马索，我跟你说说。有一次，还是五十年代,有三个家伙抢了银行。我爹骑马进了城,那时候他还没有车——汽车、卡车都没有。他就这么着沿着街道骑着,脑子里什么也没有想,突然这些家伙从银行里跑出来,每人胳膊下都夹着成袋的钞票。我爹想都没想,就立刻跟在后面追,把他那老绳子拿出来,转了几圈,一绳子拴了两个家伙。另外一个家伙跑了。警长来之前——不是现在的警长,现在的警长他爹过去是在亨茨维尔给死囚做饭的——我爹把一个袋子藏在衬衫底下,告诉警长说是另外一个抢劫犯拿走的,说那犯人带着钱袋跑了。拿了钱,他头一桩事是买了辆好车,是一辆白色的大斯多德巴克尔车。当然,当牛仔的,把家里油盐都搜刮尽了也买不起这样的车,所以警长很快就明白了。我爹把那车开了两星期,警长就将它没收了。警长没收的时候一脸的笑,然后他让人在车上漆上了警长标志,我爹又只好去骑马了。他用其余的钱买了个牧场。他跑到了俄克拉荷马,那该死的老警长拿他没有办法。他还给我买了条红色的狗,名字叫伍迪,是根据伍迪·格思里的名字来的。它现在死了,被一个骑自行车的人给害了。那人带了枪,一枪把伍迪打死了。”

他们开车向北的时候,鲍勃说,真奇怪,两个长条地靠得这么近,居然会这么不同。

“怎么可能一样呢?不同的人,不同的法律。从某种意义上说,俄克拉荷马是南方的州,而得克萨斯像是西部的州。得克萨斯都是聪明人,成天瞅着看有没有机会。人家说俄克拉荷马人思想正统,听不得批评,不过你要是问我一个普通的俄克拉荷马人怎么样,我会说他们很直接,只是觉得俄克拉荷马老是倒霉。哇咳!那个麦克维把俄克拉荷马城的联邦大楼炸掉的时候,我们都点头说,‘对了,就是这样。可怜的老俄克拉荷马。’当然,大家也不喜欢那个音乐剧①,除非有人把它改编成电影

① 《俄克拉荷马》是美国著名的音乐剧。

《俄克拉荷马》。这样大家才会喜欢。”

“你是做哪一行的，吉姆？”

“什么都做一点，但主要是搞音乐。我弹吉他，还写歌。如果明天乡村音乐没有了，我是一定会自杀的。我的专长是俄克拉荷马题材的歌。我们有个演唱组，叫俄克·多客①演唱组。我们到处演出，经常去阿马里洛，还有盖蒙，博西市，比佛。你们常听到关于俄克拉荷马的坏话，我就是想把它纠正过来。”

就这样，鲍勃一直听着吉姆·斯肯恩的絮絮叨叨，一边开着车。过了几个小时，他们进入了一片荒地，风侵蚀过的沙地上，草寥寥无几。吉姆·斯肯恩竖起拇指向右边指了指。

“那是我爹的牧场，”他说，“哇咳！”

鲍勃放慢了车速，看着他指的地方。那或许是他所见过的最贫瘠的土地了，被沙暴侵蚀得厉害，干燥，用过了头。风把肯德基盒子吹进须芒草丛中。一架风车向东倾斜着，随时可能倒塌。鲍勃费了好大气力，才在脑海中勾勒出当年那一片有水牛穿行的草地。

“他在荒地上干了好几年。一开始的时候还不算太糟糕。他们在上面放牧。这草地都放牧了很多年了，我是说成千上万年。后来大旱了，放牧的事就砸锅歇火了。”

“现在的主人是谁？”鲍勃问。他想答案无非是这牧场现在属于全国草地系统，政府正要把严遭沙暴侵蚀的草地从没有远见的主人手里救回。

“是我啊，”吉姆·斯肯恩说，“我真想把它给卖了，可就是没有人愿意买啊。这地方太荒了，我想我只好这么守下去了，种田、放牧都不行。不，先生，那棵棒子上没有玉米了。不过它也

---

① 俄克·多客，原文为 Okie Dokie，是“O. K.”的另一种说法，另外 Okie 也指俄克拉荷马州人。

做过牧场的,很久以前。过去为了挡住牲口,不让它们跑到得克萨斯去,他们树了一条横贯俄克拉荷马长条地的篱笆,那篱笆就从这边穿过。那还是开放牧场时代的事。也不知道那时候谁是这地的主人,或许是101。”

鲍勃的脑子里突然闪过一个念头。“我看做养猪场可以啊。”他不动声色地说。

“是啊,可以做,不过你也知道,这些家伙从来不来找我。我是愿意卖的——这块地现在对我是负担。不过真见鬼,别看大家老是说他们,这些养猪场的家伙害羞得很,也不在毛桶镇吃饭,我都不知道到哪儿去找他们,怎么去找。”

鲍勃张开嘴,又闭上,然后又张开。

“这地全部是你的?”

吉姆·斯肯恩很快看了他一眼,顿了一下,然后说:“这个,一半股份属于牛仔玫瑰镇的艾斯,就是整风车那人。论关系,他算是我姑丈。我父母两边都还有亲戚。不过艾斯对这老牧场最有发言权。税是他交的。”他又向那片地挥了挥手。

吉姆·斯肯恩接着又说:“他也不是什么真正的亲戚。他娶了我爹的妹妹的一个朋友——瓦莉·厄肯斯坦。他弟弟是泰特尔,夜猫子牧场就是他的。论继承权,艾斯也该有一半,但他老爹全给泰特尔了。我老爹可能就是看到这不公,才决定把牧场的一半给艾斯。他们一直是好朋友。”

鲍勃觉得这世界真小。他们说话时,他注意到有一片云慢慢成为涡状,充满阳刚之气,仿佛要把其他的云全吸进去。他想起了上学时遇到的裸露狂逖米·鲍特尔,每次从健身房出来淋浴的时候,都摆出种种姿势,展示自己健美的身材,让边上几个瘦弱的可怜虫用眼角看着。

“就是这儿。”吉姆·斯肯恩说,大拇指朝左边指了指。他们经过一个木拱顶,上面有小树枝编成的“斯特拉哥公墓”字样，然后他们上了个小斜坡，到了一块铁丝网围着的土地。

“到了，”吉姆·斯肯恩说，“公墓就是这个。他的坟在那边的角落里，我想。我们最好下车，走着过去好了。”他一边走，一边咳嗽。

“这地方每天晚上都有鬼出来，像一群蝙蝠。”他说。

公墓前面是一排排整齐的小坟墓，面朝东边，每个都有石头边，上面覆盖着小块鹅卵石。再往后的坟墓就排得有些乱，有的是土坟，边上装饰着塑料蕨菜、花、石条板、破手风琴、手电筒等物。

在路边，鲍勃看到了一位叫维纳斯·郝格先生的墓地，墓碑上刻着电话公主的画像，还有略显不详的文字：“耶稣呼召……”

他们经过了一个年久失修的开放壁龛式坟墓，周围凳子的木头都已经陈旧不堪，四处开裂。不远处，一道道雨水如长矛，又如智齿的根部，纷纷扬扬地落下来，离他们越来越近。也真是机缘巧合，他们刚赶到吉姆·斯肯恩父亲的坟地，雨滴就砸下来了，得克萨斯特有的阴郁开始临到了他们。坟墓在后面的铁丝网旁边。靠近墓碑底部，有一簇因枝叶的奇怪形状而被称为“羚羊角”的植物。

吉姆·斯肯恩把冰箱灯踢掉，把泛光灯猛插进湿地里，然后两人一起向土星车方向猛跑。但鲍勃的眼睛看到了一个熟悉的名字，于是转身回去看那墓碑：

此处安息着芬尼·沃尔特·莫里斯

一位年轻的牛仔

一九〇四年生于缅因①州洛克哈特市

一九二〇年十一月十七日卒于得克萨斯毛桶郡

---

① 原文为 Main，应为 Maine（缅因州），应该是刻碑人之误。

看来泥巴芬的坟墓还不止一处。云阴沉地低垂着，如同白内裤包着的肥臀，风暴快近了，两人赶紧开车离开。

“爹的棺材是亨特店的特制棺材，”吉姆·斯肯恩说，“迷彩棺材面，迷彩棺材里。他还穿着迷彩的夹克，戴着迷彩帽子。葬得还算风光，就是那几个小不点的灯太不像话。”

第二十三章　富人奥兰多

溪水过了好几天才退到可以让人趟过去。鲍勃感觉自己好像是远道归来一样。他坐在门廊上，拿了一瓶珍珠牌啤酒，阅读着艾伯特中尉遭遇的那场很类似的风暴。那次风暴在地上积起一英寸半的冰雹。冰雹还靠着须芒草堆积起来，形成一个个小水坝，使得整个草原上积起脚踝深的水。中尉用速写画下了这个奇特的景象，但是他又傲慢地说："不过，从那些未受教化的印第安人对这粗拙速写的反应上看，这景象在漠不关心的旁观者眼里，或许颇为可笑。"

随着时间的流逝，做成业务的压力越来越大。后来，鲍勃到了晚上就在床上辗转反复，无法静下心来看艾伯特上尉如何描述崎岖的峭壁和草原土拨鼠，一个声音不断在他的脑子里喊："找块地皮，找块地皮。"他想把泰特尔·克劳彻的地给敲定下来，因为那边已经有养猪场的臭味了。比提鲁斯的牧场做养猪场似乎过于好了一点；如果真要开发上等住宅，这牧场倒是个绝佳的选择。他曾想去找个开发商，不过后来又想，真要这么做，他还得向开发商解释说这地皮在得克萨斯长条地上，主人要价九百万，这都不是那么好开口的。尽管如此，如果他下个周末去丹佛，或许还会找个开发商，谈谈比提鲁斯的牧场。至于养猪场，泰特尔·克劳彻的地方是真正的目标。排在泰特尔之后的是吉姆·斯肯恩和他所谓的姑丈艾斯·克劳彻。如果他一下子弄到两块地皮，吕贝页会怎么反应？

老狗餐馆的付费电话仍挂在墙上。鲍勃用它给泰特尔·克劳彻打了个电话，问能不能约他明天上午出来聊聊。

“行啊，你可以过来，不过那马拉运货车的事我可没什么好说的了。谷仓上面或许还有一些骡子的挽具。你要是来看，就请便。”

“我确实很想看看，但是我找你，是有别的事。”

“什么事？”

“一时也说不好，我明天来当面解释吧。”

“知道了。”老人的话音突然间狡猾起来。

鲍勃·道乐在塞伊的餐馆里喝了两碗玉米辣椒汤，并把涂了黄油的面包泡在里面吃。他开车回到陨星，在牧屋停下来取水。拉封正坐在厨房的桌子边，啃着一盘解冻后重新加热的鸡翅。

“我应该给你带点塞伊的汤回来。”鲍勃说。

“什么汤——该不是什么罐头装的面条，里面放上大块芹菜吧？”拉封嘲笑道。

“不。他不会做这种玩意儿。是玉米辣椒汤，加上洋葱、芫荽叶、奶油还有很多自制的面包。很不错。他的手艺不错。”

“嗯，听起来不错。不过我不知道我会不会进他的餐馆。听人说他不管做什么，总有汗从他的鼻子上掉下来，滴到菜里。我想我还是免了吧。”她把干瘪的鸡翅放到盘子上，“今晚上太闷，什么也吃不下。我想起来了，有个家伙来找你。我说你可能天黑前回来。他说他会再来，今天晚上来不了就明天来。他开着豪华车，是什么保时捷车。”

“是谁呢？”他想象不出谁会来找他，除了警长，但警长是不会开“保时捷”的，而且拉封肯定认识警长。

“他没说叫什么名字。”

"他长什么样儿?"或许是奥兰多,鲍勃心里升起了希望。

"大块头的家伙,肌肉发达,身上不是戒指就是文身。黄头发。好像不是什么好人。"

"肌肉发达,"这不像是奥兰多,"胖吗? 他胖吗?"

"一点也不胖。看起来就像查尔斯·阿特莱斯。"

"查尔斯·阿特莱斯是谁?"

"算了,不说了。这人看上去就像电视上的摔跤手。他说今天晚上或者明天早上再来。"

"那真够糟糕的。我明天早晨要出去,要去见克劳彻先生。"

拉封差点从椅子上站起来,"你不是说泰特尔要把夜猫子牧场卖掉吧?"

"我们还在谈。如果那家伙再来,你让他留个条子。"

那陌生人晚上没有来,第二天早晨也没有来。鲍勃·道乐前往泰特尔·克劳彻的夜猫子牧场了。

一片古铜色的阳光斜照在牧场上,仿佛太阳的眼窝里嵌着巨大的透镜。天上有大片的云,红通通的像着了火一样。天又闷又热,一丝风也没有。汽车上了牧场的桥,下面的木板吱吱作响。鲍勃这时又闻到了库佩奇路的养猪场气味,虽然在一英里之外,也足以把他呛得流眼泪。不过这反而让他感觉好了些;这夜猫子反正已经毁了;再多五万头猪也坏不到哪儿去。泰特尔·克劳彻搬到城里还好点,什么都便利:牲口拍卖、迪西饲料店,当然,还有老狗餐馆,他可以和他的老伙计们一起去。

所以当他敲门的时候,心情是畅快的。他觉得自己不仅要完成一桩交易,更要做成一件大好事。他要告诉泰特尔,这养猪场的臭味对他没有任何好处,他没有别的选择了,然后他要如实告诉他毛桶镇的种种好处。

管家开了门，她开得很快，鲍勃的衬衣前襟都被风吸进了门里。管家狠狠地瞪了他一眼。他往后退了一步，鞋跟踩着了一块木板上突出来的钉子。

“他在里面。”管家吼着说，用她的胳膊肘指了指那丑陋的客厅。他刚一进门，她就砰的一声把门关上，赶紧跑向厨房。

泰特尔·克劳彻慢慢把轮椅转过来，对鲍勃微笑着。桌子、椅子、地板、一直到大厅的地上，都摆着很多积了灰的皮绳子、皮带子。这些古老的皮制品僵硬而笨重，杂乱地扭在一起，如同拉奥孔塑像上的海蟒。

“好了，五分钱先生，这回你该高兴了。我让路易丝到谷仓阁楼上，把我爷爷套十头骡子的挽具去找出来。但挽具不在那里，我想应该在马缰绳房上面的巷道里。她一看果然在。所以我们按照原样把它们铺开了，就像当初使用时的样子。你要想象这里有十头骡子。”

鲍勃想，怪不得管家朝他瞪眼呢。这么大热的天，她花了一上午在蒸笼一样的巷道里爬，把又硬又脏、足有上百年的骡子挽具给拖出来，何尝容易啊！他故意装出很有兴趣的样子去看那挽具。不料有只灵巧的蜘蛛从一个扣环下面跳出来，跑过褐色地毯，消失在一个装满马雕像的柜子里。鲍勃顿时不敢靠近这挽具了。他想把话题从骡子队、骡子挽具转移到牧场土地、养猪场和毛桶镇的美好生活，但他总是不能成功。泰特尔·克劳彻沉浸在对过去的回忆之中，什么也挡不住他。鲍勃顶多只能把话题从骡子转到马，再从马转到痛恨铁丝网的斯格尔蒂先生。

“当然，那都是我年轻时候的事情了，”泰特尔·克劳彻说，“不过他们的故事我们都是知道的，很多的故事。艾伯纳·斯格尔蒂和布鲁依·克拉克。真是一对活宝啊。你听说过布鲁依的马和火车汽笛的故事吧？”

“没有。”鲍勃绝望地说，他真不知道怎样才能把话题改过来。

“这故事很出名。布鲁依自己有一匹马，叫老剃刀背，对火车是怎么都不喜欢。到了火车边上，它就开始暴躁，开始紧张。这马是的的确确痛恨火车的。怎么说呢？那时候的马，对火车都没有什么好印象，但是大部分马还不至于一看到地平线上有火车开来，就立刻昏了头，把自己摔成两半。而老剃刀背就会。有那么一次，布鲁依在草地上骑着这马，要骑很远很远。他是一个人，你知道了，五分钱先生，这个得克萨斯的长条地有多长！所以除了远方，什么也看不到。好了，这布鲁依，他有点厌了，整天看着草、天空还有马耳朵，有什么好看的？所以他就想点子来玩。他跑到前面，学着远处火车头的声音，呜——呜——！那老马身体立刻僵住。如果就到此为止也没什么，但还没完。布鲁依又叫了一遍，这回声音更大，好像火车正以每小时四十英里的速度靠近。乖乖，先生，这下子有好戏了。老剃刀背一跃而起，跳了十五英尺高，把自己摔得肚肠迸裂，重重砸向地上的火车头，还没来得及看那火车头冒出多少蒸汽，就一命呜呼了。人们骑着马跑过来，马身上都是一身大汗。他们以为布鲁依准死在什么地方了，甚至更惨。有几个人骑了马去找尸体。嘿，找到了，那火车头先生正在呼哧呼哧喘气呢，脸肿得像是起了泡的火车轮子，嘴里不停地骂着全得克萨斯都没有听见过的话。

“该死，我不是有意把话题岔开的，”他说道，“咱们还是说说这运货马车的事儿吧。我知道你感兴趣，所以我给我的老搭档奥尔蒙德·郁塔联系了一下。他在峡谷那边的长条地平原博物馆工作。他对马车很精通，也收集这些奇怪的东西。有趣得很，他说过去的运货马车没有完整地保存下一辆。我跟他说，盖蒙有辆很大的旧斯多德巴克尔马车，他立刻说这车只剩一些零件了，不过是一两个传动轮和车轱辘绑在一起而已，原来那样子的马车已经没有了。一个也不剩了,过去可是成千上万啊,光是本郡来往的马车都有成千上万啊。没有这些马车,就没有美国。大马车公司是罗塞尔、梅杰斯、瓦德尔——一万五千轭的牛,一万五千个雇员——赶牛的,赶骡子的,各地都有转运站,什么圣路易啦,内布拉斯加市啦,多得我都记不清了。那时候这可是一门大生意。然后他们开始了小马快运,想法是好,可他们全栽在这上头了,全失败了。只维持了一年半,然后电报就出来了,谁还愿意花五块邮票钱请人骑马送信?没错,我说这个国家就是多亏了这运货马车。"

"在铁路之前。"鲍勃说,他想起了拉封的说教。

"是啊,在铁路之前。各处博物馆还收藏着一两辆康内斯图加大篷马车,或者双轮单座马车,或者迪尔伯恩小四轮马车,或者洛克威马车,泽西马车,但是你让我看的那照片上的马车,我倒真是没有见过。或许犹他州还有,不过也破得不成样子了,只剩下些零零碎碎。

"他说那些马车后面另加的车叫拖车。他们就是这样叫的,拖车。就像如今我们说的'拖斗车'。他还说,要是有哪个农民的谷仓里或者牧屋里有这种车,一定要让他知道。铁路断送了这些马车。有了铁路,就没有了骡子队和运货马车。人们就让它们晾在草原上,任凭风吹日晒。有时用它来引火。没有哪一个人从窗口伸出头来,看着这些老马车说,'天哪,我要是把它传给曾曾孙子,这东西他们能卖个很好的价钱呢。'然后把马车找个安全的地方收起来。所以奥尔蒙德说了,你要是见了一辆——我说你对骡子队和运货马车感兴趣——务必打电话给他,因为他会出好价钱的。除非它的主人要把它捐了,作为得克萨斯历史的一部分。"

现在,鲍勃发现他既不是搞养猪场的,也不是搞豪华住宅的,而是寻找运货马车的,寻找乡村交通工具和器械的。谁知道半个世纪以后,一百年以后,到底什么东西有价值?他的舅舅和开胃是不是就是这样做?不声不响地把赌注押在未来的价值上?谁能猜得透?当年的车夫们赶着一组骡子,驾着朴素而实用的马车,如果知道日后有人打起这马车的主意,准会大笑不已。

“还好,至少我们还有照片。”鲍勃说。

“照片也不多。脑子正常的人,谁会想到去给运货马车拍照呢?”

“车夫啊,如果他为自己的骡子和马车感到骄傲的话。”

“没错。这些车夫有的是钱,想给他们的骡子拍就拍了。或许拍了还会把照片随身带着,放在贴近心窝的地方呢。”

“这些马车能承载多少呢?”鲍勃听到了话里的讥讽,想把话题引开,转到卖地的题目上。

“照他的说法,圣达菲马车能承载六百五十磅。一辆二手的马车和六头骡子要卖八百块左右。你想换在今天,这该是多大一笔钱!他们叫它圣达菲马车,是因为这马车从堪萨斯城和韦斯特波特开出来,目的地总是圣达菲。那边的生意很繁华。奥尔蒙德说大多数马车都是在费城造的。在东边有造马车用的木头——洋槐、榆树、橡树、岑树、白杨,还有别的什么我就不知道了。还有特制的机械,还有板条、刨机。”

老人看了看钟,然后点了点头。“我该去睡我的上午觉了。谢谢你来,五分钱先生。我希望这些关于骡子和马车的回答能让你满意。我现在得躺下了。”他拖着步子很快走向大厅,把鲍勃一个人留在白塑料椅子上。

管家进来了,一句话也没有说,等着送他出门。没有别的办法了,他只有离开。

“对不起,”他对管家说,“真抱歉让你——”但是她只管把门砰地关上,剩下他一个人,孤独地站在上午的臭气里。

快靠近高速公路的时候,有一辆绿色的多功能箱式大跑车开进夜猫子牧场的大门。他只有把车开到最右边给那车让路。那车从他边上飞驰而过,把灰土和石子掀到土星车上。那位司机他只看到了一眼,好像是个一脸怒容的金发女人,戴着大墨镜,个子很矮,比方向盘也高不了多少。她的嘴唇动了一下,鲍勃觉得那样子似乎是在骂人。他真不知道她的怒气从何而来。后视镜能看到后面有个标志,不过他反着看不出来。他踩了刹车,拉下车窗,把头伸出去看,发现那标志上写的是:**只许入内**。现在他想起他和拉封都出来了,只是方向不同。

快到陨星时,鲍勃看到了一辆科罗拉多牌照的"保时捷"停在拉封门口。听到他的土星车声音,拉封立刻出了门,来到门廊上,示意鲍勃把车窗放下。

"那人又来了。他去棚屋了。"鲍勃向她挥了挥手,把车开走了。

他看到棚屋的门廊上有个笨重的东西,原来是个大块头的家伙站在那儿。那人肩膀很宽,看样子鲍勃要是进门,正面进都进不了,只能侧着进。他把车停住,出来看着这庞然大物,有点面熟。

"鲍勃!"一个低音从那粗短的脖子里发出来。那人伸出巨大的手。他身上的肌肉鼓鼓胀胀的。他穿着黑色人造丝的短袖衬衫,上面有手绘的酒吧内景,里面有个丰满的金发女郎,正坐在绿色的酒吧凳上喝着马提尼酒。他的两头肌鼓得简直能把袖子撑破。

"奥兰多?奥兰多!我都认不出来你了——"他们互相拍着肩膀,笑着。

"举重举的。监狱是健美的好地方,锻炼,长肉,吃碳水化合物食品。他妈的那里简直就是生产美国先生——的地方。我出来后开始吃类固醇。对了,我是去奥斯汀,那边有个生意伙伴,但是想来看看你。地址是从你舅舅那里要的。他看起来很老了。"

"那'保时捷'——是你的吗?"

"当然了,鲍勃。我还有一辆同样的,只不过是红色的。你眼前的这位狗娘养的可是个大阔佬啦!"

"不过,你是怎么阔起来的?你是什么时候出来的?我是说——你好像得跟我好好说说才是。"

"在大牢里我通过我爸炒股票,炒的是技术股,行情最好的时候脱手,紧接着科技股就完蛋了。运气。然后,在牢里,我们几个常做些荒唐事的家伙鼓捣出了一张奇怪的CD,通过我爸在互联网上卖。生意很好。每个兄弟会①都有一张这种唱片。"

"什么,关于兄弟会的歌?"

大块头大笑起来。"不,这CD的名字是《监狱放屁摇滚实况金曲》。顾名思义,就是放屁的摇滚。在监狱里,你会发现关于自己身体的一些奇怪现象。我们有人注意到,放屁的声音有高有低。我们中间有个家伙真是明星。没有什么他不能来的——从深低音到花腔女高音,还有口哨声、颤音、震音,都能来。简直是用肛门演奏的路易斯·阿姆斯壮。从此之后说来就简单了。我只是把那些样本录下来——我有一台卡西欧牌的数字取样机,外形像一只怀表——出来后,我就把它们拼成歌。可受欢迎了。CD上有《大牢摇滚》《自由鸟》,但那曲《通往天堂的台阶》一放就是八分钟,一炮打响。要在录音棚忙好一阵,但是很值。并不是我们全集中到一起,组成个什么会幕放屁合唱团——我们靠的是技术。后来又出了几张其他的流行CD,不是放屁,但套路是一样的。"

---

① 美国大学校园里男生参加的一种社交组织,通常以希腊字母命名。

鲍勃不想听后来的走红歌曲究竟是什么性质。他能想象出来，无非是一连串的呼噜声、咂口水声、亲嘴声；他也能想象这些曲子在兄弟会的圈子里引起的欣喜。

“电脑方面怎么样？我以为你是想搞电脑呢。”

“哎，见鬼吧，我没那个悟性。好日子都是在七十年代，是克兰奇队长①和电话黑客那阵子。现在不同了。科技股崩溃之后，搞电脑就不行了。我现在一门心思搞 CD。”

“我想这些 CD 或许在男人俱乐部和退伍老兵中间也有市场？”鲍勃说，“比如消防员、油井工、国民警卫队员？还有当兵的？”

“伙计！你这主意真棒啊！我从来没有想到过这些家伙。鲍勃，你听我说，你要不和我一起干，当我们的销售经理？我有个合伙人在奥斯汀——是我同一个牢房的难友，叫斯莫克——不过你来还是有你的位置。你有点子。我们正要把那些放屁的曲子制作成杜比 5.1 声道混音效果，能在家庭影院的 DVD 上播放。这能大赚一笔。不过买控制台的钱——妈的，真是贵。”他看看鲍勃的那辆满是泥泞和灰尘的土星车，“你可以给自己买辆凌志车了。你觉得怎样？”

鲍勃不想重逢才十分钟就把老朋友一口回绝，但他也不想卖放屁唱片给退伍老兵和工人——想着都恶心。他想奥兰多筹钱买控制台都还不太难，更难的是如何根据放屁音乐，制作出有可看性的录像来。

“我得想想，”他说，“我现在的工作不错。”

“什么？你的工作‘不错’？鲍勃，瞧瞧你现在，住在得克萨斯长条地的这个破洞里！好了，鲍勃，简直像《得克萨斯肢解惨案》里的场景。记得那个穿着火辣辣裤子的姑娘吗？还有肉钩

---

① 美国著名黑客，真名为 John T Draper。

子?”他轻蔑地扫了一眼周围的棚屋、土星车、草地、陨星牧场的马、沟里的野草、拨弄着树叶的火鸡,还有多云的天空。“看看,鲍勃。我坐大牢,却发达了。你在外面混,但看看你混出了什么名堂来?”

鲍勃一言不发。他怀疑他无法让奥兰多理解他在环球猪肉皮公司所做的事,无法让他理解自己为什么要知难而进,坚持把自己所痛恨的事做到底。

“嘿,妈的,咱们干吗不找个地方去吃点烧烤,一醉方休?”

“那得去俄克拉荷马的盖蒙,或者伍德沃德,再或者去阿马里洛。毛桶郡是禁酒的,也没有烧烤的肉。”

奥兰多一脸狐疑。

第二十四章　镇上的紫罗兰之夜

他们花了好长时间跑到伍德沃德，却一无所获，最后到了阿马里洛。在堡垒供应公司附近，车灯照亮了一块牌子，上面写着**“要求搭车的人可能会是逃犯”**。他们转向西，飞奔着穿过俄克拉荷马长条地，到了博西市，然后又折向南，穿过斯特拉特福德和卡克特斯。在这两处都有一长溜开慢车的人，他们被堵了很久。奥兰多一遍又一遍地播放吉姆·怀特的《追赶龙卷风的好日子》。过了十一点，他们才赶到阿马里洛。此刻，“……有时我他妈觉得自己被知道的一切困住”这句歌词已经入木三分地印到了鲍勃的脑中。

一路上奥兰多都在侃，说着难友斯莫克收藏的业余科幻爱好者杂志。

“他大概有五六十本。知道吧，他过去也做过黑客。但是他有大量业余科幻爱好者的杂志——不是《二〇〇六》，他们是不让他看这个的，是《洗碗机》《威克默》《马斯纳特》《套索》《堪萨斯的比尔》这些。《堪萨斯的比尔》是最好的，就像漫画书，说的是一个执着的青年农民如何跟科学作斗争。斯莫克每次都是先看这本，但老是喜欢讲，有点败胃口，他说：‘可怜的比尔这次又和他们对干上了。他被一伙地质学家关到了山洞里。这些地质学家就想把他爸爸的地弄到手。他爸爸好像也被这些地质学家洗了脑，连星期三的祷告会都不去了。’‘算了，比尔。’他说。为了借来看，我只好向他进贡香烟。里面的画也画得不错。比尔是个怪人，头上有块天生的秃斑，总是穿工装裤。老斯莫克，比我早出来一个月。他喜欢他的那些小把戏，知道吧？每个人的身体都有些特殊才能，比如放屁这玩意儿。通常这些特征都是小时候开始发现的。比如让耳朵动，从牙齿缝里吹口哨，把身体弯成一个圆。他在嘴里不知怎么弄一弄，口水就变成了白沫，从嘴角流出来，看上去就像得了狂犬病的狐狸。要是有人打他，他就玩这花招，这样就不被人欺负。对方看到他口吐白沫，就问，'你怎么搞的？'斯莫克就含着白沫含糊不清地说，'一点小病，而已。'对方就很紧张起来，说，'滚得远远的，你这家伙！'

"40号路横贯得克萨斯的顶部。"奥兰多自命不凡地说。车慢下来进阿马里洛的时候，他又说，"有卡车的地方就有夜总会。"他已经换上了一身黑色紧身T恤衫，上面印着"我他妈要是在乎什么，那首先会在乎你"。

"那儿有一个，"奥兰多突然说，指了指一个煤渣做的空心砖的房子，很低，门是红的，"我说嘛。我们一开始就该到阿马里洛来。"

霓虹灯的红光照着站在门口的人身上，把他喷出的烟染成邪恶的深红色。那闪烁的灯字是"得州联合"。进去吧。鲍勃把车停到停车场，四周是朽坏程度不一的小货车。他们走向红色的门。煤渣停车场上积了污水，他们走着走着得跳一下。

"这儿肯定下过雨。"鲍勃说。

"这一个大得都可以划小船了。"奥兰多从一个大水洼边绕开。水洼边上的泥巴闪着亮光。

快到门口的时候，他们听到了音乐，声音又大又震，一个声音洪亮的家伙在大声唱。鼓声缓慢而激烈。他们开了门进去。

"天！"奥兰多大声说，声音盖住音乐，"这就像《镇上的紫罗兰之夜》啊。记得那部电影吧？还记得紫罗兰吧？大屁股的金发女郎，她收到花店送来的一个盒子，打开一看，里面是秋麒麟？

看看上面的卡片,是她不认识的人送的?但他给的地址是个俱乐部?还说如果她肯来,一晚上免费供应她的饮料?她后来去了?一个扎着镶钻皮带的家伙给了她一杯饮料?告诉她说是他送的花?然后他把她带到后面的房子里,给她打了一针?她疯了?这部电影你总该记得!有一幕是他们把一只小鳄鱼鼻子朝上粘在她的裙子上?你当时喜欢得不得了啊!这地方就跟那电影院一样,一样的布置。你看那招待!都可以去演那电影了!"

鲍勃不记得那场电影,也不记得是什么演员扮演酒吧招待的,但是他看了一眼酒吧柜台后面的人。那人很瘦,而且很老,白头发整整齐齐地梳着,一直拖到屁股。他穿了一件嵌着假钻石的脏衬衫,整个样子很像格瑞维尔·格尔蒂。

"要什么?"酒吧招待问奥兰多。

"两杯'上帝之印',"奥兰多说,他没有理会鲍勃在边上摇头,"还有两杯'胖轮胎'醒酒汽水。"

"我们没有这种货。四杯'玫瑰和花蕾'怎么样?"

"行吧。"奥兰多快快地说,"我想是那种地方吧。"

"那是,是那种地方,"酒吧招待表示同意,他看了奥兰多身上的文身,"但是我告诉你,十年前,这里你们都进不了,挤得不行。"

他把饮料推到他们前面。他们端到角落里的一张桌子上。

"真不知道你怎么还记得这些老电影的。"鲍勃说。

"记得?我怎么可能忘了?我们在牢里就是互相讲电影的剧情。有个家伙叫雷格·柯尔,特别擅长西部片。他看过好几百部,记得都很清楚——里面的明星、布景、人物的名字,都一清二楚。不过我讲的才最好。那些好看的恐怖片和怪异片。记得《和三个慕男狂一起锁在银行金库里》吧?记得《再生人》吧?制作这部片子肯定都用了一百加仑的假血。我出来后只看过一部片子《网络女爵》。说的是个女日本佬,身上穿着聚酯薄膜,上面粘着天线，名字叫‘网络女爵’，那是因为她上网冲浪的速度奇快。因为速度快，她网上购物时出了差错，本来是给她男朋友买生日贺卡，结果却被卷入一伙色情罪犯中间。”

“好啊。你说说剧情。”鲍勃笑着，摇着头，看着四周。这地方大概有十五到二十个人，大部分都是模样古怪的老年妇女：有一个瘦得皮包骨的老太太，没戴胸罩，年龄在五十岁左右，染着黑发，正一脸崇拜地看着那歌手；还有一个矮胖的女人，白头发，做了一个刺猬头发型，正在独自跳舞。女人们全都看着那歌手，带着不同程度的渴慕。那歌手是个八十多岁的人，戴着红色假发，正冲着麦克风大声吼着。舞台边上有个闪烁的牌子上显示着**鲁比·拉文**字样。一个金发、啤酒肚的女人正靠在男友单薄的肩膀上，激动地对歌手喊着，“好啊，鲁比，好啊，鲁比，真是帅哥！”那男友身上穿着人造斜纹呢子的上装，一脸深深的黑纹，看这样子，该是个对沐浴敬而远之的退休司炉。

“更像是《僵尸之夜》。”鲍勃说。

鲁比·拉文的耳朵又大又肥，上面不是皱就是结，看起来就像一串干蘑菇。他没有牙齿，但是衬衫一直敞到腰，露出一片白色的胸毛，上面有汗珠在闪闪发亮。他在大声吼着：“别让星星进入你的眼睛……”

“奥兰多，”鲍勃说，“你把我们带到老年人俱乐部来了。这里没有人在六十五岁以下。那招待肯定都八十了。八旬老人。”

“是啊，”奥兰多说，“但是我喜欢，再说还有白酒。管他妈的，你想再开车去找吗？”他对啤酒肚的金发女大声喊，问她的名字是不是紫罗兰。

“不，是德拉，”她回答说，蛮有兴趣地看着奥兰多，“以前来过吗？”

“没有。我一直在牢里。我和我的朋友，”他指了指鲍勃，

“都是刚出来。”

“好了，奥兰多！”鲍勃低声说。不过这个肌肉发达的家伙不肯停住。他邀请那女人——他坚持要叫她紫罗兰——过来，和他们坐在一起。黑纹脸的男友也过来了，而且看上去很乐意。鲍勃想，他肯定认为这一晚上有免费的酒喝了。那好，就让奥兰多付账好了。他不是夸自己阔了吗？

“我是德拉，这位是鲍勃。”那女人说，拍了拍黑纹脸的肩膀。

“哦不，”奥兰多说，“这不行。我们已经有了个鲍勃了。你叫紫罗兰，你的朋友叫——布兰姆。”鲍勃想，奥兰多肯定是想到司炉布兰姆了。“紫罗兰和布兰姆。”他挥手要了饮料，给了那老招待小费。招待拖着步子，斜端着盘子走了。

但是那老鲍勃不要布兰姆这名字。

“我的名字是罗伯特·博德费希①，”他大声地说，话里带着挑衅，眼睛瞪着奥兰多，“你可以叫我罗伯特，或者鲍勃，或者博德费希先生。听到没有？”他把手伸进夹克衫口袋。

奥兰多的脸上露出鄙夷，他正要开口，就看到——鲍勃同时也看到——那人的口袋里露出了金属的寒光。

“当然了，鲍勃。”奥兰多平和地说，“随你便。你呢，”他对鲍勃·道乐说，“我叫你布兰姆。可以跳个舞吗？”他问紫罗兰。紫罗兰点了点头，跳起来。快到舞池的时候，鲍勃听奥兰多说：“亲爱的，我想让你坐到我的座位那边。”过了一会儿，他们就着《小啊，小黄点的比基尼》的歌，旋转了起来。两个鲍勃一声不吭地坐着，眼睛全看着下面。最后，歌手接着唱起了《月亮河》，鲍勃开始问：“对了，博德费希先生，你是干哪一行的？”

“猪。”黑纹脸又点了支香烟，猛喷出一口，那烟如同雪茄。

---

① 鲍勃是“罗伯特”的别称。

“真对不起，没听清楚。”

“我说‘猪’，猪猡，肥猪，呼噜噜——呼噜噜。”

“你是养猪、卖猪、杀猪，还是什么别的？”他知道在卡克特斯有个肉类包装厂，他以为是包装牛肉的，因为那厂靠近饲料库。

“经理，养猪场经理。上白班。”后面几个字他说起来不无骄傲。

“是吗？”鲍勃说。“养猪场的名字是什么？我是说，你在哪家公司高就？还是个体的？你是得克萨斯农场公司的吗？”那个鲍勃的眼睛紧盯着奥兰多和金发女。奥兰多对她在说着什么，而她不时向两个鲍勃坐着的桌子看一眼，眉头皱着。鲍勃尽力想把这情景和《镇上的紫罗兰之夜》联系起来，但是他没有想到电影，却想起他离开泰特尔·克劳彻的时候，那辆蒙着灰、掀起石子的多功能箱式跑车，还有皱着眉的金发司机，然后又突然想起公司简报的最后几页，还有带着录音机去采访弗莱达·比提鲁斯的人。

“天啊，”鲍勃说，所有的形象都一一归位，“伊夫琳·佳恩！”

“不，环球猪肉皮公司，是东京的大企业，日本人控制。我管理一个养猪场。过去是给得州石油做管道检测的，但现在这工作报酬更高，而且也没有太大压力。搞管道检测要承担不少责任。特别是天然气管道。比如在加伦德，天大旱，土地都开裂了，这时候天然气漏了。那气顺着地上的裂缝跑，一直跑到人家房子里，房子炸了，死了三个人。至少猪这东西不会冷不丁地要人命。我还打着另外一份工，给潘帕的一家碳粉厂做事。”

鲍勃想，这就难怪他脸上有那些黑纹了。他本想问上百个关于猪的问题，他想他终于有机会去参观一个不让外人进的养猪场了，但是这时候奥兰多却回到桌子边。啤酒肚的金发女正走向写着“女士”牌子的地方。

“嘿,”博德费希问鲍勃,“你去过艾里·贝茨燧石采石场吗?在梅瑞狄斯湖边?”

“没有,”鲍勃说,“我一直想去看看。那里有什么?”他过去一直把“艾里·贝茨”念成“阿里·贝蒂”。

“是燧石。是燧石采石场。过去印第安人总是敲出这些燧石片,用来制作箭头、刀子等东西,很漂亮,五颜六色的。和其他部落相比,住在加拿大河边的印第安人都有钱。他们的燧石人人都想要。我几年前开始敲燧石。爱好。比你想象的要硬得多。不过我现在已经很精通了。当然艾里·贝茨的料是弄不到的,他们不对外开放。进去也有个向导陪着,盯着。但是加拿大河沿岸其它地方也有,我就用这种。我所做的,就是造一些箭头,埋上一两年,使它们看起来很古老,然后把它们放在车子的小储藏柜里。然后我就去密歇根、肯塔基这些地方,如果这些地方有印第安遗址,或者据说有的话。到了这些地方,我就丢两个箭头下来。这些考古学家就兴奋得不行,以为又发现了一条重大的贸易通道。”

鲍勃还没来得及对他自己透露的恶劣行径作出回答,奥兰多就一屁股坐回自己的椅子上。

“伙计,她的舞跳得真不错,”他说,“不过这音乐很臭。坐牢的时候,我经常一个人自己吹口哨,自己跳舞。让肌肉更加强健。不过新出来的舞这样可学不到。所以我错过了不少。但是这种老掉牙的东西,妈的,谁都能跳。”

“过去有好音乐。过去有很好的伴奏音乐。鲍勃·威尔斯去塔尔萨之前,就演奏得克萨斯重节奏舞曲。我有一张CD,五十年代的,那时我还不大,这种音乐刚回潮。‘莫利·哈该特又在方向盘上睡着了……’”罗伯特·博德费希说。

“吉姆·斯肯恩怎样?听说过吗?”鲍勃问。

“俄克演唱组的那位仁兄？拉倒吧。”

“奥兰多,我得走了,”鲍勃说,“我明天有重要的事要做。”

“走？妈的,我们刚来呢。”

“没错,但我想这位博德费希或许能送我。反正我有事要和他谈。”

“你去哪里?”罗伯特·博德费希问。他好像不大情愿就这么把自己的女友让给奥兰多。

“毛桶。”鲍勃说。

“毛桶!?那他妈都在长条地那一边,快靠近俄克拉荷马了。而且那边的路比火鸡踩的路好不了多少。”

“是啊,但你不是在那边上班吗?”

“见鬼,不在那儿。我就在阿马里洛北边一点,离我们坐的这地方不过八英里,这边好歹有人烟,有灯红酒绿。当然,除非我去潘帕的场子。毛桶的营业场所六点就关门。”

“差不多。”鲍勃说。

金发女回到桌子边,嘴唇上新涂的金属紫唇膏闪闪发亮。

“你坐这儿。”奥兰多说,拍了拍他旁边的椅子。

“德拉!”罗伯特·博德费希说,“这家伙要我送他穿过长条地。这主意你怎么看?”

“你去好了,”她对鲍勃说,“你自己开。我要送这位奥兰多去他住的地方。我要把那个谋杀故事给他讲完,一个小子把另外一个小子轧死了,那小子是个朋克,紫头发。”她看了看鲍勃说,“我是说那个轧的,他现在假释出来了。阿马里洛人不喜欢紫头发。”

“不想送,”罗伯特·博德费希对鲍勃说,“这两个家伙有什么诡计,那一个——”他指了指奥兰多,“脑子里在捣鼓什么名堂,我知道。”

“放下你的臭架子得了,”奥兰多说道,“今天晚上我就住在阿马里洛。我没有紫头发，另外，我看这地方对我还特别适合。”他和金发女靠得更近了，又看看鲍勃，“你那破棚子我看还是省着吧。”

“见鬼去吧，”罗伯特·博德费希说着，然后转向鲍勃，“好，我送你去俄克拉荷马城，要是你愿意的话。”

“可以。”鲍勃说，同时站起身，“如果奥兰多执意要待在阿马里洛——”他巴不得离开奥兰多。奥兰多已经不是过去那个一肚子奇闻逸事和电影故事的小坏胖子，现在他是个成天吵吵闹闹、一肚子坏水再加上一身好肌肉的前罪犯了。“但是有时间我想和你聚聚，”他对另外那个鲍勃说，“我想和你谈谈养猪业。我也是做这一行的，我也给环球猪肉皮做事。我是选员址，我是说选址员。”他想劝罗伯特·博德费希让他参观养猪场。

“总之，实话告诉你吧，”罗伯特·博德费希说，“我晚上喝酒的时候可不想谈生意上的事。我们做的事，别人不爱听。既然你也是公司的，你什么时候想去看看，我欢迎。我们在帕奇，M 号乡村公路。但是你最好先打个电话，这样他们就会让你进去。你要把名片带着。我们管得很严。”

鲍勃被威士忌加啤酒再加音乐猛灌了这么长时间，到了停车场，头还是昏的，一不小心脚就踩进了大水洼。他拖着湿淋淋的步子上了土星车，打开暖气烘脚。他打开窗户，调和车内外的温度。这时候他看到了煞白的月亮，小得如同一毛钱的硬币。他决定向北，走小路。

第二十五章　大单子

鲍勃一个人开车行进在漆黑的长条地上。想到把奥兰多丢下，他感觉良心上很不安。但他又想，要说自己照顾自己的话，谁也比不上奥兰多。他第二天准会过来，把他的“保时捷”开走，然后到奥斯汀去，继续他的事业。让他更操心的是他发现了伊夫琳·佳恩，环球猪肉皮公司的顶尖销售员。她就在他的地盘上，而且在打泰特尔·克劳彻的主意，而鲍勃还认为泰特尔的线索是他找来的呢。还有，她在打弗莱达·比提鲁斯的主意——鲍勃才不会信什么论文的鬼话呢！不过，这里究竟是不是她的地盘呢？她最大的业务不都是在俄克拉荷马成交的吗，在盖蒙附近？她跑鲍勃的地盘上干什么来了——抢他的单子？没错，鲍勃断定，她是在抢单子。她看到鲍勃是个新手，所以闯过来，要抢他的单子。他早上一定要去把泰特尔·克劳彻搞定，他一定要说服泰特尔出手。除非昨天开着绿色多功能箱式跑车跑到泰特尔家车道上的伊夫琳·佳恩已经先行一步，骗老人在合同的虚线上签了字！鲍勃毫不怀疑，她一定在这些老头子身上施展了女性的花招，露点肉，做些暧昧的暗示等等。如弗莱达所说，这女人狡猾如蛇。好在他还有艾斯·克劳彻和吉姆·斯肯恩。吉姆肯卖，这他知道，但是艾斯呢？

他鬼使神差地开到了毛桶镇外面的库佩奇路。他看到一块孤零零的牌子，里面亮着，门内还有个玻璃窗户的小亭子。这牌子和亭子打破了长条地沉沉的黑暗。**金·卡罗莱纳农场公司。**

他把车开过去，才看出这些字。他踩住刹车，睁大眼睛看。没错，是养猪场，门大开着，门卫亭也是空的。真是天赐良机！他把车开进去，停在一辆银色的货车边，上面的保险杠贴纸上写着：得克萨斯的农民喂养全世界！

鲍勃蹑手蹑脚地沿着碎石子路，走向门口。屋子没有窗户。突然间，屋后的排气扇打开了，声音就像发动机，那轰鸣掩盖了他的脚步声。他离门口只有十英尺了，突然自动感应的聚光灯亮了，照到他身上。他还听到里面的警报器响了起来。他转身迅速跑向他的土星车，发动，倒车，还没退出去，那自动金属防护门就关上了。上面的红灯开始闪烁。没有别的出口。他被困住了。

屋子里没有人出来。过了五分钟，他开始按喇叭。还是没有人出来。他下了车，走到门口，使劲拉门把手。门是锁着的。他抬头一看，发现上面有监控摄像头。这说明他们知道他在这儿。他敲门，朝里面大声喊。没有任何动静。他拼命打门，还是没有任何动静。他终于回到土星车上，坐在那里等。换白班的时候他们总该放他出去吧。

但是过了十五分钟左右，他看到路远处有闪烁的红灯。车还没有开过来，他就已经知道是谁来了。

警长的车靠近的时候，大门的铁闸松开了，门向两边滑开。几秒钟后，警长就下了车，看到鲍勃的脸。

"瞧瞧！瞧瞧！瞧瞧！看我把哪个闯养猪场的人给拿下了？想来干吗，多拉尔？你想给自己偷几头猪吗？"

"等等，说来挺傻的，不过我只是想看看里面是怎么一回事。"

"野生动物保护人士想硬闯进去的时候是这么说的，人道主义对待动物组织也是这么说的。你到底在给谁做事，道乐，别提什么环球猪肉皮公司这种屁话了。我有你的号码。你是一家动物保护组织的前锋。另外你喝了酒，干出这些事，还酒后驾车！”

“我没有！”鲍勃火冒三丈地大叫。

警长对着手机说：“是的，我认识这家伙。我把他关进去。”

他把鲍勃从土星车上拉下来，戴上手铐，让他坐到警车后面。接着他把土星车开到路边停住。然后他把鲍勃送到监狱。

“你和这些猪，到底怎么回事？”

“只是工作，这是我的工作。我想我如果了解到养猪场内部的运作状况，对我的工作会有帮助，但是我的老板，就是你上次打电话的那个，说公司规矩不允许选址员参观这些养猪场。我想我干脆自己干了。”

“肯定。如果他真的是你的老板，而且你真的不是记者，也不是嗜血成性的激进分子，那他不让你参观肯定是有原因的，你想是不是？”

到了早晨，鲍勃头昏眼花，头痛得厉害。警长和吕贝贡·克鲁克谈了好长时间。直到中午，他才被放了。警长送他去他的土星车，然后把钥匙给他。

“你的老板对你好像有些恼火。”

“是的。”鲍勃说。

“我早就叫你另找个工作。你不适合做这事。好，别再给我惹事了。”

晚上下了雨，一切都湿漉漉的，云低垂着，仿佛是灰色的盖子罩在头上，银色的水珠为四周的风景平添了一层澄净。鲍勃直接赶到棚屋去煮咖啡。咖啡热热的，味道很好。他的头渐渐清醒，感觉舒服了一些。他想着警长，想着阿马里洛老人俱乐部，想着马上要和泰特尔·克劳彻见面；想着怎么开口说。

他穿上干净衬衫，梳了梳头，然后动身了，还把艾伯特中尉的书带上。他准备见完泰特尔·克劳彻以后，要在加拿大河边找棵阴凉的树，坐下来吃个三明治。一个半世纪以前，艾伯特中尉本人说不定就在那种地方停留过。在路上，他看到仙人掌开出了蜡黄色的花，丝兰的秆上也吐出一串串乳白色的花儿。

“怎么，又是你?”老人见了他颇为不悦。

“是的，我有事和你商量。”鲍勃说。他吸了一口气，然后开门见山地说:“我想和你做笔交易。我想收购你的土地，建养猪场。我是环球猪肉皮公司的业务代表。”

“这挺直接，”泰特尔·克劳彻说，“你凭什么认为我会把地卖了，为着这么肮脏的目的?”

“因为，先生，你这儿现在就已经有养猪场的气味了，而且这味道也走不掉。你很为它犯愁。除了养猪场，你这地卖给谁都不会有人要，就是因为那气味。你再想想，如果你住到镇上去，就可以天天上老狗餐馆，吃塞伊的特色菜，见到你的老朋友。你还可以去图书馆搞你的研究。”毛桶图书馆是个很不错的地方，鲍勃想任何写牧场历史的人去那里，都能愉快地待上几个小时。从克劳彻脸上的表情来看，鲍勃知道他这回把话说对了。

图书馆在老拓荒者银行大楼里，高高的天花板，阳光充足，四周镶了木板，里面放着胡桃木的书架。这些书架是在一九〇〇年加尔维斯敦被一场大龙卷风几乎摧毁之后，从一幢倒塌的大厦里搬出来，运到长条地的。多少年来，图书馆的董事会总是不肯把旧书卖了，换成爱情小说、西部小说或者神秘小说。这图书馆的书架上有几百册得克萨斯的珍本书籍，但是最大的宝藏，鲍勃认为，是图书馆的储藏室。那里面有无数箱关于本地牧场的资料和记录，还有无数卷地图、照片剪贴本、装订成册的旧报纸:得克萨斯长条地的，俄克拉荷马长条地的，堪萨斯的，新墨西哥的，比如《克如克利边界之星》《西部卫士周报》《毛桶评论者》《西部卫士周报》《赖夫巴格蜜蜂》《康恩萨树林进程报》之类。

“到那时，你就可以一门心思整理你的牧场历史了。”鲍勃说，他还提到他特别喜欢艾伯特中尉，还说如果换成他，早就跑到毛桶去写一本关于艾伯特中尉的书了。

泰特尔看着他，表情渐渐显得愉快起来。“你知道，艾伯特中尉到长条地的几年后，地形勘察队又派了个家伙来，叫詹姆斯·H.辛普森中尉。他们让他找一条通向加利福尼亚金矿的路。那是一八四八年。我喜欢的是他。他聪明。他觉得长条地人口太稀少，不宜修铁路，说该先修堡垒和军用公路，然后建城镇，修马车路——后来这些都一一实现了。是运货马车和驿站打开了长条地地区，而不是猎人、赶牲口人，更不是铁路。马车路成了一条供应线——货物、邮件、通信来往。火车是十九世纪八十年代才有的。沃斯堡和丹佛城是一八八七年有的，后来是堪萨斯那边的罗克岛和其他地方。好了，我什么时候才能搬到毛桶去啊？”

“我想，”鲍勃脑子飞快地转着，“你可以把你这房子整个搬到镇上的一个停车场上，要是你不喜欢镇上房子的话。”这会容易些，鲍勃想。

“当然我想有一幢镇上的房子，有自来水，不要每个夏天都担心井干枯，也不用担心电一会儿有一会儿没有的。我还可以弄个卫星电视。我妹妹也住在城里，艾维·诺姆，我想有空就看看她；离艾斯的地方也近一些。不比当年了，这一把老骨头从牧场搬出去，是个伤筋动骨、伤心劳神的事情，不过我已经计划了很长时间。惟一的问题是艾斯。我没有问题，这你知道，但是哥哥嘛，我得做做工作。这地方有一半归他，他要是不同意，我什么也做不成。”

“我听说他也有吉姆·斯肯恩那牧场的一半股份，在俄克拉荷马界线上。”

“是吗？这我还是头一回听说。艾斯撒尿的尿壶都没有。他是好人，不过一生都荒废在风车上了。所以我才把这牧场一半让给他。我爹本该一分为二，把地传给我们两个人，但是他没有这样做。我老婆死后，我把一半分给了艾斯，所以我要是先死了，这地就归他。”

“你要我去和他谈，还是你自己去谈？”

“我去，我去。艾斯很拗，你知道。我和他处得不错，但不是所有人都和他处得来。他一生从来不求人。有次从那该死的风车上掉下来，落到支杆上，一直挂在那上面，直到一个钟头后，有人过来把他救了。他一个谢字都不说。他喜欢凡事靠自己，不喜欢袖手旁观。我和他去谈谈。还有，你知道艾斯是老大，但是我能和他谈。你出什么价？”

好了。到了论价码的时候了，鲍勃一无所知。

“出价的人并不是我，”鲍勃说，“丹佛的公司里会派人过来。”

“这么说，你根本不是找豪华住宅来的。”

“不，先生，那是幌子。”

老人拍了一下膝盖。“我就知道嘛，我就知道是幌子。你脸上有撒谎的表情。昨天来的那个矮墩墩的女的，她也在撒谎。”

“什么女的？”鲍勃问，他知道是伊夫琳·佳恩。

“你前脚走，她后脚就来了，说是在写一篇什么长条地人的毕业论文。她直盯着我的眼睛，我就是这么知道她在撒谎的。看你的眼睛，那就是撒谎的标记。然后她开始问问题——这些问题以前也有人问过我——所有问题都汇集到一点上，那就是把土地卖了。我是不是喜欢去达拉斯？我是不是考虑有朝一日住到老人院？当然，不是现在。我有没有子女？我有没有结婚？等等。我就知道她在把话往地皮上引，但是我不知道她要这地做什么，多少钱。最后，我干脆告诉她，‘你给我滚吧，小姐，我不会把地卖给你。’那女人的脸一下子红得像西红柿，走了。”

鲍勃为伊夫琳·佳恩感到难堪。她的手腕也不怎么高明。不过，她是怎么把俄克拉荷马的六千公顷土地弄到手的？赢得了那诱人的短途旅行包、环球猪肉皮公司的便携式收音机，还有百万像素的照相机？

“你知道，”泰特尔看着窗外牧场的地平线说，“这整个地区是由这些南北向的路联系在一起的。长条地就是这布局。这边就这布局，但是铁路却是东西向的。这是他们的想法。大家相信，把铁路铺在过去的运货马车路边，那才是正道。但是他们没有这么做。过去那些重要的城镇——莫贝蒂、艾普顿、托斯可萨、威尔伯恩——都被灭了。新的城市是迈阿密、毛桶、加拿大、长条地城，全在铁路线上。等这些地方全和道奇连上，那就完了。那时候大家就不会互相认识同一长片土地上的人了。那时候大家就会开始说‘过去的好时光’了。”

泰特尔·克劳彻答应和艾斯商量一下，本周之内给鲍勃打电话。

“你不要和吉姆·斯肯恩鼓捣什么生意，不会有什么结果。不管吉姆·斯肯恩怎么说，艾斯是不会真有什么股份的。不信你去郡府大楼查查。这样你就不会听到什么信什么。你给我出个价，我去找艾斯谈。”

鲍勃·道乐采纳了泰特尔·克劳彻的建议。他发现那块俄克拉荷马土地的地契上只有詹姆斯·罗伯特·艾尔蒙多·威廉·斯肯恩的名字，并没有提到艾斯·克劳彻，也没有别人。他先是去邮局，又看到吕贝页·克鲁克的一封信，闷在他的信箱了。然后他去老狗餐厅找吉姆·斯肯恩。但是正在给烤牛扒涂油的塞伊说,吉姆刚才来了,吃了两块菠萝核桃仁巧克力饼,见鲍勃来,赶紧从后门溜走了。

"不知你做了什么,总之是招惹他了。吉姆·斯肯恩聊起来腮帮子都能聊掉,不比拉封好多少。我还以为你们俩处得不错呢。"

"我也是这么想的。"鲍勃说,"不过我想是我问起他在俄克拉荷马的地,把他吓着了。"

"哦,你是说老斯肯恩牧场?听说一家天然气公司也在和他谈,说要出钱买下来。哪怕是一公顷五块钱,他估计也会接受。你不会要这种地方搞高档房地产开发的。那地方就跟火星一样。"

"是啊,"鲍勃说,他恍然大悟,原来吉姆·斯肯恩是拿"姑丈"艾斯这个权威当挡箭牌,私下在和天然气公司谈呢,"是的,我想这地方做养猪场挺好。"

塞伊看着他,什么也没有说。

快到黄昏的时候,他开车到了陨星,浑身疲倦,满身汗水,巴不得马上就能坐在门廊上,喝上一杯冰啤酒,接着看艾伯特中尉的书。奥兰多的"保时捷"还停在拴马柱前面。拉封跑到门廊上,手里挥着洗碗布。

"鲍勃,鲍勃,我想问你能不能帮个忙?"

"当然,什么事?"

"是库尔布罗斯。他不知怎么惹上了警长。警长把他带到——"她说不下去了。

"监狱?"鲍勃接上去说。他心想,警长可真没闲着。

拉封点了点头。"他是个冲动的小子,有时候做些违反常规的事情。鲍勃,要是你能去,把他接回来,那我真是感激不尽。

他要搭车,因为警长把他的自行车没收了,至少我知道是这样的。库尔布罗斯烦得很,电话里话都说不清楚。警长可不是什么善类,讨厌得很,心肠不好,而且是个好撒谎的没用东西。他家没什么好人,他也不是什么好货。"

"等我换件衬衫,拉封,我去好了。"

鲍勃发动了土星车,他想他等会儿要去毛桶买块大比萨,等把库尔布罗斯打发了,就一个人美美地享受享受。就在这时候,一辆大型斯尔瓦多货车靠到了他的车后。这车有双排轮子,顶上安着翻车保护杆,上面的灯简直比远洋货轮上的还要多。奥兰多从车上跳了下来,方向盘后面不是那个啤酒肚的金发女,而是个黑发白肤的女子,个子很高,戴着牛仔帽,穿着红色的宽松上衣。

"再见,亲爱的。"奥兰多大声说,那女人灿烂地咧嘴一笑,发动了她的车。奥兰多对鲍勃喊道,"嘿,等等。你把我送过河,送到你那里。我得把我的东西拿走。"他跳到鲍勃身边。

"什么东西?"鲍勃问。

"我把我的包丢在那里了,在你门廊上。我正准备刮胡子,洗洗澡,然后去阿马里洛会会那个小甜甜。"

"金发的那个你怎么打发的?"

"金发的?哦,你是说她,德拉。她见我和弗伦尼克——就是刚才开卡车送我回来的那姑娘——见我和她攀谈上,她就和那油不拉唧的家伙——'鲍勃'——走了。我可是被她给掏空了。"

"在那老人酒吧?"

"不是,我们开车到了那一身油的家伙认识的一个地方。没事儿。你有时候真该出去走走,看看阿马里洛。要是知道怎么找的话,你会看到很多坏事。"

到了棚屋,鲍勃充满渴望地看了看冷却箱,他的啤酒就放在那里。

“该死！”奥兰多说。“你没有冲澡的地方？没有插座插我的剃须刀？”

“没通电，”鲍勃说，“所以没有插座。你要不要我给你烧点热水？我有个不插电的普通刮胡刀，你可以借用。”

“好啊，鲍勃啊鲍勃，你可真够先进的啊。是不是那种老式的折叠刮胡刀，加上一根皮带？不，谢了，我还是找个阿马里洛的汽车旅馆，好好洗洗。或许明天或者后天去奥斯汀，懒鬼的城市。那里有不少漂亮的女大学生和傻乎乎的得克萨斯小子，斯莫克也在。我们得把生意做起来。对了，你考虑考虑销售经理这职位。你跟我一起可以正经八百地挣大钱。你又要出去啊？”他问。他看鲍勃在换衬衫、梳头。

“是啊。我要去把拉封的儿子从警长那边接回来。出了点问题。”

“那好，你捎我过那条该死的河，这样我就不用蹚过去了。”奥兰多说，“很高兴能见着你，鲍勃，我希望你考虑考虑那职位。你和我们一起干很不错。”

“多谢，奥兰多。我会考虑考虑。但我可能要回去上学，或者别的什么。不过我们保持联系，好不好？”

“那也不错。再去长长脑子。你说得他妈的对极了，我们一定得保持联系。”

他们开始过河的时候，奥兰多开始在他的包里面翻。“我想我有一张多余的 CD，只想让你——啊——啊——啊！”

鲍勃在水中猛踩住刹车，看着奥兰多，见他死劲地靠在座位靠背上，由于过分用力，椅子的铁架都在吱吱作响。一只灰色的东西从奥兰多的包里爬出来，跳到他胸口，跑上他的脖子，然后爬到他肩膀，顺着背部，爬到另一只胳膊上，然后爬到车座位和门之间的空隙里。托尼亚找到了。

鲍勃紧张地把车开过河，不时看着脚下，看蜘蛛在不在那里待着。

“咬着了吗？”他问奥兰多。

“天，我哪里知道？我得出去。那是什么玩意儿？狼蛛？”

“是的，”鲍勃说，“是拉封的宠物。已经丢了好几星期了。你再检查检查，看有没有被咬着？”

“我不敢动。”

但是鲍勃已经把车开到拴马柱前，两个人都从车里跳下来，像玩杂技的一样，在灰土地上滚起来，让车门大开着。拉封从门廊里出来，好奇地看着这两个人。

“你好好检查一遍。”鲍勃对奥兰多说。奥兰多小心谨慎地拉开袖子，看着光胳膊。“是托尼亚，”鲍勃对拉封叫道，“不知怎的跑到奥兰多的旅行包里了。也不知道它是怎么过河的。”

“它是树栖动物，”拉封说，“它现在在哪儿？”

鲍勃刚说在土星车里，座位下面，这时就看到托尼亚爬到了乘客座上，也就是奥兰多刚离开的那座位，仿佛是等着它的司机来给它开车。

“我去拿盒子。”拉封说，跑到了里面。奥兰多立刻捡起石头砸过去，没砸着，倒把土星车的门砸了个坑。

“别伤着它，奥兰多。她待会儿就来捉了。这蜘蛛挺有价值。”

“我对它深恶痛绝。”奥兰多愤怒地说，一想到自己刚才的侥幸脱险，还不禁心惊肉跳。他又看了看胳膊，确认自己没有被咬。

“要是咬了，你现在就应该感觉到了。”鲍勃说，“拉封说这蜘蛛很危险，咬着了毒性很快就发作。”

“老天在上，怎么会有人养只毒蜘蛛做宠物？”

“它们有趣。”拉封愤怒地说，她正从门廊上走下来，手里捧着狼蛛的旧窝。

狼蛛伸出两根吓人的前爪招呼拉封，后面六根爪子绷得紧紧的，仿佛是要跳起来。“可怜的东西，”拉封说，“她脱水了，我能看得出来。”她把喷雾器折腾了一阵，让那舒服的雾水洒在蜘蛛身上。突然，就像看到一个避难所一样，托尼亚跳回到盒子里，拉封立刻把盖子盖上。她看着奥兰多。“你干吗不开着你的‘保时捷’滚开我们家？”她提议。

“巴不得，你这老母狗！”奥兰多说。他言行如一，说走就走了。见老朋友离开，鲍勃并不感到难过。监狱已经把奥兰多，还有很多其他人，变得更坏了。

在监牢里，警长在逗库尔布罗斯·弗荣克。共有两间囚室，库尔布罗斯在其中的一间里坐着，气呼呼的。

“为什么他们叫你‘冷汤’[①]？干吗不叫‘热汤’？”

“这是爱尔兰名字，是我曾叔祖的名字。”

“是啊。不过我听着像立陶宛名字，像中国名字，或者是塔加路族、火地岛的名字。”

“见鬼，我跟你说是爱尔兰名字。”

“别嘴里不干净，小子，否则等一会儿我让你好看。还有件事情我想问问你，大家传闻说你被得州科技大学开除了。”

“我没被开除。”

“我们听到的说法是，你在学校实验农场对公牛做了什么不寻常的事。听说你把管子往牛屁眼里塞。学校无法容忍这种变态的行为。现在你跟我说说，你到底想对公牛做什么？你是同性恋还是怎么的？”

“你是个脑子肮脏的大淫棍。如果这里有人是同性恋的

---

① 库尔布罗斯(Coolbroth)的意思是“冷汤”。

话，那就是你。我把情况告诉你可以，就怕说了你也不懂。好了，我不是被开除的。我在休假，在做一个项目。这项目和牛没有关系，是猪。我知道艺术你一窍不通，但我是搞艺术的。我现在在做一个项目，叫《怀疑之陈词滥调》。你听说过‘猪屁股里’这个说法吗？”

警长点点头。“我妹妹集邮。”他说，在杜乌家和艺术的所有联系中，他也只能想到妹妹集邮这一项。

“嗯，这个……我现在在雕刻猪屁股的内部；接下来还要雕蓝月亮，还有上面空无一物的锡版照相，叫《不在你的锡版照片上》——还有很多。是抽象艺术。好了，我的电话怎么办？我能不能打几个电话？”

“你只能打一个电话，但是一个小时前，你已经给你妈妈打了。我看她也不急着接你出去。”警长又用恶毒的眼光瞪了他一眼。“我还听说你做了一些别的坏事。”

“别的什么坏事？而且我也不觉得把自行车停在人行道上算是什么‘坏事’。”

“怎么？是坏事啊。在毛桶这地盘上就算。不过不是这事儿。我想说的是你对道恩·克劳彻做的好事。”他把脸凑近库尔布罗斯，发出嘘声说，“是你把她搞大的，是不是？你是那个匿名的爸爸，对不对？”

“我要找个律师。”库尔布罗斯说，脸气得通红。

“好啊，你干吗不早说，”警长说，“我即刻就给你打个电话。”他走到办公室，库尔布罗斯能听到他打电话时忽高忽低的声音。过了很长时间，前面的门开了，库尔布罗斯听到警长和谁在一起笑。走廊里有脚步声，警长正和一个老人一起走过来。那老人长了一个肉嘟嘟的大鼻子，步履蹒跚地从边上走过，看也没有看他一眼，然后又折回去，走过来，回到前面。他又听到警长的大笑，接着听到大门打开，然后关上。警长回到库尔布罗斯的牢房。

“注意到那家伙了?”

“是啊,那又怎样?”

“那就是律师,你要见就见他。黄土埋到脚脖子了。你给我睡觉去吧,做个美梦,梦见个大屁股的肥猪,再梦见些小娃娃饿得快要死了,因为他们的混账爸爸不管他们。我们不希望再听到你的声音。”

休·杜乌警长把灯闸关了,黄昏降临牢房,虽然在外面自由的蓝天下,太阳两小时后才会落山。

第二十六章　牡豆弟兄

动身去丹佛前，鲍勃来到老狗餐厅，点了一份牛扒和土豆大餐。泰姆舅舅现在吃素，他担心到了他那里，只会有一盘撕成条的卷心菜，边上围上一圈煮的欧防风萝卜。他一点半才进老狗餐馆的门，这时候大部分常客都吃过，离开了。他把帽子扔到前面角落的一张桌子上。那桌子靠在墙角的后面，不过外面过路的情况还看得清清楚楚（本地人喜欢观看外面车流的习惯他也沾染上了）。他从一只大碗里找到一块牛扒，那碗现在几乎空了。塞伊已经开始在剁剩下的肉，准备做第二天的牛肉丁。土豆没有了，已被切成了方形的土豆丁。

"我在微波炉里给你再热上一个，"塞伊说，"那该死的东西也就这个作用，热咖啡、烤土豆。我已经把酸乳酪和黄油放进冰柜了，要的话你自己去弄出来。如果要色拉，大概还有一杯左右凉拌卷心菜。够了吗？还有不少欧防风萝卜，不少洋葱馅饼，过去叫'乳蛋饼'。不过，我如果说这名字，那些伙计就不吃。我说是'洋葱馅饼'却都喜欢。我看是'馅饼'这两个字在作怪。我就是说'大便馅饼'也会有人吃。还有，事实上洋葱的分量我放的是菜谱上的两倍，所以也确实不是原来那种饼了。还剩了一些樱桃馅饼。胖头汤团已经没了。牡豆弟兄来了，估计他也想吃点。你们这几个人为什么不乘菜又热又好的时候来？"

鲍勃往盘子里装菜的时候，牡豆弟兄进来了。他的修士袍还是高吊着，靴子上有泥。他一进来就搓着手，在空空的餐厅里四处观望。

“看来咱们过了高峰期了。”他对鲍勃说。塞伊鼻子哼了哼，低声嘟囔了句什么话。

“但愿没有让我听见。”牡豆弟兄说，他把最后一块牛扒叉走，然后拿了很多洋葱馅饼。

“我有个笑话一直要跟你讲，牡豆弟兄，”塞伊说，“等一会儿我们一起喝点咖啡。”

“你不介意我和你一起坐吧？”牡豆弟兄问鲍勃。“要是喜欢一个人，尽管说好了。”

“不，坐，坐。”鲍勃说，自己坐到角落，示意对面的椅子。

“哦，亲爱的主啊，坐在不动的东西上感觉真好，”牡豆弟兄说，他的身上散发出浓重的马味，帽子边上还挂着一根石楠，“我天一亮就骑马检查篱笆。还有，牙齿又痛起来了。有些地方篱笆的柱子还没有埋下去多久，这些老水牛就靠在上面蹭痒，把柱子从土里蹭出来，这样铁丝就松了，没有多会儿就会瘫倒在地上，这些牲口于是就开始往瀑布那里跑。”他开始用一把漂亮的刀子剔指甲缝。

“那刀把是红木的吧？”鲍勃问。

“愈疮木。夏图克那边的李·瑞夫斯做的。‘只管实用，不管漂亮。’不过他做的东西还都挺好看的。你也该弄一把。”

“你对牛用不同的篱笆？”

“那是。柱子更大更长，中间没有那么多格子，因为水牛和奶牛吃草习惯不同。奶牛很挑食。他们会把所有的好草、好植物都啃掉，所以过几天就得给它们换个牧场，除非你想看到它们啃得地皮都露出来。这些水牛，它们是在大草原上和这些植物一起繁衍的，一起成长，它们属于这块地方，这片土地。水牛和土生的植物有一种关系。奶牛不属于这儿，所以侍弄起来才这么费事。你得去找它们喜欢吃的，还要给它们水——你就看这边成千上万的风车吧，还有其他种种。水牛自个儿照顾自个儿。它会跑很远去找水，或者找些人都不知道的渗漏水和泉水。要是有必要，它自己会用蹄子刨出个小水坑来。到了冬天，它还吃雪。就我所知，篱笆上结的霜它也舔。水牛自给自足，它们属于这里。奶牛生性安静、懒惰、温顺，它们是外来户！比如说，你知道奶牛在大风雪里怎么走吧，屁股迎着风？”

鲍勃点点头，他也曾经屁股迎着风走过。不过他脑子里想的是自给自足的水牛。他想象自己是一头水牛，渴得要死，用他的指甲在挖土，在地里找水。

“好，水牛就不会这么干。水牛的头迎着风，这样就能更快地离开大风雪。可怜的奶牛就只能跟着风雪走，直到最后一命呜呼，冻死了。还有，草场上有一些泥坑，一些低洼，一百二十年都不曾用过。可我把这些水牛放出去两个星期，它们就能把祖先刨的这些坑坑洼洼全找到。总之，我们把老牧场上的格子篱笆全拔了，现在我们有三千公顷的牧场，还有几个五百公顷的。你想知道这地方一百五十年前是什么样子吗？我告诉你吧，你到我们三重冠那里去跑一趟。你一眼望去，能看很远很远，眼睛里根本看不到篱笆。”

“我倒很想去，不过我明天早上得去丹佛，要待几天。或许等我回来再去吧。如果我还能回来的话。”

“你不一定能回来吗？”

“是啊。我想我把老板惹毛了。是这样，我不是我一开始说的那种人。他们叫我不要说真话，不要把我真正要在这里做的事说出来。不过我一开始撒谎撒得也不好，结果越陷越深。别人对我产生了错误的认识，那全是我的错。”

“你为什么不跟我谈谈？”牡豆弟兄说道，声音很沉静。鲍勃第一次看到他身上一些异样的、不同于水牛迷和牧民的东西。“我去拿甜点。你要不要就着樱桃馅饼喝杯咖啡？我得给牙医打个电话，真是痛起来要人命。”

他打了电话，几分钟后回来了，把一盘子樱桃馅饼从桌子对面推过来。

“好，谢谢。”鲍勃说，看着窗口的一辆货车，觉得眼熟。那车看来刚洗过，上面布满水珠。司机弗朗西斯·斯科特·凯斯特跳下来，把帽子往下压了压，不让风吹走，然后跑到乘客座那边去开门。

“不妙，”鲍勃说，“那家伙恨我恨得要死。”

“什么，老凯斯特？你怎么招惹他了？”

“我也不知道。他见我老是在这一带就起了疑心。”

“有理由吗？”

“是啊，我在这边做的事我没有说真话，他看出门道来了。”

第二个人从弗朗西斯·斯科特·凯斯特的卡车上下来，长长的金色头发在风中飘着，和他一起走向餐厅。

“我的天，”鲍勃说，“那是伊夫琳·佳恩。”

“我想我不认识她。”牡豆弟兄说。

但是等弗朗西斯·斯科特·凯斯特和伊夫琳·佳恩走进来，他们看都没看角落的桌子，便径直走到后面的小隔间。鲍勃看不到他们，只听到偶尔飘来的只言片语。

塞伊说：“……只剩这些洋葱馅饼和一些凉拌卷心菜了。我很快给你做块牛扒——烤架还热着。或者做道冷——”

“我来个火腿三明治就行了，”凯斯特说，“你这样是不是就行了，伊娃？你有咖啡吗，塞伊？”

“火腿三明治，我看挺好。”环球猪肉皮公司的尖子选址员说。

“多来点咖啡。”

他们的嗓音低了下去。

“好，”牡豆弟兄说，“你说说，你的情况怎么搞得这么复杂?”

“一开始,”鲍勃说,“克鲁克先生要我编个什么幌子,因为这边人对养猪场很反感。‘可别在我后院里建个养猪场’,他们会这么说,诸如此类的。然后拉封硬逼着问我是干什么的,我只好往好里说,想到什么说什么。我能看出她不相信,所以就想出豪华退休别墅这么个说法。到现在我仍不觉得这是个坏主意。这边乡下还真漂亮。我一直想去建议克鲁克先生开个分公司,专门经营房地产。下周去丹佛的时候,我要去问问有没有这可能。”

“你知道,鲍勃,或许你不该做这份让你撒谎的工作。你肯定找得到不需要撒谎的工作。在我听来,克鲁克这鸟人心里肯定知道公司在做什么不道德的事情,否则干吗要你找个‘幌子’?你觉得这职业,这工作,有价值吗?”

“上帝啊,我觉得没有!我可不想这么偷偷摸摸的。我做它只是因为它是份工作。我并不知道我到底想干什么。我舅舅,是他把我养大的,他开了一家类似于旧货店的东西。我不想做这事。我感兴趣的东西只有——历史?圣达菲通道的历史。”他告诉牡豆弟兄他如何开心地看艾伯特中尉的书,还说想去重走一遍艾伯特一八四五年所走的路,看看中尉当年所看的一切。“还有书。我真的很喜欢看书。”

“我当初也不知道该做什么,”牡豆弟兄说,“在你这个年纪。我知道我喜欢动物——是在长条地牧场长大的嘛,弟兄六人,我是老小。家里人都很虔诚。我喜欢数学、摄影,也想过到什么地方传教,或者教书。我尝试着教过书,教得一团糟——没有他们所说的‘人际技巧’。所以传教这想法也很快就没了——那是需要高级人际技巧的。我最后总是落到某个城市里——我去过纽约市,你信不信?待了六个月——收拾窝棚、流动厨房,帮无家可归者找睡觉的地方等等,很高尚的工作。不过我心里就是放不下长条地。最后，等我到了三十、三十一岁的时候，我想隐修生活对我很合适——每天都有那些仪式和习惯——我没什么言外之意。简朴、节制、稳定、祈祷、干活、责任、学习，能在家门口找到这三重冠我很感动，非常感谢上帝。你还要咖啡吗？”

“好。”鲍勃说，躬身想站起来，但是牡豆兄弟离开了座位，拿着自己的杯子走了。回来的时候他又拿了两个发酵的油炸圈饼。怪不得他牙齿不好，鲍勃心想。

“塞伊另送的。总之，几年来，修道院的众位弟兄一直听我讲在修道院的地上搞个养水牛的牧场，后来这事成了。修道院养牛的不是没有，不过养水牛却是独此一家。需要花几年时间研究、讨论，然后才能落实下去。我们一开始做得不大，只有四头小母牛，一头公牛，现在都有快三百头了。帮修道院定位了。养水牛以前，修道院搞过健康蔬菜种子培育，大部分是适合南方平原的种子，现在还在培育。不过养水牛的体力活对我们大家都有好处。我们从这些动物身上学到了不少东西——它们的习性。我们自己，这地区什么东西合适，这世上什么东西合适。修道院是个又快乐又多产的地方。我也高兴，对生活再无所求了。”

“不过卡车来把你的牛运到屠宰场时，你就不难过？”

“没有卡车来做这事，我养的是种牛。”

“真该死，塞伊，这咖啡里有只苍蝇！”后面有人愤怒地说。

“我再给你烧一杯，弗朗西斯。”

“算了，我们去老太太的茶房喝。她们的咖啡做得真是好，甜点你也可以学学——这些菠萝的东西该省省了。”

那边传出杯盘的磕碰声，还有硬币放在盘子上的声音。弗朗西斯·斯科特·凯斯特出来了，手搂着伊夫琳·佳恩的腰，径直走向大门，没有朝鲍勃和牡豆弟兄的桌子上看。两人走进卡车,鲍勃吃惊地发现他们抱到一起亲吻起来。

“哟,我的救主啊!”牡豆弟兄说道。他也在看着。

“我想她要买他的地做养猪场。”鲍勃说。

“怎么她也对养猪场感兴趣?”

“她和我做同样的事,给环球猪肉皮公司选址。这也是我的麻烦所在。她是竞争对手。她在拱我的地盘。真的在拱!”

塞伊端了一杯咖啡走过来——那咖啡是从刚吹走苍蝇的壶里倒的。他一屁股坐进椅子,好像累得不行。

“真希望塔西不知道丈夫和那女的勾搭在一起,而且还那么厚颜无耻,坐在那后面摸上摸下的。或许他和塔西分开了,不过我表示怀疑。塔西很宠他,而且他们还有儿子。弗朗西斯·斯科特·凯斯特不是头一回犯傻了,不过从来没有跟这么矮的。你看那大块头跟那么矮的女人在一起有什么感觉?很快你就想他们在一起可怎么干那事儿?”

牡豆弟兄清了清嗓子。

“对不起,牡豆弟兄,一定是你这牛仔帽子,让我想到你只是个喜欢荤话的老牛仔。”

“你刚才说的笑话是什么?”

“哦,对了。一个牛仔走进了一家酒吧,酒吧里几乎空无一人,他要了杯啤酒。招待把啤酒端给他,那牛仔问,‘人都上哪儿了?’

“招待说,‘去看绞刑了。’

“牛仔问,‘绞刑?绞的是谁?’

“‘牛皮纸皮特。’招待说。

“‘那名字挺古怪。’牛仔说。

“‘告诉你吧,’招待说,‘他们叫他这名字,是因为他戴的是牛皮纸帽子,穿着牛皮纸衬衫,牛皮纸裤子,牛皮纸靴子。’

“‘活见鬼!’那牛仔说,‘那可真是怪啊。他们为什么要吊

死他？’

“‘偷牛，身上发出沙沙声。[1]’”

牡豆弟兄喉咙里哼了哼，鲍勃大笑起来。塞伊看着鲍勃。

“你知道，鲍勃，牡豆弟兄是长条地最他妈厉害的后腿手[2]。”

鲍勃把“后腿手”听成了“后腿兽”，以为他是在说猎犬。他点了点头，没有说话。

“谁都没有见过这么厉害的后腿手。套索用得真他妈的绝！快不快？当然快！”

牡豆弟兄的脸涨得通红，他站起身来。

“我走了，”他说，把帽子扣上，“你的笑话说得就够糟的了，现在说得更不像话了。”

“还很谦虚，”塞伊说，“听不得人家当面表扬。”

在外面街上，一辆米色轿车慢慢路过，司机盯着老狗餐馆里面。

“那个，”塞伊说，“是塔西·凯斯特，我保证她是来找弗朗西斯·斯科特和那个女的。”

---

① 原文 rustle 是双关用法，有“偷牛”和“纸张摩擦所发出沙沙声”两层意思。

② 牛仔竞技表演项目“双人套牛”中负责套牛后腿的，另见第三十四章的描述。

第二十七章　前往丹佛

周末鲍勃一直在犹豫去不去丹佛，看看泰姆舅舅，或许再去找找房地产开发商。吕贝页·克鲁克最近的信帮他下了决心。

鲍勃·道乐：

我今天上午和你那边的警长谈了好一阵！你试图进入竞争对手的养猪场毫无必要。具体经营上的事跟你选址员的工作毫无关系。你已经上了我的留职观察名单。

或许你还没有意识到，环球猪肉皮公司的选址员只要肯干，是不会没有业务的。我还以为你是个积极进取的人，道乐先生，但是事实证明我好像看走眼了。环球公司已经给你开了三个月的工资，可你一单业务也没有敲定下来。我上周就跟你解释了，我们为什么要落实一些业务。东京总部的比尔·瑞格斯蒂尔一直在追问我，为什么在得克萨斯和俄克拉荷马长条地没有什么业务？猪肉市场火得不得了，猪肉价格涨到了多年来少有的水平。我跟你解释过，两个长条地是建养猪场的一流地区。你和我都等不起了——都不能一直这么磨蹭下去——不能这么坐着闲等，希望好事会送上门了。我们应该选到场址了。速度——速度——更快速度，这就是目前的风尚。什么，无论什么，都不能阻挡选址工作的速度。所以你在这一切中的位置才这么重要。道乐先生，你有要事在身，要任在肩，这任务就是敲定养猪场地址，而且要快！现在就拿起你的铅笔，立即开始你的工作！给我发动起来，鲍勃·道乐！

瑞格斯蒂尔先生下星期一来，要开几个会。你要参加。请下星期一八点到我办公室。勿误！

鲍勃痛恨信里专横的语气。他准备北上的时候给自己放几个小时假。如果他星期四动身，他就有时间去参观采矿场，傍晚左右到达丹佛，和泰姆舅舅待几个小时，然后再去应付吕贝页·克鲁克。他要绕路去燧石采矿场，因为他在牛仔玫瑰镇的龙卷风和圆珠笔博物馆里见过几个彩色的箭头，另外他也对这地方感到好奇。艾伯特中尉就在一八四五年九月十一日写过这燧石矿场，当时他并不知道印第安人拿这燧石何用："最后一天的行程中，我们到了一片平原，上面点缀着无数玛瑙，上面有五颜六色的条纹，玫瑰色，蓝色，还有这两种色彩混合成的颜色。这些玛瑙都很粗糙，无甚大用，不过数量实在很多。于是我们将这地方取名为玛瑙崖。"

他不知道这次离开还有没有机会回来，于是在出发前的晚上，把所有的东西都打了包。吕贝页·克鲁克很可能炒他鱿鱼。他把这话告诉给拉封时，拉封用故意责怪的声音提醒他说，铁丝网节六月末就开始了，他被解雇也好，不被解雇也好，都该来看的。

他真想看看，但他只是说："再说吧。"

他或许是最后一次躺在棚屋的床上，听着外面山狗此起彼伏的叫声了。他脑子里盘算着。他准备解释环球猪肉皮公司为什么要开发房地产作为副业。他准备说，如果环球猪肉皮公司真有房地产开发部门，那么就可以把养猪场和房地产的选址工作一起做。他在脑子里想象吕贝页·克鲁克和那位不认识的瑞格斯蒂尔先生拍着自己的脑门大叫，"多出色的选址员！多妙的主意！"他也想象到吕贝页说，"你被解雇了！"

早晨，当他拖着手提箱到门廊上的时候，他第五十次看到那个黑黑的东西。草场处于休整期,没有放牧,草有肩膀那么高,那东西就在深草中间。或许是一棵灌木,或许是一大蓬草,他告诉自己。不过也可能是座奇怪的蚂蚁山,或者是什么腐朽的雕像,就像棚屋后面的一样。现在如果不去看看,以后或许就永远不知道是什么东西了。他把箱子放下来,从铁丝网上爬过去,小心地向前走,听着有没有响尾蛇的警告声,希望不出声的蛇现在都在加利福尼亚。在草地里他遇到了几棵过去拴铁丝网的铁桩——正是那铁丝网把草地分割开的。他走近一些,发觉那东西不像是灌木。

他拨开最后一丛草,出现在他眼前的是一个奇怪的景象:原来是一头鹿的完整的骨架,穿在铁丝网的桩上,鹿头已经不见了,铁桩正好穿过骨架胸口的正中间。风干的肌肉把骨头还维持在一起。一开始他想这或许是个可怕的仪式所留下的,不过从各个角度看过一遍之后,他断定这是个奇特的事故:那鹿正在草丛中跳跃,没有看见藏着的铁桩,一跃而起的时候,完全出于意外,正好落到那铁桩上,被刺穿,死了,然后一直挂在那儿,像个恐怖的稻草人。后来日照风吹,肉腐烂,被虫子吃了,成为灰土。鲍勃感到又吃惊又恶心,慌忙回到门廊,拿了行李,发动土星车开始出发。

不过那骨架在他脑子里挥之不去。他把自己想象成那头鹿,在高高的草丛里跳来跳去。或许那是个夜晚,月亮的光辉刚给天空增添了些许明亮,把草秆和种子头都变成金属色。在这种闪烁的光点中,谁能看到深草秆中有这么个像矛一样的致命铁桩?然后他又想象被刺穿的恐怖一刻,想象接下来的几秒钟里自己如何本能地挣扎,同时那月亮渐渐隐去,最后永远消失。或者,他是在惊慌地快跑,后面有狗在追,一边跑一边跳,跳得老高,二十多英尺,接着越跳越高,要是看到那铁桩,完全能避开,可惜运气不佳,一下子砸上去,被刺穿,挂在那里,后面的狗一哄而上，撕啃着。他痛苦地、慢慢地死去，烂掉，在上午的阳光下风干。

在弗瑞兹的国家纪念碑办公室，他打听怎样去采石场。

“你得跟向导去。中午有一队人去，”柜台后面白皮肤黑头发的高个子姑娘说，“你和他们一起去。向导是考尔·沃尔纳。你们过半小时在牧场车站那里集合。”

鲍勃看了看表，十一点差一刻。他本来打算十一点半就重新上路。如果他还在博西市的签名石停留，再去奔茨堡凭吊艾伯特中尉，那么午夜赶回丹佛就不大可能了。或许这签名石和城堡他回来时再去看——如果能回来的话。

向导考尔·沃尔纳走进来说：“大家都准备好了？戴上帽子，外面很热。不希望你们中暑。”

沃尔纳后面跟的人还不少。大家一起跟着他走陡峭的路。每走几百英尺，就能到亭子一样的东西下面躲一躲火辣辣的烈日。亭子上总是有很多无所顾忌的黄蜂。考尔·沃尔纳每到这亭子下就开始讲解：印第安群落、定居者、贸易、迁移、战争。梅瑞狄斯湖就在下方，颜色深蓝。“有问题吗？”

“我想问，”鲍勃说，“艾里贝茨是不是印第安语，意思是‘燧石’？”

沃尔纳笑了。“不是。那是十九世纪拥有这块地皮的一个老牛仔的名字。艾里，艾里·贝茨先生。”鲍勃又问采石场的印第安人是谁，可他答不上来。

到了顶上，他们看到十几个小坑，当年印第安人就从这些地方把珍贵的燧石敲走。地上还有很多碎片，紫的，白的，淡蓝色的，有的图案斑驳，其他的则是条纹状。鲍勃看到一块漂亮的紫红色小石子，对角是灰蓝色的条纹。他很想要它，见导游往前走，其他人跟在导游后面，他就假装蹲下来系鞋带，把那小石子捡起来放进口袋。那石子摸起来暖暖的，油油的。过了几分钟，他把它拿出来，扔到地上，一抬头发现沃尔纳在看着。沃尔纳点了点头。

“想也别想。”他面无表情地说。

下去的路上，导游停下来指了指大家都已经知道的湖。

“那是梅瑞狄斯湖。”他说。暗蓝色的湖水上满是波纹，看起来如同高速公路上的缓速带。

“真大啊。”一个女人说。

“是的。那还只是顶端，”沃尔纳说，“当他们建起大坝，里面水满起来的时候，阿马里洛和伯尔杰所有人都带着船过来尝新鲜。一场噩梦。大部分人都住在长条地，一生见过的水，最多不过牲口饮水罐能装满的那些，哪里知道这 H_2O 是如何兴风作浪的。他们翻船，落水，沉底，淹死，撞坏。简直是致命的水中马戏。”

从斯丁纳特，鲍勃开始向北走，过了州界线，穿过盖蒙错综复杂的道路，好不容易找到南 54 号路，又开始向古德威尔进发。等他把这路线错误纠正过来，已经过了干涸的比佛河，上了一个石油和天然气田里的土路，边上全是一起一伏的泵臂。比佛河干巴巴的河床让他感到郁闷。他知道过去它是条生机勃勃的主要河流，叫北加拿大河，其流域无人管理，因此吸引了很多牧人和定居者。但是到了二十世纪初，放牧管理的法律规定，牧人必须圈养自己的牲口，封闭开放的牧场。被圈养的牲口一起去喝水的时候，把河边的草踏死了。比佛河的河岸逐渐侵蚀，沙被冲刷到河里。过了十年时间，比佛河停止了流动，干涸了。只有下大暴雨的时候，老河道里才积起一点水来，仿佛一只大手指从草原上摸过去，那水消失在高速公路边的奥普替牧禁猎区。鲍勃从 64 号路出来，向左拐，朝博西市进发。刚到城外，他看到一个老印第安人，衣服和东西放在一口栗色的尼曼·马库斯口袋里。尽管他没有竖大拇指，鲍勃还是看得出他要搭车，于是把车停住。

“我去丹佛，你去哪里？”

“特立尼达。我女儿住在科罗拉多的特立尼达。”

“好啊，顺路。跳上来吧。”

他一看，叫这老家伙跳上来就像让他飞一样难。他慢腾腾、笨手笨脚地坐到座位上，把袋子放在膝盖上面。鲍勃开始向高速公路上开。

“这么说，你是去看女儿。”

“不是看，是去和她一起过。”

接下来是一段长时间的沉默。鲍勃这时想起自己坐在泰姆舅舅的台阶上。

“你是哪里人？”

“俄克拉荷马。”

鲍勃尽力抑制住语音里的不满。“那好，我猜也是。从俄克拉荷马把你带上来的，俄克拉荷马是印第安人的州，我是这么猜的。什么部落？”他希望听到那人是夏安族的，这样他们可以聊聊艾伯特中尉。但是老人没有回答。他从眼角看过去，发现那人眼睛已经闭上了，是否真睡着了他表示怀疑。鲍勃接着开。他有点来气，他还以为让他搭车，路上可以聊一聊呢。路边的电线杆横贯过大平原，中间的电线大幅度起伏。他到了沙山艾和沙丘为主的土地上，四周是野李子树、臭灌木，偶尔有一簇须芒草。路上没有行人，看着这荒野的灰尘和秃地，孤寂感不由涌上心来。比佛河的干河床慢慢出现了，让他又多了一些烦闷。那细沙让他无法不去想。它们被风吹着，渐渐会把一切都覆盖。那细细的灰积了一层又一层，变厚的土层逐渐压缩、硬化，而风又吹来新的沙土，日复一日，年复一年，盖住脚印，填满沟壑，塞满干河床，再飘到岩石上，盖住恐龙的骨骼，盖住人的房屋，盖住通道和公路，一寸一寸地堆，一尺一尺地累，过了一千年，又过一千年，直至那千疮百孔的土地多重的过去完全消失，被人遗忘。

车在台地上一直开着，过了一英里又一英里，最后沙地灌木变成了矮松、刺柏、朴树，再变成乔利亚仙人掌和胭脂栎。现在到了矮草地区，他终于肯定那老印第安人是在装睡。

到了特立尼达城外，老人直起身子，看着窗外。

"快到了，对不对？"

"对。"鲍勃简言答道，他仍为自己默默地开了这么长的路感到气恼。

"我要和女儿住一起去。"那老家伙说。

"你说过了。我刚接你上来的时候。很好，有个家。"

"她工作也不错，做护士。她和她丈夫挣的可不少，大房子。我也会有自己的房间，自己的浴室。他们没孩子。"

"这样你们就可以互相做伴了。"鲍勃说。他想，除非你吃饭、晚上看电视的时候也睡着，这样你就无法给人做伴。

"我女婿在学医法。我教他。"

"什么？什么叫'医法'？"

"仪式，舞蹈。"老人支支吾吾地说，向地平线打着手势。

突然他坐直身子，眼睛向西看去，目光越过起伏的篱笆。

"下个出口，"他说，"大概向西一英里。"

鲍勃顺从地下了州际高速，上了12号路。他们开始向西，但是过了一英里，老人还是没说话。

"快到了吗？"鲍勃问。

"是，快了。"那人回答。

鲍勃继续开。又过了一两英里，他加快了速度，时速六十五，轮子飞快地跑了一英里又一英里。那老人看着外面，什么也没有说。

“还有多远?”鲍勃问。“我还以为离高速公路只有一英里。我还要去丹佛呢,这你知道。”

“是,”那人回答说,“我想我们早就过了。”

“老天,你干吗不早说?”

“我不知道。”那人说。

轮胎咯吱一声,鲍勃来了个大转弯。里程计上了八十英里。

“现在,等我们快到的时候你招呼一声。”他说。

“我从来没有去过,”老人说,“反正是这些路中间的一条。”

“‘这些路中间的一条’?有点意思。现在这路可能就连着五十来条路。路名是什么?”

“我不知道。我忘了把女儿的信带上了。”

鲍勃发现他遇上麻烦了。老人不知道去哪里,那写着地址的信上肯定也写着电话号码。

“你有没有女儿的电话号码?”

“没有。没用。她应该在上班。”

“你知道她在哪里上班吗?”

“她是护士。”

“我知道,但有可能是医院护士,也有可能是理疗中心、疗养院、私人家里或者很多其他地方的护士。我们到下个电话亭停住,看看电话号码。或许在那上面。”他停到了老岩丘便利店,店前面是一排油泵。

“外面没有电话亭,应该在里面。你女儿叫什么名字?”

“雪莉。”

“姓呢?”

“姓铜腿。雪莉·铜腿。”

鲍勃走进便利店,四处找电话。他看到厕所边的墙上有块方形的印子,该是原来放电话的地方。

"他们给拆了,"柜台后面的胖女人说,"就是上周。"

"老天,我怎么打电话?"

"如今大家都有手机了。谁还要老掉牙的付费电话?"

"我要。我得查查一个女的住什么地方。她爸在我车上。他搭顺便车,我把他从俄克拉荷马带过来了。他不知道女儿住什么地方。"

"她叫什么名字?"那女人拿起一本电话簿,手指做好了翻页的准备。

鲍勃说名字的时候有点难为情。"叫雪莉·铜腿,是个印第安人。他说她还是个护士呢。"他无法抑制住语气里的怀疑和嘲讽。

"她是在特立尼达吗?"

"是的,他是这么说的。还说她住在靠近这条路的地方,写着路名字的信他忘记带了。"

"上面没有铜腿这个姓。你可以试试声讯查询。"她把无绳电话递过来给他。但是声讯也查不到铜腿这个姓。

"多谢。"鲍勃说,然后回到车上。老印第安已经不在了。他左右看着高速公路,又去厕所看了一下,最后回到店里。

"那家伙刚才进来了吗?"

"除你以外没有别人。"

"哎,他失踪了。"

"我听你说他是搭顺便车的。"

"是的。"

"那你还管什么?或许他不喜欢搭你的车,所以一瞅到机会就走了。"她的表情说明她也不会去搭他的车的。

"我让他搭我的车,"他说,"我就得负责到底。"然后他回到土星车上,发动它,回到高速公路上。他想自己如果是个抽烟的,此时定然要点上一支。他后悔没有在便利店里买块糖。他真是又饿又累，两腿都痛，而且土星车的座椅边把他的大腿硌得很痛。靠近 I-25 的时候，他看到了一个熟悉的、蹒跚的身影：是那老印第安人，正在步行呢。他愤怒地哼了一声，把车停住。

“你怎么跑这儿来了？”他问，声音气呼呼的，虽然他想象一个老印第安人背着个装满全部家当的尼曼·马库斯口袋有多不容易。

“搭车。女士说我女儿不在这里住。女士一辈子都在这里。白头发。”

“你现在有什么打算？”

“不知道。”

鲍勃吁了一口气。他现在欲罢不能了。他想到牡豆弟兄。牡豆弟兄说过，有些经历能促使人长大。鲍勃感觉自己缩小了。

“进来。”他用鼻子深深呼吸了一口气，“我们知道她是护士，对不对？我们知道她工作，对不对？我们就是不知她在哪里。所以我建议我们去特立尼达的医院问问她在不在那儿。要是不在，我们去找警长。警长什么人都认识。这是他们的职责。”他想起了休·杜乌警长，“你觉得这想法怎样？”

“行，我看还行。”老家伙把头往后一靠，又把眼睛闭上。

鲍勃像个傻瓜一样开着车，在小巷中间钻进钻出，还紧贴着一辆老货车的保险杠开了好几英里，直到那司机不堪其扰，把车停到路边上。然后又被一个霸占着路中间的半拖货运车堵着。鲍勃此时真想有个手机，打电话给那个车上的号码。那车上还贴着这样的字：我的车开得怎样？

“很臭，”他对那卡车气愤地叫道，然后又对那老人说，“老头儿，等我们找到你女儿——”但是他不知道接下去说什么好。

特立尼达的医院是个低矮而普通的小地方。鲍勃估计这里主要是医治牛仔竞技和骑马受伤者的，因为周围都是牧场地。

他们俩一起进去,鲍勃想这次让老人去问。

“去,”鲍勃说,“你去问讯台打听你女儿。如果她在这儿工作的话。”

老人朝着那玻璃后面的接待台还没有走三步,突然有个胖女人——身穿洋红运动衣,推着一张轮椅,轮椅上的人脸就像皱纸袋一样——叫了一声:“父亲!”然后直接向他推过来。

“女儿,”老人平静地说,“我把你的信忘记了。我们一直在找你。”

女人看了一眼鲍勃。鲍勃耸了耸肩。

“他是搭车,在俄克拉荷马。我正好要去丹佛。”

“是的。这人让我搭了好长时间的顺便车。他还帮我找你。”

“可是父亲,你没有必要搭车啊。还有,你跑俄克拉荷马去干什么?我不是寄钱让你坐汽车了吗?”她转向鲍勃,“他住在松岭保留地。”

“那钱我丢了。这轮椅里的人是谁?不是你丈夫吧?”

“不,不。这是加纳尔先生。我在特立尼达金色年华养老院上班。加纳尔先生要做透析治疗。我把他带来了。在这儿看到你真让我惊喜。”她转向鲍勃·道乐,“雪莉·梅森。”她说。

“我们找的是雪莉·铜腿。”

“我嫁给了鲍勃·梅森。我过去叫雪莉·铜腿。我父亲是恍惚·铜腿。很感谢你带他,还费了大劲来找我。今天晚上我和我丈夫请你吃饭。我先把加纳尔先生送回养老院,然后就去我们家。如果你再把我父亲带去,我会感激不尽。好,我来给你画个地图。我们不想听你说‘不’,鲍勃——我丈夫——打了头麋鹿,今天晚上我们就吃烤麋鹿。”她已经在写着“控制好你的膀胱”字样的纸背面开始画线。她把纸塞到鲍勃手里,又告诉她父亲说待会儿见,然后急忙地向出口处走,快速地推着轮椅。

那速度可能是加纳尔先生多年来都没有体验过的。

“还算幸运。”鲍勃说。他得给泰姆舅舅打个电话，告诉他说他要迟到。他真希望雪莉把她父亲一道带上。他又看了看那老印第安。他正在小心地打开一个红色的棒棒糖——那是他刚才从前台接待的纸篮子里挑选出来的。见鲍勃的眼睛看着他，他吓了一跳，又跑到那篮子边，拿了一个绿的给鲍勃。

“多谢。”鲍勃说，看着那地图。没错，梅森家的房子在12号高速公路边的蓬卡布路上。

“那不是她丈夫，”老人说，嘴里舔着糖果，“她说的。”

找了好久，鲍勃终于在一个地板打了蜡的过道里找到一个收费电话，给泰姆舅舅挂了个对方付费的电话，把情况解释了一下。

“烤麋鹿？你看能不能向他们要一块带回来给我。我从来没有吃过麋鹿肉。”

“你去那该死的鹿角餐馆就可以吃上，就是服务员很差劲的那家。”

“太贵。”

“吃素的事情怎么说？”

“没什么，我还是吃蔬菜。不过我也不是狂热分子，至少麋鹿我是不会拒绝的。”

照着地图，他们从12号路下来，上了蓬卡布路，然后又上了一条更窄、灰尘更多的路，名字叫泥巴门。接着上了一个搓衣板一样的长坡，这坡起伏得厉害，汽车开在上面蹦蹦跳跳的，灰尘从看不见的缝里抖落下来。雪莉·梅森的示意图上写着“两英里，木房子，靠左，红门”。这房子不大，远不像他根据老印第安的描述所想象的那么大，但是铜腿似乎很满足，说了一声，“啊”。

他们在一辆绿色野马车后面停住，下了车。野马车的前盖还是热的，能听到金属冷却所发出的滴答声。雪莉·梅森出了门，来到门廊上，扶她的父亲上台阶。

“你有没有什么箱子？”她问。老人摇了摇头。“你什么都没有带？”他举起尼曼·马库斯口袋。她给他们开了门。鲍勃走了进去。一阵烤肉和土豆的香味扑鼻而来，还有大蒜调料味；有新削皮的桃子——正煨在好像肉桂条做的家常酸辣酱里。

“这位是我丈夫，鲍勃·梅森。”她介绍说，把两个人引到厨房里一个哼着曲子的胖子身边。厨房里有个露在外面的炉子，里面烧着劈啪直响的牡豆，炉子前面有两张摇椅。鲍勃·梅森走上前来，伸出手，点着头。他用潮湿的肥手和鲍勃握了握手，对老人只是拍拍肩膀，然后请两人坐到火前面，斟上两杯现煮的咖啡。

“烤肉大概过三十分钟就好了，或许还要更长点。”他说。他又对鲍勃说，“我是个失业的老师，我老婆工作，我在家做饭、收拾。好，岳父，你把你路上的历险故事和我们说说。”

老人笑了，朝鲍勃挥挥手。“他就是历险故事。他带我从俄克拉荷马到这儿，尽管我把写着地址的信丢了。他是好人。”

鲍勃的脸红得厉害，他想起自己当初的不耐烦和愤怒，还有他对老人的沉默和愚笨所表露的厌烦。

鲍勃·梅森满脸是笑。“你多幸运哪，岳父。你没有搭上强盗或者是杀人狂的车；也没有被绑架，或者被扔到路边。你看你现在，平平安安地到了家。”他站起来给麋鹿涂油，突然停住，又看着老人。他问，声音突然郑重、严肃起来，“你有没有把药袋子带来？”

老人露出一点笑意，用食指指了指右边的太阳穴，又指指尼曼·马库斯口袋。

“父亲，”雪莉·铜腿·梅森说，“我不知道你去俄克拉荷马干什么，不过你来看看你漂亮的房间，全给你收拾好了。有你的电视，还有桌子，你可以在上面写写画画什么的。”她又看看鲍勃。“我父亲的画很出名，好几个博物馆有他的作品。看，壁炉边就是一幅。”

鲍勃看到一幅奇特的、让人不宁的画，上面是一片黄色空地，靠右下角的地方有两根细棍子。再走近一些，他才发现细棍子原来是插在土里的箭。那箭插得很深，土快到箭羽的位置，仿佛那箭是从高空落下，下降时速度越来越快，才扎下去这么深的。画上再没有别的了，但却显得意味深长。

烤麋鹿的味道一流，很香，略带着点野腥味。鲍勃·梅森舀到他盘子里的汤中有点黑黑的东西，他以为是胡椒子，鲍勃·梅森却说是刺柏果子。铜腿老人拒绝吃土豆和色拉，只肯吃肉。鲍勃注意到他女婿把最好的肉切给他，把他的盘子里堆得满满的。一个老人怎能吃得下这么多肉，鲍勃都觉得难以置信。

“没有酒了，恐怕，”鲍勃·梅森说，“我们家禁酒。我正在戒。”

吃饭的时候，火光在桌子上闪烁，又映照在大盘子装的黑色肉汁里。雪莉问鲍勃是做什么的。鲍勃觉得自己在一群朋友之间，觉得自己很放松，所以把自己的一切都说了，包括霍拉斯·格莱利初等大学、奥兰多、克鲁克先生、拉封、狼蛛和口是心非的伊夫琳·佳恩，还有他如何没能让吉姆·斯肯恩把地卖给他，最后又说他不能肯定一辈子到底要干什么。老人从那一大堆肉上抬起头来。

“你，有钱的白人小子，吃得好，开着好车，穿着好衣，昂贵的鞋子，还说不知道干什么？”

“我并不是有钱，其实我们很穷。车不是我的。我舅舅经营着类似于旧货店的生意,鞋就是从旧货店淘的。我就是不知道哪些机会对我最适合。我是说,我该不该去上学,还是怎么的?我想这养猪场选址员我也做不长了。估计克鲁克先生想炒了我。”

“我听说过吉姆·斯肯恩这名字,”老人说,“大傻瓜。他有部分血统是切罗基族的,他却瞒着。他爸爸有一半切罗基族血统,他也瞒着。斯肯恩家的人都是撒谎佬。”

鲍勃想,这话他同意。

“不过,”铜腿又说,“有办法让撒谎的人诚实起来。”

“我真希望知道怎么做到这一点。”鲍勃说。

“这个‘不知干什么’,是谁,是什么,在哪里,这都是年轻人的问题。不过你算是走运的。你有机会,年轻的白人。你想想印第安保留地上是什么样子?百分之四十到百分之八十五的人没有工作,什么工作也没有,也没有钱出去,没有学校,什么也没有,除了喝个大醉,生孩子,用贫困儿童补助计划的支票买奶粉。那里的年轻人根本不去思考,我这辈子干吗?答案:喝醉,早早地、痛苦地死去,留下受到伤害的孩子。他们想的是,我还能活多久?”

鲍勃惭愧得脸红了,看来他确实算是又有钱又恶劣。

“还要不要麋鹿,岳父?”鲍勃·梅森又叉起一块滴着油的肉。那嫩肉在叉上晃荡着,但老人还是不放过鲍勃。

“你得自己找到自己的路。或许你说的这个舅舅能帮助你。”

“或许。”鲍勃说,他感到又委屈又痛苦。

老人看着天花板说:“发慈悲吧。帮助这个可怜的人过上好生活。”

对鲍勃来说,这个一开始很愉快的夜晚已经变味了。一瞅到机会,他就立刻道别。发动土星车的时候,他看到老人房间的灯亮了。雪莉·梅森打开电视机,正在调那颤动的画面。

第二十八章　久而不衰

鲍勃过了半夜才回到旧货店上面的住处。一切都是静悄悄的，什么也没有变，水池里有几个碗，柜台擦得纤尘不染，闪着亮光，椅子整齐地摆在桌子周围，一小堆账单堆在泰姆舅舅的支票本和笔旁边，采蜜熊形状的瓶子放在桌子中间。鲍勃翻开支票本一看，上面的余额是九十一块七毛八。除非这些账单的金额很小很小，否则泰姆舅舅一笔都付不清。在冰箱里，他看到了几捆胡萝卜、两颗白菜、烂香蕉、一塑料袋甘蓝、几个发干的苹果，边上还有一把韭菜、一罐蘑菇。另有一袋子色拉菜，上面“有机健康食品！”的字样写了十四遍。这些看来都提不起胃口，直到他看到一团比萨面，还有一块方形的莫泽雷勒干酪。泰姆舅舅肯定是在准备鲍勃最喜欢吃的蘑菇和洋葱比萨。看着索然无味的厨房，鲍勃知道，即便被炒了鱿鱼，他也无法回来和泰姆舅舅一起生活。

他听见泰姆舅舅的卧室门开了。他转身去看他的这个亲人。

“鲍勃！我没听见你开车来，要不要喝点无咖啡因咖啡？”

“好啊。”他挑剔地看着舅舅。泰姆和鲍勃一样长着张猫脸，这都是从他们的斯拉夫祖先那里遗传的。这些祖先没留下什么照片，他们老早就死了，却把面貌一代代传下来。泰姆舅舅看起来更瘦小了，头发更白了，也不比以前精干，看了让人伤心。他瘦了很多，印着绿色驼鹿的睡衣松松垮垮地罩在身上，如同旧窗帘。

“你还吃素?”

“是啊。不过胡萝卜已经吃厌了。我现在吃些新奇的——佛手瓜、仙人掌叶子、柿子。还有一些新产的猕猴桃,很小,很甜,表皮也不是毛乎乎的,爽口,尝起来就像葡萄,或许经过基因改良。有时候我也想一个人吃一大块家常烤牛扒,吃第一片就可能要我的命。总之,我打算做比萨,如果还不算太迟的话,如果你有胃口。麋鹿肉怎样?”

“麋鹿肉好吃极了。我还给你捎了一块。比萨听起来不错。明天吃,对吧?我帮你一起做。附近有什么新鲜事?”

“哦,最大的新闻是迪克·凡·霍斯,记得他吗?开药店的?迪克·凡·霍斯药店?”他边说边安装咖啡机的过滤器,然后量咖啡、量水。

“当然。胖家伙,眉毛很浓。他怎么了?”

“他把所有的钱都投资到市中心的一家经纪公司,全是科技股,全赔进去了。什么都丢了,把房子抵押了,丢了。接着私下在店里卖毒品,把店又丢了,变得一贫如洗。他失望透顶,杀了老婆和三个孩子,丢下字条说不希望他们生不如死。然后他去经纪公司办公室,韩德辅和佩尔普公司,在林肯路,杀了办公室的五个人,包括经纪人,之后回家自杀了。他在遗书上说‘韩德辅和佩尔普公司出于无情的贪婪,把我毁了’。”

“天哪,够恶劣的。”鲍勃向咖啡里倒牛奶,从采蜜熊形状的瓶子里倒了点蜜。“最近有没有开胃的消息?”

“知道吗,这是你第一次打听他?”

“哦,别这么说。”

“我是说真的。你和他一直处不好。他觉得你精明。鲍勃,不过那不是表扬。拼字游戏搞得他不开心。你们俩老是为野生山羊(ibex)、大动脉(aorta)、战神阿瑞斯(Ares)、乌纳(Oona）这类的单词争来争去的。”

“有规律的。你得去把规律找出来。他以为这些词只是孤立的词，败就败在这上面。总之，我从来没有问过他，是因为——哎，你知道的。”

“不，鲍勃，我不知道。你是什么意思？”

“没有什么。只是——你说得对，我们处不好。他——我总觉得他恨我。好像是妒忌。”

很长的一阵沉默。

“你自己也跌跌撞撞的。好了，谢谢你问这事。韦恩在纽约很好。过去几年来，他一直在上家具设计和历史的课程。每天上午他在世贸中心的一家高档古董店上班，在下面的一层。很漂亮的商店，他说。名字我忘了。他邀请我夏天结束前去看看。他准备找个节日回来，感恩节、圣诞节什么的。他又送了一本书给你——但愿我能想起放哪里了，或许在楼下的办公室里。”

“生意怎样，这个店？”

“马马虎虎，地段不是很好。我真想把一切都处理了，除了塑料艺术品，换个地方重新开始。”

“我希望我也能这样。”鲍勃说，“我讨厌养猪场选址员这工作。我想找个地方开书店倒挺好。”

“我一开始也这样，”他舅舅说，“后来这些垃圾就越来越多。储藏间我还有一箱子一箱子的书。好了，我们换个话题。”他嘟哝着，“有东西要给你看。”他离开厨房，下楼到店里去了。鲍勃又向熟悉的托比杯里添了些咖啡。舅舅回来的时候拿了本《圣经》。无疑，吃素把泰姆舅舅心里潜伏的宗教火山给激活了，过一会儿那熔岩准会喷出来。但是没有。泰姆舅舅只把《圣经》给他，要他看《圣经》后面装《圣经》地图用的封套。鲍勃把地图抽出来，发现后面是一叠百元钞票。他数了数，有十二张。

“是怎么回事?”他问。

“你看钞票后面,”泰姆舅舅说,“你自己就会明白。”

第三张钞票后面用红笔写满了字,字很难认,但是他大部分都认出来了,是个遗嘱。

> 为了挣这点钱,我干活干得要死,但没有子女或者任何继承人,所以这是给你的。谁得到这本《圣经》,谁就是我合法的继承人。上帝保佑。

署名是:“弗洛伊德·罗乐,科罗拉多斯普林市,五六年九月三十日。”

“好了,”泰姆舅舅说,“这让我想起我自己的情况。我正准备把店卖掉,找个新地方开始。”

“天哪,这变动大了。准备搬去纽约?给自己放个假,还是做点别的喜欢的什么?”

第二十九章　吕贝页·克鲁克的办公室

鲍勃睡在原来的床上。天亮之后，他走到面包店，买了奶油蛋卷、丹麦油酥馅饼、果冻油炸圈饼，还有舅舅爱看的两份报纸。如果他搬回丹佛住，他要在面包店附近找房子。他和泰姆舅舅互相陪伴着，坐在那里吃早饭。他们把馅饼泡在咖啡里吃，并交流着新发生的事情。

“昨天晚上你给我描述的胸针，可能是法国的——总之是欧洲的。法国人对塑料很当一回事，用塑料做了一些漂亮的饰物。我猜那胸针肯定是二十年代的艺术装饰——那珍珠化的赛璐珞，还有那人造钻石的之字齿。你看能不能给我弄来。”

“我试试，”鲍勃说，“不过她有钱，而且性格很犟，还很凶。被面兴趣小组聚会上有好几个别的人也有漂亮的东西。”他试着画莱拉·努喀斯特脖子上挂的项链，边画边说，“这是尼罗河绿，这是黑色。”

“哦，天哪，”泰姆舅舅说，“我多想能买下来。希望你给我试试。”

“我尽力吧。”鲍勃说。

“你不在的时候我自己也找了一些东西，”舅舅说，“一双贝思·莱文牌丙烯酸树脂鞋。我还见到一套很漂亮的刀叉，是三十年代的，黄色，上面有红色圆点。问题是主人要价四百块。要是能摸奖摸到了——”

“你可以花《圣经》里夹的钱。”

“是啊，可以，不过——我或许要把它派别的用场。”他沉默了一下，然后匆匆说，“我想去纽约，看韦恩怎样了。好，咱们下午去玛雅人电影院看场电影怎样？”

星期一早晨，鲍勃洗了个热水澡，感觉很好，虽然他很怀念在棚屋的门廊上喝咖啡的时候。他从壁橱里拿出灰西服，打上妈妈在上面画了“泰坦尼克号”的领带。进了厨房，他打开靠桌子的窗户，外面是美丽的夏日早晨。知更鸟在不停地叫着，声音仿佛是“闭嘴！闭嘴！”，泰姆舅舅走进来，用演戏般的爱尔兰土音说，“给你道个早安了。”七点半，鲍勃下楼上了土星车，开往环球猪肉皮公司的丹佛分公司。他本可以搭汽车，可克鲁克先生或许会让他把车钥匙当场交回。

东京公司来的瑞格斯蒂尔已经五十多岁了。他是个难得一见的美男子：脸颊棱角分明，五官端正，阔肩膀，运动员身材，行动敏捷，皮肤晒得黝黑，手上指甲精心修理过，身上还穿了一套阿曼尼牌西服。这一切似乎都在宣告：“什么好事都会落到这个人头上的。”但鲍勃想，那你为什么给猪肉公司做事？可他嘴上却说：“你好吗，先生？”

“坐，鲍勃。”吕贝页·克鲁克说，指了指办公桌对面的酸橙色带金属光泽的铝制椅子。瑞格斯蒂尔先生坐在一侧的皮椅子上，和吕贝页的椅子一模一样。鲍勃想，环球猪肉皮公司肯定大批量买了这些椅子给高层主管们使用。

“好了，先生，鲍勃，”吕贝页说，“你知不知道你现在跟撒手不干差不多？”他对鲍勃皱皱眉头。

“是的，先生，我也感觉到了，”鲍勃说，“但是我确实有些潜在的客户。”他把泰特尔·克劳彻和吉姆·斯肯恩的情况说了一下。“还有，克劳彻先生问我出什么价格买他的地。当然，我没有办法给他开价，但是希望你能尽快安排时间，派个收购员过去看看。我已经把它基本落实了，就是因为这价钱问题，继续不下去。我还在想，先生，”他接着说，“环球猪肉皮公司还可以开发一项分支业务。”鲍勃说起了豪华房地产开发的设想，还把比提鲁斯家的地方详细描述了一下，但是沃尔多·比提鲁斯出的价格他没有提。

“多出色的选址员！”比尔·瑞格斯蒂尔大声说，“我们终于有肯动脑筋的选址员了。”

“他是很聪明，瑞格斯蒂尔先生。”吕贝页·克鲁克讨好地说。

“这是常识。”鲍勃说，他的心跳开始加速了。

“我要和歌利亚先生说说这事，”瑞格斯蒂尔说，“谁知道？他或许就喜欢。确实选址员有时候能看到好地，但是到目前为止，他们都把这些地一下子排除，说它们太高档，不适合做养猪场，然后就偃旗息鼓。当然，我们也要考虑考虑现实。在圈养猪的同一个地区，又搞高档房地产开发，这可能吗？当然，还要注入大笔资金。”

“先生，事实上不会。选址员在做本职工作的时候，总是能看到好地。所以不需要另派选址员什么的。”

瑞格斯蒂尔先生圆滑地笑了笑，眼皮耷拉下来。

吕贝页·克鲁克把话题挑开。“鲍勃，关于泰特尔·克劳彻的地，我们会派个收购员下去。事实上，在那个地区，我们有个出色的选址员，她最近被提升为收购员了。她会去看看那地的，然后给克劳彻先生一个价钱。”

“拜托，克鲁克先生，别让伊夫琳·佳恩去。”

“什么！你见到伊夫琳·佳恩了？”

“先生，她一直跟在我的线索后面。她一会儿在这儿，一会儿在那儿，无处不在。有好几次要拆我的台。克鲁克先生，我不喜欢伊夫琳·佳恩。泰特尔·克劳彻先生也不喜欢。泰特尔·克劳彻先生就是她想从我手里抢走的客户。他明着跟我说了，不喜欢她，也不会卖地给她。你想想，我要是现在把她带过去做收购员，他会怎么想？”

“这点说得好，鲍勃。我会考虑那一带还有谁能去帮你。过几天我告诉你。”

“多谢，派谁都比伊夫琳·佳恩好。她和当地一位有妇之夫好上了。她坏得跟蛇一样。”

“你这是恶意中伤，鲍勃，我们不做这样的事。”

“是吗？”鲍勃无所顾忌地说，“那么让我在那边撒谎，用假身份，这难道是可以做的事？”

吕贝页·克鲁克对鲍勃阴下脸来。“小心，鲍勃。你现在还没有任何结果。我们再给你一个月。你要给我拿下两块地，否则请你走人。还有，我看，鲍勃，”他的话里带着威胁，“你还穿着褐色的牛津鞋。我不是让你穿牛仔靴的吗？”

“先生，我确实一直穿牛仔靴，不过今天，我在丹佛，所以穿牛津鞋了，这和我的衣服很配。”鲍勃说，“克鲁克先生，大家抱怨那气味。养猪场气味很大，顺风的气味很可怕。”

“那是乡下，鲍勃，乡下生活就这样。养牛场不也有很大气味吗？牲口气味是乡村生活很自然的一部分。长条地——事实上我们建养猪场的所有地方，都是乡下，人口稀少。总之，只有几个过度敏感的家伙在乎这个。大部分人是不受影响的。”

“还有，他们还说别的。他们说动物被关在这样的建筑里，它们都在受苦，都在过着不正常的生活。”

吕贝页·克鲁克转向瑞格斯蒂尔先生。“我真不相信自己是在和人交谈。我想这鲍勃是要我炒他。”然后他又转向鲍勃，故意嘲讽地装出耐心的语气，仿佛是在对智力不健全的人说话。“我们不把猪看成‘动物’，鲍勃，不像对待猫啊，狗啊，鹿啊，松鼠啊这些。我们说'猪肉元件'。鲍勃,他们其实是'猪肉元件'——是庄稼,就如同玉米和豆子。"接着,他高谈阔论自由企业、美国方式,还有经济机会如何重要,创业精神如何对所有人都有好处,还有美国是如何幸福安宁。

瑞格斯蒂尔先生用洪亮而很有控制的声音说:"不仅是美国,鲍勃,是全世界。"

"但是长条地人觉得,既然有家产在那边,就应该有发言权决定这些土地派什么用途,附近的土地又派什么用途。"

"鲍勃,等你成熟了,你会发现,关于业主权利的那些说法,终归是嘴上说说。一统天下的,是使用价值——普遍的实用性。凡具普遍利益的,就会压倒一切。你知不知道,高速公路部门可以不顾业主的反对,拆他们的房子,修通衢大道,为的就是普遍的利益。这情况就很类似。如果要投票的话,事实多次证明,大家还是支持这样的举措,因为这对广大社会有好处。"

鲍勃突然记起开胃朗读的那篇写不完的文章《这个国家**不是**你的国家》。里面描述说民主只是实用的傻婢女。鲍勃张开嘴,想说点什么,但是另两个人都站了起来。到此为止了。

吕贝页·克鲁克对鲍勃点点头。"你去落实几块地。"他说。

"很高兴见到你,鲍勃。"瑞格斯蒂尔先生声音平和地说。他朝吕贝页点了一下头,又补充说,"你有克鲁克先生带着很不错啊。"鲍勃知道,他是不会和歌利亚先生——管他是环球猪肉皮公司的什么大人物——去讨论豪华房地产一事的。因为养猪场具有普遍的利益。

第三十章　突　变

回程中的星期二晚上，鲍勃在拉君塔的老祖母舒适汽车旅馆过夜。他累得骨头都快散架了，可还是打开了电视，想看部好电影。旅馆的片子很特别，都和兄弟有关，分别是《兄弟》《好兄弟》《内兄》《符拉迪亚大叔的兄弟》。他看着两个农民用俄语吵架，累得不想看字幕，看着看着就睡着了。

星期三一早，他进入了得克萨斯的境内，路过了一头头仿佛是方形的奶牛——全低着头，总是在吃着什么东西。开胃给他的新书就躺在他边上的座位上——《断手》，这是本传记，主人公是和艾伯特中尉一起横贯长条地的山民托马斯·费茨帕特里克，就是断手警告艾伯特永远不要把骡子拴在灌木上的人。

农田如同鲜绿色的灯心绒在四周伸展开，中间白色的公路仿佛是灯心绒上的接缝。想起装点着丹佛的弗兰特岭，这种一马平川的土地他都觉得异常。他的目光从田野上望去。房子看上去就是临时的，仿佛是杂货店货架上摆放的东西。他还路过了一些废弃的农田，这种农田他在旅行中多次见过，后面是老式的圆形猪圈，上面盖着铁皮顶。这些猪圈全在长满野草的角落，歪的歪，倒的倒，如今毕竟已经没有人在后院里养猪了。

又到了毛桶。他的车经过了谷仓，仓顶上站满了鸽子。鸽子们吃不着下面的美味，但仍被吸引着。它们得不到美味，但美味存在着。

中午的时候，他回到陨星牧屋。没有什么不同，又是酷热的一天。太阳的光线如同重锤敲打着大地。拉封的车停在一个小遮阳棚子前,棚顶翘得像旧鞋的皮。

"拉封?你在吗?"

拉封从办公的地方出来,手里拿着一张卷起来的纸,那纸很大,做得克萨斯地图都可以。

"好啊,鲍勃,看来你没有被炒掉。不过热闹你是没有看到。"她说,"总之,欢迎你回家。"

"我错过什么热闹了?我开车经过了毛桶,还和原来一样嘛。"拉封用"家"这个字,让他突然激动了一下。他或许真是到家了,这感觉是他去泰姆舅舅家的时候没有感觉到的。他想象泰姆舅舅在长条地,但这想象转瞬即逝。

"哈,大不一样了。发生了好多事,我说都说不完。弗莱达·比提鲁斯星期六早上中风死了。不过,她这把年纪仙游,也够了。她儿子沃尔多·比提鲁斯周末来看她,发现她半截身子在床下。他以为她是在找拖鞋,或者什么首饰。她有很多没用的首饰。我可受不了这些东西叮叮当当、晃晃悠悠的。听说阿马里洛有个女人戴着个晃悠悠的大耳环在洗碗池边削土豆,有一个耳环掉到池子下面的垃圾粉碎机里,结果有一块崩出来,飞到她眼睛上,把她一只眼弄瞎了。不过大家都会怀念弗莱达的。她无所不在。她还是铁丝网节组委会正式的负责人。当然,这么大岁数,事情并做不了什么,主要是挂个名。但他们真需要人。星期天他们打电话来,问我能不能去接班,因为这节也快到了。弗莱达过去只是到时候露一下脸,面带微笑,说说大家好就完了,我可不行。有很多具体的事情要做。比如把这些海报贴起来。"

拉封把海报打开,上面有四种颜色,画着一对跳舞的男女,身上穿着西部服装,脚下有一卷古老的铁丝,正一根根向四周散开。

毛桶铁丝网节
舞蹈＊烧烤＊被面
拍卖＊牛仔竞技表演
收藏品集市和交换

她又把海报刷的一声卷起。“沃尔多·比提鲁斯来找过你。他想和你谈谈。现在他回休斯敦去了——葬礼安排在星期一——但是他留下了个电话号码，要你和他联系。我没想到你会回来，所以我肯定给丢到什么地方去了，混在那些乱七八糟的纸中间。”

“没关系。我想我自己有这号码。听上去这周末还真够让人烦神的。”

“哦，还没有完呢。弗朗西斯·斯科特·凯斯特——是个牧场主，你或许不认识——和一个女的去自由镇的哈依-罗汽车旅馆去搞什么勾当，结果弗朗西斯·斯科特的老婆托马西娜——大家都叫她塔西——跟在他们后面，对他们开了五枪。弗朗西斯·斯科特当场死了。那女的住在阿马里洛的医院，听说也活不过来了。塔西被关在郡监狱里。她妈妈在照看孩子。”

“老天呀，”鲍勃说，“和弗朗西斯·斯科特·凯斯特一起的那女人会不会刚巧是伊夫琳·佳恩？”

“就是这个名字。她不是本地人。我还把那期的《傻瓜》报留下来了。他们出了号外。给你，你自己看看。他们在头版还登了大照片，上面是那个该死的蛇蝎脸的警长，正把可怜的塔西往郡里的警车上拖。塔西不想走，你看她的脚在地上死命地撑着，他们几乎要把她扛起来走。我听他们还说，那女人是给一家大养猪场的公司工作。所以塔西·凯斯特杀了她——她已经说通了弗朗西斯·斯科特要把牧场卖了，卖给养猪场。很多人都说应该给塔西发奖章才对。这还没完，罗伯茨郡有个女人在自己家里被逃犯袭击了。她给丈夫留着门，她没有被杀害，但是——结果你可想而知。”

鲍勃在看枪击案的报纸时，拉封把咖啡重新加热。

“我现在担心的是死了两个人，这种事总会凑成三。不知道下一个是谁，也不知道接下来会发生什么事。会发生点别的，鲍勃。我不知道你会回来——你说你认为自己回不来，我也没有再听到别的什么说法。所以，你那棚屋现在库尔布罗斯住进去了。他上学前本来就住那边，现在总想着回去，继续搞他的雕塑。他现在野心大得很。塔西的事把他惹起来了，他要和养猪场公司作斗争，还找了一些别的人，每天晚上都开会。‘抗猪艺术家行动小组’，他们这么自称。但我也怕你会回来，所以打了一些电话。库佩奇路有位女士，杰琳·谢特尔，愿意租房给你。他们有所不错的房子，后面有个很不差的套间，里面电、电话、电视全有，这还不算，他们还有冲浪浴缸。她妈妈去世前就住在那里。她的关节炎很厉害，那冲浪浴更使她雪上加霜。杰琳只收五十块房租，和我这地方一样，虽然有那么多便利设施。我可以立刻打电话给她，说你很快过来，如果你愿意的话。”

“多谢，拉封。我很感激你为我操了这么多心。听起来很不错，不过我肯定会想念小棚屋的。那库佩奇路在哪里？”这路名听起来有点耳熟，但是他开车乱跑了不少地方，想不起来自己去过。

“在泰特尔·克劳彻的牧场边上，大概向西一里。你先往泰特尔的牧场那边开，但是路分岔的时候你左拐，然后接着开大概两英里，那路是弯的，你跟着一直走，过了桥，你会看到右边的白房子。不会错过的。”

直到上了库佩奇路，鲍勃才突然想起这地方来。对泰特尔·克劳彻影响那么大的金·卡罗莱纳公司的养猪场不就在这条路上吗。杰琳·谢特尔的房子在泰特尔·克劳彻家西边，这么说应该就在养猪场边。想到这里，鲍勃的心咕咚一沉。怪不得那女人只要五十块一个月。接下来他又振奋起来，或许她也会把她的地皮卖了。但是过了几分钟，他又开始消沉下去，或许她不会卖。或许他永远都没法成交一笔。绝望，就像臭鼬的臭气，弥漫在整个车里。他觉得自己运气很糟，找不到养猪场地址，也找不到长着酒窝的、鬈发的姑娘。他不想撒谎，但现在骑虎难下。不能就这么甩手不干，回丹佛再去找灯泡厂那样的工作。他已经担负了责任——给养猪场选址，劝上了年纪的农民和牧民把自己操劳了几十年的土地出卖，让它变成一排排沉默的猪猡世界——那么这责任他就不能卸掉。如果他卸掉这责任，那就和把他丢下，自己跑到阿拉斯加去的父母没什么两样了。"猪猡世界"这个词又一次闪现在他的脑海里，他开始想象一个关于猪的主题公园。公园的大门是只巨大的猪塑像；汽车从粉红色的猪腿之间开进去。一个猪的迪士尼乐园。里面游客骑的是仿制的大胖猪，或者是聪明的小猪。还有嬉戏槽，让小孩给真正的猪喂胡萝卜和苹果。食品售货亭卖的是烧烤猪排、黑森林火腿、熏咸肉，还有香肠，正从黑糊糊的、被烟熏暗的"德国香肠屋"天花板上挂下来，晃悠着。

杰琳·谢特尔是个胖子，一脸苦大仇深的模样，前额上有过度疲劳而留下的皱纹，手指老是紧张地扯套头衫上的绒。鲍勃不理解她为什么这么热的天穿套头衫。他站在门口台阶上等她叫自己进去的时候，鲍勃从眼角看到了西边大概四分之一英里外的养猪场。养猪场是低矮的白房子，排得很整齐，气味不是很浓。或许这时候风是从东往西吹。

"是的，"她说，"我们是靠近养猪场，实话告诉你吧，我也不知道究竟怎么办才好。现在还好，风向变了。他们打开排气扇的时候，那气味就非常难闻。我丈夫被它害惨了。房子里我们有九台特制的空调，六个空气净化器，一刻不停地开着，所以还不算太坏。但是在外面，如果正好迎着风，你的眼睛会火烧火燎的，嗓子也会痛。所以我只收五十块钱房租，否则的话我会收两百。如果你能受得了这养猪场的话，这价格很合算。空气不好的时候你会哮喘吗？"

"不会。"鲍勃说。他想他应该试试，要是实在受不了，大不了搬走。"我试试。"他说。

"至于电话，你就像用自己的一样，来账单的时候我们一起核对。这样简单一些，省得打电话给电话公司。或许得克萨斯主要电话公司就这么一家。一打电话，你要坐等一个小时，甚至两个小时，听着愚蠢的语音提示，还有那难听的音乐，然后才有人来接你电话。我看现在咱们这样还方便些。"

鲍勃住的套间阳光充足，一尘不染，看起来赏心悦目。卧室很大，铺着地毯，墙是奶油色，窗帘带饰边，窗户正对着养猪场。起居室很大、很舒适，里面有一台电视，一张古董式拉盖书桌，还有配了蓝色靠枕的红沙发。套间带单独的浴室，里面就是那久闻大名的冲浪浴缸。窗上装了防冰雹的隔板。空气净化器一直在嗡嗡响，所以他没有闻到养猪场的气味。他开始觉得，养猪场只是个小小的不便，其坏处被人们过分夸大了。如果泰特尔·克劳彻也买空调和空气净化器，或许他就不会受到影响。他把艾伯特中尉放到一边，愉快地看了一晚上电视，在冲浪浴室里美美享受了一阵，然后爬上粉红色被单的床上去睡觉了。

早晨他给吕贝页·克鲁克打了个电话。他很高兴现在想打电话就打，不用跑到老狗餐厅去用付费电话。

"先生，我现在换了住处。现在有电话了。"他把号码给了对方。“我想告诉你,伊夫琳·佳恩受伤了,伤得很重,在住院。”

“怎么伤的?”

“子弹,好几颗子弹。她和有妇之夫在汽车旅馆的床上,被当场捉了。那男人的老婆朝他们两人开了枪。报纸上说,她现在住在阿马里洛的医院。”

“知道了。”一段长时间的沉默。然后克鲁克开始用命令的口吻说,“鲍勃,我要你去看望伊夫琳·佳恩,和她的医生谈谈,全面了解她的状况,然后打电话告诉我。她现在快和那边的一个牧场主做成一笔大生意了,叫凯斯特的家伙。如果她一时无法工作,这业务你给我接了。”

“克鲁克先生,你要我去看她?”

“当然,还要带上鲜花。”

“鲜花?这可得花点时间了。这儿没有花店,花店改成餐厅了。”

“医院有,鲍勃。医院总是有鲜花的。”

“好,那我去。不过我想告诉你,那凯斯特先生死了。他就是和她上床的那个男的。”

“明白了。那太糟糕了。或许那寡妇会听劝。你看你能不能把那块地的方位查到。鲍勃,还有一件事。你要不要我派收购员过来看克劳彻先生的地?”

“是的,先生。但最好让他先给我打个电话,让我知道他什么时候来。明天不行,因为开车往返阿马里洛有不少路。”

“不会是‘他’,鲍勃。我们所有收购员都是女的。派个女的过去,能安慰安慰那牧场主,或许还能把价格降一降。贝蒂·豆克太太本周会去一趟。她会打电话给你的。”

这一天看来够他忙的:开车去阿马里洛,买花,看望伊夫琳·佳恩,了解她的状况;再去泰特尔·克劳彻家,通知他收购员就要过来;还要打电话给沃尔多·比提鲁斯。他觉得没有必要问塔西·凯斯特肯不肯卖地了,因为她已经用一阵射击说出了她的答案。吉姆·斯肯恩可能也没有戏,不过他本周还得和他联系一下。他先给沃尔多·比提鲁斯打电话。

“你好,比提鲁斯先生。很抱歉听到你母亲去世的消息。我周末去丹佛了,刚回来。是的。是这样,我和我的主管说了,虽然他们对在长条地建豪华房产表示怀疑——那么为什么会派我来?——事实上,他们是派我来当养猪场选址员的——”他把话筒从耳朵边拿开一些。沃尔多·比提鲁斯的吼叫声正从休斯敦到毛桶翻山越岭一路传过来。他想把情况解释一下。

“东京公司来的瑞格斯蒂尔先生也在,还说要把这想法说给公司总裁歌利亚先生听,然后答复我。一听到他的答复,我就——”但是沃尔多·比提鲁斯已经挂了电话。

接着,因为顺路,他把车开到泰特尔·克劳彻家的车道,上了门廊台阶,敲了敲大门。管家没有来开门,最后他转着门把手,侧身进去,喊道:“克劳彻先生?在家吗?”他知道他在,因为卡车就在院子里。但是,当他看到老人出现的时候,还是吃了一惊。老人穿着睡袍,头发稀疏地搭在苍白的脑袋上。

“是这样,”他说,“她进城买菜去了。进来吧。”

“只待一会儿,克劳彻先生。我是来告诉你我们会派收购员来出价,就是本周。你知道,我现在不住在拉封家了。我就住这边,在谢特尔家,就靠着养猪场。我走的时候,拉封的儿子库尔布罗斯搬进了陨星牧场的棚屋。”

“那养猪场的臭味会让你恶心。杰基·谢特尔的肺现在被熏得很成问题,估计他会因此送命。他们的孙子甚至都不过来玩,一闻到那气味就抽筋。他们要告那养猪场,你知道。我想你住不久的。”

“他们有不少空调和空气过滤器什么的。在里面还不算坏。当然我才待一个晚上。”

“昨天晚上那算不了什么。你等着，你会闻到的。那地方你才应该去买。全毁了。”

“总之，我会和收购员一起再来。是位女士，豆克太太。”

“另外那个怎么了，那个撒谎的？我听说塔西·凯斯特开枪打中她了。”

“我现在就去阿马里洛看她，在那边的医护中心。”

泰特尔·克劳彻做了个鬼脸，然后告诉鲍勃说会等他。

鲍勃把车停在老狗餐厅去吃中餐，这次去得很早。

“瞧瞧，瞧瞧，看是谁来了，”塞伊说，“没想到你会回来。我今天有蔬菜炖牛肉、烤豆子、拌黄油的色拉、腌胡桃、面包，甜点是苹果甜糕。随便用吧。”

鲍勃把盘子堆满，坐在上次弗朗西斯·斯科特·凯斯特和伊夫琳·佳恩坐的小隔间。

“大概你已经知道发生的事了。弗莱达·比提鲁斯，上次坐在这里的弗朗西斯·斯科特·凯斯特还有那女的，还有警长的小问题。”

“警长的事我倒没有听说。”

“塔西·凯斯特拒捕时把警长的两个胳膊都弄断了。他正把她往自己车上推，没有上铐子，毕竟是个女的。塔西把他的左边胳膊拿了，用力往后一拧。他们说那骨头断裂的声音街对面都听得到。然后塔西又飞起一脚——她穿的是工作鞋，前面有铁鞋尖——把他另外一只胳膊又踢断了。她开始跑，但是副警长哈什·史密斯把她制服了，当然上了镣铐。但是制服之前，他也尝到了她膝盖的厉害，顶到了最痛的那地方。怪不得弗朗西斯·斯科特·凯斯特要找个温柔的。警长两只胳膊都断了，所以现在要人给他开车,是一个调度员。就我所知,他的私事也要人帮助,比如小便。塔西真把他给整惨了。她很健壮,你知道,一辈子都在牧场上干活。长条地很多女的壮得跟男的一样。"

"或许这是第三桩。拉封说坏事都是三个三个地来。"

"她说得对,"塞伊说,"不过我想他这胳膊断了,打打杀杀的场面他是应付不了了。还会有事。"

餐厅里还是没有人。

"大家都去看牛皮纸皮特的绞刑了?"鲍勃问。"这边今天有点安静。"

塞伊扮出张苦脸。"是那老太太的餐厅,那该死的甜点好得很。她们的主菜只有三明治和汤,但是做了他妈的很多甜点。看来牛仔和油井工都喜欢这个。我得把菠萝去掉,除了吉姆·斯肯恩,别的人都抱怨。我叫他去超市买一箱子菠萝罐头,但是他不喜欢这样。那些女教徒,那些老婊子,她们有馅饼,有奶油松饼,有巧克力糖霜乳酪馅饼,还有咖啡蛋糕。我从来没有想到这些牧民会喜欢上这些甜品。但是厄尼·钱伯斯跑来告诉我说,要是我不开始做乳皮蛋鞑,他就要把自己的生意带到那边去。'那烤肉怎样?'我问。'我看你能吃六大块烤猪肉,还有肉汁。你到那边可没有。难道你现在想减肥了,要吃罐装西红柿汤和鸡蛋色拉三明治?'他刚吃了一肚子桃酥,听到我的话羞得满脸通红,无言以对。天,我宁可喝西北风,也不会做她们那些甜点。"

"你难道不认为她们新鲜一阵子就会过去?"

"或许吧。今天没有菠萝!"他冲门口大吼一声。鲍勃转身去看,是吉姆·斯肯恩。

"没事儿,"吉姆·斯肯恩说,"我这菠萝也吃够了。我想吃肉了。你这儿有什么?"他注意到了鲍勃,不过现在退出已经来不及了。

“有牛肉汤，很不错。”塞伊又转向鲍勃。“总之，我准备开到吃晚饭的时候，吸引吃晚饭的人，如果有很多人的话。不试也不知道，方圆五十里，还没有供应晚饭的地方。当然，有可能方圆五十里的人都不愿意在外面吃饭。”

吉姆·斯肯恩拿了一个盘子，装满了，菜上面还放了四个面包，朝空空的屋子看了一圈，最后只好走到鲍勃的桌子边。他的身上发散出不安，如同某种苦味的须后水。

“你好吗，鲍勃？”他谨慎地说。“我听说你离开本郡了。”

“还没有，必须去丹佛一趟，向总部汇报。你有没有和艾斯谈谈卖地的事？”

“该死，你看我一直想跟你联系，说说这个呢。就像刚才说的，我以为你离开本郡了。艾斯现在不想卖。”

“我知道了。”鲍勃说，用面包擦了擦肉汁，把最后一口咖啡喝了，站起身来。“我得走了。回头见，塞伊。”他大声说，猛然从吉姆·斯肯恩身前走开。他故意这么粗鲁地不告而别，要让吉姆·斯肯恩难受难受，他要给吉姆·斯肯恩一个明确的信息，说明他知道吉姆是个要诡计的骗子，知道他正和一家天然气公司在谈。

阿马里洛医疗中心的停车场差不多满了，鲍勃只好找到很远的一个角落停下。那角落里有很多被风吹过来的糖果纸和树叶，一只空油罐在不停地滚动。

接待台上摆了一个玻璃瓶，里面插着绢花，花上蒙了灰，边有些磨损。花瓶挡住了接待台后面的女人。那女人的胸脯很大，如同瘪了气的篮球。

“伊夫琳·佳恩？在重病看护房。只有家属可以去看。你是家属吗？”

“是，”鲍勃开始撒谎，“我是她哥哥。”当然，他开始相信这话。

“哦。你父母亲正在上面看她。”

“佳恩先生和太太?”

“还能是谁?”

“是这样,我是她的同父异母的哥哥,是佳恩先生第一次婚姻生的。我等他们下来再上去。我不想打扰他们。”

那女人看了看他,脸上露出好奇和怀疑夹杂的表情。

“你是报社记者吧?”她突然问。

“不是！老天,我不是。他们来过吗?”

“你说吧!”那女人说。“你现在不要看,那窗户边上的都是记者。那架势,好像得克萨斯以前从来没有发生过枪击案。佳恩夫妇很快就走了。重病房的探望不能超过十分钟。”

鲍勃走到小花店,买了一支黄色玫瑰,还有一个聚酯薄膜的气球,上面有卡通猫的脸。出了门,他看到了那些记者——六七个中年人,正懒散地坐在椅子上,有的在修指甲,有的在用手机打电话。他认出了芭比·凡德斯莱斯,毛桶郡《旗帜》报的尖子记者。他希望她没有认出自己来。不过,要是认出来怎么样?他来这里可能出于各种原因,不过那玫瑰和气球说明他是来探望病人的。

电梯门开了,一对矮夫妇走了出来。男的头发直立着,如同康威·特维蒂。他们的表情迟钝而阴郁。大胸脯的接待员和鲍勃对视了一下,向他点了点头。

到护士站那里,他又说了同样的谎,护士说他的“父母”刚离开。

“你只能待几分钟,可以去了。”一个漂亮的黑头发护士说。那护士看起来就像二十年代那种洒脱发型的姑娘。她有酒窝,这让鲍勃很开心。

伊夫琳·佳恩头上绑着绷带，昏迷地躺在医院的病床上，脸肿得很厉害，两个眼睛乌黑乌黑，有个耳朵里还有血块。一大排机器、仪器在测量着她的心跳、呼吸、血流、脑电波。鲍勃第一次意识到，子弹打的是她的脑袋。一个可怕的感觉袭上心来。他过去只把伊夫琳·佳恩看成竞争对手，现在，见她受了重伤无助地躺在那里，他不由得胡思乱想起来。他想象自己在救她，让她收敛住放任不羁的本性，不至于落到如今这种命系游丝的地步。他不再把自己想象成伊夫琳·佳恩同父异母的哥哥。现在他是她的爱人，她的未婚夫——他的想象如同摇奖机里的小球一样在跳跃——她蜜月里的丈夫。他想象他和伊夫琳·佳恩密不可分；想象自己发誓永不离开她；想象自己推着她的轮椅，把开司米披肩搭在她窄小的肩膀上。接着，这些形象全部消失。他开始想象自己跨在她无力的身体上，挪动她无力的胳膊和腿，摆出奇特、下流的姿势。他把玫瑰放在床边的桌子上，在花瓶颈上晃荡着的白卡片上写下“全心全意爱你的，鲍勃”，然后吻了吻她肿大的、发烧的脸，出去到了护士站那里。

“她有多少生还的机会？”他问那洒脱发型的护士。

“那是她的医生——布伦医生。”护士说，头朝着一个女人点了点。那女人模样凶巴巴的，扁鼻子，身上的白大褂说明她是修理人身体的。“你应该去问她。喂，布伦医生，这是伊夫琳的哥哥，想问你几句。”

医生朝鲍勃走过来，握住他的手，同情地握着。她呼出的口气很臭。那眼睛毒毒的，绿绿的，如同没有熟的果子，直盯着鲍勃。

“我是伊夫琳的丈夫，”他说，他想象伊夫琳的父亲沿着走道把轮椅推过来，新娘的头耷拉着，“她怎么样？”

“我把所有情况都告诉她父母了。他们没有说她结婚了。”

"他们不知道,"鲍勃直截了当地说,"是秘密结婚。"

"啊——你知道她受伤时的状况吗?"

"知道。伊夫琳经常和有妇之夫去汽车旅馆。我们一直在处理这个问题。她参加了一个分十二个步骤的矫正课。以前也有吃醋的妻子开枪打她,不过都没有朝头打,她们都没有打中过。我们很希望通过爱和关心,使她能恢复过来。"

医生深吸了一口气,仿佛是用氧气清洁自己的肺部。

"你是记者吗?"她问。

"不是,"鲍勃说,"我做房地产。"

"是吗? 好吧,她伤得很重。子弹把她脑壳打碎了,碎片还留在脑子里。把碎片原封不动留在脑子里,比试图取出来还要好。我们现在担心的是脑子肿起来。脑壳那么硬,是没有空地方再肿了。如果实在肿得厉害,我们可能要把她脑壳切掉一块。"

"恶心。"鲍勃说。医生瞪了他一眼。

"只是临时移走。等肿消了,我们就把骨头放回去。"

"她会没事吗?"鲍勃故意装傻地问。

"谁知道呢,陈先生,"医生说,眼珠子转着,她把圆珠笔的按钮摁了下去,"不过她伤得很重,你最好作最坏的打算,虽然我们都希望有最好的结局。现在全看上帝的了,我们能做的只有祷告。"

第三十一章　贝蒂·豆克太太

杰琳·谢特尔扭着手,皱着眉头。

“哦,道乐先生,整个下午都有女的在打电话找你。一个叫贝蒂·豆克太太的打了两次电话来,留话说明天中午和你在老狗餐厅吃饭。你知道,有意思的是,我好像认得她。我想她会不会是贝蒂·克瑞姆,和我上的是一个学校,文克学校。一些年前,文克那边出石油,我父亲在那边。我们一直搬家。一年在文克,一年在米德兰德,一年在阿马里洛。另外一个女人说她晚上再打过来,名字都没有留。你注意到了吗,今天的气味特别大?”

“是的。”鲍勃说。那养猪场确实臭气冲天,那氨的气味浓得都摸得到,刺激着他的眼睛和喉咙。“你考虑过把地皮卖了吗?”

“谁会买这种地方?拜托!”

“啊——我想养猪场就愿意买。你知道吗,泰特尔·克劳彻就想卖。”

“天哪,别。我们那不就夹在两个养猪场中间了?我丈夫受不了。他眼下就在住院,是呼吸道的病。”

“如果你把地方卖了,你就可以搬走,不在这养猪场边上住。”

“那去什么地方?去城里吧,我想。我们是乡下人,在这块地上都住了四代了。城里对我们不适合。我们一直很幸福地生活在这里。我丈夫也一直累进累出地打理这牧场。现在连养牛都养不了。牛都受不了那气味。这些坏了心肝的公司把长条地的土地买了，把当地人赶走，你觉得这样做对吗？我不知道我们该怎么办。我丈夫说，要是在年轻的时候，他准会引火把他们烧了。我不知道我们该怎么办。阿马里洛那里的州议员也不起作用，他站在养猪场的大公司一边。得克萨斯的政客也听这些大公司摆布，从上到下都是。在奥斯汀，大家都觉得长条地太远，他们反正觉得也没有什么价值——说养猪最好。今天晚上咱们要忍受那气味了。”

“或许你可以和你丈夫商量商量，看他的意思怎样，是否把这地卖了，搬到别的地方去。或许去奥斯汀？那边的有钱人多，是不会让养猪场开过去的。如果你想卖，告诉我一声。我可以帮你联系买主。”

“我今天晚上去看他的时候和他谈谈。其实我现在就该出发了。”她拿起热砂锅，嘴里嘟哝着，“鸡肉锅贴饼，他最喜欢吃。”然后出门了。

回到房间，鲍勃把潮湿的衣服扒掉，洗了个冷水澡。此刻要是在拉封棚屋的门廊上，敢情又是个美丽的黄昏。他可以看到落日时霞光万丈的天空，可惜现在他错过了。他打开电视，每个台的节目都很愚蠢。他把它又关上。他开始找艾伯特中尉的游记。找不到，他想可能是放车上了，或者丢在丹佛的老房间里。他出去到车里找。书在车后面的地上，上面赫然粘着根棒棒糖的棒子。新书《断手》还在前座上。他把两本书都拿了出来。里面有电话铃声，他赶紧冲进去。

“喂？”他说，还在喘着气。

“你在干吗？”

“你是哪位？”

“听不出来我的声音啦？是玛里莎，你的女友？弗兰特岭高中的？”

“玛里莎啊。你在哪里？”他压抑着笑声问。

“在丹佛，在看家里人。从你舅舅那儿要的电话号码。你跑得克萨斯长条地干吗去了？那边是不是恶劣得很啊？”

“不是，它有它的风俗，也有不少好的方面。我现在做养猪这一行。你怎么样，玛里莎？我以为你去上大学了。”

“我是去了，毕业了。我现在在读研究生。我男朋友是读法学的，所以我想我还是继续念现在这专业吧。”

“什么专业？”

“实体配置。”

“什么叫‘实体配置’？”

“哦，什么都是。一个人的商业背景、网站、商务计划，甚至包括财务投资表。就是把虚无缥缈的东西变得看得见、摸得着。你知道，把混杂模糊的东西变得清晰，让人容易理解。你现在有女朋友了吗？”

“有。事实上我已经结婚了。我爱人叫伊夫琳。黑色鬈发，有酒窝，是专业跳舞的。现在在堪萨斯，跳舞。”

“结婚了！你结婚了？我的天哪。你舅舅可什么都没有说。我打电话给你，是看我们能不能再抽时间碰碰，看我们现在能不能处得来。当然，我是不会去长条地的。如果你上来，我们可以聚聚。我父母星期天还上教会去。”

“我也去教会，”鲍勃说，“和我爱人一起去。”然后他轻轻把电话挂掉。

他开始看艾伯特中尉的传记，直到纸上的字母开始晃荡。他突然想起科罗拉多州的黑色松鼠名叫艾伯特松鼠，他很想知道这和艾伯特中尉有没有联系。到目前为止，他还没有看到任何关于松鼠的说法。或许他会再看一遍，特意留心松鼠。

第二天上午，臭气比前一天还要厉害。鲍勃醒来的时候感到头痛，耳朵嗡嗡响，眼睛发红发痒。他感到头晕眼花，仿佛得了流感。他把淋浴打开，在那散发出洗发水气味的水下面，才闻不到那臭味。那臭味真是无孔不入：衣服上有那味道；嘴巴里面就像满是粪便和泥巴。他冲向门口，差点和谢特尔太太撞了个满怀。

"鲍勃，我和我丈夫说了，他说卖！如果泰特尔卖，我们就卖。就是因为泰特尔我们才没有走的。泰特尔是我们留在这里的惟一原因。我们不想让他雪上加霜。如果他让我们雪上加霜，那好，我们也卖。我们搬到加拿大去，格陵兰去，反正是听不到猪叫的地方。"

"好啊，不错。我回来后再跟你谈——下午吧。我现在进城。你要不要我给你捎点什么东西？"

"不，鲍勃。我自己也进城去，不想闻这臭味。"

他开车去老狗餐厅，车窗一直开着。离开养猪场两英里，他才重新开始呼吸。他从来没感觉空气这么香甜过。他把窗户关上，用手指梳着头发，咒骂自己为什么不带把梳子。突然他想起行李箱里的雪刷，于是把车停到路边，把那刷子拿出来，笨拙地把头发刷齐了。

"嘿，老鲍，"他进门的时候塞伊叫道，"我们今天有炒鲶鱼、玉米饼，要是你不想吃鱼的话，还有牛扒；要是牛扒也不喜欢，还有火鸡丁。"

"我等人。"鲍勃说。

"不会是吉姆·斯肯恩吧？"

"不是。"

“牡豆弟兄？”

“不是。是个女的，我没有见过，是贝蒂·豆克太太。”

“贝蒂·豆克？我想我认识。她过去叫贝蒂·克瑞姆？父亲在油井工作？”

“我不敢肯定，”鲍勃说，“或许是吧。谢特尔太太就是这么说的。等她进来，你或许能认出来。”

过了半个小时，鲍勃正在想他是不是被放了鸽子，贝蒂·豆克太太就来了。一辆双色的大“切诺基”停在餐馆前，一个清瘦的女人走下车。那女人一头鬈发，向脑后梳着。那身材如同稍稍填了点东西的骷髅，套在人造丝的连裤袜里。她一次两级，快步走上台阶，进了老狗餐厅。

她看看塞伊，又看看鲍勃，然后头一仰，笑道：“塞伊·弗里斯，原来你跑这里来啦。我还以为你去了亨茨维尔。”

“差点去了，贝蒂。但是我及时躲开了。你看上去不错啊。我就知道可能是你。这些日子在俄克拉荷马吗？”

“是啊，我在比佛北边有个小房子，是我母亲娘家老牧场的一部分，只有几公顷，她传给我了。我爹从来没有过自己的牧场，也没有房子。不过他过得挺潇洒，钱挣得不少，花得也快。”

“我听说了。我听说你在州界北边。”

“是啊，我和理查德·豆克离婚时，我们住在威奇塔瀑布。我想我该回长条地来，哪怕是俄克拉荷马长条地也好。还是老家好啊，你知道的。”

“我知道。对啊。我们还在文克的时候都是小孩子，一晃都这么大了。文克是个苦地方啊。”

“是啊，不过我们不也有过挺开心的时候吗？贫寒而快乐的童年。”

“或许你该多来来这地方。噢，这位就是你约的人，鲍勃·道乐。吃的有炒鲶鱼、牛扒、火鸡丁。喜欢什么吃什么吧。”

“你好,鲍勃。很高兴见到你。我们来吃点塞伊的大餐。真是香！我自己做饭都做厌了,这回可要大饱口福了。”她拿了鲶鱼和色拉。

鲍勃也拿了同样的菜,坐在靠窗的桌子边。

“当然,我知道泰特尔·克劳彻,但是我没有见过他,也没有见过他的地方。他哥哥艾斯我很熟。听说他们要卖,我都感到吃惊。克劳彻一家在这里的时间可长了。”

“是臭味的作用,他受不了了。西边有个养猪场,味儿很大。泰特尔已经够老的,所以想去城里住。还有一对夫妇的地方,谢特尔牧场,离养猪场更近。那气味把谢特尔先生熏出病了,显然他也想卖。所以我们也去看看,看那地方你能出多少钱。”

“我想我认识她。是不是杰琳·德弗斯?”

“这我不知道。但是她说认识你,说你多年前和她一起在文克上学。”

“那就是了。你看多巧,一天遇上两个老同学,都是从文克到毛桶的。我应该多来这里跑跑。”

“阿门。”塞伊说,他一直在听着。

“塞伊,你这做饭的手艺肯定是跟你妈学的。她原来不是在文克的星星餐厅工作吗?”

“是啊。她收到的小费都比我爸钻油的钱多。过去让她伤脑筋的是风沙。她总是说风把沙吹起来,把她的尼龙袜子弄得都是洞。”

鹿皮比尔和栗毛比尔进来了,看看鲍勃和贝蒂·豆克,然后把盘子装满,又问甜点是什么。

“我不要吃甜点,”贝蒂·豆克太太低声对鲍勃说,把鱼刺拨到盘子边,“我们立刻上路,看看能不能把夜猫子牧场和库佩奇两个地方落实下来。”

他们对半付了账。鲍勃为她把门打开。

“谢谢你,好先生。”她说。

“你早些回来,听到了吗,贝蒂?”塞伊盯着她,“否则我会去比佛找你。你名字在电话簿上吗?”

“是的,在。你来——来看我好了。再见。”

他们礼貌地推让了一番,最后鲍勃同意坐她的大“切诺基”。她开车,直奔库佩奇路。

老狗餐厅的电话响了。塞伊接了,短短地说了声“喂?”,然后就开始大呼小叫起来。“不!是吗?好的,好的。刚走。不,我不知道。谢谢。”

他走到鹿皮和栗毛的桌子前,两手往桌子上一叉,身体倾过来。“是警长办公室调度员的电话。说塔西·凯斯特逃走了,还把警长抽屉里的枪拿走了,说要找养猪场的人,找到一个杀一个。鲍勃在她的名单上。塔西把一个老调度员招呼到牢房门前,很靠前,伸手把她掐得半死,逼她把牢房打开。该死的警长在家里。那断胳膊痛得慌。听人说他妹妹要来照应他一阵子。”

“鲍勃和贝蒂去哪里了?我们可不可以打电话警告一声?”

“我不能肯定。我不偷听人家讲话。”

“不听?见鬼吧。好了,要是他们被人开枪打死了,我们准会听到消息。”

泰特尔·克劳彻的车道上有个大泥坑,和老棚屋平齐。星期六长条地下过大雨。贝蒂·豆克看着房子说:“我敢肯定这些墙都见过不少事。”

这话突然让鲍勃想起拉封。拉封和他聊天都有好几百个小时了,可就是没有说她爷爷背上的伤疤是怎么回事。

贝蒂·豆克把大“切诺基”停在房子前面，他们俩都下了车。养猪场的气味很大，她皱起了鼻子。管家好像就在门口看着，一见他们来就把门猛地打开。她对豆克太太笑了笑，没有理会鲍勃，然后指了指拥挤的客厅。泰特尔·克劳彻正坐在那里的轮椅上。

“泰特尔！泰特尔，他们来了。”

“我知道。我不是看到他们开车过来了吗？你去把那该死的馅饼切了，给我们送点过来。”

“克劳彻先生，这位是贝蒂·豆克太太。她是开价的人。”

贝蒂·豆克太太把手伸出来，但是老人把手挥挥，她把手缩了回去。

“没有用了。艾斯，他不想卖。”

“天哪，可不要这样！”鲍勃说，“可不要这样。艾斯他怎么了？”

“他没有什么。就是想留下一块长条地。他觉得猪不属于这儿。”

“但是它们已经在这儿了。他有办法把猪赶走吗？”

“这个你最好问他。”泰特尔摆着手，眼睛四处看。他瞟了瞟鲍勃，又把目光移开，“他是老大，他说了算——所以这样。”

回到贝蒂·豆克的车上，鲍勃手捧住头。看来，考虑谢特尔的地方也没有什么意思了。他不适合养猪场这游戏。他真想搭顺便车横贯这个国家，给自己找个新的地方。他想去阿拉斯加，不过找不找父母已经无所谓了。他没有他们也照样活下来了，他长大了。他想现在开始当牛仔算不算晚，一想还是晚了，晚了一百年。他需要工作，但不是现在这工作。他需要做个学徒学点什么东西——造军械、搞调查，或者摄影。他心里涌上了一种强烈的不适感，如同吞了中间有地毯钉的葡萄。

“哎,”贝蒂·豆克说,“你现在什么打算?”

“我不知道。我想看看是不是做最后一次努力,去见见艾斯·克劳彻,去问他到底为什么不同意。好像每块地没谈成,都是他在背后搞鬼。我不知道他为什么这样干。泰特尔进城不是挺好吗?谢特尔一家人也得出去。还有吉姆·斯肯恩,本来就要卖了,结果也被挡住。那地白白荒在那里,什么用也没有。”

“你是这样看的吗?你觉得你是在救人?”

“是啊,从某种意义上说。”

“我想有的人不这么想。好吧。你去和艾斯·克劳彻谈谈。要是有结果你给我打个电话,我下来一趟。你可以直接打电话给我,不要经过丹佛的分公司。这样省时间。这是我的电话。”

他们默默地开车到了老狗餐厅门口。鲍勃和她道了别,下来上了自己的土星车。他在车上坐了几分钟,想缓一缓神。然后他又下了车,走到老狗餐厅。

“塞伊,”他说,“你知道艾斯·克劳彻住哪儿吗?我要和他谈谈。”

“你小心点,一定要小心。”塞伊说。“塔西·凯斯特要干仗,你是她的目标。她逃出来了,她那条蛮腿也好了,现在正要取你的性命。我要是你的话,就立刻离开这里。警长办公室说,她把警长的车偷了,所以现在她是全副武装的危险分子。”

鲍勃没有把这当回事。他不相信会有什么得克萨斯的女人拿枪来追他。“好的,谢谢。艾斯·克劳彻住哪儿?”

“鲍勃,你有种,我得承认。艾斯住在牛仔玫瑰,柯克纳特大道,小白房子,草地上有架十英尺高的风车。招牌上写着‘艾斯风车’。他的店在后面。你不会错过的。你要小心。”

第三十二章　老谋深算[*]

现在，鲍勃眼中的牛仔玫瑰变了，变得比以前更旧，更破落，而且顽固、狭隘。柯克纳特大道实际上是条短街，靠近铁路支线。热浪像水一样在路上翻滚。艾斯·克劳彻房子的前面有块斑斑秃秃的草坪，上面摆满了七零八落的风车零件和成堆的吸尘杆。后面的棚子里更是堆满了各式金属物件，还有古老的卡车停在屋子边。他吸了一口气，走到门口，敲了敲门，等了几分钟，又开始敲。他听到里面传来匆匆的脚步声。

门开了，一个韶华已逝的老年妇女看着他。

"是克劳彻太太吧？"他闻到了食物的煳味，还听到电视上微弱的笑声。

"是我。"

"克劳彻先生在家吗？我叫鲍勃·道乐。我得和他谈谈。"

"在家？他从来不在家，在家的时候也是呼呼大睡。他到赫德家的牧场去修风车了，老牛骨头牧场。你去那里可以找到他。你知道怎么走吗？"

"不知道，夫人。"

---

* 原文"Ace in the Hole"有多重意思，作为一个成语，其意思是到最需要的时候才使用的优势或资源、深藏不露的绝招。其中的"Ace"一词是本书人物艾斯的名字，其本意还有：扑克牌中的大(A)牌，网球等比赛中的发球得分，高尔夫球中的一杆进洞，打败对手，等等。本章标题和本书题目(That Old Ace in the Hole)都同时含有这几重意思。

“我想想。”她看了看天花板，“好，你沿着斯克罗比恩·德劳路向西开，知道那路在什么地方吗？那好。你就沿着那路一直走，一直到和943号路相交的地方，然后应该是向右拐，也就是向北，开三五里路后，你会到彼乐·弗莱茨路。我想想。到了彼乐·弗莱茨路你向右拐，再走十到十二英里，直到你看到一个很大的牧场门，上面钉着五六个牛骷髅头。那是正门。不过你不要从那里进。你要找另外一个入口，北边的入口，所以你绕开正门，向右沿着吉米·瑞姆·斯普林斯路走，直到帕尔伯路岔过来的地方。沿着吉米·瑞姆走三英里，就会看到一条岔道伸进牧场，绿色的大铁门，你就从那里进去。艾斯就在他们说的布莱克·德劳草地上。你应该能看到卡车，当然，你也可以看见风车。你要我把这些写下来吗？”她看到鲍勃一脸迷糊的样子。

“那敢情好，如果你不介意的话。”

她潦草地写了几句话，划掉其中一行，又重新写，最后把纸给他。“或许到了彼乐·弗莱茨路，你该向左拐。”

他上车后开始看那说明，好像和她口述的不一样。

一小时后，鲍勃迷路了。那些白色的土路纵横交错，上面间或出现一棵丝兰，一株小核桃或者构树。路名千奇百怪，什么大干湖路，齐整路，等等。克劳彻太太的说明和她的地图全都无济于事，都和实际路况对不上号。开始是平路，后来开始坑坑洼洼，还有一条蜿蜒的河流从这些路上穿过。可怕的李子树丛罩在水面上。最后他干脆把车停住，坐在车上，等着灰尘落定下来。他听到远处有油泵臂忽起忽落的声音。

那条无名的河流又黑又深，从一座水泥桥下面流过。河面上游过来一只大林鸭，后面跟着一队小鸭子，它们一字排开，仿佛是用绳子串在后面。他看着过来的路，不知道自己还能不能找到回毛桶的路。过了几分钟，他看到一缕灰尘飘起来，应该有车朝他的方向开来了。他下了车,准备把车拦住问路。

一辆小货车轰隆隆地开上坡,然后又向他所在的坡底下冲过来。靠近的时候它慢下来,停在和鲍勃靠齐的地方。司机是个年轻人,大圆脸,下巴肥大,胡子刮得干干净净,黑色眼睛,睫毛漆黑,短平鼻子,嘴唇红得厉害——鲍勃怀疑他刚才是不是在吃甜菜。他的黑色头发站在头中间,仿佛是只松鸦,脑门上发线已经开始后退了,但那缺陷倒使他平添了几分狡黠的魅力。鲍勃想,他是那种能用“可爱”来形容的、不多见的男性。

“你好,”那司机说,“没事吧? 车坏了?”

“没事,车也没事,就是有点迷路。我在找牛骨头牧场的北边入口,不是正门。”

“好,我告诉你。你现在离那里大概有七英里。现在这样吧,朝你现在走的方向走,大约两英里后,你会看到右边有所老校舍——那就是我和我朋友住的地方。然后你继续走一英里左右,再找到帕尔伯路的标志。然后左转到帕尔伯路上,沿着这路一直走到吉米·瑞姆·斯普林斯路,向右转。沿着这路再开几英里,就到了那牧场了,门口是大铁门。门上有字。我也不记得是什么字了,从来没有靠近过。我们和迪克·赫德以及他的手下合不来。”

“要从彼乐·弗莱茨路过吗? 我听说是到了彼乐·弗莱茨路要转弯的。”

“彼乐·弗莱茨路? 没有听说过。不在这里。”

“多谢。”鲍勃满腹狐疑地说。这次遭遇他觉得有些奇怪,但他还是发动了土星车,开始行路。他前面的那家伙开着货车,一路灰尘,渐渐消失在视野外。

他找到了帕尔伯路,找到了吉米·瑞姆·斯普林斯路,最后,终于看到上面写着字的大铁门。那字很小,但还是能看出来,写的是:**不可私自闯入,说的就是你!** 门是锁着的。他有三个选择。他可以开车到正门，找到牧场屋，说他是来找艾斯·克劳彻的，是否可以让他进去；他也可以把土星车停下，自己从门上翻过去；再或者他可以放弃努力，回到谢特尔家去，打电话给吕贝页·克鲁克，告诉他说情况不妙。

他也没怎么多想，就翻过了那大门。接着，他手里拿着环球猪肉皮公司的文件夹，走在牧场的生硝路上。白色的蓟罂粟花在路边摇曳，把路映照得格外明亮。离风车还有多远呢？一英里？他接着走，走啊走。过了一小时二十分钟，他已经是大汗淋漓，毛孔全被灰尘堵住了。没有树荫，只有毒辣辣的烈日，毒辣辣的阳光。他一生从来没有像现在这样渴。他忘了戴墨镜，前面的白色灰尘变成了红点、绿点，在他眼前不断跳跃。他把宣传册里的纸抽出来折成帽子放在头上挡太阳，但那纸小而薄，不一会儿就撕了。路边有些细藤子，他想折些过来编成帽子，但他想起了被面兴趣小组的老太太们说过的、穿毒葛藤跳舞的姑娘。他不知道毒葛藤是什么模样，但是按他现在的运气，这玩意儿一准就是。他仔细看路边有什么更安全的东西可以编帽子。后来停下来折了一把须芒草，想编起来挡住晒得辣痛的头和脸，无奈手艺不精，编起来一会儿就散了，还原成草秆子。最后，他索性把衬衫脱了，套在头顶上，感觉那毒毒的热气拷打着他的光胳膊和躯干。他现在才知道男人为什么要穿内衣了——可以防中暑啊。有了！他就是不穿内裤，外面照样还有裤子啊！他要把内裤脱了，上面穿插一些嫩枝，这不就结了，有帽子了！

他刚把裤子和内裤都脱了，就听到嘚嘚的马蹄声，一看，有个骑马人向他飞奔而来。没有时间把裤子全部穿好了。好歹把内裤套上，骑马人就赶了过来。马上是个很老的男子，脸上皮肉干瘪，包着突兀的骨头。他瞪着鲍勃。

“你跑我牧场上干啥来了？你识字吗？没看到那斗大的字写着不许私自闯进来吗？”

“是的，先生。您是理查德·赫德先生吗？”他不敢说迪克·赫德①。

“没错。你他妈的是谁？你在我的路上晃着你的光屁股干什么来着？和老学校那几个男不男女不女的家伙是一伙的吧？”

“不是的，先生。我叫鲍勃·道乐，先生。我是来找艾斯·克劳彻的。他老婆说他今天在这里干活。大门是锁着的，所以我没打招呼就进来了。天太热，所以我得用内裤做个帽子戴上。”

“得，你蠢事干得还不够啊！你干吗就不到牧屋来说一声，反倒像个神经病一样自己在这里瞎跑？你接着走就会遇到他，或者他回家的路上会遇到你。”

“那有多远啊——先生？”

“大概还有十一英里左右。你再这么接着甩个光膀子走下去，到吃晚饭的时候就找到了，如果你不中暑的话。”他看着鲍勃惨不忍睹的脸，又补充了一句，“你用内裤能做出什么帽子，阿拉伯的劳伦斯戴的那种？”

“我也不知道。这不刚准备做呢。做帽子。做一个。”

“好了。我看这么办吧。你坐下来凉快凉快。把车钥匙给我。我骑马回大门口，找到你的车。把我的马拴上，把你的车开到这里来，然后你再开车送我到门口去骑我的马，到时候你再他妈的给我决定是离开牧场，晚上去艾斯家里找他，还是去水井那边继续找艾斯。他自己有大门钥匙，到时候会让你出来。”

“谢谢，赫德先生。多谢你的好意。”

“我可不想在我牧场的路上看到死尸。”老头儿掉转马头，

---

① 理查德·赫德是全名，迪克·赫德(Dick Head)是其别称，而Dick Head的意思碰巧是男子生殖器上的龟头。

飞驰而去，身子直得像根水管。

一小时后，鲍勃开着开足了空调的土星车，看到了远方的风车，还有边上停的一辆四方形的大卡车。日头已经低了，但那光线仍然在风车转动的轮子上面闪烁。快靠近的时候，他看到风车最上方的平台上有个人。那人在看着他。他只能看到这么多。

“是克劳彻先生吗？”鲍勃眯起眼看着风车顶上的人。那人背着太阳，看起来只是个黑影。

“叫我艾斯好了。”那声音出人意料的低沉，语气中有些忍俊不禁。“好，你终于来了，鲍勃·道乐，来为环球猪肉皮公司办差来了。”

“是的，先生。”

“爬上来吧，鲍勃。我这里有些冰茶，看你现在这样子准喜欢喝。”

鲍勃开始爬风车破烂的铁梯子。刚爬三分之一，艾斯又发话了：“最好扶住梯子两边的扶手，别扶中间的梯档。梯档是容易断开的，但是扶手却结实得很。”

鲍勃接着爬，不向地上看，手扶着粗糙而烫手的铁杆。再往上爬一点，他感到一阵舒畅的微风吹过。他能听到上面风车的叹息声、吸尘杆上下起伏的叮当声，还有水流有节奏地灌入水罐的声音。到了顶上，他爬上平台，但不敢站起身，依旧爬着到了艾斯身边。而艾斯则怡然自在地坐着，边上有个木桶，桶把上有根绳子，用来把桶拉上拉下；桶里有一罐茶，放在半融化的冰里。等鲍勃到平台边上坐好，他立刻把茶递过来。

“我的天呀。”鲍勃说。他抬眼看着绵延无数英里的大草场，还有远处起伏的白色谷仓。热浪和颤动的雾气使下面的路如同在水下，但他还是能看三十英里远。接下来的几分钟，两人都没有说话。鲍勃享受着甜美的风,凉爽的茶。边上的艾斯则在独自寻思。

最后,老人开口了。

“你为什么来这里,鲍勃?”他问,语气绵里藏针。

“噢,”鲍勃说,“我来是因为我搞不懂,你为什么老是叫人家不把地卖给我？吉姆·斯肯恩的那地一无是处。”他的话自己听着都觉得是在大发牢骚。“还有你弟弟的牧场怎样？那里的气味已经够难闻的了,他无法享受生活,他自己都说愿意搬到毛桶去。他说他愿意卖。然后还有谢特尔家,他们也想卖。但是你说不行。于是泰特尔说不卖了,接着他们也说不卖了。好像你控制着这些人,搞得他们都没了主张,都不能给自己做主。”

老人从衬衫口袋里掏出一根香烟点着。风把火柴的硫磺味吹到鲍勃这边来,然后又把烟吹过来。艾斯·克劳彻还是一言不发。

“这么一来,”鲍勃接着说,“我该怎么做,是不是应该先来找你？如同向军阀屈膝恳求,让自己经过他的地盘?”

艾斯·克劳彻笑了笑,还是一言不发。

“你难道不认为你弟弟去城里会活得更好一些?”

老人把还没怎么抽的烟熄掉,用指甲把烟屁股剥开,把里面的烟草扔进风里,然后把纸拧成一个小团弹了出去。

“你看那里是什么,鲍勃?”他的胳膊指向地平线。那里有一些小片云朵,如同在沸腾的天空上煮着的饺子。“你跟我说说,你看到什么了。”

鲍勃知道他是在下套子让自己钻。“铁丝网,马路,上面有卡车,还有大门。铁路,还有两组谷仓,估计其中之一在毛桶。还有油泵臂。”

接下来又是一段沉默,这沉默拖延着,持续着。艾斯·克劳彻又掏出一支烟点上。

“我看到的更多。我看到了家。”他说。鲍勃伸长脖子向牛仔玫瑰看去的时候，老人说：“不是那种家。我是说家乡，我的亲人们在这里生活了一百二十多年，从峡谷地一直到山边。你知道，琼斯和普莱默通道就从这里穿过，就在我们现在坐着的该死的风车下。你现在还能看到它的痕迹。”

“克劳彻先生，我也想着那些时候。我想到了艾伯特中尉一八四五年来这边第一次勘察加拿大河的情形，还有他所看到的一切。”一说出这话，他就差不多感到他想做的是艾伯特中尉，走在原始大草原上，而不是个羽翼未丰的推销员，成天劝老年人卖了自己的家产。

“这是北美洲比较独特的一个地方。这顽强的老长条地上，曾有多少善良的男男女女奋斗过，把这里变成自己的家园！”艾斯的脸皱得像干泥巴，眼睛眯缝着，看着薄雾。

鲍勃坐立不安。“拉封家织被面的老太太讲过过去的事，瓜果、牛仔、石油繁荣期——我能想象出是什么样子，老长条地自在的生活。”

“你对这地方几乎是一无所知。对你来说，这只是个地方。可远不止这样。它是人们的生活，是乡村的历史。我们经历了干旱，经历了大萧条，经历了沙暴——那沙暴吹起来乌黑一片，如同油井起火时冒的烟。我们见过牛仔行刑队把上千头饥渴得要死的牛杀了。没错，就是他们下的手。一辈子养牛的人最终却要把它们射杀。很多马背上的硬汉都掉过头去不肯看。”

“那大概是七十年前的事了，先生。”

但艾斯不甘心。“每年总会又有几户人家把地卖给大公司。人不为己，天诛地灭了。大部分都是年轻人干的，他们不想在这里生活下去，所以想卖，拿现钱。他们什么理由都有。但我偏偏觉得我们应该团结起来，让搞养猪场的公司白费工夫。”

他把茶罐子端起来喝了一口，然后递给鲍勃。“我们只剩下这土地和奥格拉拉蓄水层了，而他们却要把这两样都毁坏。所以这就是我给环球猪肉皮公司的答案：白费工夫。你刚来的时候，说要把土地买来做好房子，自然度假别墅什么的，大家听你这么说，都把你当成光明一样，好像你给大家带来了某种增值的东西。”

“但是艾斯，我们不能生活在过去啊。你也无法使得时光倒流。大家难道没有权利自己做主，决定在什么地方生活，如何生活？或许再过四五十年，有人会搞点别的东西，要把养猪场迁出去，又会有人觉得这多可悲啊，长条地的养猪传统没有了。”

“别的什么东西？把长条地变成核试验场吗？你可不要跟我说什么变化。我搞风车就搞了一辈子。就像牡豆弟兄说的：‘万事万物就应该如同风车和风的关系，总是在变，总是有所回应。’至于变成什么，那就要另当别论了。只要有一两个人下了决心，就可以站出来，给予回击。”

“这一点我不敢苟同，先生。艾斯，你看看印第安人吧。他们也是反抗。你看看后来什么下场。他们拥有别人想要的东西。这里也一样。这里有养猪场公司所希望得到的东西，他们终归是要得到的。”

“只要我还在，就休想。你知道，你这个豪华别墅的主意不错。要是周围没有养猪场，说不定还真能行。或许不是全建给富人住，而是建些中档的。不是豪华别墅，而是给欣赏这片土地的正派人建些正派的房子。我想你的想法有些对路。这一点我得和你好好谈谈。”

“老实说吧，艾斯，我觉得养猪场是笃定要建在这儿了。或许这正是长条地的前途之所在——这边的人会搬走，地方全腾出来做养猪场和养牛，集中养猪养牛。这或许是上上策。”

“什么上上策？推动这些东西你觉得自豪吗？来，喝点冰茶。”

鲍勃叹了口气。“怎么说呢？对于普遍的利益是上上策吧。”他觉得没什么希望。身边的这人定格在过去。艾斯把冰茶递给鲍勃，接着又说了起来。

“鲍勃，这边所有人都对猪略知一二。有的人自己家里还养着少量几头。菲尔·布尔就养猪，没有抗生素，没有催肥剂，没有荷尔蒙，那味道你一吃就知道，绝了。他的猪放在外面，可以随心所欲，想晒太阳晒太阳，想去树荫下去树荫下。你再看看养猪场的猪，皮薄得跟卫生纸似的。想把它们弄上卡车，稍微碰一下就出血。而且这些猪肥得怕人，自己的腿都架不住，能像棍子一样折断。这些猪的头一拱就拱到了猪圈的铁丝网上，蹭痒也会蹭在铁丝网上。上帝创造的这个大地上，没有哪种动物像养猪场的猪活得这么惨，就跟下了地狱没啥两样。”他把烟头在风车塔的铁架子上狠狠掐灭。“这事整个儿就很丑陋，很反常。我是反对的。你也应该反对。”

“我不知道我反对的是什么，”鲍勃嘟囔着，“我也不知道顺应变化有什么坏处。这里也有不少人根本不反对在乡下搞公司化农业。他们也不反对排污水的泻湖①。”

“拜托，你别说‘泻湖’好不好？泻湖是海中礁石围起来的一片美丽的水面。总之，这边是加拿大河流域，是世界上的一小块地方，有扎根于本地的文化习俗。可以说，这是理想的乡村。但是，外来的力量把它打破了。你会感受到愤怒和憎恨。因为对这边的人来说，那些独特的、美好的东西被破坏了。这正是我们目前的处境。我们生活在阴影之地。”

“克劳彻先生——艾斯——看来风车也起到了一部分破坏作用。我是说，你可以把风车看成是反社会的技术——人人为

① 原文为lagoon，有“污水池”和“泻湖”两种意思。

己，而不是合作用水。所以你一辈子所做的也是在和长条地作对。这和建规模化养殖场的公司有什么不同呢？”

“你应该去当律师，鲍勃。总能在话里兜圈子。世界已经太拥挤，伸胳膊的地方都没有了。这些乡下土生土长的乡亲们难道没有权利在这儿生活吗？就是破坏这地方，他们难道不比外来的养猪场公司更有权利？”

“为什么生在一个地方，就会比别人享有更多权利？这一点我一直弄不明白。这就像弗朗西斯·斯科特·凯斯特，在保险杆上贴着‘土生土长的得克萨斯人’。我的意思是，那又怎么样？”

“是历史的权利，心理的权利。见鬼，天都快黑了，我们倒在这里抬杠。该下去，出去了。”

艾斯·克劳彻麻利地站起来，伸了伸懒腰，把冰桶和茶放到地上，然后半爬半滑，很快下了梯子。鲍勃小心翼翼地跟在后面，下得很慢，手始终紧张地扶着扶手。到了下面，老人只说了句：“你跟在我后面，我把大门给你打开。”

到了大马路边，艾斯·克劳彻把牧场的门打开，自己先开过去，把大卡车停下，然后下来把门给鲍勃开着。鲍勃也停到门外。艾斯回去把门重新锁上。就在他上锁的时候，鲍勃还想继续和他辩论。

“我的意思是，你弟弟本可以去城里享受生活，现在你让他在那里遭那份罪，这公平吗？还有谢特尔夫妻俩？谢特尔先生都因为那气味生病了，他们得把地卖了，然后——”

“孩子，泰特尔和我都是快进土的人了。到了这岁数，我们应该迎接命运，而不是在一场谁也赢不了的比赛中腾挪躲闪。我们都想透了，泰特尔和我，我们对长条地有责任。我是最老的一个。我有这个责任，有这个能力。泰特尔和我是不会把地卖给什么养猪场的。你输了。你记着，你是不会什么都赢的。”

“什么都赢？我可是什么也没有赢到啊。”

艾斯·克劳彻上了他的卡车，点了点头，把车开了出去。

鲍勃从来没有做过坏人，没想这回当上了，他还恼恨着。不过他不想再次迷路，所以只好跟在老人的车灯后面。

第三十三章　失　败

鲍勃开车去毛桶的路上，感觉又疲惫又灰心。整个一天来，失败如同蒺藜一样，扎在他的全身。他见到老狗餐厅的灯还亮着，里面有人走动。他想起来了，塞伊说过餐厅是要开到晚上的，招徕他所谓的“晚饭生意”，以此抵消基督徒们的餐厅所带来的损失。去吃碗辣粥提提神吧。或许牡豆弟兄也在，尽管他并没有看到这老修道士的货车。他把车在餐厅前停了，走了进去。

拉封坐在一个隔间里，前面有一盘子猪排和干面包。

“好了，鲍勃，我正要找你。我特地过来的，看你在不在。我打电话给杰琳，她说你出去一天了。我想请你帮个忙。”

“在这里碰到你我真没有想到，”他说，“我记得你发誓不来这里吃东西的。”

“库尔布罗斯要在这儿吃。他已经狼吞虎咽地吃完，去开他的会了。我得承认，塞伊手艺不错。我是来问你明天能不能去铁丝网节，帮我在被面摊位上照应一个钟头？其他时间我都安排好了，就是两点到三点之间还缺人。库尔布罗斯不去。只是卖一卖抽奖销售的票。抽奖的时间是五点。”

“好吧，我想应该行，不就一个钟头吗？”

“是的。到了三点就——”她从钱包里拿出一张纸来核对，“就是赫维格太太。你该记得她的，或者别的什么人。你知道，鲍勃，有些人知道你要把他们的土地夺去，卖给养猪场，恼火得不得了。甚至弗莱达·比提鲁斯的儿子也反对你。沃尔多·比提鲁斯,他在《傻瓜》报上登了半个版面的广告,要大家都不要卖地给养猪场。对于你的身份,你没有说实话啊。"

"我从来不想把弗莱达·比提鲁斯的地方变成养猪场。他全误会了。我是想这地方建豪华别墅很不错。"

"是吗?周围全是养猪场的别墅?东、西、南、北方都飘来臭气的别墅?他说你并没有和哪家房地产公司有实质性的联系。这猪肉真不错。"她说,嘴里啃着骨头。

"或许它是哪家讨厌的养猪场生产出来的。"

"不会,塞伊·弗里斯的肉是从菲尔·布尔家进货的。我问过他。"

鲍勃叹了一口气。"总之,没有人会卖地给我。完了。我星期一早上就打电话给环球猪肉皮公司,告诉他们我一单业务也做不成。"

"我不懂,你怎么对公司这么在乎。公司给你股票了吗?还是和环球猪肉皮公司的人有亲戚关系?"

"都不是。我只觉得这是我的工作,我想——我对环球猪肉皮公司毫不在乎,但是我觉得总该善始善终。"

"要是你不在乎,那就别再干了,别惹这些麻烦。"

"拉封,我有责任啊。你知道,我的父母抛弃了我。我不想和他们一样。我不想就这么有头没尾地撒手不干。"

"我看不出买地建养猪场的工作有什么'尾'可言。换工作的事太平常了,和你父母亲撒手不管你大不一样。找点别的事来做吧,聪明的年轻人总会找到事情做的。我想起来了,杰琳打过电话来,说你今天有好几个电话,都是紧急电话。"

鲍勃还继续在争辩:"不过那些本想着卖地的人怎么办?我是说,他们已经处境不妙了。当然,我是要换工作的,不过泰特尔·克劳彻怎么办?他永远要承受那氨气、那臭味吗?还有谢特尔家。甚至还有吉姆·斯肯恩,把那荒芜的地卖了,那钱是很能解决他的困难的。"

"你可别为这些睡不好觉。告诉你吧,这些人的地是都要卖的,可是不会卖给你。有别的买主。"

"什么,伊夫琳·佳恩吗?她受了重伤,估计无法继续工作了吧。"

"不,不是她。是艾斯。艾斯·克劳彻要全买下来。事实上,他已经把谢特尔家边上的养猪场买下来了,现在正在拆那猪棚子,要全部拆毁。猪今天下午用卡车运走了。"

"艾斯?艾斯·克劳彻?不过他很穷啊。他哪里买得起养猪场?还有所有这些牧场?我今天下午还在和他谈,买养猪场的事他可是一个字也没有说啊。"

"他不喜欢讲话,不像泰特尔。总之,你可以去问泰特尔。艾斯似乎有些王牌①打给泰特尔,以及所有人。"

"老天,我会去问的。"鲍勃说。他又愤怒又迷惑。他站了起来。

"鲍勃,不吃晚饭吗?"塞伊从炉子边问,"你要是不想吃猪排,还有意大利面条和肉丸啊。"

"没时间了。"他跑出门去。

他把车在泰特尔家的前院停下,跳上了门廊台阶,没有敲门,直接把门拉开。老人正端着一大杯威士忌在喝,还在看电视,电视正在播"性与城市"。他抬起头,指了指身着艳装的演员。

"这些人仿佛和我们不是活在一个地球上的。"

"泰特尔,"鲍勃说,"泰特尔,到底怎么一回事?你都对我

① "Ace"也是扑克中的幺点牌。

做了些什么？谁能把谜底给我揭开？你哥哥和我聒噪了一个下午，开拓者，道德地带，等等。”

“鲍勃，谁也没有把你怎样。艾斯和我全说了，他是最老的一个。他让我明白，只要我们还在世，就不把长条地放弃，而让你或者别的人买走。这是我们的地方。我们要坚持在这里。从此以后，谁也不要把牧场卖给养猪场。”

“但你挡得住吗？首先，这里的人都非常独立，他们不会合作。照我看，长条地的人宁肯自己毁了自己，也不愿意合作。而且艾斯也不可能把所有这些地方都买下来。那得几百万几百万地花钱。你自己就和我说过，他穷得连个尿壶都没有。”

“我搞错了。他有实金的罐子，边上都镶着钻石。过去和他合伙的那个老荷兰人把什么都给他了。他什么也没有说，因为他花了一年时间才把所有的钱过完户。他以为律师们会全部骗走，但他们没有，钱还是到他手里了。上亿的钱啦！艾斯富得流油。他是用石油钱撑起来的亿万富翁。再说，库尔布罗斯·弗荣克、拉封、谢特尔夫妇、牡豆弟兄、他和我，还有其他一些人都站在他这一边。他想尽量把所有农场、牧场、养猪场都买下来，还有政客，如果这样能让他们站到我们一边的话。我们要把篱笆拆除，重新把土地敞开，在长条地养水牛。牡豆弟兄会来帮忙的。下星期四鲍普斯会来教会讲话。他们在达科已经做起这事了。干吗不顺便在长条地推广？现在连水牛市场都有了。特德·特纳已经在开卖水牛肉汉堡包的铺子了。会有变化的。”

“那我等着瞧，眼见为实。”鲍勃说，掉转头离开了。为了表示他的不快，他没有把门关上。

风向不对，就连鲍勃开车去谢特尔家的路上，那气味都浓得比以往任何时候厉害。他想，要是猪真的都运走了，应该是那臭“泻湖”——化粪池——继续在用那臭味肆虐着大草原。

“你好，鲍勃，”杰琳·谢特尔叫道，“你听到新闻了吗？艾斯·克劳彻买下了养猪场，今天把所有的猪都运走了。下周，他们要来把化粪池抽了，用运粪的卡车运走，送到内华达。应该运到华盛顿去才对，让那臭味熏熏政府里的人。”

“所以你这地方就不用卖了？”

“不，我们还是卖，泰特尔也卖。艾斯是一家大财团的老板，财团叫长条地水牛牧场。水牛、草原土拨鼠、草原松鸡、本地的草、羚羊，等等等等，仿佛是自然保护区。他觉得人们在自然保护区应该有好房子，能观赏水牛等等。就像你说的建豪华别墅那情形。沃尔多·比提鲁斯要把斧头牧场卖给他们。”

“这只是嘴上说说，”鲍勃说，“实际上行不通。”

“我们知道，把长条地从大公司手里夺回来，这要费不少工夫，不过除此以外，我们还能做什么呢？放弃，死亡？我想起来了，你今天有电话。这儿，我都给记下来了。”

鲍勃看了看她递过来的纸：艾伯纳·佳恩，紧急，电话区号是堪萨斯的；泰姆舅舅，紧急，电话号码是店里的；牡豆弟兄，电话号码是修道院的。他先给佳恩先生打电话。

“哦，道乐先生，很高兴你打电话来。我和佳恩太太想和你谈谈伊夫琳的事。她的医生说你和伊夫琳似乎是——结婚了？是不是这样？伊夫琳和我们只字未提，鉴于她现在的情况——医生说她接连好几个月，甚至好几年，需要康复治疗，需要一直有人看护，所以如果她结了婚，我们应该知道，出于保险之类的考虑。她的雇主说她不是因为工作而受伤的，所以我们只有，应该说，自己对付了。”

“很抱歉，佳恩先生，这是误会，完全是我的错。佳恩和我并没有结婚。我这么说，只是为了去看她。很对不起，先生，我真不是有意要招惹是非的。事实上，我觉得她的确是因公负伤的。伊夫琳的销售手段不大传统，但行之有效。”

“这对我们会有帮助的，道乐先生。你想不想和我，还有佳恩太太谈谈这事？”

“当然可以，”鲍勃说，“我星期一要开车去丹佛。你们还在阿马里洛吗？我可以过去。”

“那我们在那里见，鲍勃。两点钟在医院行不行？你会看到伊夫琳的。她已经苏醒了，不过他们说她要很长时间才能恢复过来。看到你对她是有益处的，哪怕她还认不出你。”

他又打了个电话到泰姆舅舅住的地方。该是吃饭时间了，泰姆应该在削萝卜，切青蒜什么的。

“喂，泰姆舅舅，是我。”

“鲍勃！谢天谢地。我一直担心着呢。今天的《邮报》上有一篇文章，头版头条。环球猪肉皮公司昨天下午发生了枪击案，你等等，就在这儿。‘一位不知姓名的妇女，估计是一位不满的雇员，闯进了环球猪肉皮公司的会议室，向里面的四位高层管理者开了枪，死亡一人，受伤一人。环球猪肉皮公司的总裁昆腾·歌利亚先生当时也在会议室。三位幸存者已经被送往丹佛总医院。在得到直系家属同意之前，死伤者的姓名尚无法披露。开枪的妇女已经被警方拘捕。’我打算看十一点的晚间新闻，看他们有什么调查结果。”

“我的天，”鲍勃说，“他们没有说被杀的是谁吗？”

“没有，在等‘家属同意’啊。”

“我想我知道那女人是谁。这边有位很愤怒的妻子，她丈夫要把地卖给环球猪肉皮公司，还和环球的一位女业务员勾搭上了。是塔西·凯斯特，她已经对丈夫和那业务员下了手，后来从本地监狱逃出来。她已经烧起战火了，她要和养猪场的公司斗。”

“鲍勃，你这工作凶险得很哪。”

“是啊，泰姆舅舅。但是我现在不干了，我失败了，我一单业务也没做成。我放弃责任了。我估计我和我爸一样。”

“好悬。我很高兴你平安无事。这么说，你没能买到人家的农场和牧场来建养猪场。这算是什么坏事吗？回家吧，我们把这事好好摆在桌面上议一议。”

“我下周回来。我答应人家明天去铁丝网节上帮忙。星期天还要收拾东西。我要去和一些人道别。他们打算把养猪场这事扭转过来。所以下周我把车交回公司，告诉克鲁克先生我不干了。”

“没准今天开会时被杀的就是他。”

“或许。如果你听到什么消息，请告诉我。”他觉得自己二十五年的生活如同一大堆尾矿的残渣，只能从中淘出一丁点金子。他把这话说给泰姆舅舅的时候，对方并没有表示出同情，也没有像个舅舅一样给他建议，而是大笑起来。

“这一丁点金子是多小啊，鲍勃？胡椒粒那么大？苍蝇粪那么大？还是比一粒盐大一点儿？”

“你看我以后还和不和你说话！”鲍勃说了一句，把电话挂了。

最后一个电话是打给修道院的，只有留言：“晚上好，欢迎致电三重冠修道院。现在是晚祷时间，很抱歉无法接听您的电话。请听到第一声后留言，或者明天上午晨经之后再来电。”

第三十四章　铁丝网节

太阳起山的时候，电话铃响了，鲍勃跟跟跄跄地从床上下来，一脚踩到了尖尖的东西上，戳得很痛。他一瘸一拐地走过去，拿起电话，听到里面杰琳·谢特尔睡得迷迷糊糊的声音，"谁？哦，鲍勃，他还在睡觉。我可不可以捎个——"

"我在呢，杰琳。"他插话道。

电话那边的人一口得克萨斯口音，声音热情而洪亮。"好啊，鲍勃，早上好！多美啊！看看窗外，多舒心呀。"

"牡豆弟兄？"他看着脚底，原来是一根羊头刺，扎得很深，奇怪，是怎么进他屋子的？

"没错。很美好的一天，很凉快，不过会热起来的。很抱歉昨天晚上没和你联系上。我在想你今天去不去铁丝网节？"

"去。我答应了拉封，下午要帮她卖被面抽奖的奖券，照应一小时。"

"那好。我到时候去找你。你什么时候去照看那卖奖券的地方？"

"两点到三点之间。但是我或许今天上午就过去，随便看看。我从来没有去过铁丝网节。"

"很盛大。毛桶扬眉吐气的一天。不要错过牛仔竞技表演啊。真正好看的是套索，赫西查斯特弟兄表演。"

"那我肯定不会错过，"鲍勃说，"什么时候开始？"

"牛仔竞技中午开始。很希望到时候见到你，鲍勃。我有事要和你商量，和艾斯·克劳彻的项目有关。你听说了，对不对？”

“是啊。”他的话音里禁不住带着一丝苦涩，他看着窗外。天空艳丽无比，云彩有粉红色的，也有金黄色的。

鲍勃洗了个澡。（他仍然觉得现在的沐浴很奢侈——住在陨星棚屋那些日子，只能用海绵擦洗，真没法比！）先穿上内裤和无袖衬衫，因为他怕天会热起来。但是用镜子一照，才发现这身打扮太不够得克萨斯化。有牛仔竞技，有大太阳，不消说，大家都会穿西部的服装。他穿上牛仔裤和长袖衬衫，又蹬上从未穿过的牛仔靴——照克鲁克先生的说法，在长条地能否成功，这靴子是个关键。或许他的问题症结就在这里——脚上没有配一副好行头。他又照照镜子，觉得不是很满意。他突然想起泰姆舅舅跟他说的环球猪肉皮公司的枪击案。他要打电话给拉封，要让她知道。终于，他也有新闻了。但是他打电话的时候，拉封的电话占线。

在楼下，杰琳正在搅一锅玉米糊，见到鲍勃，就叫他坐下来用餐。她倒了一杯咖啡，又往放了黄油的煎锅里打了两个鸡蛋，然后在上面撒了点胡椒。

“你要橙汁吗，鲍勃？”

“要一点。有什么要我帮忙的？”不知是什么原因，他不想把枪击的事情告诉谢特尔。

“那当然好。等面包鼓上来的时候，麻烦给抹上黄油。很多人不愿意玉米面和烤面包一起吃，但是谢特尔先生从一结婚就坚持要这样吃，现在都习惯了。冰箱里还有果酱。黄油在这儿。”

冰箱里的果酱琳琅满目。不用说，谢特尔夫妇很能吃甜的，他想。他拿出果子冻、果酱、水果凝乳，还有一瓶叫“越橘老虎”

的东西。

杰琳·谢特尔把他们的咖啡杯子又倒满，把鸡蛋晃了晃，边上浇上一圈拌了黄油的玉米面，然后倒在盘子里，坐在他对面。他应该是坐在谢特尔先生的椅子上，他想。他把“越橘老虎”涂在烤面包上。这“越橘老虎”原来是辣椒、波旁威士忌酒和越橘混在一起的奇怪东西。

“这个星期谢特尔先生状况怎样？”他心里还在想环球猪肉皮公司到底是谁死了。

“挺好。你知道，我把艾斯的计划跟他说了，说他们把猪运走了，下周还要把化粪池抽干，填上土。这可怜的人，居然抑制不住，哭了起来。他太遭罪了。他说，‘你去告诉艾斯，水牛我有多少钱就买多少。’我怀疑他并不知道水牛的价钱。可不像奶牛！等他们把老化粪池抽干，空气重新清新起来，他就立刻回来。”

外面的空气不冷不热，天空万里无云，如同一张蓝色的纸，看不出任何坏天气的迹象。鲍勃开车向毛桶镇上进发，路的颜色如同压碎的杏仁，他突然觉得自己感觉好极了，再也不用鬼鬼祟祟地为养猪场选址的事奔波，可以安安心心享受一天了。驾驶过程中，气温越来越高。等他到了毛桶，仪表盘的温度计上显示的气温是九十四度。在毛桶镇，似乎所有人都和他感觉一样，都笑着，乐着，几乎所有人都穿着牛仔裤，长袖衬衫，蹬着牛仔靴。只有几个外来的游客除外，穿着短衣短裤，腿已经被晒红了。他没有戴帽子，于是开始在主街上找，街道两边有无数个售货摊位和铺子。镇上今天焕然一新。筹备的人肯定一宿都在摆放这些摊位、铺子。舞台在街最末端，有块牌子，前面钉着铁丝网，上面写着：

晚上八点街舞表演

长条地花马舞蹈队
伴奏
弗兰克·麦克沃特

现在,街道上就已经开始熙熙攘攘了。人们围在摊位边,闻着烤肉和牡豆树烟的香味。温度计的读数攀升到一百零四度,这种热热得很过瘾,就如同喝了一大口法国白兰地。

卖铁丝网的摊位吸引的人最多。来的人匆匆忙忙,一头大汗,不停地用牛仔竞技节目单或者印着“毛桶铁丝网节”字样的纪念扇子扇着。镇上满是铁丝网的收藏者,铁丝网交易摊位边上挤满了人。摊位里有各种古董铁丝网,如十八英寸克兰德尔牌弯链型铁丝、迈尔斯牌钻石尖型铁丝,等等。一阵轻风从东北边吹过来。有人说,“怕是要下雨。”那人手指着西边,顺着他指的方向看过去,鲍勃看到了雷暴云。郡政府楼房周围的草地上乌黑一片。

过了铁丝网摊位就是纪念品摊位,里面全是生锈的铁丝做成的各种图案和小玩意。鲍勃已经一身大汗。他给自己买了一个风车;给泰姆舅舅买了个风车猫头鹰,准备当古玩送给他。守摊位的人皮肤粗糙,眯缝着小小的蓝眼睛,眉毛浓如草丛,穿着牛仔裤,皮背心,胳肢窝淡色的毛一簇簇冒出来。他告诉鲍勃说,他可以制作他要的任何名字或者图案,连淫秽的、粗鲁的都行,两周后寄出。鲍勃为拉封的厨房订了法语的“法兰西万岁!”为谢特尔家订了:“我们♥清新空气。”

他经过了一堆牛皮小地毯,还有一些巨大的弯犄角,这些角都经过加工,可直接放到卡迪拉克车的车盖上,或者挂到客厅的墙壁上。还有其他各式售货摊:卖棉花糖的,蛇饼的,德式小香肠的,澳洲雨衣的,厨房器具的,马皮箱子的,波洛领带的,皮毛套裤的。有个卖靴子的摊位上既卖靴子也卖帽子。鲍勃试戴了不同的夏季草帽,最后买了顶雷西斯多牌多种纤维的,有手工滚出的帽边，卡尔加里①式褶皱，还有黑色帽带。他一照镜子，酷似地道的得克萨斯人。

有了帽子遮阴，鲍勃继续在街道上逛着。他奇怪他以前为什么不买这帽子。他经过了一个画画的摊位，里面摆着牛仔的涂鸦之作，血红的落日、喂马之类的主题。人们不断看天，空中已经乌云密布了。温度计的读数是一百零七度。卖厨房器具的人大声吆喝着，手里挥着多个刀锋的什么器具。有几个人站在气象台和台风警告系统的摊位前。

“别把那东西关上。”亨·佩奇对那销售员说，手指了指天。再过去是水牛汉堡烧烤，塞伊·弗里斯在烤，库尔布罗斯·弗荣克把肉和配料放入面包中，另外负责找零。鲍勃买了两个带洋葱和辣汁的，一边走一边吃。

他走到摊位间的一处空地。罗普·巴特就在这空地上，正坐在架在大锯木架子的马鞍上。罗普·巴特盘踞在那里，朗诵着他的牛仔诗，他的诗也出售，两块五一首。鲍勃买了一首罗普自己创作的诗歌。听他朗诵这诗的时候，鲍勃觉得很滑稽。那诗的名字是“如何做马勒”，价格是五块钱——罗普·巴特说了，这诗比一般的诗长一倍，而且还有黄色的词句，这些黄色的词句通常要另外加价。这诗歌朗诵吸引了一小群人的时候，罗普·巴特却挥手赶他们走，说他是在给付钱的顾客单独表演。

听完诗歌，鲍勃停下来看两个掰手腕的。两人都汗如雨下，最后的冠军是俄克拉荷马州古德威尔一位人高马大的牛仔。到目前为止，他已经打败了所有挑战者。掰手腕的时候两个胳膊的皮肤接触，都会发出吸吮的声音。舞台上响起一阵掌声——铁丝网节皇后评委会主席鹿皮比尔宣布，获胜者是莫克西·斯劳特，艾德旺斯·斯劳特家的大女儿，一位又漂亮又温柔的尤

① 加拿大西南部一城市。

物，披着一头湿润的栗色头发。鲍勃注意到她还有双酒窝，让她获胜真没有错。

到了十一点四十五分，在湿热的空气中，鲍勃走到街北端的牛仔竞技场。竞技场是个钢铁和木头做的畜栏，这种畜栏他见过不下于五十次，都是废弃的，破败的。灰尘飞扬着，把空气变成淡黄色。现在这地方柴油发动的货车和运牲口的卡车声轰隆隆地响个不停。先来的人已经把看台上的座位快占满了。马、牛、牛犊全在畜栏中。雷暴云越积越多，上面是靛青色，下面的平底部则是乌黑一片。入口处有个标语布，上面写着**第六十八届毛桶牧场牛仔竞技表演**。小贩在叫卖着棉花糖和冷饮。他买了一张票，走进看台，找到一个靠走道的座位。前面一排坐着八个人，高矮胖瘦分明，鲍勃估计他们是三重冠的修道士，因为他们都穿着斜纹棉布裤、短袖衬衫，而毛桶的一般群众都穿着牛仔裤、牛仔靴。游客则穿短裤和 T 恤衫。食物的气味在到处飘散。一个卖火鸡腿的穿行在走道上，卖着热热的火鸡肉，后面跟着卖墨西哥玉米面豆卷的男人，然后是卖烤牛扒的男人，再接着是卖爆米花的女人；然后又是个健壮的年轻人，托着一个打了孔的纸板盘子，上面堆着老大老高的锥形棉花糖。鲍勃觉得棉花糖是世界上第二大难吃的甜品，而第一大难吃的是冰糖苹果。在人群中，鲍勃觉得自己仿佛看到了那个发型洒脱、脸上有酒窝的护士，可等她转过身，鲍勃发现是别人。或许等他去医院看伊夫琳·佳恩的时候，能再次见到这护士。他后面有人说："这天肯定要下大暴雨。"

竞技场的内壁和隔槽正面全是本地公司的广告。很多比赛者都骑着他们拘谨的马在竞技场里走着，让马熟悉人群和场地。牡豆弟兄就在他们中间，骑着他那匹名叫"滴答"的花色马。"滴答"这名字修道院曾经抗议过，说是亵渎神圣，但是牡豆弟兄是和各种叫"滴答"的马一起长大的，怎肯让这名字归于乌有？

鲍勃看过不少牛仔竞技表演，不过牧场牛仔竞技还没有见过。他知道有些活动是不一样的。节目单上说，参加者只限于在本地牧场干活的牛仔，专业比赛选手严禁参加。三个传统项目取消了。取消骑公牛比赛，鲍勃觉得挺遗憾，但取消滚桶比赛，他觉得很好。节目单上还有一些非传统项目，比如四人赶牛入栏、老式野马骑术、双人套牛、骑马钻袋接力①、分牛马比赛②，压轴戏是给野母牛挤奶。

正午时分，牛仔竞技表演准时开始。鲍勃周围不是大嚼火鸡腿的大人，就是哇哇叫的婴儿。罗普·巴特开始吟咏起“牛仔的祈祷”，所有人都脱了帽，站起来。雷暴云中有闪电，但并没有靠近过来。一阵沁人心脾的东北风吹了过来，人们都开心地吁了一口气。大家都坐下后，大游行开始了。游行队伍中有童子军，也有本地企业主家的子女——他们穿着艳丽的服装，手里挥动着广告旗。骑的马也打扮得花枝招展：蹄子都上过光，闪闪发亮；马的腰身刷得整整齐齐，纤尘不染，马鬃编成了各式复杂而精致的辫子，那发型要是让非裔人美容店看了，准会妒忌不已。讲解员是老狗餐厅的常客沃尔纳尔·皮犹，正端坐在那高高的讲解台上。他喝醉了，在拿小丑（穿着女裙，裙摆自大腿以下部分被剪掉）开玩笑。名字、活动项目他说得颠三倒四。比赛选手们和来自同一牧场的人三三两两聚在一起，靠在竞技场的栏杆上，一会儿看看场上的活动，一会儿抬头看看天空。

“第一个节目是野马骑术，能骑多远是多远啦，普通马鞍，

① 通常多人玩的马术表演：第一个选手拿着袋子骑马向前，然后下马，在场中间的白线前跳进袋子，然后牵着马，一直跑过或跳过对面的接力线，然后跳出袋子，把袋子交给第二位选手。第二个选手完成同样步骤，然后是第三、第四个……最早全部完成以上步骤的队获胜。

② 马术表演，骑手挑出需要从牛群中分出来的牛，然后马则设法将这头牛从牛群中孤立出来。

第一个出场的是脏袜子牧场的戴尔顿·布克隆,是从新墨西哥州克莱顿来的,专门为这活动赶过来的。什么? 什么?”地上有人对他喊着什么,他侧过身子去听。

“好,出了点小错,不是戴尔顿·布克隆,是他弟弟莱恩·布克隆,还是脏袜子牧场的。他的坐骑是‘克荣奇船长’。这可是头不大好使唤的家伙。今年就已经害得一个家伙住进了医院——住在101和102房间。”

鲍勃认出了莱恩·布克隆,他原来就是在卖铁丝网纪念品摊位那儿看到的没穿衬衫的人。他的一头长发披到背后,湿漉漉的胳膊闪闪发亮。他站在隔槽的栏杆上。他的哥哥和朋友正把一匹头像黄鼠狼一样的马稳住。突然间,他像一袋水泥一样跳到马鞍上,门飞快打开,那马又是扭又是转又是用后腿站,然后把头埋到地上,后蹄抬得老高,终于把莱恩·布克隆摔到土里。

“已经摔下来一个了。估计摔得很痛吧,戴尔顿?”讲解员又说。“出了点小差错,这马不叫‘克荣奇船长’,而叫‘反唱调’,不,是‘唱反调’。”那牛仔裹了一身灰土和牲口粪便,一跛一跛地走向他的朋友,然后抓了一瓶水就喝。

跳跃的野马大获全胜,把一个个挑战的牛仔都打败了,包括戴尔顿·布克隆。戴尔顿出场的时候,讲解员宣布:“非凡的布克隆上场了!”观众席上一片欢呼。

接下来的节目是多人赶牛入栏,这一节目鲍勃并不熟悉。在竞技场后端,一群身上标有数字的小牛犊在胡挤乱转,六七个男的在前场搭建便于拆卸的围栏。有人在灰里撒了一条白线,然后班卓-B牧场四个牛仔骑着马出现了。其中一人留着军阀式红胡子,胡子末梢拖到胸口。红胡子骑马闯到牛群中间,开始把他的三头小牛犊从牛群中分开,赶到白线那边。其他的人没过白线,全守着不让小牛犊们归队。但是有一头敏捷的小牛还是跑开,回到牛群这边来了。等第一个骑马人把它重新隔开,所有三头小牛都气呼呼地朝各个方向乱跑开了。一头牛犊的妈妈不知从哪里散了绳,慢悠悠跑到竞技场里来了。

“伙计们,希望咱们明年运气会好起来,”讲解员说,“现在我们来双人套牛。”刚才那头老母牛在场子里跑上跑下的,大声叫着,希望能招呼到它的小牛犊。沃尔纳尔·皮犹的声音响了起来。

“这头老母牛可不简单,它能跑能叫,跑在草丛里快得像一条蛇,真他妈的见鬼。它会毫不迟疑地用角顶你,毁了你的营生。好了,下面的节目是双人套牛。”

下面有人大叫着抗议,说入栏比赛有四支参赛队伍,都还没有比完呢。但是沃尔纳尔·皮犹冲他们大吼道:“好了,见鬼,但愿咱们明年好运吧,伙计们,管它呢!”说着,他又一次宣布双人套牛。场面一时有些混乱,后来有几个被拒绝参赛的牛仔干脆到了讲解台,把沃尔纳尔直接拖走。艾德旺斯·斯劳特取代了那位置。艾德旺斯嘀咕说自己缺乏经验,而且不会说那些小丑的笑话。虽是这样说,他还是接着就讲了个又臭又长的故事,似乎说到了什么战斧岳母,大声斥责的妻子,聪明的狗,顽劣的公牛,会说话的马,说得让人不知所云,观众开始喝倒彩。

“好吧好吧,我们把入栏入完。下面上场的是——华尔街牧场的小子们。大家打起点精神来,他们的牛脾气可大了。”

后来双人套牛的表演所有人都站起来看。第一组出场的是钻石栅栏牧场的查尔斯·格雷普旺和沙格·凯普斯。格雷普旺领头,把牛引到正门口,然后来了个 L 型的转弯。凯普斯用传统的抛绳法把绳子抛出去,干脆利索地套住牛后腿。

负责计时的人把秒表举起。艾德旺斯·斯劳特大叫道:“十一秒!”后来的几个套牛者都无法接近这个时间。鲍勃看到牡豆弟兄正和搭档很急切地在讨论。然后两人都低下头嘟囔着什么。鲍勃想他们可能是在祷告。鲍勃在牛仔竞技上多次看到有人祷告,身上还有十字架的标记。他觉得这些活动有些宗教仪式的味道,赛前请求上帝庇佑,赛后如若胜利,则向上帝谢恩。赫西查斯特弟兄看了看天,又对着空气搓捏着手指,仿佛是要测量空气中的湿度。雷暴云已经明显退远了,东北方吹来的微风使得平原凉爽下来。鲍勃想,或许暴雨不会下了。简单讨论了几句后,两人找到各自的袋子,拿出不同的绳子。但鲍勃看到牡豆弟兄接着又换了,把新绳子放回去,拿出原来的——或许是另外一根——绳子。

三重冠队最后一个上场。赫西查斯特弟兄骑的是一头看起来很强健的血红色夸特马。鲍勃觉得那马腿挺粗。牡豆弟兄骑的是他的"滴答"马。两人都穿着修士袍,但是下摆都围到腰部,十字架在他们的胸口发亮。两匹马都绑着防后蹄踢前蹄的护腿,蹄子上套着藤条套,这都是为了保护马腿。对牧场的马来说,这种待遇并不多见。一般情况下它们只能靠运气。

赫西查斯特弟兄直直地坐在马上,在隔槽中间等着,眼睛盯着竞技场那头的某个地方。牡豆弟兄的眼睛闪闪发光,如同见了老鼠的猫。发信号了,那牛从一个隔槽中冲出来,赫西查斯特弟兄踩着马镫站起来,骑到牲口左侧,套索开始在他手里转,血红马掂量着那牛。突然间,那套索干干脆脆地把牛套住,然后是一阵挣扎。那头牛精力很旺盛。赫西查斯特弟兄只得狠命抓住套索,把牛拖到竞技场左边。那牛行动很快,正要转身的时候,牡豆弟兄逼近了。他已经做好了套索的准备,甩着绳子,然后用力一抛,乘牛后腿还在空中的时候稳稳地将它套住。观众全站起来,一片喝彩声。

"六秒一!"斯劳特大喊。"当空套住! 大家看咱们长条地的牛仔功夫如何? 我们刚才看到的可都是全国决赛的水平。他妈的,这身手你在哪里看得到? 我们为三重冠的小子们喝彩!"

鲍勃嗓子都喊哑了。

相形之下，余下的节目就很平淡了，只有给野牛挤奶有些热闹。从未有过羁绊的草原野牛被三人组成的队伍逼到角落。这些人手里拿着小瓶子，拼命想挤出一点奶来。有几个牛仔一瘸一拐地走在竞技场上，后面那些获胜的野牛还在追赶。沃尔纳尔·皮犹在下面什么地方叫起来："那头老母牛可厉害了……"

华尔街牧场赢了入栏、给野牛挤奶和骑马钻袋接力三个项目，还把当天的大奖拿走了——三百块钱是给全队的，另外每位参赛选手还得到一块马鞍垫毯，还有毛桶牧场牛仔竞技奖杯。奖杯是纯银的，上面刻着一九三三年——牛仔竞技的第二年——以来所有获胜牧场的名字。赫西查斯特弟兄和牡豆弟兄各得了一个皮带扣，还有一对马刺，都是本地的著名铁匠打造出来的。牡豆的那对出自斯皮尔曼铁匠铺的凯文·彭斯之手；赫西查斯特弟兄的那对出自谢姆容克铁匠铺的佩特·万亘之手。

鲍勃又吃了一次午饭。他买了第三个水牛肉汉堡，就着黑咖啡吃了，又美美地享用了两个蛇饼作为饭后甜点。吃蛇饼的时候他身子前倾，以免糖霜掉在衬衫上。这时候休·杜乌警长走过来了，两只胳膊都打着石膏。他妹妹奥佩尔跟着他。

"你舅舅打电话找你。我说我会带信给你。他想说塔西涉案的丹佛枪击案，塔西·凯斯特，知道吧？你舅舅要我转告，说死的是个叫昆腾·歌利亚的人，是环球猪肉皮公司的总裁。她是去那边找你的，鲍勃·道乐。她先去了陨星的棚屋。拉封说看到她的卡车离开。很幸运哪，你住在谢特尔家。总之，现在她被捉拿归案了。"

"他们会对她怎样？她儿子怎么办？拉封知道这枪击案吗？"

"塔西会接受审判的。孩子现在跟他奶奶。等他长大了，就和其他不知道自己该干啥的得克萨斯小伙子们一样，去加入海军。是的，枪击一事拉封知道。她用短波收音机听警察的通缉令。她打电话给我，说见到塔西的卡车了。拉封消息的灵通是没人能比的。”

“好了，休，我们去吃点那烧烤，”奥佩尔·赫德说，“我喂给你吃。”

“好了，我先得去小便。我们过一会儿去监狱一趟。”

快到两点的时候，鲍勃慢慢向被面奖券销售摊位逛去。他远远地看到教会的义卖摊，看摊子的是珍奈·哈斯科。她坐在一顶白色帆布遮阳篷下，脸热得通红，头上用一顶滚着白边的帽子挡着。帽子上还装饰着人造的勿忘我花。

“你好啊，鲍勃，”她叫道，“要不要提前进行圣诞大采购啊？我们从锅托架到门掣，应有尽有啊。买个不错的缅甸玉象怎样？”

鲍勃走了过去，和她握了手，看了一眼桌子上摆放的东西。那桌子也就是一张厚木板，架在锯木架上。上面摆着乱七八糟的东西，《读者文摘》丛书、各式花里胡哨的便宜货、镇纸等。他突然看到了一个木抽屉，里面装满了服装饰件。他不禁深吸了一口气。那些饰件有人造树胶的，有赛璐珞的，还有他不知道的聚合材料。他在被面兴趣小组聚会上看到的漂亮胸针也赫然在目。珍奈·哈斯科顺着他的眼光看过去，说：“那都是弗莱达·比提鲁斯的东西。他儿子就这么一下子给处理了，我都觉得于心不忍——他就是这样拿过来的，乱七八糟一抽屉——不过也没有办法。有些东西很漂亮，可现在过时了，而且全是塑料的。我本想把里面好一点的另外挑出来，但是没有地方摆了。”她向脏烟灰缸、闺房台灯之类东西挥了挥手。这些东西把地方都占满了。

鲍勃拿起一个绿色的仿珍珠钥匙扣。那钥匙扣的形状如同小手提箱,中间有苏格兰野狗图案的涡卷形装饰。还有带弹性的各式大胸针,好几十种颜色。有些上面有彩色的圆点或椭圆点,他觉得挺特别,但是叫不出名字。还有一个黄色带明铰的胸针,上面叠放着红色几何图案;还有黑色镂刻式暗铰的胸针,上面有假珍珠。还有一堆乱七八糟的耳环,形状十分奇特,全压在抽屉底下,相互纠结,与小珠宝工具和抓扣等物混在一起,在抽屉下面铺了整整一层。

“这整个一抽屉卖多少钱?”鲍勃问,他尽量使用平心静气的语调。

“这个,我也不知道。他们让我一件卖一块钱。但是到目前为止,没有任何人光顾,只有拉封找到一个埃菲尔铁塔形状的红色胸针,买走了。这样吧,我去问莱拉·努喀斯特。她是管事的。她就在被面奖券销售摊位上。”她指了指一个看着手表、四周张望的女人。鲍勃和她目光对接,向她挥了挥手,指了指自己的手表,意思说他得稍等片刻。“如果你不介意等一会儿的话,我马上就到。”

“好的。你能否顺便告诉一下努喀斯特太太,说我们这边一结束我就马上过去,我答应了要去奖券销售摊位照应一个钟头的。我刚才正要往那里走,结果被你叫住了。”

“哦,这样啊。既然你也在帮忙,那我想她会给你一个好价钱的。”她拿了钱包,一路小跑到奖券销售摊位。鲍勃又找到一个黑色人造树胶的横杆,下面挂着铜炊具。这要是泰姆舅舅见了,还不激动得昏过去?

“她说一次性全卖,二十块怎样?”珍奈·哈斯科的语调中含有带来好消息的意味。

“成交。”鲍勃说,然后开始找钱包。他把钱递给她,把重重的一抽屉东西搬起来,开始走向奖券销售摊位。

“交给你了，”莱拉·努喀斯特说，“我就不问你买这些旧饰物干什么了。你肯定在哪里有个女朋友吧？或许是给你妈妈、你奶奶买的？”

“是给我舅舅买的。”一连串复杂的表情相继出现在对方的脸上。鲍勃看了很是开心。

“还真包罗万象啊。好了，现在你这样做。抽奖的奖券你一式两份填好，一份给买的人，一份用来抽奖。奖券五块钱一张，粉色的给买的人，白色的放进盒子里。这个盒子装钱。无论如何，千万不要离开摊位，因为这装钱的盒子和被面都很贵重。三点种会有人来接应你。鲍勃，谢谢你来帮忙。”

奖券卖得很慢，鲍勃后悔没有把艾伯特中尉的书或者《断手》带来。他从抽屉里拿出那些饰件，开始摩擦，然后凑在鼻子前闻，分辨到底是苯酚还是人造树胶。这时有个胖子走了过来，拿了一纸口袋铁丝，胳膊下面还夹着一大团圆筒状的东西。他看着鲍勃身后挂着的被面。

“真了不起，很漂亮啊。我是南卡罗莱纳州查尔斯顿的古董商。我很想买那被面。多少钱？”

“不是直接买的，”鲍勃说，“是抽奖销售。每张奖券五块钱，下午五点在演奏台那儿抽奖。”

“那好，我要找到织这被面的人，让她再给我织一张一样的。我愿意付——”他停了一下，斜着眼，好像很内行地看着那被面，“我愿意出两百块买这样的被面。”

“织这被面的有好多女人，花了一年时间，”鲍勃说，“然后用抽奖的方法卖。她们一年只织一张。这些被面能赚几千块钱。”

“好吧，那我买五十张。”胖子说，抽出一沓钞票点给鲍勃。

鲍勃的心一沉。他要花好几个小时写这人的姓名住址了。

“请问尊姓大名,先生?”他希望是又短又好写的。

“哈贝尔·D.斯多可恩。地址是南卡罗莱纳州查尔斯顿市马格诺利阿南大街1371A,叶·奎恩特古董行。”

“斯多可恩先生,我得花点时间,才能把你的奖券全填好。要不你过半小时来拿?”他飞快地写着,三分钟填了七张。

“不了,我就坐这儿等吧,反正也走累了。我还带了填字游戏,看到了吧?”他拿出一本书,鲍勃一看就知道是那种最低级的填字游戏,填的是“cat”(猫)、“here”(这里)、“bell”(钟)这些单词,大一点的单词也不过是“Fourth of July”(独立日)。那人胳膊下面夹着的圆筒状东西原来是个折叠椅子。没过一会儿,古董商就已经舒舒服服坐好,开始做他的填字游戏了。

三点差一刻的时候,鲍勃把五十张奖券填写到三十二张。这时候牡豆弟兄过来了,说:“我也买两张,鲍勃。你有时间吗?”

“可能还没有。我还要为这位斯多可恩填他的奖券,还有十八张,然后才轮到你。”他的手指已经写得发疼了。

“好吧,鲍勃,我来帮你。”牡豆弟兄抓过去几张奖券,开始写:马格诺利阿南大街1371A哈贝尔·D.斯多可恩。

“好了,”鲍勃对胖子说,把一叠粉红色的奖券递给他,然后转向牡豆弟兄,“你套牛后蹄的功夫真绝啊。你可以转做职业选手了。”

“我已经有职业了,鲍勃。我对现状已经很知足了,还赢了个漂亮的皮带扣和两个漂亮的马刺。”他把茶碟大小的皮带扣给鲍勃看,那上面有字,写的是:

二〇〇〇年双人套牛项目

冠军

毛桶郡第六十八届铁丝网节

鲍勃开始在奖券上写“牡豆弟兄”。

“等等！我要把我妈妈的名字写上，”他说，“你写‘劳拉·穆迪’。要是赢了就归她。”他扯起修士袍，摸出十块钱。

“那东西不热吗？”鲍勃指着修士袍问。

“你都想象不到有多热。不过这袍是个活广告。每次竞技结束后，都有几个小伙子来问修行**同时**养水牛的事。好了，鲍勃，我有话问你。我猜你很快就要离开了，对吗？看到那养猪场的事做不好了？”

“估计是吧，”鲍勃说，“过几天就走了。”

“哎，你没有买成几块地，反而把一些乡亲给得罪了，但你也给一些人留下了好印象。你显示了你的坚韧。即便情况很恶劣的时候你都坚忍不拔。艾斯想知道你愿不愿意给我们工作。”

“艾斯！为谁工作？修道院吗？做什么？”

“不，是为草原复兴家园。就像你一直说的——住宅项目。不过不是给富人建的，不是什么豪华别墅。等我们把养猪场清理完毕，水牛牧场兴建起来，艾斯觉得会有人想住在这儿，看着水牛，看着草原恢复原貌。所以，这是一种草原复兴的家园。或许每一平方英里建一栋房子。也可能把房子建在一起，其他地方空着。想叫这个名字——草原复兴家园。艾斯好像和自然保护组织和野生动植物联盟谈过，他们都觉得有兴趣。如果真要弄起来的话，他们或许会来支持他。每栋房子都要立约——买房子的人要同意保护草原物种的生活环境——草原土拨鼠、穴鸮鸟、草原松鸡、羚羊、贝尔德麻雀、赤褐色老鹰或者本地草原的植物等等。你知道吗，过去这里有过黑脚白鼬？还有庞大的美洲狮子、狼，等等？艾斯想把白鼬重新引进来。他觉得会有人对这种生活方式引以为豪的，这是一种实验性的社区环境复兴。所以他问你对这事感不感兴趣？”

"什么事?"鲍勃问。

"当然,卖家园土地啊。向人介绍这地方,就像我刚才说的。"他看着鲍勃,就如同看着一个白痴。

"我不知道,"鲍勃说,"我有点想回去上学:学习历史,研究圣达菲通道这些东西,学习西班牙语,学习如何骑马;或许也可能开个小书店。"他停了下来,脸涨得通红,没话可说了。

"书店!再没有比这地方更需要书店的了。毛桶迫切需要一个书店。"牡豆弟兄说。"我可以教你如何骑马,也有不少人能教你西班牙语。圣达菲通道就在不远处。你还可以帮忙销售草原上的住宅。鲍勃,我觉得你天生就是在毛桶扎根的。好吧,你能不能认真考虑一下,明天左右答复我,或者艾斯?"

"我会的,"鲍勃说,"我会认真考虑。"牡豆弟兄拍拍他的肩膀,骑上马走了,马刺发出叮叮当当的声音。雷暴云几乎散开了,被一阵强劲的风吹散。空中飞起了纸和灰尘。

"哦,鲍勃!"

他一抬头,看到了拉封。拉封的样子仿佛疲惫之极。她的脸色通红,手里拿满资料,口红也是有一块没一块的,好像涂口红时没有照镜子,自己凭感觉涂的。

"拉封啊,我今天早上还想打电话给你,告诉你枪击的事,但是警长说你已经知道了。"

"是的,很可怕,不过死到第三个了。至少不用再操心了,至少大家都不认识被杀死的家伙。"

"我知道他。"鲍勃说,"他是环球猪肉皮公司的总裁,是我老板的老板。"

"真是悲剧。可怜的塔西。还有可怜的弗朗西斯·斯科特·凯斯特。"

"还有他们可怜的孩子。"鲍勃说,他希望这孩子有个舅舅。

拉封又适时地露出悲伤的表情。过了几秒钟后,她问道:

“怎么样，奖券卖得？”

“我卖了六十张，”鲍勃说，“其中五十张是卖给一个人的，就是在吃蛇饼的那大块头。”

“哎呀，鲍勃，她们没有跟你说吗，每人限购十张。糟了，很有可能就被那人买去，而且他只花了这么一点钱。”

“你一共卖出了多少张？”

“不敢肯定。超过一千张吧，我想。”

鲍勃脑子飞快转着。“他中奖的机会也不是那么大嘛。一千张中的五十张，那概率只是百分之一啊。不算什么。只是要把这些名字好好抖匀了。再说了，不论谁赢，不都是没有出什么大钱吗？我看不出有什么问题啊。”

“估计你说得也对。过几个小时就结束了，大家都可以回到正常生活了，无论是什么样的生活。我想告诉你，鲍勃，库尔布罗斯要搬回大屋来了，住他爷爷的房间。他说他要帮艾斯他们做事，没有电话不行。所以棚屋又空了……”

突然，牡豆弟兄又在鲍勃身后出现了，诚恳地低声说：

“我是认真的，鲍勃。你要**好好**想想。我相信，有个书店，大家都会得利的。而且艾斯做的是很高尚的事。”说完他又不见了。

“好了，”拉封说，“我得回总部去了。你把奖券给我，我放到其他奖券一起去。离摇奖还有一个半小时。希望那大块头不要赢。他不是本地的。”

“别让风把奖券吹跑了，一跑可就到了俄克拉荷马。我想我也得走了。”鲍勃说。

他走入拥挤的人群，走在摊位后面的人行道上。这时他在怀疑艾斯的计划能否行得通。人们不需要贝尔德麻雀，他们要的是盘子上的咸肉。他为牡豆弟兄、为艾斯、为谢特尔夫妇、泰特尔·克劳彻，甚至为库尔布罗斯·弗荣克感到惋惜。他们的天真只能引起他的同情。他想告诉他们,世间万物怎能有完美的结局?毁坏的就无法再恢复。有些蓄水层是无法再出水了。除了库尔布罗斯以外,他们所有人都比他大;泰特尔和艾斯还比他大好几十岁,他们为什么还这么满怀希望?为什么会相信人们会因为草原土拨鼠,而不去抽水,不去犁地,不去种庄稼,不去建低矮的棚子,墙上安着巨大的风扇,边上挖出化粪池?这真是不可能。就像伊夫琳·佳恩不能从病床上跳起来,踩着滑冰鞋从大厅那头过来一样。这也很可悲,很绝望,如同一个可怜的小孩每天去信箱看有没有阿拉斯加邮戳的信件。

长条地的前途何在?这地区就如同被扯来扯去的小地毯。它被弄脏了,被踏坏了:肮脏,破烂,褪色。人们难道愿意搬到边缘,留下中间大片地方,让水牛横行?等奥格拉拉的水被抽到圣安东尼奥,这些水牛还能用蹄子刨出水吗?很有可能,艾斯会以失败告终,因为他也无法把得克萨斯顶端的土地全买下来。哈巴库克·凡·梅尔克比克的钱——也正是从长条地肚子里掏出来的钱——要打水漂。最后这地方还是要变成大养猪场,几百万的猪棚,肮脏的化粪池,布满整个平原,等着接下来替换它们的东西。他是去丹佛袖手旁观,还是到毛桶来,依旧躲闪冰雹,依旧在老狗餐厅吃白菜饼?不过艾斯也有可能是对的,或许真会出现宏大的新局面。

他在脑海中看到长条地的土地被永无止境地使用着,践踏着:草根扎下去,水牛蹄子在上面踩踏,古老的火鸡在上面刨食,家马和野马在上面奔跑,裹铁的轮子在上面轧,犁在上面划,耙在上面压,冰雹在上面砸,大批牛群在上面走;这里钻头钻过,推土机推过,那里化学品滥用过。余下的不过是一片贫瘠的、中性的土地,那浅褐色的土勉强可用。现在,只有这片形同鬼蜮的土地,短命而又顽强。

他走的时候经过了老狗餐厅。窗户上有块牌子,写着:**因铁**

丝网节歇业一天。他会怀念塞伊的饭食的。他走到了老律师事务所前面。那上面也有块牌子，写着：**出租**，上面还有电话号码。他停下，把脸贴在窗户上。

他看到的是一个高而空的房间，实木地板，墙边都是空书架，从地板一直摆到天花板。他的脑海里又闪出一个念头。房间后端有一张小桌子、一把木头椅子，还有一盒资料。一扇半掩半开的门显示出另一个房间，能隐约看到那里面高大窗户的局部。他感觉风在吹着他的头发。演奏台那边传来在试音的小提琴声，接下来准要演奏那些古老的调子了。他希望时间停住，停几天，停一小时。他需要理一理思路。当然，什么也不会停止，什么也不会慢下来，时间一分钟一分钟飞逝而去，这一天快结束了，一切都悬在空中。他去找笔，找到后把电话号码抄在掌心。

他要回丹佛，但是他不会待很久。拉封还欠他一个故事，她还没有说照片里她爷爷的背上为什么会有那么深的伤疤。

作者后记

长条地并无毛桶郡和斯利克福克郡。特穆、牛仔玫瑰、斯特拉哥、毛桶、图沃斯堡塔也是虚构的城镇。书中人物纯属虚构，如有雷同，则是因为他们综合了人类行为的共同特征。人物外貌取材于一些老照片。有些故事和事件是根据历史记录和地区历史演绎而成的。

第九章中一八八四年牧场闰年晚会上的服饰描述摘自威廉·卡瑞·侯尔顿著的《牧场传奇：威廉斯·伊莱克舍斯·哈尔塞尔和伊文·哈尔塞尔生平》（得克萨斯圣安东尼奥市：三一大学出版社一九七六年版），第一卷，172—174页。

第三章中泰姆舅舅提到，由于人类不慎，会响的蛇被杀掉，留下来的是不响的、咬人的蛇。此论述由巴里·洛佩兹提供。

第二十四章里的歌词摘自《追赶龙卷风的好日子》，作者是迈克·普拉特和吉姆·怀特。

我不知道是否真的有环球猪肉皮公司和铁丝网节，也不知有没有修道院水牛牧场。但是奔茨堡是存在的。长条地很多真正的城镇，小说中也提到过。还有，詹姆斯·艾伯特也确有其人，在地形勘察队服务过多年。